# DAS ERBE DES HOCHSTAPLERS

## GLASS AND STEELE 9

### C.J. ARCHER

Übersetzt von
**SIMONE HELLER**

WWW.CJARCHER.COM

# KAPITEL 1

LONDON, HERBST 1890

Ich hatte das Dinner mit den Delanceys und ihren Freunden vom Club der Sammler bereits gefürchtet, seit wir vor einer Woche die Einladung erhalten hatten. Es entsprach nicht meiner Vorstellung der genussvollen Art, einen solchen Abend zu verbringen.

Teile meiner Nervosität konnte man darauf zurückführen, dass ich Lord Coyle wiedertreffen würde. Unsere Treffen waren niemals einfach, aber seit er mich gebeten hatte, Matts Cousine Hope zu ermutigen, seinen Heiratsantrag anzunehmen, waren sie eine noch größere Qual geworden. Wenn ich das tat, würde ich die Schuld begleichen, die ich bei Coyle hatte, nachdem er mir Informationen gegeben hatte, um Lord Cox zu erpressen, Hopes Schwester Patience zu heiraten.

Informationen, die irgendwie in die Hände genau jenes Mannes gefallen waren, der Patiences Glück mit ihrem neuen Gatten zerstören konnte.

Lord Cox' Halbbruder und der wahre Erbe der Baronie hatte herausgefunden, dass er um sein Erbe betrogen worden war, und Lord Cox warf mir vor, es ihm verraten zu haben. Der Halbbruder war der Sohn des früheren Barons und seiner ersten Frau, einer Gouvernante. Die Hochzeit war insgeheim durchgeführt worden, vor Fremden, daher war es ihm leicht gefallen, sie beiseitezuschieben, zugunsten einer angemessen hochgeborenen

Lady, die ihm auch einen Sohn schenkte. Das zweite Kind hatte den Titel der Coxes und die Ländereien erhalten, aber die Ehe seiner Eltern war Bigamie gewesen, und darum war er nicht der rechtmäßige Erbe. Sein älterer Halbbruder war völlig ahnungslos aufgewachsen, was die Identität seines Vaters anging, ganz zu schweigen seine Doppelzüngigkeit.

Ich vermutete, dass man es Lord Coyle vorwerfen musste, den Halbbruder in Kenntnis gesetzt zu haben. Ich hatte vor, heute Abend herauszufinden, weshalb er es getan hatte.

Die Konfrontation würde allerdings bis nach dem Nachtisch warten müssen. Die marmorierte Götterspeise, der geeiste Pudding, die Apfeltart, Vanillecreme und Auswahl an Früchten waren zu köstlich, um sie nicht zu genießen. Tatsächlich, das Essen hatte den Abend etwas weniger quälend gemacht, als ich es erwartet hatte. Es hatte auch geholfen, dass ich neben Professor Nash sitzen durfte. Ich war nicht gezwungen gewesen, Unterhaltungen mit den Delanceys, Lord Coyle oder Lady Louisa Hollingbroke zu ertragen. Wenn ich schon nicht bei Matt sitzen konnte, dann war Professor Nash der beste Tischnachbar, den ich mir hätte wünschen können. Selbst Oscar Barratt, der an meiner anderen Seite saß, war niemand, mit dem ich ein lockeres Gespräch hätte führen wollen. Da wäre mir vielleicht herausgerutscht, dass er einen Fehler machte, wenn er Louisa heiratete.

Die Ankündigung ihrer bevorstehenden Hochzeit war in der gestrigen Zeitung erschienen und hatte vielleicht dazu beigetragen, dass Oscar zu dem Essen eingeladen worden war. Mrs. Delancey war eine umtriebige Gastgeberin und hatte bestimmt darauf bestanden, dass er sich uns anschloss, zusammen mit seiner Verlobten, sobald sie von der Verlobung erfahren hatte.

„Es war eine erbauliche Zusammenarbeit", erzählte mir Professor Nash über seinen Beitrag zu Oscars Buch über Magie. „Ich habe einige Dinge von Barratt gelernt, und, wie ich demütig nahelegen möchte, er hat auch einige Dinge von mir gelernt."

„Das bezweifle ich nicht", sagte ich. „Ihr Wissen über die Geschichte der Magie ist unerreicht."

Er lachte leise, während er einen Löffel Götterspeise nahm. „Vielen Dank, Sie sind sehr gnädig, aber wir wissen ja nicht, ob sonst noch jemand an dem Thema forscht. Das ist das Problem, wenn man verfolgt wird; Magier müssen ihre Kunst im Verborgenen erforschen und ausführen."

Es wäre ungnädig gewesen, ihm darzulegen, dass er nicht magisch war. Die Magie war in seiner Familie mit seinem Großvater ausgestorben, einem Eisenmagier. Es war möglich, dass seine Familie entfernt verwandt mit der von Fabian Charbonneau war, meinem Mentor und demjenigen, mit dem ich für mein weiteres Studium der Magie zusammenarbeitete, obwohl Fabian keine Verbindung bekannt war.

„Haben Sie denn jemals Ihren Stammbaum zurückverfolgt?", fragte ich den Professor.

„Nur ein paar Generationen weit. Es gibt keine Verbindung zu den Charbonneaus, falls Sie das meinen. Keine, die ich je gefunden hätte, zumindest."

„Sie können meine Gedanken lesen."

„Wo wir gerade bei Charbonneau sind, wie kommen denn Ihre Studien voran? Haben Sie es geschafft, irgendwelche von den erstaunlichen Zaubersprüchen der Vergangenheit zu rekonstruieren?"

Ich genoss den letzten Mund voller Apfeltart, teilweise, weil sie so köstlich schmeckte, aber auch, weil ich über meine Antwort nachdenken wollte. Ich konnte ihn allerdings nur begrenzt hinhalten. „Noch nicht."

„Woran arbeiten Sie denn? An etwas Konkretem?"

„Wir lernen immer noch die Worte." Ich verriet ihm nicht, dass Fabian und ich kurz davor standen, zu versuchen, unseren ersten Zauber zu schaffen. Matt war der Einzige, der es wusste, er war aber nicht begeistert von der Idee. Ich hatte ihm versichert, dass es einige Zeit dauern würde, bis wir es zum Funktionieren brachten – falls es überhaupt funktionierte. Wir wussten immer noch nicht, wie man etliche der magischen Wörter aussprach, die auf unserer Liste standen. Es würde eine Menge Versuche erfordern.

Ich warf über eine Schale exotische Früchte, die auf einem mit Weinlaub bedeckten Silberpodest stand, einen Blick hinüber zu Matt, doch er unterhielt sich mit Sir Charles Whittaker und bemerkte es nicht. Mrs. Delancey schien ihnen zuzuhören, denn ihr Kopf war zu ihnen geneigt, ihr Essen vergessen.

„Hast du einen erhalten, India?", fragte Oscar. Auf meinen ahnungslosen Blick hin fügte er hinzu: „Einen Drohbrief von so einem talentfreien Verrückten."

Aus dem Augenwinkel sah ich, wie Matt den Kopf hob, seine Aufmerksamkeit lag jetzt ebenfalls auf Oscar.

„Nein", sagte ich. „Womit bedroht man dich denn?"

„Es ist nichts Konkretes." Jetzt hatte Oscar die Aufmerksamkeit aller Gäste. „Und es bin nicht ich, der bedroht wurde, sondern andere Magier. Mein Bruder zum einen, genauso wie etliche Magier, die ich kenne, die alle gute Handwerker mit erfolgreichen Geschäften sind. Das scheint der verbindende Faktor zu sein. Ich habe keinen Brief erhalten, genauso wenig du oder andere Magier in meinem Bekanntenkreis, die keine Geschäfte führen, die mit ihrer konkreten magischen Kunst in Verbindung stehen."

„Wie viele von Ihren Freunden haben denn Briefe erhalten?", fragte Matt.

„Vier." Oscar nahm sein Kognakglas. „Der anonyme Verfasser sagt dem Empfänger, er solle sich schämen, durch Mogeln Erfolg zu haben, und nicht durch harte Arbeit wie er selbst. Er beharrt darauf, dass sie aufhören sollen, ihre Magie einzusetzen, oder es wird Folgen haben. Die tatsächlichen Folgen werden nicht aufgeführt."

Mrs. Delancey legte eine Hand auf das silberschwarze Kamee-Halsband an ihre Kehle. „Woher weiß er denn überhaupt, an wen er schreiben soll? Die meisten Magier sind nicht so offen, was ihre Kunst betrifft."

Oscar zuckte mit den Schultern.

„Gut geraten." Lord Coyle lehnte sich in seinem Sessel zurück, woraufhin dieser quietschend protestierte, als sich sein erhebliches Gewicht neu verteilte. „Sobald man sich einmal bewusst ist, dass es Magie gibt, ist es nur logisch, anzunehmen, dass die erfolgreichsten Handwerker und Geschäftsleute Magier sind. Barratts Bruder zum Beispiel."

„Wer sollte denn solche Briefe schicken?", fragte Mrs. Delancey.

„Ein erfolgloser Geschäftsmann, der seinen Mangel an Erfolg

Magiern zum Vorwurf machen möchte", sagte ihr Mann. „Das ist für diese Klasse doch typisch."

Ich schluckte meine scharfe Erwiderung.

„Mein Lieber", schalt seine Frau. „Du vergisst dich." Es war nicht klar, ob sie ihn daran erinnerte, dass sie sich unter Menschen aus „dieser Klasse" befanden, oder dass seine eigene Familie im Wollhandel tätig gewesen war, bevor er sich dem Bankwesen zugewandt hatte.

„Und so fängt es an", murmelte Lord Coyle mit einem funkelnden Blick zu Oscar.

Oscar achtete nicht auf ihn, genauso wenig Louisa. Sie schienen sich keine Sorgen zu machen, dass Oscars Zeitungsartikel über Magie das Thema in die öffentliche Sphäre gedrängt hatten. Die Aufmerksamkeit hatte nachgelassen, nachdem er aufgehört hatte, weitere zu schreiben, aber eindeutig brodelten in einigen Ecken immer noch Wut und Frust. Sein Buch würde eine neue Woge des Interesses entfachen.

Und vermutlich eine neue Woge der Verfolgung.

So sah Oscar es nicht. Er und Louisa hofften, die Aufmerksamkeit würde die Magier befreien, die seit Generationen geheim lebten. Ich war mir noch nicht sicher, wie es ausgehen würde. Von diesen Briefen zu hören, brachte mich auf den Gedanken, dass Matt die ganze Zeit über Recht gehabt hatte, und dass es nur Schwierigkeiten zwischen Magiern und Talentfreien herbeiführen würde, wenn man die Magie in die Öffentlichkeit holte.

Ich warf einen Blick auf Professor Nash. Er stimmte Oscar zu und schrieb sogar die historischen Kapitel seines Buches. Er schob sich die Brille auf der Nase nach oben. Das Licht aus dem Kristalllüster spiegelte sich in den Gläsern und ließ es wirken, als würden seine Augen leuchten.

Nach dem Nachtisch erhob sich Mrs. Delancey, ein Signal an die Damen, sich in den Salon zurückzuziehen. Wir gingen durch die von einem Diener in Livree aufgehaltene Tür, an der rechts und links zwei Topfpalmen standen.

Zum Anlass des Abendessens war das üppige Tropenthema in den Salon weitergetragen worden. Palmen standen in den Ecken, die Spitzen ihrer Wedel streiften den Kaminsims, und auf mit Ranken bedeckten Podesten waren Schalen mit Ananas, Orangen, Pfirsichen, Weintrauben und Äpfeln platziert. Ein großer Vogelkäfig zwischen Ohrensesseln enthielt zwei bunt gefärbte Papageien - natürlich ausgestopfte.

Ein Diener bewegte sich zwischen den Möbeln, ein Silbertablett auf den Fingerspitzen balancierend. Er stellte das Tablett auf einem Tisch in der Mitte ab und schenkte Tee in zarte Porzellantassen ein.

„Also heiratest du, Louisa", sagte Mrs. Delancey zum Einstieg. „Und einen Zeitungsmann noch dazu." In ihrem Tonfall schien ihre Missbilligung durch, aber es war unnötig, dass sie auch noch die Nase rümpfte.

Louisas Lächeln erreichte ihre Augen nicht. „Oscar ist ein interessanter Mann."

„Ein Magier, ja."

Louisa gab keine von Oscars Qualitäten zum Besten, von denen er eine ganze Menge besaß. Ich mochte Oscar insgesamt, obwohl er übereifrig sein konnte, was die Magie anging, zumindest manchmal. Er war ein anständiger Mann, gut aussehend und charmant. Es schien, als fände seine Verlobte keines dieser Dinge erwähnenswert. Es war, wie Matt und ich vermuteten – Louisa heiratete ihn seiner Magie wegen.

Mrs. Delancey nahm eine Teetasse von dem Diener entgegen. „Dein Vermögen und seine magischen Verbindungen werden euch in manchen Kreisen zu einem erstklassigen Paar machen. Wir haben nicht viele Magier im Club der Sammler."

„Oscar wird nicht in den Club eingeladen", sagte Louisa, die die Tasse an die Lippen hob. „Das hat mir Coyle eindeutig klargemacht, nachdem es verkündet wurde."

„Wie schade auch", murmelte Mrs. Delancey ohne einen Hauch Überzeugung.

Louisa setzte die Tasse ab und legte die Hände in einer trägen, eleganten Bewegung in den Schoß. Sie betrachtete mich mit ihren sanften, blaugrauen Augen. Man hätte sie leicht für süß halten können, weil eine solche Sanftheit durch ihre Adern floss, aber ich wusste, dass sie bissig war, und manchmal auch selbstsüchtig.

„India, erzählen Sie uns von Ihrer Arbeit mit Fabian", sagte sie.

„Da gibt es nichts zu erzählen. Wir lernen noch."

„Sie müssen uns über Ihre Fortschritte informiert halten."

„Du solltest Mr. Charbonneau fragen, Louisa, nicht India", sagte Mrs. Delancey. „Ich bin mir sicher, er wäre zuvorkommender, wenn man eure lang anhaltende Freundschaft betrachtet."

Louisas Finger ballten sich zu Fäusten, aber ihr Gesicht verlor nichts von seiner glatten Ruhe. „So nahe stehen sich Fabian und ich nicht. Wir sind Bekannte, nicht mehr."

Sie waren Freunde gewesen, aber diese Freundschaft war verblüht, als Louisa Fabian gebeten hatte, sie zu heiraten, und er abgelehnt hatte.

Ich hatte kein Mitgefühl mit ihr, damals nicht und jetzt nicht. Sie hatte ihn gebeten, sie zu heiraten, weil er ein Magier war. Nach seiner Ablehnung hatte sie ihre Aufmerksamkeit Gabriel Seaford zugewandt, dem Arzt-Magier, der Matt das Leben gerettet hatte, nur um abgewiesen zu werden, als wir ihn vor ihr gewarnt hatten. Matt und ich hatten beschlossen, Oscar heute Abend über Louisas vorherige eheliche Interessen in Kenntnis zu setzen, damit er mit offenen Augen in diese Beziehung treten konnte. So etwas Wichtiges konnten wir ihm nicht vorenthalten.

Ich warf einen Blick zur Tür und fragte mich, ob Matt es geschafft hatte, allein mit Oscar zu sprechen. Er hatte versprochen, es zu versuchen, doch wenn man bedachte, wie unterkühlt ihre Bekanntschaft war, war ich mir nicht sicher, ob er es sonderlich ernsthaft versuchen würde.

Wir ertrugen lange zwanzig Minuten eine ungelenke Konversation, bis die Gentlemen sich uns schließlich anschlossen. Ich erkannte sofort an Oscars Gesicht, dass Matt eine Möglichkeit gefunden hatte, das Thema anzusprechen. Die Anzeichen waren so subtil, dass ich bezweifelte, dass es Louisa auffiel, aber ich hatte aufgepasst, und ich sah das angespannte Kinn, die leicht geschürzten Lippen und die Art, wie er nicht direkt an die Seite seiner Verlobten trat, bis sie ihn mit ausgestreckter Hand zu sich zitierte.

Ich war nicht die Einzige, der die Veränderung in Oscar auffiel. Lord Coyle bemerkte es auch, wenn man nach der Art ging, wie er ihn unter seinen schweren Augenlidern hervor betrachtete.

Der Rest des Abends war gesegnet kurz. Sobald Louisa sich Oscars schlechter Laune bewusst wurde, verlor sie ihren Appetit auf die Unterhaltung, selbst als sie sich auf die Magie verlegte. Sie waren die ersten, die aufbrachen, und Matt nutzte die Gelegenheit, um vorzuschlagen, dass auch wir gehen sollten.

Lord Coyle ging mit uns. „Was haben Sie zu Barratt gesagt?", fragte er Matt, während wir die Eingangsstufen des Stadthauses der Delanceys hinabgingen.

„Das geht Sie nichts an", sagte Matt ganz nebenher.

Lord Coyle knurrte.

Unsere Kutsche rollte heran, und ein Diener der Delanceys öffnete mir die Tür. „Gibt es sonst noch etwas, Coyle?", fragte Matt, während er mir den Tritt hinauf in die Kutsche half.

„Ich wollte Mrs. Glass fragen, ob sie weiter über meinen Vorschlag nachgedacht hat. Es ist eine Woche her, dass wir zuletzt darüber sprachen." Er wandte den Blick mir zu. „Ich glaube nicht, dass ich Sie daran erinnern muss, dass Sie mir etwas schulden, Mrs. Glass, und dass es Sie von Ihrer Schuld freisprechen wird, wenn Sie Hope überzeugen, meinen Heiratsantrag anzunehmen."

„Es ist keine Schuld", fuhr Matt ihn an. „Sie haben sie in eine unmögliche Lage versetzt."

Lord Coyle achtete nicht auf Matt. „Mrs. Glass?"

„Ich habe Hope die ganze Woche lang nicht gesehen", sagte ich.

„Besuchen Sie sie morgen. Ich erwarte in zwei Wochen eine Antwort."

„Sie können doch nicht erwarten, dass eine junge Frau sich etwas so Wichtiges in zwei Wochen überlegt!"

„Hope Glass ist kein dummes Mädchen. Ich möchte wetten, dass sie sich bereits entschieden hat und es nur hinauszögert."

„Weshalb sollte sie denn so etwas tun?", fragte Matt.

„Um es scheinen zu lassen, als könne sie sich nicht entscheiden. Ich mag ja nie verheiratet gewesen sein, aber ich weiß doch, dass junge Frauen gerne im Mittelpunkt der Aufmerksamkeit stehen."

Ich verdrehte die Augen, aber das hatte er wahrscheinlich im trüben Leuchten der Straßenlampen nicht gesehen.

Lord Coyle tippte sich an die Hutkrempe. „Guten Abend, Mrs. Glass."

„Eines noch", sagte Matt, der sich breit vor Coyle aufbaute. Mein Blut wurde eisig kalt. Er würde Seine Lordschaft zur Rede stellen, obwohl ich ihn gebeten hatte, das nicht zu tun. „Wir haben einen Brief von Lord Cox erhalten, in dem steht, dass sein Halbbruder die Wahrheit herausgefunden hat. Weshalb haben Sie es ihm erzählt?"

„Das habe ich nicht." Trotz seiner Leugnung zeigte er keine Überraschung über diese Neuigkeiten.

„Es war unfair – grausam sogar. Cox ist ein guter Mann. Er hat Kinder, um Himmelswillen. Sie haben das Stigma nicht verdient, dass sich auf sie herabsenkt, wenn die Unrechtmäßigkeit von Cox öffentlich wird."

„Sein Halbbruder hat es nicht öffentlich gemacht. Vielleicht verfolgt er die Sache nicht weiter." Lord Coyle stach mit dem Ende seines Gehstocks in den Bürgersteig.

„Wenn Sie ihn nicht in Kenntnis gesetzt haben, wer dann?", fragte ich. „Ich war es nicht."

„Es könnten alle möglichen Leute sein, die von der ersten Ehe wussten. Bedienstete, eine Hebamme, alte Nachbarn, der Vikar, die Frau des Vikars. Ein solches Geheimnis lässt sich nicht ewig unter Verschluss halten."

„Was wird jetzt passieren?", fragte ich leise.

„Das liegt ganz bei dem Halbbruder. Sie haben keine weitere Korrespondenz mehr von Lord oder Lady Cox erhalten?"

Ich schüttelte den Kopf.

„Dann werden wir mit angehaltener Luft warten." Er tippte mit dem Gehstock an Matts Bein. „Gehen Sie nach Hause mit Ihrer Frau, Glass. Es ist spät, und meine Kutsche wartet."

Matt stieg ein und setzte sich neben mich. Er schloss die Tür, und die Kutsche fuhr mit einem Ruckeln an, als gerade Sir Charles und Professor Nash die Eingangsstufen herauskamen.

„Du hast versprochen, du würdest Lord Cox' Brief nicht vor Lord Coyle erwähnen", sagte ich.

„Das habe ich nie versprochen." Matt wandte sich zu mir

und hob eine Strähne meines sorgsam gelockten Haares von meiner Schulter. Die Abfolge aus Straßenlampen legte immer wieder Licht und Schatten über sein Gesicht, und in jedem lichten Moment war er ein wenig näher bei mir, seine Lippen etwas weiter geöffnet. Er wollte mich küssen.

Ich schlug ihn leicht auf die Schulter. „Du hast es vielleicht nicht mit Worten versprochen, doch es war trotzdem ein Versprechen."

Mit einem Seufzen lehnte er sich zurück. „Wie kann es denn ein Versprechen sein, wenn ich es nicht versprochen habe?"

„Das ist es einfach."

„Bist du wütend auf mich, India?"

„Ja. Nein. Vielleicht." Ich rückte näher an ihn, um ihm zu zeigen, dass ich nicht wirklich wütend war, und weil es ein wenig kühl war. Er richtete den Pelzkragen an meiner Stola und schmiegte mich an seine Seite. Seine Wärme umfing mich sofort. „Glaubst du Coyle, wenn er sagt, dass er Cox' Halbbruder nicht aufgeklärt hat?", fragte ich.

„Nein. Er hat keine Hemmungen, zu lügen."

„Aber er hatte keinen Grund, es ihm zu sagen."

„Keinen Grund, den wir kennen."

Ich gähnte und schob meine Hand unter sein Jackett, um den beruhigenden Schlag seines Herzens zu spüren. „Oscar wirkte unglücklich, nachdem du mit ihm geredet hast. Glaubst du, er liebt Louisa wirklich?"

„Schwer zu sagen. Sie hat ihm übrigens erzählt, dass sie Fabian den Antrag gemacht hat. Louisa sagte, sie hätte es wegen der familiären Pflicht getan, da ihre Familien einander lange kennen und es erwartet wurde."

„Weshalb kam er dann mit einem so mürrischen Gesicht in den Salon?"

„Weil er nichts von Gabe Seaford wusste."

„Ah. Also ist ihm jetzt klar, dass es keine familiäre Pflicht war, sondern ein Muster, das beweist, dass sie wegen seiner Magie hinter ihm her ist." Ich gähnte. „Armer Oscar."

„Sie haben einander verdient."

„Jetzt werden sie einander nicht mehr bekommen. Er kann es abblasen, oder sich ehrenhaft verhalten, und es sie abblasen lassen, damit sie nicht als die Sitzengelassene erscheint, sondern diejenige, die sitzen lässt."

„Vielleicht. Oder die Verlockung ihres Vermögens wird ihm helfen, sein Unbehagen zu überwinden."

* * *

WILLIE SCHNEITE ins Wohnzimmer und warf mir einen Blick zu, während ich Tante Letitias tragbares Schreibpult auf dem Schoß hielt, und schnalzte tadelnd mit der Zunge. „Du arbeitest an einem Samstag?"

„Es ist ein elender Vormittag", sagte ich und wies auf das regenbespritzte Fenster. „Das ist keine Arbeit. Mir macht es Spaß, etwas über Magie zu erfahren." Es erfüllte mich auf eine Art, wie es in der Vergangenheit nur das Basteln an Uhren getan hatte. Nun, da ich nicht mehr so einfach an kaputte Uhren herankam, hatte ich festgestellt, dass meine Ruhelosigkeit gelindert wurde, wenn ich Fabians Listen mit magischen Worten auswendig lernte und versuchte, sie zusammenzusetzen, um neue Zauber zu schaffen.

„Für mich klingt es wie Arbeit." Willie sank mit einem lauten Seufzen in den Sessel am Feuer. Sie seufzte erneut, als niemand sie zur Kenntnis nahm.

Matt senkte die Ecke seiner Zeitung. „Stimmt was nicht, Willie?"

„Mir ist langweilig."

„Schon? Du bist doch gerade erst aus dem Bett gekommen."

„Und es ist fast schon elf", bemerkte Tante Letitia, ohne von dem Brief aufzuschauen, den sie las.

„Ich habe lange geschlafen, weil ich gestern Abend spät nach Hause gekommen bin", sagte Willie.

Duke senkte die Zeitung, die er las, als Matt seine gerade hochnahm. „Warst du bei Brockwell?"

„Es geht dich überhaupt nichts an, bei wem ich war."

Duke verdrehte die Augen und hob die Zeitung wieder.

„Also gut, ich erzähle es euch." Willie streckte die Füße zum Feuer hin. „Ich habe unten an den Hafenanlagen eine Frau getroffen ..."

„An den Hafenanlagen!" Duke rief es zur gleichen Zeit, als Tante Letitia sagte: „Erspare uns die vulgären Einzelheiten." Sie mochte Willies Neigung zu beiden Geschlechtern ja akzeptieren, doch sie redete nicht gern darüber.

Duke legte die Zeitung auf dem Tisch ab und betrachtete Willie besorgt. „Du weißt doch, dass diese Frauen nicht nach Liebe suchen."

„Wer sagt denn, dass ich nach Liebe suche?"

„Das Einzige, was du dort finden wirst, ist eine Krankheit."

Tante Letitia gab ein angeekeltes Geräusch von sich. „Müssen wir denn von solchen Dingen sprechen?"

„Was ist mit dem Kriminalinspektor?", fragte ich. „Seid ihr beiden kein Paar mehr?"

„Ein Paar?" Willie schnaubte. „Das waren wir nie. Wir waren nur zwei Menschen, die einander gern Gesellschaft leisteten, zumindest hin und wieder mal. Wir treffen uns an einigen Abenden immer noch. Aber keiner von uns will etwas daraus machen, was es nicht ist. Wir sind glücklich."

Sie wirkte mit der Übereinkunft ziemlich zufrieden. Ich fragte mich, ob das bei Brockwell auch der Fall war.

„Wer will Poker spielen?", fragte Willie.

„Ich nicht", sagte ich, konzentrierte mich wieder auf die Liste mit magischen Wörtern.

„Duke?"

„Ich lese Zeitung", sagte er und nahm sie wieder hoch.

„Genau wie ich" fügte Matt von hinter seiner Zeitung an.

Tante Letitia hob ihren Brief noch höher, um ihr Gesicht zu verbergen und es zu vermeiden, Willie überhaupt anzusehen.

Willie verschränkte die Arme vor der Brust. „Ich wünschte, Cyclops wäre hier. Er würde ein paar Runden mit mir spielen. Ist er wieder in Catherines Laden?"

„Er ist früh am Morgen gegangen", erklärte ich ihr.

„Dieser Laden wird inzwischen so sauber sein wie das leere Glas eines Betrunkenen. Er war doch eine Woche lang jeden Tag dort."

Seit Catherine Mason gelogen hatte, um ihn aus der Falle von Charity Glass zu befreien, hatte Cyclops seine Anerkennung gezeigt, indem er Catherine und ihrem Bruder Ronnie geholfen hatte, ihren Uhrenladen auf die Beine zu stellen. Der Laden hatte vor ein paar Tagen eröffnet, doch Cyclops hatte darauf bestanden, dort zu sein, um sauber zu machen, Dinge herum zu tragen und auf jede erdenkliche Weise zu helfen. Willie hatte recht; er musste jetzt nicht dort sein, da der Laden in Ordnung war. Morgen würde er geschlossen haben, weil Sonntag war. Ich fragte mich, ob Cyclops einen Grund finden würde, um trotzdem zu Besuch zu kommen.

Das Gespräch über den Laden erinnerte mich an die schwarze Marmoruhr, die nun stolz auf dem Kaminsims im Wohnzimmer stand. Sie war viele Jahre lang im Laden ausgestellt worden, hatte jeden Tag etwas Zeit verloren, obwohl sowohl mein Vater als auch ich daran gearbeitet hatten. Auch wenn ich es geschafft hatte, jede andere Uhr zum Laufen zu bringen, hatte sich mir diese immer entzogen.

Ich hatte allerdings noch niemals einen Zauber darauf gesprochen, bis ich sie vor ein paar Wochen nach Hause geholt hatte. Der Zauber, den mein Großvater mir beigebracht hatte, hatte die Uhr nicht gleich repariert, aber den Zauber zusammen mit meinem fortgesetzten täglichen Schrauben zu sprechen, hatte schließlich funktioniert. Die ganze Woche lang hatte die Uhr keine einzige Sekunde verloren. Die Zufriedenheit, die ich dabei verspürte, grenzte schon an Hochstimmung.

Erhobene Stimmen kamen von unten zu uns herauf, aber wir konnten die Worte nicht verstehen. Eine der Stimmen gehörte Bristow. Matt senkte seine Zeitung und runzelte die Stirn, während er zuhörte.

Ein lautes Klappern machte sich über den Stimmen bemerkbar. Es klang, als würde das silberne Serviertablett auf den gekachelten Boden der Eingangshalle fallen. „Halt!", rief Bristow. „Sie können nicht unangekündigt dort hinaufgehen!"

Schritte erklangen auf den Stufen.

Matt, Duke und Willie schossen hoch und begaben sich zur Tür, doch der Eindringling krachte hindurch, lief beinahe in sie hinein. Er blieb abrupt stehen, seine Brust hob und senkte sich wegen der Anstrengung, die Stufen herauf gelaufen zu sein. Sein Blick huschte an Matt und den anderen vorbei und senkte sich auf mich.

Tante Letitia packte meine Hand und keuchte. Ich hielt sie fest, das Herz schlug mir bis zum Halse.

Ich erkannte den Mann. Er war ein Ledermagier, der Bunn hieß. Als er zum letzten Mal hergekommen war, hatten ihn Bristow und der Diener Peter hinaus geleitet, nachdem ich mich geweigert hatte, meine Magie einzusetzen, um seine zu verlängern. Weshalb also war er zurück und wollte unbedingt mit mir sprechen?

# KAPITEL 2

„**W**as hat das zu bedeuten?", wollte Matt wissen.

Mr. Bunn schien schließlich Matt zu sehen, der von Duke und Willie flankiert wurde. Ein formidables Trio, obwohl Willie ihre Waffe nicht bei sich trug. Kein Wunder, dass er heftig schluckte und einen Blick hinter sich warf. Bristow und Peter verstellten den Eingang.

„Es tut mir leid, Sir, ich habe versucht, ihn aufzuhalten", sagte Bristow. Ein paar Haarsträhnen hatten sich aufgestellt, und sein Jackett hatte sich an den Schultern aufgebauscht. Für den für gewöhnlich makellos wirkenden Butler war er mehr oder weniger ramponiert.

„Ist schon in Ordnung", versicherte Matt ihm. „Die Schuld trägt dieser Kerl." Er baute sich vor Mr. Bunn auf. „Ich habe Ihnen eine Frage gestellt", knurrte er.

Mr. Bunns Wange zuckte. Er sah aus, als wäre er nicht älter als zwanzig, aber seine blonden Locken ließen ihn vielleicht jünger wirken, als er war. Nachdem ihm der Wind aus den Segeln genommen war, schien er irgendwie verwundbar.

„Ich heiße Joseph Bunn. Ich bin ein Ledermagier. Ich habe mich hier vor ein paar Monaten mit Miss Steele getroffen." Er hatte von der Uhrenmagie und Chronos durch Oscar Barratts Artikel erfahren, und die Adresse der Enkelin des Magiers durch eine Kombination von Zufällen herausgebracht. Seither hatte mich kein weiterer magischer Handwerker mehr aufgesucht, und ich hatte gedacht, ich wäre in Sicherheit und vergessen. Offensichtlich hatte Mr. Bunn mich nicht vergessen.

„Ich bin inzwischen Mrs. Glass." Ich wies auf Matt. „Mr. Glass und ich sind verheiratet."

Mr. Bunn nahm seine Mütze ab und knautschte sie in den Händen. „Ich gratuliere." Er räusperte sich und richtete sich dann an Matt. „Ich habe Ihre Frau gebeten, ihre Magie zu nutzen, um meine zu verlängern, damit ich gute Lederschuhe herstellen kann, die lange halten. Damals wollte sie es nicht machen, aber ich dachte, ich versuche es noch mal."

„Sie verschwenden Ihre Zeit." Matt wies zur Tür, lud Mr. Bunn ein, zu gehen.

Mr. Bunn bewegte sich nicht. „Sehen Sie, ich habe das Geschäft gegründet, und es mausert sich wirklich gut. Allen gefallen meine Stiefel und Schuhe, da das Leder so gut ist, und ich verkaufe sie zu anständigen Preisen, bis ich gut aufgestellt bin." Er sprach rasch, als wäre ihm klar, dass Matt eine kurze Zündschnur hatte, und er alles sagen musste, bevor der Funke am Schwarzpulver ankam. „Aber ich musste mir Geld leihen, um es zu eröffnen, und jetzt habe ich große Schulden. Ich hoffte, Mrs. Glass würde mit einem Magier-Kollegen Mitleid haben und meine Magie verlängern, damit das Leder ewig wie neu wirkt. Sobald ich den Ruf habe, dass ich gute, haltbare Stiefel herstelle …" Seine Wangen zuckten wieder, während er zögerlich lächelte. „Leute aus ganz London – aus ganz England! – würden ein Paar meiner Schuhe wollen. Ich habe es nicht eilig, Mrs. Glass. Ich bin jung, und ich kann vorerst meine Rückzahlungen leisten, wenn die Dinge so laufen, wie sie bisher liefen. Die Leute wissen bereits, wie gut meine Arbeit ist, aber wenn die Magie verlängert werden könnte, wäre ich der Beste."

„Mr. Bunn, ich bewundere Ihre Begeisterung und Ihren Unternehmergeist", sagte ich, „aber an meiner Entscheidung hat sich nichts geändert. Ich werde Ihre Magie nicht verlängern."

Sein Lächeln schwand, und seine flapsigen Hände kneteten die Mütze noch fester. „Warum nicht?"

„Magier haben bereits einen unfairen Vorteil gegenüber talentfreien Handwerkern, aber zumindest hält die Magie nicht ewig. Es wäre unmoralisch von mir, diesen Vorteil noch auszubauen."

„Wie ist es denn unfair, wenn mir die Magie von Gott gegeben wurde?"

„Lassen Sie doch Gott aus dem Spiel", spuckte Willie aus. „Wenn er gewollt hätte, dass Sie Ihre Magie einsetzen, um voranzukommen, hätte er die Magie ewig währen lassen, und nicht verblassen."

„Aber er hat Mrs. Glass diese Art Magie gegeben."

„Lassen Sie die Religion heraus", sagte ich. „Tatsache ist, ich werde Ihre Magie nicht verlängern. Bitte kommen Sie nicht wieder her und fragen Sie mich."

Mr. Bunn trat auf mich zu. „Aber …"

Matt nahm seinen Arm, und Duke schnappte sich den anderen. Willie verstellte ihm den Weg, die Hände auf den Hüften. Mr. Bunn wehrte sich einen Augenblick, erkannte dann aber wohl, dass es sinnlos war, und hörte auf.

„Ich hätte ihr nichts getan", murmelte er. „Nur mit ihr geredet."

„Wie kommen Sie darauf, dass sie Ihre Magie jetzt verlängert, wo sie es doch letztes Mal nicht getan hat?", fuhr Matt ihn an.

„Ich habe mich bemüht und habe mich gut aufgestellt", sagte Mr. Bunn. „Ich dachte, wenn ich ihr zeige, dass ich es richtig ernst meine, und ich beweisen könnte, dass mein Geschäft in ein paar Jahren profitabel sein könnte, würde sie es für angemessen halten, mir zu helfen."

„Sie haben Ihre Zeit verwendet", sagte ich.

„Und unsere", ergänzte Matt. Er und Duke drängten Mr. Bunn zur Tür.

„Ich habe niemals sonst jemandem erzählt, wo man Sie finden kann!", rief Mr. Bunn. „Keinem einzigen Magier. Ich habe Ihr Geheimnis bewahrt, Mrs. Glass. Jetzt sollten Sie mir helfen."

„Sie muss überhaupt nichts für Sie tun", fuhr Willie ihn an.

„Wenn Sie einer Menschenseele verraten, wo man sie findet", sagte Matt, seine Stimme kalt wie Stahl, „werde ich Ihr Geschäft ruinieren und dafür sorgen, dass Ihr Kreditgeber Ihre Schuld eintreibt."

Mr. Bunns Augen wurden groß. „Sie! Sie haben mir diesen Brief geschickt!"

Matt kniff die Augen zusammen. „Welchen Brief?"

„Der droht, mich zu ruinieren."

„Ich habe Ihnen keinen Brief geschickt. Ich wusste bis heute nicht mal, wer Sie sind."

„Erzählen Sie uns von dem Brief", sagte ich und erhob mich.

„Er kam von jemandem, der gedroht hat, mich zu ruinieren, genau wie Mr. Glass es eben getan hat. Er hat mich einen Betrüger genannt, weil ich meine Magie einsetze, um mein Geschäft zum Erfolg zu führen."

Es war genau, wie Oscar erwähnt hatte. Erfolgreiche Magier in der ganzen Stadt erhielten Briefe, die ihnen vorwarfen, sie würden mogeln. Es war keine Überraschung, dass Mr. Bunn einer der Empfänger war, wenn es stimmte, was er gesagt hatte, und er sich ein solides Geschäft in so kurzer Zeit aufgebaut hatte.

„Haben Sie den Brief noch?", fragte ich.

„Ich habe ihn weggeworfen." Er schaute zu Matt auf. „Sie haben ihn nicht geschickt?"

„Ich habe Besseres zu tun. Ganz zu schweigen davon, dass ich mit einer Magierin verheiratet bin", sagte Matt. „Ich habe keinen Grund, Ihnen oder sonst jemandem Drohbriefe zu schicken. Außer, Sie belästigen noch einmal meine Frau."

Mr. Bunn verzog die Lippen. „Was soll ich also jetzt tun?"

„Weiterhin Schuhe und Stiefel von hervorragender Qualität herstellen", sagte ich. „Genauso, wie Sie es schon machen."

„Das reicht nicht! Die Qualität lässt rasch nach. Wie soll ich denn weiterkommen?"

„Durch harte Arbeit", sagte Willie.

„Das könnte Jahre dauern!"

„Im Leben gibt es keine Abkürzungen."

Mr. Bunn wehrte sich nicht, als Matt und Duke ihn aus dem Wohnzimmer geleiteten. Peter folgte ihnen, aber Bristow blieb zurück.

„Kann ich Ihnen etwas holen, Madam?", fragte er.

„Nein, danke."

„Ich möchte mich noch einmal entschuldigen, dass ich gestattet habe, dass dieser Kerl an mir vorbeikommt."

„Ist schon in Ordnung, Bristow. Es war nicht Ihre Schuld."

„Vielleicht sollten wir ihm eine Schusswaffe besorgen, India", sagte Willie, als Bristow sich mit einer Verbeugung nach draußen begab. „Was meinst du, Lettie?"

Ich hatte Tante Letitia vergessen. Ich wandte mich zu ihr, als sie Willie nicht antwortete, und holte scharf Luft. Sie lächelte mich mit einer kindischen Unschuld an.

„Veronica, ist Harry zu Hause?", fragte sie. „Ich bin mir sicher, ich habe seine Stimme gehört. Geh und sag ihm, er soll herkommen." Ihr Gesicht verdüsterte sich, und ihre Lippen waren geschürzt. „Vater war wieder furchtbar zu mir, und Richard auch. Unser Bruder stellt sich immer auf Vaters Seite, aber Harry nimmt immer meine Seite ein, er sei gesegnet."

Ich beäugte Willie, und zusammen halfen wir Tante Letitia sanft auf die Beine. „Weshalb bringen wir Sie nicht zu ihm", sagte ich.

Ich half ihr in ihr Zimmer, während Willie Polly holte, um bei ihr zu sitzen, solange sie sich ausruhte. Es war einige Zeit her, seit sie einen Anfall gehabt hatte, und ich hatte allmählich gehofft, dass es ihr besser ging. Aber der Schock von Mr. Bunns Eindringen und die darauf folgende Konfrontation hatten wohl dafür gesorgt, dass ihre Gedanken in die Vergangenheit entglitten, wo sie immer dachte, ich wäre ihr altes Dienstmädchen Veronica, und Matt wäre sein Vater.

Matt, Duke und Willie warteten auf mich, als ich wieder ins Wohnzimmer kam. „Wie geht es ihr?", fragte Matt.

„Sie ist verwirrt, war aber zu einer Ruhepause zu überreden." Mit einem Seufzen setzte ich mich. „Was für ein seltsamer Vormittag."

Matt rieb mir die Schulter. „Ich glaube nicht, dass Bunn noch weitere Probleme machen wird."

„Ich hätte mal meinen Colt zücken sollen", sagte Willie. „Das würde dafür sorgen, dass er niemals zurückkommt."

„Du hättest ihm sagen sollen, dass dein Liebhaber ein Kriminalinspektor bei Scotland Yard ist", sagte Duke. „Ich schätze, das hätte besser funktioniert."

„So würde sie Brockwell doch nicht benutzen", sagte ich.

Willie blinzelte mich an. „Natürlich würde ich das, wenn ich denke, es bringt was. Aber Matts Drohung hat den Trick ja vollbracht." Sie beäugte die Tür, durch die Mr. Bunn verschwunden war. „Obwohl der Junge den Mut und die Dummheit der Jugend besitzt, also wer weiß schon."

„Ich frage mich, ob derjenige, der diese Briefe schreibt, ernst mit seiner Drohung macht, Bunn und andere Magier zu ruinieren", sagte ich.

Matt setzte sich neben mich und nahm mich an der Hand. „Das wäre ganz einfach. Wenn ihre Gilden herausfinden, dass sie Magier sind, würden ihre Mitgliedschaften und Lizenzen zurückgenommen werden."

Wenn sie keine Lizenzen hatten, konnten sie ihre Produkte nicht verkaufen. Es war ein archaisches System, das aufgebaut war, um Magier draußen zu halten. Deshalb hatten so viele Magier ihre Magie versteckt und die Kunst war von den meisten so gut wie vergessen worden. Es war der Grund, weshalb meine Eltern mir niemals von meiner Abstammung erzählt hatten, obwohl man in der Gilde der Uhrmacher vermutet hatte, dass in meinen Adern Magie floss. Die Gilden hatten eine enorme Macht, und das machte mich unruhig.

* * *

CYCLOPS KEHRTE nach dem Mittagessen zurück, und wir verbrachten einen gemütlichen Nachmittag drinnen, während es draußen weiter regnete. Da Willie in einem Ohrensessel schnarchte, zog ich mich in die Bibliothek zurück, um mit meinen Studien fortzufahren. Dort fand ich Matt, der las, und wir kuschelten uns aneinander, ehe ich aufstand, um mich mit meinen Notizen an den Tisch zu setzen.

Eine Stunde später schloss er sein Buch und kam zu mir. „Hat dich der Besuch von Bunn erschüttert?", fragte er.

„Ein wenig." Ich lächelte ihn ausdruckslos an. „Aber es ist alles in Ordnung. Ich glaube, du hast ihn für immer verjagt."

„Das will ich hoffen." Er setzte sich auf den Rand des Schreibtisches und beäugte mich genau.

„Was ist denn?", drängte ich. „Komm schon, raus damit."

„Bin ich so leicht zu deuten?"

Ich grinste. „Immer."

Er knurrte. „Ich habe mich gefragt, ob du versucht warst, ihm zu helfen."

„Überhaupt nicht." Ich wandte mich ihm ganz zu. „Ich kann nicht glauben, dass du mich das fragen musstest."

„Du magst mich vielleicht deuten können, aber ich kann dich nicht immer deuten, besonders, wenn es um deine Meinung zu Magie geht."

Ich berührte ihn am Knie. „Ich war niemals versucht, ihm zu helfen. Die einzige Magie, die ich hier verlängern werde, ist die von Gabe, wenn du sie brauchst."

Seine Hand schloss sich über meiner, und er beugte sich herab, um mich zu küssen. Es war leicht und süß und erfüllt von Verheißungen und Liebe. Ich bezweifelte nie, dass ich geschätzt wurde, denn er musste mich nur so küssen, und meine Zweifel verflogen.

Er zog seinen Stuhl heran und setzte sich neben mich. „Was ist mit den neuen Zaubern, die du mit Fabian erschaffst?"

„Ich kann keinen Grund sehen, bei unseren Experimenten den Verlängerungszauber einzusetzen."

„Habt ihr euch auf einen Zauber geeinigt, den ihr zuerst probieren möchtet?"

„Meine Uhr fliegen lassen."

„Das kannst du doch bereits."

„Nicht bewusst." Manchmal retteten mir meine Uhren das Leben, indem sie ihre Ketten um den Hals oder die Handgelenke von Angreifern legten. Einmal war eine Kaminuhr vom Sims geflogen und hatte einen Angreifer am Kopf getroffen. Aber ich konnte sie nicht absichtlich dazu bringen oder ihre Flugbahn beeinflussen. „Fabian kann Eisen nicht nur fliegen lassen, er kann es auch lenken. Mr. Hendry kann das gleiche mit Papier, und in begrenzter Weise kann Oscar es auch mit seinen Tintenwörtern. Wir haben bereits versucht, Fabians Zauber mit meinem Uhrenzauber zu verbinden, doch das hat nicht funktioniert. Wir werden versuchen, sie ein wenig abzuändern."

„Was ist mit Hendrys Zauber?"

„Was soll damit sein?"

„Hast du die Worte bei deiner Uhr benutzt, an die du dich noch erinnerst?"

„Ich erinnere mich an keine." So sehr ich es auch wollte, ich konnte mir einfach nicht die Worte in Erinnerung rufen, die er gesprochen hatte, um Papiere und Karten auf mich zu schleudern. Zu diesem Zeitpunkt war ich zu sehr von Panik erfüllt gewesen.

„Ich kann mich an zwei vom ersten Mal erinnern, als er den Zauber eingesetzt hat", sagte Matt. „Ich war nicht da, als er beim zweiten Mal ein ganzes Haus voller Papiere in der Eingangshalle auf euch geschleudert hat, aber Willie war da. Hast du sie schon gefragt?"

„Ich wecke sie gleich."

Er nahm meine Hand, ehe ich loslaufen konnte. „Noch nicht." Er zog mich näher. „Du weißt doch, wie sie ist, wenn du sie bei einem Nickerchen unterbrichst."

Ich legte ihm meine Arme um den Hals und knabberte leicht an seiner Lippe. „Was sollen wir denn tun, um uns die Zeit zu vertreiben, bis sie erwacht?"

Ich spürte sein Lächeln. „Mir fallen schon ein paar Dinge ein."

* * *

WILLIE ERWIES sich als genauso schlecht wie ich bei der Erinnerung daran, wie Mr. Hendrys magische Worte gelautet hatten. „Woher soll ich das wissen?", rief sie, als wir sie fragten, nachdem sie von ihrem Nickerchen erwacht war. „Ich war zu sehr damit beschäftigt, mir nicht den Hals aufschlitzen zu lassen."

„Tod durch Papierschnitt", sagte Duke mit einem leisen Lachen, während er nach einem Stück Biskuitkuchen griff.

Willie schlug seine Hand weg. „Das ist nicht witzig."

„Sehe ich auch so", sagte Matt.

„Tut mir leid", murmelte Duke, der Willie beäugte, während er noch einmal nach dem Kuchen griff.

„Passen die Worte, an die Matt sich erinnert, zu irgendwelchen von den Worten aus Charbonneaus Zauber mit dem fliegenden Eisen?", fragte Cyclops.

Ich reichte ihm meinen Block. „Nur eines", sagte ich und deutete auf ein Wort mit neun Buchstaben. „Das andere ist anders. Wenn ich mich am Montag wieder mit Fabian treffe, sehen wir, ob es sich in seinen Zauber einfügen lässt. Wenn das bei meiner Uhr nicht wirkt, werden wir ein paar andere aus der Liste probieren, denen noch keine Einsatzmöglichkeit oder Bedeutung zugewiesen wurde."

„Was machst du denn, sobald du deine Uhr fliegen lassen kannst?", fragte er, griff nach einem weiteren Stück Kuchen.

„Dann lasse ich etwas anderes fliegen."

Willie schnippte mit den Fingern, auf ihrem Gesicht leuchtete Begeisterung. „Einen fliegenden Teppich, wie in dieser Geschichte aus tausendundeiner Nacht."

„Professor Nash glaubt, das sind nicht nur Geschichten", sagte ich. „Er denkt, Magier haben vor langer Zeit die ganze Zeit fliegende Teppiche hergestellt."

„Chronos glaubt das auch", erklärte Matt.

„Würde man dafür nicht einen Wollmagier brauchen?", fragte Duke.

Ich nickte. „Was der Grund ist, weshalb einer unserer ersten Zauber kein fliegender Teppich sein wird. Wir kennen keine Wollmagier."

„Du kannst immer noch mal zu Bunn gehen und den Zauber mit Leder probieren", sagte Willie. „Er könnte dir einen fliegenden Kuhhaut-Teppich machen."

„Ja, aber er wird wollen, dass India im Gegenzug seine Magie verlängert", sagte Duke.

„Er macht sowieso kein Leder", erklärte ich. „Er arbeitet nur damit. Konkret verwandelt er es in Schuhe, obwohl ich nicht verstehe, weshalb sein Zauber nicht auch bei Kleidung oder Bucheinbänden wirken sollte."

„Also brauchst du einen Gerbermagier?" Duke verzog das Gesicht. „Ich werde dir nicht helfen, so einen zu finden. Hast du mal diese Fabriken gerochen? Die stinken."

„Vielleicht brauchen Gerbermagier keine Hundekacke und was immer sie sonst noch nutzen, um das Leder zu tränken", sagte Cyclops. „Vielleicht ist das genau der Sinn hinter ihrer Magie."

Seine Theorie ergab einen gewissen Sinn. Mr. Hendry konnte Papier ohne die Zusätze herstellen, nur mit einem Zauber, weshalb sollte das also nicht auch Gerbermagiern gelingen? „Da würde man einen Gerbermagier ziemlich leicht finden", sagte ich. „Wenn es nicht stinkt, erkennt man ihre Fabriken sofort."

„Das würde zu sehr hervorstechen", sagte Matt. „Aus diesem Grund glaube ich nicht, dass es welche gibt. Das wäre jemandem aufgefallen."

Willie stocherte in den glühenden Kohlen auf dem Gitter, damit sie wieder aufglommen. „Schade. Ich wäre gern mal auf einem Teppich geflogen. Oder einer Kuhhaut."

Duke lachte leise. „Von einem Teppich, der über die Stadt fliegt, fällt man viel tiefer als von einem Pferd."

Willie schnaubte. „Hast du je gesehen, wie ich von einem Pferd falle, Duke? Hast du nicht, denn das ist mir nie passiert."

„Nicht Mal, als du klein warst?"

„Nö."

„Ach. Ich dachte, du wärst mal bei einem Sturz auf dem Kopf gelandet, und darum bist du ein bisschen ... du weißt schon." Er tippte sich auf die Schläfe und neigte den Kopf, damit Cyclops sein Zwinkern sehen konnte, aber Willie nicht.

Sie zückte den Schürhaken, und Duke wich zurück in seinen Sessel, um ihm auszuweichen, sein Lächeln war verflogen. „Mutig ist der Mann, der mich verrückt nennt, während ich ein glühendes Eisen in der Hand halte."

„Oder dumm", sagte Cyclops. Als Duke widersprach, zuckte Cyclops entschuldigend mit der Schulter. „Na ja, ich hätte das nicht zu ihr gesagt."

„Kommt Delancey nicht aus einer Familie mit Wollmagiern?", fragte Matt.

„Die Magie hatte mit seinem Vater ein Ende", sagte ich.

„Gibt es keine entfernten Vettern?"

Das lohnte sich vielleicht, auszukundschaften. Wenn Delancey mit seinen Vettern keinen Kontakt mehr hatte, bedeutete das nicht, dass Fabian und ich uns ihnen nicht nähern konnten.

Bristow trat ein und kündigte einen Besucher an. „Miss Hope Glass ist im Salon."

Matt und ich wechselten einen Blick. Das war meine Chance, sie davon zu überzeugen, Lord Coyles Antrag anzunehmen. Aber ich war mir immer noch nicht sicher, ob ich das tun sollte oder ob ich es auch nur konnte. Hope war niemand, dessen Meinung man leicht beeinflusste.

„Ist sie allein?", fragte Cyclops. „Oder sind ihre Schwestern dabei?"

„Sie ist allein", erwiderte Bristow.

Cyclops entspannte sich. „Ich glaube, ich bleibe nur für den Fall trotzdem noch eine Weile hier drin."

Matt und ich begrüßten Hope im Salon, und sie antwortete höflich, doch ein wenig steif. Wir tauschten die üblichen Höflichkeiten aus, während wir darauf warteten, dass der Tee eintraf. Nachdem Bristow das Tablett abgestellt hatte, gegangen war und hinter sich die Türen geschlossen hatte, kam Hope schließlich auf den Grund ihres Besuchs zu sprechen.

„Als wir uns beim letzten Mal gesehen haben", setzte sie an, „habe ich euch gewarnt, dass ich herausfinden würde, wie ihr meinen Schwager im Griff habt."

Sie nippte langsam und betont, als wolle sie jeden Tropfen Tee genießen. Es war typisch für sie, dass sie aus dem Teetrinken eine dramatische Kunst machte. Ich nippte auch langsam und drängte sie nicht. Ich würde ihren Köder nicht schlucken.

„Das habe ich", sagte sie.

„Du hast was?", fragte Matt mürrisch. Es sah aus, als wolle er mit seiner Cousine keine Spielchen spielen.

„Lasst mich doch ganz von vorne beginnen." Hope setzte ihre Teetasse und die Untertasse ab. „Vor zwei Tagen trafen Patience und Lord Cox in London ein. Wir haben in seinem Stadthaus gestern Abend mit ihnen diniert. Es war sofort offensichtlich, dass irgendetwas nicht stimmte. Lord Cox wirkte ausgemergelt und nervös. Er hat sich kaum an der Unterhaltung beteiligt, und seine Nerven wirkten völlig am Ende. Patience ging es nicht besser, aber sie schien sich Sorgen um ihren Mann zu machen, anstatt nervös zu sein. Als ich meine Schwester allein sprechen konnte, fragte ich sie, was los sei. Sie sagte, sie wisse es nicht, doch ihr Mann wäre schon seit über einer Woche so, seit der Zeit, als er einen Brief erhielt."

„Er hat Patience nichts vom Inhalt des Briefes verraten?", fragte ich.

„Nein."

Matt und ich teilten alles, darum war es seltsam für mich, dass ein Mann und eine Frau voreinander Geheimnisse wahrten. Sicher würde Lord Cox Patience bald von seiner Vergangenheit erzählen. Es betraf immerhin auch sie.

Andererseits könnte es sie zutiefst verstören, zu erfahren, dass er sie nur geheiratet hatte, weil er von mir dazu erpresst worden war, und vielleicht schützte er ihre Gefühle, indem er es geheim hielt.

„Ich wusste, dass Patience mir nicht alles verriet", fuhr Hope fort. „Ich habe sie den ganzen Abend bedrängt, bis sie schließlich nachgab und eingestand, dass sie vermutete, dass du dabei eine Rolle spielst, India."

„Ich?"

„Sie hat einen Brief gesehen, in Cox' Hand, der an dich adressiert war, aber kannte den Inhalt nicht. Ich hätte ihn geöffnet, bevor die Diener in abschickten, doch Patience ist immer so gehorsam, trotz dieses kleinen Fehltritts mit dem Schurken." Sie tat Patiences jugendliche Indiskretion mit einem Handwedeln ab, als wäre es nichts gewesen und hätte nicht dazu geführt, dass Lord Cox ihre erste Verlobung aufgekündigt hatte.

„Ist das der Grund, weshalb du hier bist?", fragte Matt. „Um India zu fragen, weshalb er ihr geschrieben hat?"

Ihre Augenlider flatterten. „Ich weiß, weshalb er ihr geschrieben hat. Er wirft India vor, ihr Versprechen gebrochen zu haben, sein Geheimnis zu wahren. Das Geheimnis, das India benutzt hat, um ihn zu zwingen, Patience zu heiraten." Sie nahm ihre Teetasse wieder auf und nippte.

Trotz meiner blanken Nerven machte ich es genauso, hielt meine Züge unter Kontrolle.

Sie stellte die Tasse auf ihre Knie und betrachtete mich mit einem kühlen Lächeln. Das machte ihr Spaß. Oder vielleicht vergnügte es sie, ihre Schwester leiden zu sehen. „Als ich aus

Patience keine Antwort herausbekam, habe ich Lord Cox zur Rede gestellt, und er hat es mir erzählt", sagte sie.

„Was denn genau?", fragte Matt, der eindeutig nicht glaubte, dass sie das Geheimnis kannte.

„Alles."

Matt gab ein Schnauben von sich.

„Er hat mir erzählt, dass sein Vater mit einer anderen Frau verheiratet war, bevor er seine Mutter heiratete", sagte sie. „Diese erste Ehe wurde niemals aufgelöst, und darum ist der Sohn, den sie ihm schenkte, der rechtmäßige Erbe. Er hat mir erzählt, dass sein Halbbruder aufgewachsen ist, ohne das zu wissen, und Lord Cox hat es von seinem Vater auf dem Totenbett erfahren. Er hat das Geheimnis für sich behalten und glaubte, dass sonst niemand davon wusste – bis du diese skandalöse Information benutzt hast, um ihn dazu zu erpressen, meine Schwester zu heiraten."

Ein eiskalter Schauer lief mein Rückgrat hinab.

„Weshalb sollte er dir das alles erzählen?", fragte Matt. Er klang ruhig, wohingegen ich von Schuldgefühlen zerfressen war, von Schrecken und grenzenloser Scham über meine Rolle. „Ich glaube nicht, dass er es nur getan hat, weil du ihn darum gebeten hast."

„Ich habe ihm versprochen, dass ich ihm helfen könnte", sagte Hope, die sich seinem Tonfall anpasste. „Ich habe gesagt, ich würde Leute kennen, die alle möglichen Probleme lösen können, selbst jene, die wirken, als wäre nichts zu retten, und sie sind besonders geeignet für Probleme persönlicher Natur, die besser unerwähnt bleiben."

„Wen denn?", stieß ich hervor.

„Na ja, euch natürlich." Sie lächelte mich an, dann wandte sie sich Matt zu.

Er saß unbewegt in seinem Sessel, betrachtete sie aus verhüllten Augen. „Weshalb solltest du so etwas sagen?"

„Weil es stimmt. Da du diejenige bist, die Lord Cox' Bruder die Information zukommen ließ, India, kannst du ihm sozusagen diese Information wieder wegnehmen. Du musst ihm einfach nur sagen, dass es nicht stimmt, und dass du einfach nur gemein aus Eifersucht, Hass oder irgend so einem Gefühl heraus gehandelt hast."

„Ich habe ihm die Information nicht zukommen lassen", sagte ich hitzig. „Ich weiß nicht, wie er die Wahrheit herausbekam, aber ich kann dir versichern, durch mich war es nicht, und auch nicht durch Matt oder irgendeinen unserer Freunde."

Ihre Stirn legte sich in Falten. Zum ersten Mal wirkte sie unsicher. Ich war erleichterter, als ich zugeben wollte, dass sie mir glaubte.

„Wer hat es dann getan?", fragte sie.

„Dieses Rätsel können wir nicht lösen", sagte Matt. „Wenn die Information richtig ist – und das ist sie wohl, oder Cox würde sich keine so großen Sorgen machen – kann man nichts tun, nun, da der Halbbruder sich dessen bewusst ist. Du musst mit Cox reden und ihm sagen, dass wir ihm nicht helfen können. Stell sicher, dass er erfährt, dass wir sein Geheimnis gewahrt haben. Sag ihm, er soll einen guten Anwalt beauftragen."

„Nein, Matt, ich sage ihm nichts dergleichen", erwiderte sie schnippisch. „Du *kannst* ihm noch helfen. Du hast der Polizei mit allen möglichen vertraulichen Angelegenheiten geholfen. Ich glaube, du bist sogar per Du mit dem Commissioner."

„Das ist keine polizeiliche Angelegenheit. Der Commissioner kann nichts tun."

„Er kann alle möglichen Dinge unter den Teppich kehren."

„Das ist kein Verbrechen."

„Dann müsst ihr eine andere Möglichkeit finden, das zu beenden, zugunsten von Patience und Lord Cox. Immerhin schuldet ihr ihnen etwas."

„Wir haben den Halbbruder nicht in Kenntnis gesetzt", sagte ich noch einmal.

„Ich meine damit, es ist eure Schuld, dass meine Schwester ihn überhaupt geheiratet hat. Wenn du ihn nicht erpresst hättest, hätte er ihr niemals einen zweiten Antrag gemacht. Sie wäre nicht in diesen ganzen Schlamassel verwickelt."

Ich biss mir auf die Zunge, obwohl ich tausend Erwiderungen zurückgeben wollte. Es wäre zwecklos gewesen, ihr zu zeigen, wie wütend ich war. Ich hatte Patience *geholfen*. Sie hatte Lord Cox heiraten *wollen*, und ich vermutete, dass auch er sie liebte. Außerdem war Hope das Glück ihrer Schwester immer unwichtig gewesen. Sie ging dieser Sache nicht nach, weil es ihr wichtig war, sie tat es aus ihren eigenen selbstsüchtigen Gründen heraus. Indem sie mit einem aufrechten, einflussreichen Adligen wie Lord Cox durch ihre Schwester verbunden war, hatten sich Hopes eigene Eheaussichten verbessert. Sein Fall aus so großer Höhe könnte auch Hope stürzen lassen.

„Hast du etwas davon Patience erzählt?", fragte Matt.

„Nein", sagte Hope. „Sie ist sich nicht bewusst, dass man sie nicht Lady Cox nennen sollte." Ihr Lächeln war wieder da, als würde sie sich den Augenblick vorstellen, in dem sie das Geheimnis ihrer Schwester enthüllte. „Ich glaube, es ist an der Zeit, dass sie die Wahrheit erfährt." Sie erhob sich. „Einen schönen Tag euch. Ich finde selbst hinaus."

Trotzdem klingelte Matt nach Bristow, und die Türen öffneten sich sofort.

Hope ging jedoch nicht. Sie stand da, die Stirn gerunzelt. „Ihr habt mir vorhin nicht geantwortet. Wenn ihr es dem Halbbruder nicht erzählt habt, wer dann?"

„Woher sollten wir so etwas wissen?", fragte ich.

„Könnte es derjenige sein, der dir die Information gegeben hat?" Die Stille, die darauf folgte, war so umfassend, dass ich schwor, ich hätte das Innenleben der Uhr surren hören. „Woher *hattest* du diese Information, India? Jemand muss sie dir gegeben haben. Matt hatte keine Kontakte in England, um so etwas herauszufinden, und du hast dich niemals in den richtigen Kreisen bewegt."

Matt erhob sich und deutete auf die offene Tür. „Bristow wird dich hinaus geleiten."

Sie bewegte sich nicht. Die Räder in ihrem Verstand drehten sich hinter ihren offen starrenden Augen, die kein einziges Mal blinzelten, während sie im Geiste durchging, was sie über unsere Kontakte wusste. Sie brauchte nicht lang, um sich auf eine Antwort festzulegen.

„Lord Coyle", murmelte sie.

Weder bestritt ich, noch bestätigte ich die Information, aber das brauchte ich auch nicht.

„Wie hat er das Geheimnis erfahren?", fragte sie.

„Coyle ist sehr gut vernetzt", sagte Matt nur.

Hopes Blick wurde nachdenklich.

„Wo wir gerade bei Lord Coyle sind." Ich fuhr nicht fort. Ich konnte mich nicht entscheiden, ob ich versuchen sollte, sie zu überzeugen, ihn zu heiraten oder nicht. Sie war verabscheuenswert, aber er war noch schlimmer, und ich war mir nicht sicher, ob ich mich dazu überwinden konnte, sie zu ihm zu drängen.

„Wo wir gerade bei Coyle sind", sagte Matt, der dort weiter machte, wo ich aufgehört hatte, „vielleicht solltest du seinen Antrag annehmen. Sobald die Lage mit Cox in die Öffentlichkeit dringt, werden deine anderen Aussichten sich verflüchtigen. Coyle wird es jedoch nicht kümmern."

„Ich habe keine anderen passenden Verehrer", sagte sie mit geneigtem Kinn. „Was Lord Coyle angeht, kann ich es mir selbst überlegen, ohne dass mein lieber Cousin mir sagt, was ich tun soll."

„Ich gebe dir nur einen Ratschlag."

„Ich bekomme schon ausreichend *Ratschläge* von meinen Eltern, vielen Dank auch. Wenn ich Coyles Antrag annehme, dann liegt es nicht daran, dass ihr oder sonst jemand es sich wünscht." Sie marschierte hinaus, ihre Röcke fegten um ihre Knöchel.

„Das war kein Nein", sagte Matt, der sich wieder setzte. „Aber wir müssen sie davon überzeugen, in zwei Wochen zuzusagen."

Ich rieb mir die Stirn, konnte mich nicht auf die Aussichten ihrer Ehe konzentrieren. Ich war zu sehr mit wilden Vorstellungen beschäftigt, wie man Lord Cox helfen könnte, seinen Titel zu behalten. „Hat sie recht, Matt? Gibt es etwas, das wir tun können, um den Halbbruder seine Ansprüche aufgeben zu lassen?"

Er ließ sich mit dem tiefen Seufzen neben mir auf dem Sofa nieder. „Wir könnten versuchen, vernünftig mit ihm zu reden, und ihm sagen, dass Cox ein guter Mann ist, der es nicht verdient hat, für die Sünden seines Vaters zu leiden. Wir können ihm aufzeigen, wie das Cox' vier Kinder betreffen wird."

An seinem nüchternen Tonfall erkannte ich, dass er nicht glaubte, dass das funktionieren würde. Es wäre ein sehr großzügiger, selbstloser Mann, der die Aussicht auf Reichtum und Privilegien für jemanden aufgab, den er nicht kannte.

„Cox könnte seinem Halbbruder eine Zahlung einrichten, als Gegenleistung dafür, dass er alle Rechte an dem Titel aufgibt", sagte Matt. „Das würde ich tun, wenn ich an seiner Stelle wäre."

Ich schätzte, Matt hätte den Titel als rechtmäßiger Erbe aufgegeben, ganz gleich, welche Folgen das für ihn hatte, aber er war ein anderer Mann als Cox.

„Hope wird es Patience erzählen, und sie wird mich verabscheuen für den Anteil, den ich an ihrer Verlobung hatte", sagte ich mit einem Stöhnen.

Matt legte mir einen Arm um die Schultern und küsste mich auf die Stirn. „Sie liebt ihn. Sie sollte dir danken."

Ich warf ihm einen Blick mit hochgezogenen Augenbrauen zu. „So wird sie das nicht sehen."

„Das weißt du doch nicht. Außerdem ist es Cox, auf den sie wütend sein sollte. Er wusste, dass er nicht der rechtmäßige Erbe ist, und doch hat er ihr einen Antrag gemacht. Beim ersten Mal, meine ich. Er hatte kein Recht, das zu tun, wenn alles jeden Augenblick in sich zusammenstürzen konnte."

„Aber das ist es doch gerade", sagte ich. „Er hat nie damit gerechnet, dass sein Halbbruder es herausfindet."

„Trotzdem ..." Er küsste mich noch einmal auf den Kopf.

Ich zog mich zurück und nahm seine Hand in meine beiden. „Ich will, dass Lord Cox erfährt, dass nicht ich es war, die seinen Halbbruder in Kenntnis gesetzt hat. Ich verabscheue die Vorstellung, dass er denkt, ich hätte ihn hintergangen."

Er nickte. „Wir besuchen ihn morgen."

# KAPITEL 3

Wir fuhren gleich nach der Messe am Sonntagvormittag zu Lord Cox' Stadthaus, in der Hoffnung, dass wir sie erwischen würden, bevor sie gingen, um Besuche zu machen. Da sie erst kürzlich in London eingetroffen waren, erwartete ich, dass sie damit beschäftigt waren, Freunde zu treffen. Es würde wichtig sein, den Schein zu wahren, falls die Nachricht sich verbreitet hatte.

Ich hatte Sorge, dass man uns nicht in Empfang nehmen würde, doch der Butler führte uns in den Salon, nachdem er nachgesehen hatte, ob sein Herr und seine Herrin zu Hause waren. Wir wurden mit steinernen Gesichtern begrüßt. Lord und Lady Cox setzten sich in gegenüberliegende Seiten des Salons, überhaupt nicht, wie ein frisch vermähltes Paar sich in der Gesellschaft des jeweils anderen verhalten sollte.

Patience wusste es. Es war eine Erleichterung, zu erfahren, dass sie die unangenehme Unterhaltung bereits geführt hatten. Ich wollte nicht diejenige sein, die ihr die Neuigkeiten überbrachte.

„Ich bin froh, dass Sie hier sind", sagte Lord Cox, ohne auch nur ein ‚guten Morgen' von sich zu geben. „Das spart mir einen Besuch." Er wedelte mit der Hand zum Sofa hin, und wir setzten uns.

„Wir nehmen jetzt Tee", sagte Patience zum Butler.

„Kein Tee." Lord Cox entließ den Butler mit einem gehobenen Finger. „Sie werden nicht lang bleiben."

Ich schluckte schwer.

Patiences Blick huschte zu meinem und dann wieder weg, als könnte sie es nicht ertragen, mich anzusehen. Sie wirkte ausgemergelt. Ihre Augen waren aufgequollen, ihre Nase war rot. Ihr Mann wirkte genauso erschöpft, und auf seinem Gesicht war nichts von der sanften Liebenswürdigkeit geblieben, die ich zuvor gesehen hatte.

Ich schluckte erneut. „Ich war es nicht", sagte ich leise. „Ich habe es Ihrem Halbbruder nicht verraten. Ich kenne seinen Namen nicht einmal."

„Ich glaube Ihnen nicht", sagte er, ohne mich anzusehen.

„Meine Frau ist keine Lügnerin", knurrte Matt. „Sie hat ihn nicht in Kenntnis gesetzt. Genauso wenig ich. Wenn ich noch wetten würde, würde ich mein Geld auf Lord Coyle setzen."

Lord Cox' Blick huschte schließlich zu meinem. „Coyle?"

„Er ist derjenige, der mich von Ihrer ... heiklen Lage unterrichtet hat", sagte ich. „Er wollte, dass ich ihm einen Gefallen schulde, also hat er mir die Information gegeben, die ich nutzen konnte. Es tut mir leid, Patience. Das tut es mir wirklich, aber ... es hat sich zum Besten gefügt, oder nicht?"

Sie schaute weg, ihr Gesicht war blass, ihre Unterlippe bebte.

„Wie hat er es herausgefunden?", fragte Lord Cox.

„Ich weiß es nicht", sagte ich.

Die Muskeln an Lord Cox' Kinn arbeiteten, während er direkt nach vorne starrte. „Weshalb sollte er wollen, dass *Sie* ihm einen Gefallen schulden, Mrs. Glass?"

„Das geht Sie nichts an", sagte Matt.

„Sie schuldet mir Antworten."

„Sie schuldet Ihnen gar nichts. Sie hat Ihr Geheimnis niemandem verraten."

„Sie hat mich erpresst!"

„Zu etwas, das Sie sowieso wollten."

Lord Cox Lippen wurden schmaler, und er starrte abermals direkt nach vorne. Immerhin widersprach er nicht.

„Er will, dass ich ihm einen Gefallen schulde, weil ich eine Magierin bin", sagte ich, „und er hat ein Interesse an magischen Gegenständen."

Lord Cox schnaubte. „Das ist lächerlich."

Ich hatte ihm eine Erklärung geliefert; ich würde ihn nicht anflehen, sie zu glauben.

„Haben Sie bereits mit Ihrem Bruder gesprochen?", fragte Matt.

„Halbbruder." Lord Cox verschränkte die Arme, und ich dachte, er würde weiter schweigen, aber nach einem langen, unangenehmen Augenblick stieß er angehaltene Luft aus. Er schloss die Augen und rieb sich die Stirn. „Ich habe ihm geschrieben und ihm ein monatliches Entgelt angeboten, wenn er eine Abmachung unterschreibt, in der steht, dass er die Sache nicht weiter verfolgen wird. Er hat sich geweigert."

„Bieten Sie ihm mehr."

„Es war eine erhebliche Menge! Mehr als großzügig. Mehr, als ich mir leisten kann", fügte er gemurmelt hinzu.

Patience verzog das Gesicht. Sie wirkte gequält, während sie zusah, wie sich die Haltung ihres Ehemanns von trotzig zu geschlagen wandelte. Ich wünschte, sie würde zu ihm gehen und ihn trösten, aber sie blieb sitzen.

„Bitten Sie ihn darum, sich mit ihm zu treffen", sagte Matt. „Wenn Sie von Angesicht zu Angesicht erklären können, was für ein Schlag das für Ihre Familie sein wird, gibt er vielleicht seine Ansprüche auf."

„Deshalb bin ich in London, um mich mit ihm zu treffen. Er ist laut seines Briefes hergereist, um sich mit einem Anwalt zu besprechen. Er wollte mich auch treffen, aber nicht, um seinen Bruder besser kennenzulernen", stieß er hervor. „Er will sich den Mann ansehen, der ihn um sein Erbe betrogen hat, Auge in Auge. So hat er es formuliert."

Das war entweder die unüberlegte Reaktion eines tief verletzten Mannes oder die gedankenlose Reaktion eines grausamen. Ich hoffte ehrlich, der Bruder wäre Ersteres, denn Letzteres würde man niemals zur Vernunft bringen können. „Ich bin mir sicher, sobald er euch beide trifft und sieht, dass er guten Leuten wehtun würde, wird er es sich anders überlegen", sagte ich.

„Das bezweifle ich. Er hat mich gebeten, das Familiendiadem zu dem Treffen mitzubringen, es ihm als Symbol meines guten Willens zu überlassen."

„Diadem?"

„Ein unbezahlbares Erbstück, das meinen Vorfahren nach der Restauration der Monarchie durch Charles II übergeben wurde. Meine Familie hat im Bürgerkrieg für die Royalisten gekämpft. Es wird immer weggeschlossen im Anwesen aufbewahrt und nur zu besonderen Anlässen getragen."

„Haben Sie es mitgebracht?", fragte Matt.

Lord Cox nickte.

„Sie werden es ihm doch nicht überlassen", sagte ich entsetzt.

„Weshalb nicht? Es gehört ihm."

„Rechtlich schon, aber ..." Ich schloss den Satz nicht ab. Er hatte recht, und der Bruder hatte das Gesetz auf seiner Seite. Hätte ich die Protagonisten dieser Geschichte nicht persönlich gekannt, hätte ich auch auf der Seite des Bruders gestanden und gehofft, er würde nehmen, was nach Recht und Moral ihm gehörte.

Meine Beziehung zu Patience hatte mein Urteilsvermögen getrübt und meinen moralischen Kompass in die falsche Richtung weisen lassen. Ich biss mir auf die Lippe, verschränkte die Hände im Schoß und blieb still.

„Nachdem ich ihm das Diadem übergeben habe, will er den Rest", sagte Lord Cox ernst. „Wenn ich mich nicht von ... von allem abwende, wird er mich vor Gericht zerren."

Patience tupfte sich die Augen, aber die Tränen liefen ihr trotzdem noch über die Wangen. Ihr Mann warf einen nervösen Blick unter gesenkten Lidern zu ihr, doch sie schaute nicht in seine Richtung und ihr fiel es nicht auf.

„Wann treffen Sie sich mit ihm?", fragte Matt.

„Heute Abend", sagte Lord Cox.

„An einem Sonntagabend? Da würde doch kein Anwalt zustimmen."

„Es sind nur wir beide."

„Lassen Sie mich mit Ihnen kommen", sagte Matt. „Ich habe genug Erfahrung in rechtlichen Dingen, um zu wissen, ob er blufft."

„Also gut. Wir treffen uns hier." Lord Cox rieb sich wieder die Stirn. „Wenn nicht meine Familie wäre ... Ich weiß nicht, ob ich mir die Mühe machen würde, zu kämpfen."

„Weshalb?", sprudelte es aus Patience hervor. „Du wirst alles verlieren, Byron. Das Heim, in dem du aufgewachsen bist, deine Ländereien und Pächter, deinen Unterhalt! Ganz zu schweigen davon, dass dein Ruf dann völlig in Fetzen liegt, und deine Freunde dich im Stich lassen werden."

Ich wollte schon erwidern, dass wahre Freunde sich auf seine Seite stellen würden, aber ich hielt den Mund. Vielleicht hatte Lord Cox keine wahren Freunde, die über seine Titel hinausblickten. Er sprang ihnen auf jeden Fall nicht zur Verteidigung. Tatsächlich blieb er still. Ich hatte ihn mir mit seinem glatten Gesicht und dem vollen blonden Haarschopf niemals als Mann in den mittleren Jahren vorgestellt, aber in diesem Augenblick wirkte er tatsächlich wie ein über Vierzigjähriger.

Patience verlegte sich auch aufs Schweigen, als wäre ihr Ausbruch nie geschehen. Mann und Frau stellten keinen Blickkontakt her.

Ich bedeutete Matt, dass ich mit Patience allein reden wollte. Zumindest versuchte ich, es ihm zu signalisieren. Als er einfach nur in meine Richtung die Stirn runzelte, während ich mit dem Kopf zur Tür wies, zwinkerte ich. Er verstand es jedoch noch immer nicht, darum musste ich auf eine weniger subtile Methode zurückverfallen.

„Mein Lord, mein Mann hat ein großes Interesse an historischen Gegenständen aus der Zeit des englischen Bürgerkriegs", sagte ich. „Darf er sich Ihr Diadem ansehen?"

Lord Cox blinzelte Matt an. „Ich hätte niemals erraten, dass Sie ein Enthusiast für die englische Geschichte sind. Ich hole es."

Matt lächelte und sah ihm nach.

„Was am Bürgerkrieg fasziniert dich denn?", fragte Patience.

„Einfach alles in seiner Gänze", erwiderte Matt. „Die Royalisten und die ..."

„Rundköpfe", ergänzte ich.

„Faszinierende Materie."

Ich räusperte mich, doch Matt verstand meinen Hinweis immer noch nicht und blieb sitzen, einen ziemlich ins Leere gehenden Blick auf dem Gesicht. Es würde also an mir liegen, Patience stattdessen wegzuführen. Sie würde nicht offen reden, wenn Matt zuhörte.

„Was für eine wunderschöne Uhr", sagte ich und ging zu dem Kamin, auf dem eine feuervergoldete Schildpatt-Uhr stolz mitten zwischen zwei vergoldeten Zierkerzenhaltern stand. „Erzähl mir alles darüber, Patience."

„Ich weiß gar nichts darüber", erwiderte sie.

Ich hielt ihr eine Hand hin. „Dann lass mich dir erzählen, was ich weiß. Sie ist im Ludwig-XIV-Stil, aber eine moderne Nachbildung."

„Das kannst du erkennen, indem du sie nur ansiehst?", sagte sie und kam zu mir. Ich nahm ihre Hand und drängte sie, sich mit mir an den Kaminsims zu stellen, den Rücken Matt zugewandt. „Ich will dir etwas erzählen", flüsterte ich. „Etwas nur zwischen uns Frauen."

Sie zog ihre Hand zurück. „Wenn das deine Art ist, dich zu entschuldigen, dass du dich eingemischt hast, dann ... dann weiß ich nicht, ob ich bereit bin, dir zu vergeben, India. Es tut mir leid. Vielleicht eines Tages."

„Es tut mir nicht leid, dass ich ihm geholfen habe, es sich zu noch einmal überlegen, dich zu heiraten", sagte ich leise. Als sie schon gehen wollte, nahm ich sie am Ellbogen und hielt sie fest. „Hör mir zu, Patience. Ich will, dass du weißt, dass es mir nicht leidtut, weil Matt recht hat. Lord Cox wollte dich wirklich heiraten. Ich wusste es damals schon, und ich weiß es jetzt. Hätte es von seiner Seite keine Bewunderung für dich gegeben, keine Zuneigung, hätte ich mit dieser Erpressung nicht weitergemacht."

„Zuneigung? Zu mir?", schnaubte sie. „Du musstest ihn zu mir *drängen*, India."

„Es war nur ein kleiner Schubs."

„Es war Erpressung. Du hast gedroht, ein schreckliches Geheimnis zu enthüllen, das ihn in den Ruin treiben könnte. *Das* war nötig, damit er mir einen Antrag machte."

„Er hatte dir doch zuvor schon den Antrag gemacht."

„Ganz genau. *Zuvor*. Bevor er von meinem Fehltritt in der Vergangenheit erfuhr. Ich habe ihn so angeekelt, dass man ihn, sobald er es herausgefunden hat, dazu zwingen musste, mir noch einmal den Antrag zu machen. Er verabscheut, was ich getan habe, und er verabscheut sogar noch mehr, dass er mich heiraten musste."

Ich nahm ihre Hände in meine und ließ sie nicht los, als sie sich mir entziehen wollte. „Das sehe ich überhaupt nicht so. Ich sehe nur einen Mann, der nicht wusste, wie er seinen Stolz zur Seite schieben und handeln kann, wie seine Gefühle es ihm gebieten. Ich habe ihm ermöglicht, das zu tun."

„Das redest du dir also ein, um deine Schuldgefühle zu mindern?"

Diese verbale Klatsche hatte ich verdient, aber ich wollte noch nicht aufgeben. Etwas, das Matt gesagt hatte, kam mir in den Sinn. „Ich glaube nicht, dass er an deiner Vergangenheit festhält, Patience. Matt hat mir erzählt, dass Lord Cox auf der Hochzeit glücklich war."

Sie schaute zur Seite. „Eine Weile waren die Dinge in Ordnung."

„Bis er den Brief von seinem Halbbruder empfangen hat?"

„Ja. Aber wenn er mir vertraut hätte, mich geliebt hätte, hätte er mit mir darüber geredet. Er hätte die Last geteilt." Ihr Kinn bebte, und in ihren Augen sammelten sich Tränen.

„Nicht, wenn er auf sich selbst wütend ist. Wütend und beschämt."

Sie blinzelte die Tränen weg. „Weshalb sollte er auf sich selbst wütend sein? Es ist doch nicht seine Schuld."

„Weil er dich geheiratet hat, obwohl er vom schrecklichen Geheimnis seines Vaters wusste. Diese Kälte liegt daran, dass er sich schämt, dass er dich unter falschen Vorgaben geheiratet hat. Vielleicht hat er das Gefühl, dass er deiner nicht mehr würdig ist. Du bist die Tochter eines Barons, und er ist ... Na ja, er ist der unrechtmäßige Sohn eines Bigamisten."

„G...glaubst du das wirklich, India?"

„Ja." Ich drückte ihr die Hände. „Rede mit ihm. Versichere ihm, dass du ihn trotzdem liebst und immer lieben wirst, ganz gleich, was passiert. Du wirst ihn bedingungslos lieben, oder?"

„Natürlich."

Lord Cox betrat den Raum, in der Hand ein goldenes Krönchen auf einem roten Samtkissen. Für sein Alter war es in erstaunlich gutem Zustand, mit kaum einem Kratzer darauf. Das Gold glänzte hell um die Edelsteine, Granat und Turmalin, als wäre es kürzlich erst poliert worden.

„Es ist wunderschön", sagte ich. „Was meinst du, Matt?"

„Ein exzellentes Stück", sagte Matt pflichtergeben.

Lord Cox zeigte es Matt. „Sie dürfen es halten, wenn Sie möchten."

Matt tat es, drehte es in den Händen und machte ein großes Gewese darum, es zu mustern. „Wie alt ist es?"

„Etwa zweihundertzwanzig Jahre alt."

„Es hat die Zeit gut überstanden. Es ist nicht die kleinste Beule darauf."

„Es wird in einer verschlossenen Kiste aufbewahrt."

Matt reichte mir das Diadem. Zum Glück hielt er es weiter fest, denn ich ließ es sofort los, als schwache magische Wärme sich über meinen Arm hinauf ausbreitete.

„Stimmt etwas nicht, Mrs. Glass?", fragte Lord Cox.

„Nein." Ich nahm es Matt ab und strich mit dem Daumen über die glatte goldene Fläche, einen der Granate, dann wieder über das Gold. Die Magie war auf jeden Fall im Gold, nicht dem Edelstein, aber sie war ziemlich schwach.

Ich legte das Diadem wieder auf das Kissen. „Danke, dass Sie es uns gezeigt haben. Matt, wollen wir gehen?"

Lord Cox versprach, Matt wissen zu lassen, wann er sich mit den seinem Halbbruder treffen würde, und wir brachen auf.

„Es war magisch, oder?", fragte er, während wir die vorderen Stufen hinabgingen.

„Woher wusstest du das?"

„Der Zustand war viel zu gut für etwas so Altes, selbst wenn es in einer Kiste aufbewahrt wird. Deine Reaktion, als du es berührt hast, war auch verräterisch."

„Ich frage mich, was Lord Cox denken würde, wenn er es wüsste."

„Seiner Reaktion nach zu urteilen, als du ihm erzählt hast, dass du eine Magierin bist, würde er dir nicht glauben."

„Lord Coyle würde eine ordentliche Summe für so etwas bezahlen", sagte ich. „Goldmagie ist unfassbar selten." Das hatte uns Mr. McArdle erzählt, ein Goldmagier, dem wir begegnet waren, als wir nach dem Lehrling des Kartenzeichners gesucht hatten. Laut McArdle hatten Goldmagier einst einen Zauber gekannt, mit dem sich das Gold vermehren ließ, aber der Zauber war bereits in alten Zeiten verloren gegangen. „Wenn dieses Diadem wirklich nur zweihundert Jahre alt ist, dann lag Mr. McArdle falsch."

„Das Diadem könnte aus einem älteren Artefakt hergestellt sein. Die Magie darin könnte uralt sein."

„Stimmt. Die Restwärme darin fühlte sich schwach an." Ich nahm seine Hilfe an, um in die Kutsche zu steigen. „Trotzdem ist es am besten, es nicht vor Lord Coyle zu erwähnen. Es lässt sich nicht sagen, was er tun würde, um es in die Hände zu bekommen."

* * *

WIR TRAFEN ZU HAUSE EIN, um Willie, Tante Letitia und Duke vorzufinden, die versuchten, Cyclops aufzuheitern. Sogar Mrs. Potter schien sich an die Bemühungen auf die einzige Art beteiligen zu wollen, die sie kannte, doch die Kekse, die Madeira- und Biskuitkuchenstücke auf Cyclops' Teller blieben unberührt.

„Was ist denn?", fragte ich, hielt im Eingang inne, meine Hutnadel und den Hut in der Hand.

„Er ist zu gut für Catherine", sagte Tante Letitia hochnäsig.

„Es ist nicht ihre Schuld", murmelte Cyclops.

„Lass es mich anders ausdrücken. Er ist zu gut für die Masons. Schreckliche Familie. Wie konntest du mit ihnen befreundet sein, India?"

„Ist in der Kirche etwas vorgefallen?", fragte Matt.

Cyclops war zur Kirche der Masons gegangen, anstatt sich uns für die Sonntagsmesse heute Vormittag in der Grosvenor-Kapelle anzuschließen. „Ich hätte nicht hingehen sollen", sagte er. „Alle haben gestarrt."

„Du hättest mit uns kommen sollen", sagte Tante Letitia.

„Wenn er ihnen aus dem Weg geht, werden sie sich nie an ihn gewöhnen." Duke nahm das Tablett und bot es Cyclops an.

„Nimm einen von Mrs. Potters Keksen. Danach fühlst du dich immer besser."

Cyclops nahm den Teller an, aß aber nichts.

Willie griff herüber und nahm sich ein Stück Biskuitkuchen. „Duke hat recht. Du musst wieder hin. Du gibst doch niemals auf, Cyclops. Auf jeden Fall hast du das Recht, in jede Kirche zu gehen, die dir gefällt. Ich sage, am nächsten Sonntag und dem Sonntag danach und dem danach gehst du wieder hin."

„Ich will nicht dorthin, wo ich nicht erwünscht bin."

„Du solltest dir keinen Kopf machen, was die Leute denken." Willie nahm einen riesigen Bissen, und ein Wasserfall aus Krümeln rauschte auf ihre Brust herab. „Ich tue das nicht."

Duke verdrehte die Augen.

Matt klopfte Cyclops auf die Schulter. „Willie hat recht, auf eine seltsame Art."

Willie warf Duke einen selbstgefälligen Blick zu.

„Hier geht es um dich und Catherine, nicht um ihre Familie. Hör mir zu", sagte er, als Cyclops sich wieder setzte. „Wenn ihre Familie sie liebt, und das glaube ich schon ..."

„Das tun sie", ging ich dazwischen.

„Dann werden sie dich um ihretwegen annehmen, wenn sie sehen, dass sie dich liebt und du sie liebst. Lass der Sache Zeit. Sei hartnäckig, aber bedränge sie nicht. Sie werden in dir den guten Mann sehen, der du bist. Das tun alle."

Cyclops seufzte schwer und nickte Matt dankbar zu.

Willie wollte einen der Kekse nehmen, doch Cyclops schob den Teller aus ihrer Reichweite. „Mrs. Potter hat die mir gegeben", sagte er. „Hol dir deine eigenen."

Willie zog eine Schnute, während sie zusah, wie Cyclops ein Stück Biskuit nahm, und dann noch eins. „Du wirst noch fett."

Er aß das zweite Stück Biskuit auf und lächelte sie mit vollem Mund an.

Sie machte ein missbilligendes Geräusch. „Mrs. Potter backt mir nie Kekse, wenn ich in romantische Schwierigkeiten gerate."

„Da siehst du, was wir meinen", sagte Duke zu Cyclops. „Alle mögen dich. Mrs. Potter gibt nicht jedem was zu essen, nur weil jemand traurig ist. Das ist genau der Punkt." Er deutete auf die mürrische Willie.

Sie streckte ihm die Zunge heraus.

Bristow räusperte sich, um unsere Aufmerksamkeit zu erlangen. Ich hatte nicht gehört, dass er eingetreten war. „Sind Sie für Mr. Oscar Barratt zu Hause, Sir?"

Matt schaute zu mir, und ich nickte. „Kommt er allein oder mit Lady Louisa?", fragte ich.

„Allein." Er entfernte sich mit einer Verbeugung und kehrte ein paar Augenblicke später mit Oscar zurück.

„Ah, Kuchen", sagte Oscar. „Da habe ich den richtigen Zeitpunkt getroffen."

Ich bat Bristow, für alle Erfrischungen zu holen. Willie setzte sich etwas aufrechter hin und rieb die Hände aneinander.

„Was können wir für Sie tun, Barratt?", fragte Matt.

Ich schaute ihn finster an. Er mochte Oscar ja nicht mögen, aber er sollte zumindest Höflichkeiten mit unserem Gast austauschen, bevor er zur Sache kam.

„Ich glaube, eine Gratulation ist angesagt", warf Tante Letitia aalglatt ein. Vielleicht gefiel ihr Matts kurz angebundener Stil genauso wenig, und da sie die erfahrenere Gastgeberin war, wusste sie genau, was sie sagen musste, um die Lage zu retten.

„Nein, Letty", zischte Willie. „Er hat rausgefunden, dass Louisa ein weites Netz ausgeworfen hat, nur Tage, bevor sie ihm einen Antrag gemacht hat. Weißt du noch?"

„Ich weiß es noch", flüsterte Tante Letitia zurück. „Aber das ist seine Sache, es zu sagen, nicht deine."

Willie zuckte mit den Schultern. „Also blasen Sie die Hochzeit ab?", fragte sie.

Oscar räusperte sich und strich seine Krawatte glatt. „Ich sehe, Ihre Familie und Freunde wissen alles über mein Leben, Glass."

„Sie halten sich gern informiert", sagte Matt.

„Wir tratschen nicht", versicherte ihm Tante Letitia. „Sogar Willemina ist sehr diskret, obwohl sie gerade das Gegenteil bewiesen hat. Machen Sie schon, was wollen Sie uns erzählen?"

Bristow kehrte mit einem Tablett Kekse zurück und verbeugte sich im Hinausgehen. Ich sorgte dafür, dass Oscar Biskuitkuchen bekam, und entschuldigte mich für die Unterbrechungen.

„Ich hatte das Gefühl, dass ich Ihnen eine Erklärung für den Abend letztens schuldig bin", sagte er zu Matt. „Verstehen Sie, Louisa und ich sind immer noch verlobt."

„Wirklich?", stieß ich hervor.

„Allerdings bin ich im Lichte ihrer vergangenen Liebschaften nicht mehr der Täuschung erlegen, dass sie mich der Liebe wegen heiratet."

„Ach, wie schade." Tante Letitia schnalzte mit der Zunge. „Mir gefallen glückliche Geschichten so gut, und ich fürchte, diese wird in Tränen enden."

Ich beäugte sie genau und fragte mich, ob sie einen ihrer Anfälle hatte. In ihren Augen stand diese traumhafte Art, die sie manchmal in den Tag legte, wenn ihre Gedanken in die Vergangenheit abtrieben.

Oscar aß seinen ersten Kuchen auf, während wir alle darauf warteten, dass er fortfuhr. Er schluckte, räusperte sich, und griff nach dem zweiten.

„Warum ziehen Sie das mit der Heirat durch, wenn Sie wissen, dass sie Sie nicht liebt?", drängte Duke schließlich. „Lieben Sie sie?"

Oscar dachte über die Frage nach. „Ich dachte schon, eine Zeit lang zumindest. Aber … ich weiß es nicht. Ich glaube nicht. Ich war am Abend der Dinnerparty bei den Delanceys niedergeschlagen, als Glass mir erzählt hat, dass sie versucht hat, Dr. Seaford zu umwerben, aber ich denke, das war einfach mein männlicher Stolz, der verletzt wurde. Als ich darüber nachdachte, wurde mir klar, dass es mir nichts ausmachte, dass ich niemals Gegenstand ihrer Zuneigung war. Was mir etwas ausmachte, war, dass sie mich hinters Licht geführt hat. Das habe ich ihr heute Vormittag gesagt."

„Und?", fragte ich.

„Und sie hat sich entschuldigt und versprochen, von jetzt an ehrlich mit mir zu sein. Sie sagte, sie wollte immer noch heiraten, wenn ich das wollte."

„Und das tust du?"

„Warum nicht? Was habe ich denn zu verlieren?"

Ich runzelte die Stirn. „Aber … bist du willens, eine Frau zu heiraten, die du nicht liebst, und die dich nicht liebt, weil sie ein Vermögen hat?"

Er zuckte mit den Schultern. „Du lässt das so seltsam klingen, India. Leute haben aus anderen Gründen als der Liebe geheiratet, seit die Institution der Ehe erfunden wurde. Zumindest gibt sich keiner von uns irgendwelchen Illusionen hin. Wir wissen beide, dass das eine praktische Ehe ist. Außerdem mag ich sie, und sie mag mich. Wir werden uns gut vertragen."

Ich starrte ihn an. Er lächelte zurück.

„Machen Sie sich keine Sorgen um India", sagte Willie. „Sie glaubt, dass alle haben sollten, was sie und Matt haben. Leute wie Sie und ich – vernünftige, logische Leute – wissen, dass Liebe nicht für jeden ist." Sie streckte die Beine aus und schlug sie an den Knöcheln übereinander. „Für mich ist das vollkommen in Ordnung."

„Ich halte es für begrüßenswert, dass Sie beide zu einer Einigung gekommen sind und ehrlich in diese Ehe gehen", sagte Tante Letitia. „Viel zu häufig ist sich eine junge Dame dessen nicht bewusst und ist enttäuscht, wenn sie erfährt, dass ihr Mann nur hinter ihrem Vermögen her ist. Lady Louisa ist sich bewusst, dass Sie sie aus Gründen heiraten, die nichts mit Liebe zu tun haben, oder?"

„Jetzt ist sie das."

„Bist du sicher, dass ihr das möchtet?", fragte ich. „Die Ehe ist für das ganze Leben."

Er lächelte. „Dessen bin ich mir nur zu bewusst. Das ist das, was ich will, India. Meine Arbeit ist zu wichtig, als dass ich sie aufgeben könnte."

„Arbeit?", wiederholte Matt. „Beziehen Sie sich da auf Ihr Buch?"

„Ja, und auf jegliche weiteren Bücher, die ich noch schreiben möchte. Mit Louisas Geld kann ich die Drucker gut bezahlen, um das Risiko zu minimieren, dass sie sich aus unserer Abmachung zurückziehen wie der letzte. Ich kann es mir sogar leisten, meine Arbeit bei der *Gazette* ruhen zu lassen und mich ganz auf die Forschung zu stürzen, obwohl mir der Journalismus Spaß macht, darum habe ich noch nicht entschieden, ob ich bleibe oder nicht." Er lächelte mich ausdruckslos an. „Mir schmeichelt, dass du versuchst, mir das auszureden, India."

„Interpretieren Sie in ihre Reaktion bloß nichts hinein, was nicht da ist", knurrte Matt. „India und ich wissen, wie Louisa ist. Ich glaube nicht, dass Sie sich ganz bewusst sind, wie man manipulativ sie sein kann."

„Sie hat dich wegen Gabe angelogen", sagte ich zu Oscar.

„Es war keine Lüge", legte er dar. „Sie hat es nur versäumt, ihn zu erwähnen. Außerdem hat sie ihm keinen Antrag gemacht, sondern nur Charbonneau."

„Aber das hätte sie, wenn wir ihn nicht gewarnt hätten und er nicht etwas Abstand zwischen sie gebracht hätte."

„Sie will einen Magier heiraten. Nach Charbonneau war Seaford der nächste logische Schritt. Es war schon sinnvoll, ihn zu umwerben. Mir macht das nichts. Ich weiß, dass meine Magie weder selten noch sonderlich mächtig ist."

Ich seufzte und wandte mich an Matt. Der jedoch hielt Oscar einfach nur eine Hand hin.

„Dann also meine Glückwünsche", sagte er. „Ich hoffe, Sie werden miteinander glücklich. Oder dass Sie zumindest in fünf Jahren einander nicht umbringen wollen."

Oscar lachte leise und schüttelte ihm die Hand. „Praktische Ehen können funktionieren, Glass. Und wer sagt schon, dass wir uns nicht früher oder später doch noch verlieben?"

Tante Letitia klatschte in die Hände. „Das höre ich gerne. Es wird doch noch ein romantisches Ende geben."

* * *

ICH SCHAFFTE ES, Matt davon zu überzeugen, dass ich zu den Treffen mit Lord Cox' Halbbruder als Unterstützung für Patience mitkommen sollte. Mit dem Hintergedanken, dass sie und ihr Mann gerade nicht gut zueinander standen, schlug ich vor, dass sie mich vielleicht brauchen konnte.

Er durchschaute allerdings meine List sofort. „Wenn du ihn treffen willst, sag es doch einfach", sagte er, während wir früh am Abend zu Lord Cox' Stadthaus fuhren. „Du musst dich nicht hinter Patience verstecken."

„Ich verstecke mich hinter niemandem. Wisch dir mal dieses Lächeln vom Gesicht, Matt."

Seine Augen leuchteten in der Dunkelheit. „Wisch du es mir vom Gesicht. Mit deinem Mund."

„Amerikaner", murmelte ich und ahmte dabei Tante Letitia nach. Dann küsste ich ihn.

Ein paar Minuten später wurden wir im Salon empfangen, wo wir unseren Gastgeber und unsere Gastgeberin trafen. Beide wirkten nervös, schauten bei jedem Geräusch zur Tür. Die Unterhaltung kam rasch zum Erliegen, und ich suchte nach etwas, was ich sagen konnte, um die Anspannung zu lösen, während wir warteten.

„Werdet ihr neu streichen?", fragte ich Patience. Der Salon hatte eine weibliche Anmutung mit blassrosa und mintgrünen Farbtönen und den Möbeln mit schmalen Beinen, aber er war schon gute zehn Jahre aus der Mode. Die vorherige Lady Cox hatte ihm wohl ihren Stempel aufgedrückt, als sie Lord Cox geheiratet hatte, und er hatte seither überhaupt nichts geändert.

„Ich weiß nicht", sagte Patience, die auf ihren Schoß hinabstarrte.

Wir verfielen wieder aufs Schweigen, und es war fast schon eine Erleichterung, als Ned Longmire eintraf. Er betrat den Salon mit einem selbstsicheren Gang und einer trotzigen Haltung, als würde er Lord Cox herausfordern, ihn gleich hier und jetzt zur Rede zu stellen. Er trug einen neuen Anzug, wenn auch keinen teuren, mit polierten Schuhen, die glänzten und aussahen, als wären sie kaum je getragen worden. Seine Krawatte war tiefblau, mit einem einfachen Knoten gebunden. Eine Silberuhr hing am Knopfloch seiner taubengrauen Weste. Diese Aufmachung war als Abendgarderobe völlig falsch, etwas, das ich nicht gewusst hatte, bevor ich zu Matt gezogen war.

Ich war mir nicht sicher, ob Mr. Longmire der Unterschied zwischen seiner Kleidung und den Dinner-Jacketts, weißen Hemden und weißen Fliegen auffiel, die Matt und Lord Cox trugen. Er schien viel zu interessiert am Gesicht seines Halbbruders, suchte vielleicht nach Ähnlichkeiten. Ich sah nur wenige. Sie waren beide hell, was Haut und Haare betraf, mit hellblauen Augen, aber dort endeten die Ähnlichkeiten schon. Lord Cox' Gesicht war schlank, seine oberen Schneidezähne traten ein wenig hervor, und er hatte volles Haar, während Mr. Longmire bereits eine hohe Stirn bekam. Mr. Longmire war auch körperlich fülliger als sein Halbbruder, mit einer breiteren, hochgewachseneren Gestalt.

„Guten Abend", sagte Lord Cox steif. „Darf ich meine Frau vorstellen, Lady Cox."

Patience hielt ihre Hand hin, und Mr. Longmire hielt inne, ehe er sie schüttelte. Ihrem Stirnrunzeln nach zu urteilen hatte sie erwartet, dass er sich darüber beugte. Oder vielleicht war sie allein schon von seiner Anwesenheit genervt. Er versuchte immerhin, ihr neues Leben zu zerstören.

„Das ist der Vetter meiner Frau, Mr. Matthew Glass, und seine Frau, Mrs. India Glass."

Mr. Longmire wedelte mit dem Finger in meine Richtung. „Ich kenne Sie", sagte er in einem starken Yorkshire-Akzent.

„Ach?", fragte ich. „Vielleicht haben Sie eine Uhr im Laden meines Vaters gekauft, während ich dort gearbeitet habe. Steele's in der St. Martins Lane."

Er wackelte weiter mit dem Finger. Neben mir stellte sich Matt anders auf. Ich hoffte, er dachte nicht darüber nach, ihm den Finger zu brechen.

„Sie waren mal India Steele?", fragte Mr. Longmire.

„Ganz genau. War es eine Uhr oder eine Taschenuhr?"

Er hob verächtlich die Oberlippe. „Von Ihnen täte ich nichts kaufen."

„Ach?", sagte ich, ein Unwohlsein machte sich in meinem Magen breit. Ich vermutete, dass ich schon wusste, worauf das hinauslief.

„Sie und Ihre Art ruinieren uns", fuhr er fort.

„Das reicht", sagte Matt.

„Meine Gildenkontakte hier in London haben mir gesagt, ich solle auf Sie aufpassen." Mr. Longmire schaute mich von oben bis unten an, weitaus genauer, als er seinen Bruder gemustert hatte, und auch mit größerer Verachtung. „Sie sagten, Sie wären eine spirituelle Anführerin der Magier."

Ich trat unter der Wucht seines Zorns einen Schritt zurück.

„Ich ... ich weiß nicht, was Sie meinen. Ich führe keinen Laden mehr."

„Sie brauchen keinen Laden, um Ihre Art aufzuhetzen. Sie schauen alle zu Ihnen auf, das habe ich gehört. Sie sagen, Sie sind mächtig." Er stach mit dem Finger in meine Richtung. „Ihre Art ruiniert uns, und Ihnen ist es verdammt noch mal gleich!"

Matt packte ihn an der Hemdbrust und schüttelte ihn fest. „Ich habe gesagt, das reicht."

Mr. Longmire wollte Matt abschütteln, schaffte es aber nicht. „Schon gut, schon gut. Sie haben gewonnen. Ich spare mir meine Anschuldigungen bis nach diesem Treffen."

„Sprechen Sie nicht wieder mit meiner Frau, außer Sie wünscht es. Ist das klar?"

„Ich sage, machen wir einfach weiter", warf Lord Cox ein, der Abstand hielt. „Holen wir alle mal tief Luft und beruhigen uns. Dieses ganze Gerede von Magie ist doch sowieso nur spekulativ."

„Es ist echt", erklärte ihm Mr. Longmire. „Mrs. Glass mag ja keinen Laden mehr haben, doch ihr Vater hatte einen, ihr Großvater, und sie hatten auch Erfolg."

„Nur bescheidenen", sagte ich.

„Sie waren erfolgreich, weil sie gemogelt haben. Alle Magier mogeln. Wir hart arbeitenden, ehrlichen Geschäftsleute können nicht mithalten, wenn die anderen sich nicht an die Regeln halten."

Ich runzelte die Stirn. Seine Worte klangen äußerst vertraut.

Matt schüttelte ihn noch einmal. „Wenn Sie jetzt nicht den Mund halten ..."

„Matt." Ich legte ihm eine Hand auf den Arm. „Lass ihn gehen. Du zerknitterst den Anzug, den er eigens für das Treffen heute Abend gekauft hat."

Matt ließ ihn los, aber nicht, bevor er ihn noch ein weiteres Mal geschüttelt hatte.

„Mr. Longmire", sagte ich, „haben Sie Drohbriefe an die Magier von London geschrieben?"

Mr. Longmire glättete die Falten in seinem Jackett. „Und wenn schon?"

„Sie können doch nicht Menschen auf diese Art bedrohen!"

„Menschen?", spie er aus. „Ihr Magier solltet euch doch nicht mal so nennen dürfen. Ihr seid unnatürlich, ihr seid auf jeden Fall unmoralisch, und ihr seid einfach nur Betrüger."

Oje. Das hätte er wirklich nicht sagen sollen.

Matt packte Mr. Longmire an der Schulter, riss ihn herum, bis er vor ihm stand, und versetzte ihm einen Schlag auf die Nase.

# KAPITEL 4

„ *M* r. Longmire!", rief Lord Cox. „Alles in Ordnung?"

„Matthew", tadelte Patience, die ganz wie Tante Letitia klang. „War das nötig?"

„Ja", sagte Matt.

„Seine Nase blutet", erklärte ich. „Das tropft noch auf den Teppich."

Matt reichte mir ein Taschentuch, und ich gab es Mr. Longmire. Er schnappte es sich von mir, nicht im geringsten dankbar.

„Sie verdammter Arsch", fuhr er Matt an, während er sich die Nase tupfte.

„So eine Sprache ist vor den Damen unnötig", sagte Lord Cox.

Patience läutete nach dem Butler. „Lassen Sie uns jetzt zu Abend essen", wies sie ihn an. „Ich glaube, wir könnten alle ein Glas Madeira vertragen."

Ich dachte nicht, dass es die Dinge besser machen würde, wenn man zu der Feindseligkeit noch Wein hinzufügte, doch andererseits brauchte ich ihn vielleicht, um es durch den Abend zu schaffen.

„Ich bleibe nicht zum Dinner", sagte Mr. Longmire.

„Oh." Lord Cox' Schultern sanken herab. „Ich dachte, wir

würden uns wie anständige, zivilisierte Menschen über die Dinge unterhalten und eine Lösung ausknobeln."

„Er ist nicht zivilisiert." Mr. Longmire nickte in Matts Richtung. „Und sie ..." Er unterbrach sich, bevor er etwas sagen konnte, das ihm einen weiteren Hieb auf die Nase einbringen würde. „Auf jeden Fall gibt es nur eine Lösung." Er zog ein Dokument aus seiner inneren Westentasche. „Unterschreiben Sie das. Das habe ich von meinem Anwalt aufsetzen lassen."

Lord Cox schaute sich die Seiten an, sein Gesicht wurde mit jedem Augenblick blasser. „Ich ... ich brauche Zeit."

„Wozu?"

„Um über die Dinge nachzudenken. Das ist alles sehr plötzlich."

„Für mich schon, ja, aber ist es das auch für Sie? Meine Quelle behauptet, Sie wussten bereits von der Bigamie unseres Vaters."

Lord Cox fuhr zusammen und machte viel Gewese darum, die Papiere noch einmal zu lesen.

„Er braucht einen Anwalt, um sie sich mal anzusehen", sagte Matt.

„Ich kann Ihnen sagen, was da drin steht." Mr. Longmire schniefte und tupfte sich noch einmal die Nase. „Dort steht, dass Sie alle Ländereien und Besitztümer rüberreichen, die zu der Baronie gehören, genauso den Titel selbst. Sie geben jeden Anspruch darauf auf, sich als Lord Cox auszugeben, und Ihr Erbe gibt alle Rechte am Nachlass auf."

Patience schluchzte leise hinter vorgehaltener Hand.

Lord Cox verzog noch einmal das Gesicht. „Ich möchte trotzdem noch, dass es sich mein Anwalt ansieht. Wie Sie sich vorstellen können, ist das keine einfache Angelegenheit."

„Für mich schon", sagte Mr. Longmire.

„Wie können Sie so rücksichtslos sein?", fuhr ich ihn an. „Sie werfen ihr Leben und das Leben von Lord Cox' Kindern um. Können Sie nicht erkennen, wie aufreibend das ist?"

„Ich habe kein Mitgefühl für einem von Ihnen. Ihre Klasse hat Generationen lang auf meine hinabgesehen, *mein Lord*. Jetzt bekommen Sie mal ihre eigene Medizin zu schmecken."

„Mein Mann ist zu seinen Pächtern und allen im Dorf nichts

als großzügig und freundlich", sagte Patience mit mehr Rückgrat, als ich bei ihr jemals zuvor gesehen hatte. „Was Sie ihm antun, ist verachtenswert und grausam." Sie drückte sich eine Hand auf den Magen und holte zur Stärkung Luft. „Bitte, seien Sie vernünftig, Mr. Longmire, und nehmen Sie das Angebot meines Mannes einer regelmäßigen Zahlung an. Auf diese Art bekommt jeder etwas aus diesem schrecklichen Schlamassel. Einen Schlamassel, den mein Ehemann genauso wenig zu verschulden hat wie Sie."

Mr. Longmire wirkte, als würde er über ihren Vorschlag nachdenken, aber letztlich schüttelte er den Kopf. „Ich will, was mir gehört. Ich habe kein Mitleid mit ihm. Er hatte ein privilegiertes Leben, während ich in Armut aufwuchs."

„Unser Vater hat Ihrer Mutter eine regelmäßige Zahlung zukommen lassen", knurrte Lord Cox. „Sie haben wohl kaum am Hungertuch genagt."

„Eine Zahlung! Und Sie meinen, das hätte ausgeglichen, wie meine Mutter behandelt wurde? Ihre Familie hat sie hinausgeworfen. Die Leute im Dorf haben sie verhöhnt, denn sie glaubten ihr nicht, als sie sagte, sie wäre verheiratet. Sie haben sie angespuckt und ihr schreckliche Namen nachgeworfen. Ich musste mich jeden Tag gegen Schikanen zur Wehr setzen. Als wir umzogen, konnte sie nur einen Neuanfang machen, indem sie allen erzählt hat, sie wäre Witwe. Aber sie hat nie wieder geheiratet, und jetzt weiß ich, warum. Sie war eine anständige Frau, die niemals ihr Ehegelübde gebrochen hätte." Kurz glitzerten seine Augen, bevor er die Zähne fletschte. „Dieses Leben hatte sie nicht verdient. Und genauso wenig ich."

Lord Cox rieb sich über die Stirn. „Es tut mir leid. Das tut es wirklich. Sie haben recht, und Sie und Ihre Mutter hätte man besser behandeln sollen. Wenn es hilft, er war kein freundlicher Mann, unser Vater. Er war sehr kalt und abweisend. Er hat über den Haushalt mit eiserner Faust geherrscht."

„*Falls es hilft*", höhnte Mr. Longmire. „Nachdem er gestorben ist, haben *Sie* nichts getan. *Sie* haben das Geheimnis gewahrt und gehofft, dass dieser Tag niemals kommen würde. Jetzt, da ich sehe, in was für einer Gesellschaft Sie verkehren." Er wies mit dem Kinn in meine Richtung. „Bin ich nicht überrascht, dass Sie auch mogeln."

„Um Himmels Willen", murmelte ich.

Matt baute sich vor Mr. Longmire auf, der kaum einen Blick zurück zu ihm warf. „Machen Sie schon. Schlagen Sie mich noch einmal, Mr. Glass, und ich werde Sie wegen tätlichen Angriffs anzeigen."

Matts hohles, leises Lachen klang nicht erheitert.

Mr. Longmire schluckte und ging rückwärts.

„Es ist Zeit, dass Sie gehen", sagte Lord Cox, der sich schwer in einem Sessel niederließ. „Ich werde mir diese Papiere ansehen."

„Nicht ohne das Diadem", sagte Mr. Longmire. „Ich habe Ihnen gesagt, dass ich es als Zeichen des guten Willens haben will." Er streckte die Hand vor. „Reichen Sie es mir."

Eine schwere Stille ließ sich um uns nieder, erstickend und dicht. Ich stellte fest, dass es schwer war, zu atmen oder zu denken. Patience ging zu ihrem Mann und berührte ihn an der Schulter. Er legte seine Hand über ihre. Es war das erste Zeichen von Zuneigung, das ich zwischen ihnen gesehen hatte, und es schien ihn anzuspornen.

„Das kann ich nicht", sagte er. „Ich habe es versprochen, aber es gibt eine Menge, über das ich nachdenken muss. Meine Kinder, meine Frau ..."

„Reichen Sie es mir", knurrte Mr. Longmire.

„Lassen Sie mich diese Papiere mit meinem Anwalt durchgehen, und dann ..."

„Nein! Ich will das verdammte Diadem! Es ist *meins*. Ich habe es verdient." Er trat auf Lord Cox zu, sein Kinn und seine Fäuste waren angespannt.

Matt nahm ihn am Arm und wirbelte ihn herum. Er würde ihn erneut schlagen.

„Sie wollen es gar nicht", sagte ich rasch.

Niemand achtete auf mich.

„Sie wollen es nicht", wiederholte ich zu Mr. Longmire. „Es ist magisch, und Sie verabscheuen Magie."

Alle starrten mich an. Eine Warnung blitzte in Matts Augen auf, aber kein Sprechverbot. Es hatte keinen Sinn, jetzt noch etwas zurückzuhalten. Alle in diesem Zimmer wussten, was ich war.

„Wovon reden Sie?", knurrte Mr. Longmire.

„Als wir vorhin da waren, hat uns Lord Cox das Diadem gezeigt. Ich habe es berührt und die magische Hitze gespürt."

Mr. Longmire schnaubte. „Das denken Sie sich doch aus. Magie hat keine Hitze. Ich hatte schon mal einen magischen Gegenstand in der Hand, Mrs. Glass, und er war nicht heiß."

„Nur Magier können es in Dingen spüren, auf die während des Herstellungsprozesses ein Zauber gesprochen wurde. Es ist eine andere Art Wärme als die, die Sonne oder ein Feuer schaffen. Ich kann es nicht erklären, aber ich erkenne es, wenn ich es spüre. Und als ich das Diadem heute Vormittag berührt habe, habe ich seine magische Wärme gespürt."

„Hast du es deswegen sofort losgelassen?", fragte Patience.

Ich nickte. „Wollen Sie es wirklich, wenn Sie Magier so sehr hassen, Mr. Longmire? Wäre es nicht gemogelt, wenn Sie so ein Ding besitzen? Ich frage mich, was Ihre Geschäftsfreunde denken würden, wenn Sie wüssten, dass Sie sich nach einem magischen Krönchen sehnen."

Die Muskeln in seinem Gesicht verzogen sich immer weiter, während er darum kämpfte, seinen Zorn zu beherrschen. Er schluckte allerdings, was immer für eine Antwort ihm auf den Lippen lag, und warf einfach nur Matts blutverschmiertes Taschentuch auf den Boden. Entweder wollte er wirklich gar nichts mit Magie zu tun haben, oder Matts bedrohliche Haltung bereitete ihm Sorgen.

Lord Cox zog an der Klingelschnur. „Guten Abend, Mr. Longmire", sagte er ausdruckslos.

Mr. Longmire schob sich einen Finger in den Kragen und dehnte den Hals. „Ich komme wieder wegen des Vertrags."

„Bringen Sie Mr. Longmire nach draußen", wies Lord Cox den Butler an.

Matt hob eine Hand, um sie aufzuhalten. „Nur einen Augenblick. Wer hat Ihnen von Ihrem Vater berichtet?"

„Ich habe einen anonymen Brief zusammen mit Kopien von allen dokumentarischen Belegen erhalten, um den Anspruch zu beweisen", sagte Mr. Longmire.

„Sind Sie sicher, dass diese Dokumente nicht gefälscht waren?"

„Wie bitte?"

„Mit der richtigen Ausrüstung und einem hervorragenden Fälscher, den man bezahlt, kann man sehr leicht an gefälschte Kopien von Geburtsurkunden und Gemeindeaufzeichnungen kommen. Ich nehme an, Sie haben alles überprüft, bevor Sie mit Ihren Drohungen nach London marschiert sind."

Mr. Longmire wirkte etwas weniger selbstsicher. Mit einem hochnäsigen Schniefen und einem weiteren Dehnen seines Nackens sagte er: „Aber natürlich habe ich das. Außerdem muss es wohl stimmen. Cox hat nicht versucht, es zu leugnen."

„Darum geht es doch nicht. Es geht darum, dass Anwälte Beweise wollen."

Mr. Longmire wandte sich an Lord Cox. „Vorerst können Sie das Diadem behalten. Ich hole es ab, wenn ich mir den Rest von dem hole, was rechtmäßig mir gehört."

Wir warteten, bis er gegangen war, ehe wir alle wieder Platz nahmen. Ich fühlte mich nach der Konfrontation durchaus erschüttert und verschränkte die Hände im Schoß, damit sie wieder ruhig wurden. Matt hatte das wohl gespürt, denn er legte seine Hand über meine und strich mit dem Daumen über meine Handknöchel.

„Nun", sagte Lord Cox mit erzwungener Fröhlichkeit, „sollen wir zum Dinner gehen?"

Mir war nicht nach Essen. Genauso wenig Patience. Sie schob ihr Essen auf dem Teller herum und berührte kaum den Nachtisch, obwohl ich, bis die Bananencreme aufgetischt wurde, beschlossen hatte, dass es keinen Sinn ergab, köstliches Essen für Mr. Longmire zu opfern.

Die Männer hatten kurz Rechtliches und den Vertrag besprochen, aber am Ende des Abends war nicht klar, ob Lord Cox ihn unterschreiben würde oder nicht.

„Glaubst du immer noch, dass es Lord Coyle war, der ihn in Kenntnis gesetzt hat?", fragte mich Patience, als im Salon nach dem Abendessen Tee aufgetragen wurde.

„Schon. Er sollte sich schämen, dass er so viele Schwierigkeiten macht."

„Ich möchte nur wissen, weshalb", sagte sie mit einem Seufzen.

Ich auch, und ob es etwas mit Magie zu tun hatte. Vielleicht dachte Lord Coyle, Longmires Hass auf Magier würde gut zu seinen eigenen Plänen passen, die Magie geheim zu halten. Indem er Drohungen an erfolgreiche Magier aussprach, könnte Longmire einige so sehr einschüchtern, dass sie versteckt blieben. Das würde Lord Coyle gut gefallen. Aber weshalb sollte er Longmire über seinen Vater in Kenntnis setzen? Das war eine völlig andere Angelegenheit.

„In was für einem Geschäft ist Mr. Longmire denn tätig?", fragte ich.

„Seil", sagte Patience. „Er ist der Teileigner einer kleinen Fabrik."

„Teileigner?", wiederholte Matt. „Ich dachte, er hat gesagt, er und seine Mutter wären arm gewesen. Das ist ein ziemlicher Aufstieg."

„Sie waren nicht arm", sagte Lord Cox. „Die Zahlungen meines Vaters waren großzügig. Longmire wurde auch gut geschult, vor allem durch seine Mutter. Mein Vater hat mir erzählt, sie wäre intelligent, schlagfertig und schön gewesen. Ich spürte, dass er sie geliebt hat, selbst Jahre später noch."

„Er hat sie und ihr Kind im Stich gelassen", erklärte Matt. „Das ist keine Liebe."

Lord Cox beäugte die rechtlichen Papiere, als würde er sie gern anzünden, wenn er nur könnte. „Er wird nicht aufgeben, bis er das hat, was ihm rechtmäßig zusteht."

Patience drückte sich die Finger an die Lippen, in ihre Augen traten Tränen, während sie ihren Mann anschaute.

„Was soll ich tun?", fragte Lord Cox Matt mit dünner Stimme.

„Das kann ich nicht für Sie beantworten."

„Sie können die Baronie nicht an diesen Mann abtreten", stieß ich hervor. „Er ist schrecklich."

Matt drückte mir die Hand. „Aber er hat das gesetzliche und moralische Recht, sie zu übernehmen."

* * *

DA SEINE MONATLICHEN Zahlungen nach seiner kürzlichen Inhaftierung wieder eingerichtet waren, konnte Fabian Charbonneau es sich leisten, aus dem kleinen Haus meines Großvaters in eine Residenz in der Nähe des Berkeley Square zu ziehen. Dort trafen wir uns, um die Sprache der Magie zu lernen und zu versuchen, neue Zauber zu schaffen.

Zum ersten Mal, seit ich diese Unternehmung mit Fabian begonnen hatte, hatte Matt beschlossen, sich mir anzuschließen, unter der Behauptung, dass er an diesem Tag sonst wenig zu tun hätte. Eine Weile saß er bei uns, hörte zu, wie Fabian und ich die Worte zusammensetzten, in der, wie wir hofften, richtigen Reihenfolge, doch nach zwanzig Minuten ging er weg, um sich mit der Zeitung ans Feuer zu setzen.

„Es ist nicht richtig", sagte ich und schüttelte den Kopf zu der Uhr hin, die mir Fabian in die Hand gelegt hatte. „In diesem Zauber sind zu viele Worte."

„Woher weißt du das?", fragte Fabian.

Er war makellos zurechtgemacht wie üblich, mit einer tief burgunderroten Weste, die ein wenig Farbe in seinen ansonsten ernsten dunkelgrauen Anzug brachte. Ohne die Goldkette seiner Taschenuhr, die sie zierte, wirkte die Weste nüchtern. Der Patek-Philippe-Chronometer fühlte sich wunderbar solide an und war durch meine Versuche, unseren experimentellen Flugzauber hinein zu sprechen, warm geworden. Aber geregt hatte er sich nicht.

„Ich weiß nicht, wie", erwiderte ich. „Ich weiß es einfach. Der Zauber ist falsch."

Fabian musterte die Worte erneut. „Es hat die übereinstimmenden Worte aus meinem Eisenzauber und dem Zauber für den Papierflug, vermischt mit deinem Zauber zum Reparieren von Uhren. Was sonst können wir noch hinzufügen?"

Ich schüttelte den Kopf. „Es ist nicht das, was wir hinzufügen müssen. Alle Worte sind da, aber sie haben nicht die richtige Reihenfolge."

„Woher weißt du das?", fragte er noch einmal.

„Ich weiß es einfach", wiederholte ich mich. „Es tut mir leid, Fabian, ich weiß, dass du abschließende Antworten willst, aber die kann ich dir nicht geben."

„Es ist schon in Ordnung, India. Deine Magie ist stark, und ich nehme an, dass du das benutzt." Er tippte sich an die Brust. „Weniger das." Er tippte sich an die Stirn.

„Intuition", sagte Matt hinter seiner Zeitung hervor. „Sie nutzt ihr angeborenes Gefühl für die Magie."

Fabian lächelte. „Intuition, ja. Du bist ein Wunder, India. Ich habe noch keine andere Magierin wie dich getroffen. Jetzt spiel mit den Worten. Beweg sie herum, oder verändere die Art, wie du sie sagst. Nutze deine Intuition, nicht deinen Verstand."

Ich veränderte die Abfolge der Worte, aber nichts funktionierte, und meine Intuition sagte mir, dass sie sowieso falsch waren. Ich arrangierte sie immer wieder neu, aber trotzdem war noch etwas daran falsch. Ich wusste, dass es nicht die Betonung war. Trotz Fabians Akzent war ich mir ziemlich sicher, dass wir diesen Teil richtig hinbekommen hatten.

Zu viele Worte. Das musste es sein. „Sag noch einmal deinen Eisenzauber", bat ich.

Er wiederholte ihn, und der gebrochene Nagel, den er zum Üben benutzte, hob sich vom Schreibtisch. Der Zauber schien länger als der, den Mr. Hendry gesprochen hatte, damit das Papier flog. Wenn ich den nur noch einmal hätte hören können, um sicherzugehen.

Ich strich eines der Wörter in Fabians Zauber, und zum gefühlt hundertsten Mal fügte ich die Uhrenworte an der Stelle der Eisenworte ein. Dann sprach ich die neue Kombination.

Die Uhr flog von meiner Handfläche, streifte Matts Zeitung und knallte in den Kamin.

Ich bedeckte mein überraschtes Quietschen mit der Hand und starrte auf die Bruchstücke im Kamin. „Ich habe deine Uhr kaputtgemacht. Es tut mir so leid, Fabian."

Er grinste. „Ich werde eine andere besorgen."

„Aber es war eine Patek Philippe."

„Eine *fliegende* Patek Philippe."

Matt holte die Bruchstücke heraus und gab sie in Fabians gerundete Hände. „Hast du versucht, mich zu enthaupten?"

„Tut mir leid", sagte ich. „Ich glaube, ich brauche Übung."

„Vielleicht sollte ich in ein anderes Zimmer gehen."

„Das wäre klug. Nur, bis ich es beherrschen kann."

Er wandte sich an Fabian. „Wie beherrschen Sie, wohin das Eisen fliegt?"

Er berührte sich an der Schläfe. „Ich stelle mir vor, wo ich es haben möchte."

„Interessant." Es schien, als würden die unausgesprochenen Gedanken des Magiers entscheidend dazu beizutragen, den Zauber zum Funktionieren zu bringen. „Versuchen wir es noch einmal", sagte ich, während Matt ging, die Zeitung unter den Arm geklemmt. „Ich werde daran denken, wo ich sie haben möchte."

„Und die Geschwindigkeit", sagte Fabian, der leise lachte. „Diesmal langsamer."

„Oh, aber wir haben keine weitere Uhr. Meine können wir nicht nehmen. An der habe ich zu oft gearbeitet, und sie reagiert vielleicht zu gut. Wir brauchen eine Uhr, an der nicht herumgebastelt wurde."

Er öffnete die Schreibtischschublade und zog eine einfache Uhr ohne Deckel heraus. „Ich habe noch eine."

„Warum haben wir die nicht zuerst benutzt, und deine gute geschont?" Ich beäugte die Bruchstücke, die wir auf den Schreibtisch gelegt hatten. Ich konnte die Innenteile wieder zurückstecken, aber ich konnte das verbogene Gehäuse und das zerbrochene Glas nicht reparieren.

Fabian legte die zweite Taschenuhr in meiner Handfläche. „Versuch es noch einmal, aber konzentriere dich auf die Geschwindigkeit und die Richtung. Lass sie auf das Sofa fliegen."

Meine Atmung verlangsamte sich, und ich starrte fest auf das Sofa, dann auf die Uhr und wieder zum Sofa. Ich stellte mir vor, wie sich die Uhr sanft aus meiner Handfläche erhob und zu einer weichen Landung auf ein Kissen schwebte.

Ich wiederholte die Worte des abgeänderten Zaubers, sorgsam und betont. Die Uhr erhob sich und schwebte direkt über das Sofa, wo sie stehen blieb, bevor sie sich langsam herabsenkte.

Fabian klatschte. „Du hast es geschafft! Gut gemacht, India."

Ich holte die Uhr mit einem Grinsen zurück. „Das war überhaupt nicht schwer."

Wir versuchten es noch zweimal mehr, und beide Male steuerte ich die Uhr und kontrollierte ihren Flug. Ich konnte mein Lächeln gar nicht unterdrücken. Es fühlte sich großartig an, etwas so Bemerkenswertes geschafft zu haben. Vor nur wenigen Monaten hätte ich nie vermutet, dass ich eine Uhr fliegen lassen könnte. Die Anwendungen dessen, was ich heute gelernt hatte, erstreckten sich vor mir wie ein Läufer durch einen langen Gang.

Wo wir gerade bei Teppichen waren ... „Wir sollten es nächstes Mal mit einem kleinen Teppich versuchen", sagte ich. „Oder vielleicht einem Stück Leder. Aber wir würden den richtigen Magier brauchen."

„Ich kenne keine Magier in London", sagte Fabian.

„Und ich kenne nicht viele, die mich im Gegenzug nicht um einen Gefallen bitten würden."

„Welchen Gefallen?"

„Ihre Magie zu verlängern, damit sie von Dauer ist." Ich erzählte ihm von Mr. Bunn, dem Ledermagier.

Er verzog das Gesicht. „Hat Glass ihn verscheucht?"

„Vorerst." Ich seufzte. „Er könnte zurückkehren."

„Wen werden wir also fragen?"

„Mr. Delancey stammt von Wollmagiern ab. Er sagt, mit seinem Vater wäre die Magie ausgestorben, aber vielleicht hat er entfernte Vettern, die immer noch Magie besitzen. Wir könnten ihn fragen, und da er bereits mit deinem Schlüssel ein so hervorragendes Geschenk erhalten hat, wird er auch um nichts weiter bitten." Das hoffte ich zumindest. Die Delanceys waren vielleicht gierig genug, um nach einem weiteren magischen Gegenstand für ihre Sammlung zu fragen.

„Wir müssen es versuchen", sagte er.

Matt erschien im Eingang, einen seltsamen Ausdruck auf dem Gesicht.

„Ich habe es geschafft", erklärte ich ihm. „Ich habe die Flugbahn der Uhr beherrscht."

„Bei ihrem ersten Versuch", fügte Fabian an, seine Augen leuchteten.

„Wunderbar", sagte Matt abwesend.

„Was ist denn?", fragte ich.

Er hielt eine Zeitung vor. „Ihr Butler hat mir die gerade

gereicht", sagte er zu Fabian. „Es ist eine Mittagsausgabe, heute Vormittag gedruckt." Er deutete auf einen Artikel oben auf der Seite. „Lies das, India."

Es war eine Seite mit Klatsch und Tratsch. „Lord ____ enterbt, nachdem geheimer älterer Bruder auftauchte'", hieß es in der Schlagzeile. „Mein Gott", murmelte ich. „Das ist schrecklich."

Im ersten Absatz des kurzen Artikels stand, dass der zurückgezogene Lord, dessen Name noch nicht genannt wurde, erschüttert von den Neuigkeiten war, dass er den Titel und das Anwesen seines Vaters niemals hätte erben sollen. Sein älterer Bruder klagte, um alles zu erhalten, und die Angelegenheit lag nun bei den Anwälten.

„Glaubst du, Lord Coyle hat es dem Kolumnisten erzählt?", fragte ich Matt.

„Coyle?" Fabian spuckte den Namen beinahe aus. Nachdem der Earl versucht hatte, ihn zu erpressen, indem er eine Schuld beglichen hatte, sodass Fabian aus dem Gefängnis entlassen wurde, konnte Fabian Coyle nicht leiden. Seine Familie hatte die Schuld zurückgezahlt, doch Coyle hatte darauf beharrt, dass Fabian ihm immer noch etwas schuldete. Wir vermuteten, dass Coyle den Geldverleiher dazu manipuliert hatte, die Schuld überhaupt erst einzutreiben, was seine Forderung noch schwerer verdaulich machte.

„Er hat es geleugnet", sagte Matt zu Fabian. „Aber vermutlich steckt er dahinter." Er erklärte Lord Cox' schlimme Lage, ohne Namen zu nennen, dann wandte er sich an mich. „India, lies den Rest. Du bist noch gar nicht zum interessantesten Teil gekommen."

Ich las den zweiten Absatz und keuchte. Der Artikel behauptete, dass der ältere Bruder nach einem symbolischen Geschenk gefragt hatte, das aus einem Familienerbstück bestehen sollte, einem unbezahlbaren Diadem. Er hatte es „edel" abgelehnt, als er herausgefunden hatte, dass es aus magischem Gold hergestellt war.

„Magie?", wiederholte Fabian. „Goldmagie gibt es nicht mehr."

„Ich habe das Diadem berührt", erklärte ich ihm. „Ich habe

die magische Hitze gespürt, die konnte nur von dem Gold kommen."

„Erstaunlich", murmelte er.

„Also stimmt es? Goldmagie ist ausgestorben?"

„Vor über tausend Jahren, ja."

„Wir trafen einmal einen Goldmagier", erklärte ich ihm. „Er konnte Goldmagie spüren, aber er kannte keine Zauber. Er behauptete, sie wären verschollen, und die magische Linie wäre nun ohnmächtig."

Fabian deutete auf die Zeitung. „Sie sagen, Coyle ist die Quelle hiervon?"

Matt schüttelte den Kopf. „Obwohl ich glaube, Coyle hat Longmire aufgeklärt, dass er der rechtmäßige Erbe ist, glaube ich nicht, dass er das hier initiiert hat." Er schlug mit der Zeitung auf seinen Handrücken. „Das ist nicht in seinem Interesse. Nicht, wenn er die Magie geheim halten will."

„Das ist sehr öffentlich", stimmte ich zu.

Ich las den Artikel noch einmal. Die Formulierung war interessant. Er oder sie spekulierte nicht über die Existenz von Magie oder rümpfte die Nase darüber. Sie wurde nur als eine Tatsache erwähnt. „Mein erster Gedanke ist Oscar Barratt", sagte ich. „Aber das ist ein gemeiner Artikel, und er ist nicht grausam."

„Ich glaube, es war Longmire selbst", sagte Matt. „Der Halbbruder", fügte er für Fabian an.

Ich las den Artikel noch einmal, und diesmal konnte ich Mr. Longmires Stimme fast in den Worten hören. Er musste es sein. „Weshalb aber sollte er das magische Diadem überhaupt erwähnen?"

„Um den nicht näher genannten Lord in den Dreck zu ziehen", sagte Matt. „Für Longmire ist Magie unnatürlich und verachtenswert. Indem er den unrechtmäßigen Lord mit Magie in Verbindung bringt, ganz gleich, wie lose, glaubt er, dass er ihn als unwürdig darstellt – fast schon unheilig."

„Aber das ist lächerlich. Es ist auch das Diadem seiner Familie."

„Er hat es doch ‚edel‘ abgelehnt." Matt deutete auf die Zeile. „Er will nicht nur als der einzige rechtmäßige Erbe betrachtet werden, wenn schließlich Namen genannt werden, sondern er will, dass die Allgemeinheit ihn als den besseren Menschen sieht, der einen wertvollen Gegenstand abgelehnt hat, nur weil er unnatürliche Ursprünge besitzt."

Fabian murmelte etwas auf Französisch, von dem ich annahm, dass es kein nettes Wort über Mr. Longmire oder seine Annahmen war.

„Meinst du, er hat recht?", fragte ich schwach. „Dass die Öffentlichkeit denkt, Magie wäre etwas, das man abstoßend findet und dem man aus dem Weg gehen sollte?"

„Der Großteil der Öffentlichkeit ist immer noch skeptisch, trotz Barratts früheren Artikeln", versicherte mir Matt. „Vielen ist nicht klar, dass Magie echt ist."

„Aber sie würden Mr. Longmire zustimmen, wenn sie wüssten, dass sie existiert", sagte ich niedergeschlagen.

„Das wissen wir noch nicht."

Vielleicht nicht, aber sobald Oscar Barratts Buch herauskam, würden wir es auf jeden Fall herausfinden.

# KAPITEL 5

Wir nahmen das Abendessen an diesem Abend mit Catherine und Ronnie Mason ein. Die Einladung war von Cyclops auf mich ausgedehnt worden, und er war sicher gewesen, dass ich zustimmen würde.

„Ich hoffe, das macht dir nichts aus", sagte er an diesem Nachmittag zu mir. „Ronnie wollte dir einen Brief zeigen, den er erhalten hat, darum habe ich ihm gesagt, er soll zum Abendessen vorbeikommen. Ich musste Catherine natürlich auch einladen."

„Natürlich", sagte ich durchtrieben.

Ronnie zeigte uns den Brief, sobald sie eintrafen. Obwohl er nicht unterzeichnet war, wussten wir, dass er von Mr. Longmire kam. Dieser war jedoch ein wenig anders als die anderen.

„Er wirft mir vor, dass ich Uhren verkaufe, in die du deine Magie gegeben hast", erklärte Ronnie, während ich las. „Das tue ich nicht. Die Gilde weiß, dass ich das nicht tue. Ich musste ihnen die Lagereinheit voller Uhren zeigen, die sie uns aus dem Laden entfernen ließen, bevor wir wieder geöffnet haben."

„Beachte das gar nicht", sagte ich und reichte ihm die Nachricht zurück. „Es wurde von einem wütenden Mann in reizbarer Stimmung geschrieben, der Longmire heißt."

„Das hat Nate uns erzählt", sagte Catherine. Ihre Lippen wölbten sich zu einem rätselhaften Lächeln, das ihr hübsches

Gesicht in ein interessantes verwandelte. „Aber mehr als das will er nicht sagen."

„Es geht mich nichts an", erklärte Cyclops.

Der Essensgong erklang, und wir betraten den Speisesaal. Tante Letitia hatte sich entschieden, sich uns nicht anzuschließen, sie hatte Kopfschmerzen erwähnt, aber Duke und Willie aßen nur zu gerne eine herzhafte Mahlzeit, nachdem sie den kühlen Herbsttag damit verbracht hatten, das Dach des Schulzimmers bei den Schwestern vom Konvent des Heiligsten Herzens zu reparieren.

„Wirst du uns erzählen, wer dieser Longmire ist, India?", fragte Catherine.

„Und warum er mir einen wütenden Brief schickt?", fügte Ronnie an.

„Er ist der Teileigner einer Seilfabrik in Yorkshire", sagte ich. „Er glaubt, Magier würden mogeln, was ihnen einen Vorteil im Geschäft verschafft."

„Gibt es denn Seilmagier, die ihm das Geschäft streitig machen?", fragte Ronnie, während Peter eine Schüssel mit falscher Schildkrötensuppe vor ihn stellte.

„Ich weiß es nicht. Er ist aufgebracht um aller Talentfreien in jedem Handwerk willen."

„Erzähl den Rest", sagte Willie, die sich die Serviette in den Kragen steckte.

„Matt und ich haben Mr. Longmire gestern Abend getroffen. Unser Treffen lief nicht gut."

„Matt hat ihm eine blutige Nase verpasst", sagte Willie stolz.

Catherine keuchte, und Cyclops warf Willie einen warnenden Blick zu.

„Mr. Longmire hatte es verdient", sagte ich. „Er ist ein schrecklicher Mensch. Ich nehme an, er hat euch den Brief nach unserem Treffen geschickt, denn er weiß, dass ich davon hören würde. Er mag mich nicht, weil ich Magierin bin."

„Erzähl Ihnen, dass er Lord Cox' älterer Bruder ist", sagte Willie. „Und dass er die Baronie von Cox hätte erben sollen, nur dass es nicht dazu gekommen ist, weil sein Vater Bigamie begangen hat."

Catherine keuchte wieder.

Cyclops seufzte.

Ronnie senkte den Suppenlöffel mit einem Klirren auf den Rand seiner Schüssel. „Ist Lord Cox derjenige, über den alle reden?"

Ich warf einen Blick auf Matt, doch er schaute zu Ronnie. „Alle reden über den Zeitungsartikel?", fragte er.

Ronnie nickte. „Das Gerücht hat sich auf der ganzen Straße verbreitet, sobald die Zeitung herauskam. Niemand wusste, wer dieser rätselhafte unrechtmäßige Lord ist, obwohl viele spekuliert haben."

„Es ist ein ziemlicher Skandal", fügte Catherine an.

„Wiederholt seinen Namen vor niemandem", warnte Matt. „Nicht, dass es an die Öffentlichkeit kommt."

„Machen wir nicht", versicherte ihm Catherine. „Ist das nicht der Mann deiner Cousine?"

Matt nahm seinen Löffel. „Patience. Sie haben kürzlich geheiratet."

„Wie schrecklich für sie. Für sie beide. Also stimmt es? Ist er wirklich unrechtmäßig und dieser Longmire der wahre Erbe?"

„So scheint es."

„Es ist nicht klar, ob Lord Cox ihm alles geben sollte", sagte ich. „Er holt sich rechtlichen Beistand."

„Er sollte es aufgeben", sagte Ronnie. „Es gehört ihm nicht. Alles hätte an diesen Longmire gehen sollen."

„Er ist ein Scheißhaufen", warf Willie ein. „Das sagen India und Matt."

„Das habe ich aus diesem Drohbrief geschlossen, den er uns geschickt hat", erwiderte Catherine.

„Mir scheint es, als würde er glauben, dass ihm alles zusteht, ohne dass er schwer dafür arbeiten muss", ließ sich Duke vernehmen. „Ein erfolgreicheres Geschäft, die Baronie."

„Das ist wohl kaum gerecht", sagte Ronnie. „Wenn er der rechtmäßige Erbe ist, sollte er es haben."

„Ja", stimmte Cyclops zu. „Und es kann nicht leicht sein, gegen einen Magier im gleichen Geschäftsfeld anzukommen. Besonders einen Magier, der keine Angst hat, seine Magie einzusetzen."

„Guter Punkt", sagte Ronnie, bevor er sich seine Suppe schmecken ließ. „Ich bin froh, dass wir keine Uhrenmagier mit Läden haben, ansonsten würde es uns schwerfallen, auch nur ein Stück zu verkaufen."

„Ronnie", zischte seine Schwester mit einem Blick auf mich.

„India ist anders. Ihr Vater hat die Magie nicht angewendet. Er hat harte Arbeit, Erfahrung und Wissen genutzt, genau, wie ich das vorhabe."

„Ich habe meine Magie eingesetzt", erklärte ich ihm.

„Das ist etwas anderes. Du hast nicht gewusst, dass du deine Magie einsetzt. Das kann man dir nicht zum Vorwurf machen."

Ich fand seine Logik ein wenig schief, aber wir ließen die Sache zum Glück fallen. Das Thema von Mr. Longmire kam während der nächsten vier Gänge oder danach nicht mehr auf, als wir Karten spielten.

Willie schloss sich uns nur kurz im Salon an. „Ich habe noch eine Verabredung mit einer Krankenschwester", sagte sie mit einem Lächeln.

„Einer Krankenschwester?", fragte Duke. „Doch nicht derselben, die dir das Herz gebrochen hat."

„Einer anderen. Und mein Herz wurde nicht gebrochen. Es wurde angerempelt, und jetzt geht es ihm wieder gut."

Duke schnaubte, während er die Beine ausstreckte. Wie Willie entschied er sich, nicht mit uns Poker zu spielen. „Bist du sicher? Und überhaupt, weiß Brockwell von dieser Krankenschwester?"

„Das geht ihn nichts an."

Ich senkte meine Karten. „Natürlich geht es ihn etwas an. Du und er sind zusammen."

„Außer, wir sind es nicht."

Ich runzelte die Stirn. „Ich bin verwirrt."

„Genau wie ich", fügte Ronnie an.

„Ich erkläre es später", flüsterte Catherine von dort, wo sie hinter dem sitzenden Cyclops stand. Sie hatte behauptet, dass sie nicht wusste, wie man Poker spielte, daher würde sie zusehen und lernen. Sie hatte die ganze Zeit an Cyclops' Schulter gestanden.

„Sieh mal, India", sagte Willie von oben herab. „Jasper und ich haben ein gegenseitiges Verständnis. Er kann sich mit anderen Frauen treffen, wenn er möchte, und das kann ich auch. Oder Männern. Was immer mir gefällt."

Ronnie beäugte sie, als wäre sie ihm vorher nie wirklich aufgefallen. Sein schwaches schiefes Lächeln verriet seine Gedanken, bevor er wieder zum Mustern seiner Karten überging.

Ich deutete mit meinen Karten auf Willie. „Das sagt Brockwell, aber meint er es auch wirklich ernst?"

„Warum sollte er es sagen, wenn er es nicht so meint?"

„Weil er versucht, dir zu schmeicheln. Er will dich glücklich machen, und er glaubt, er muss dich frei sein lassen, damit du das bist."

Sie stemmte die Hände in die Hüften. „Ich will frei sein, und er weiß das, aber das bedeutet nicht, dass er den Gedanken dahinter verabscheut. Er ist kein eifersüchtiger Mann, und er hat nichts für deinen sentimentalen Unsinn übrig, India. Ihm gefällt unsere Abmachung richtig gut."

„India hat recht", sagte Duke.

„Was weißt du denn darüber? Ich kenne Jasper besser als ihr alle, und er sehnt sich nicht nach mir oder macht einfach nur mit, um mir einen Gefallen zu tun. Er hat seine Arbeit, und das ist alles, was ihm wirklich wichtig ist. Wenn ich mich nicht mit anderen träfe, dann würde ich ihn belästigen, während er damit beschäftigt ist, Morde aufzuklären, und das ist kein Anblick, den irgendjemand sehen möchte."

„London dankt dir für dein Opfer", ließ Matt sich vernehmen. Er schob einen Stapel Streichhölzer in die Mitte. „Wer geht noch mit?"

„Das ist eine kühne Wette", sagte ich.

„Ich bin raus", sagte Ronnie, der seine Karten hinwarf.

Ich legte meine Karten ebenfalls ab.

Cyclops strich sich übers Kinn und musterte seine Hand. Hinter ihm sah Catherine zu, biss ich auf die Lippe.

„Mach schon", sagte Matt. „Du kannst es dir leisten."

„Gib mir mal kurz", erwiderte Cyclops.

„Oder steig einfach aus, was du, wie ich weiß, sowieso tun wirst."

Cyclops funkelte ihn mit seinem einen Auge an, dann warf er mit einem Zungenschnalzen die Karten hin.

„Du wusstest, dass du das gewonnen hättest, oder?", sagte ich zu Matt.

Er lächelte, während er seine Gewinne einstrich.

„Wie?", fragte Ronnie.

„Ihr wart alle abgelenkt", sagte Matt. „Hättet ihr auf das Spiel aufgepasst und nicht auf Willies Unterhaltung, dann hättet ihr gemerkt, dass ich auch nichts habe." Er zeigte uns seine Hand. Er hatte nicht mal ein Paar.

„Ich habe ihr nicht zugehört", sagte Cyclops, der die Arme verschränkte.

„Und doch warst du am meisten abgelenkt. Ich wusste, dass du eine schlechte Hand hast, obwohl ich annehme, dass sie noch besser als meine war."

„Ein Paar Königinnen. Woher wusstest du das?"

Matt hob den Blick zu Catherine, obwohl es ihr nicht auffiel. Cyclops knurrte frohgemut.

„India, deine Karten habe ich gesehen, als du damit auf Willie gezeigt hast", sagte Matt zu mir.

„Habe ich das?"

„Und ich?", fragte Ronnie, der sein Glas mit Port nahm. „Woher wusstest du, dass du mich schlagen kannst?"

„Äh …"

„Weil du einfach zu leicht zu deuten bist", sagte Willie. „Duke sollte dir ein wenig helfen."

Duke trank seinen Port aus und stand auf. „Nicht heute Abend. Ich gehe zu einem echten Spiel. Cyclops?"

„Ich nicht", sagte Cyclops.

Willie schlug Duke auf die Schulter. „Komm schon, wir gehen zusammen. Woodall kann zuerst mich rauslassen, und dann dich, und dann kann er warten und …"

„Geht nicht zu Woodall", sagte Matt. „Es wird schon spät, und ich lasse das Personal nicht auf euch warten. Nehmt eine Mietkutsche."

Willie grollte, während sie mit Duke aufbrach.

Wir spielten nicht mehr viel länger, bis Ronnie und Catherine ebenfalls gingen. Cyclops brachte sie an die Tür, ihre Hand auf seinem Arm, ihre Stimmen leise, während sie sich unterhielten.

Nachdem sie gegangen waren, rückte ich an ihn heran. „Ihr beiden wirkt glücklich. Heißt das, du wirst bald mit ihren Eltern reden?"

„Nein."

„Aber ihr wirkt zufrieden miteinander."

„Das sind wir, und das riskiere ich nicht, indem ich zu ihren Eltern gehe und eine Erklärung abgebe."

„Aber das musst du!"

„Es ist zu früh. Wir werden es langsam angehen lassen. Ich werde diesen Sonntag wieder zur Kirche gehen, und am nächsten Sonntag, und dem danach. Ihr alle habt mir eine Idee eingepflanzt, und ich glaube, sie ist gut. Ich lasse sie sich dran gewöhnen, dass ich dort bin. In der Zwischenzeit werde ich sie im Laden treffen."

„Catherine könnte dich ins Haus ihrer Eltern zum Tee einladen. Das würde vielleicht helfen."

Er schüttelte den Kopf. „Wir machen es lieber auf unsere Art. Wir haben Geduld."

„Anders als andere", sagte Matt unschuldig.

Ich nahm seinen Arm. „Ich habe Geduld. Ich werde dir einfach zeigen, wie geduldig ich sein kann, indem ich die Schlafenszeit vertage. Ich werde lesen."

„Im Bett?", fragte er hoffnungsvoll.

„Im Salon."

Matt wartete, bis wir allein im Salon waren, dann schloss er die Tür. „Du gewinnst. Du hast mehr Geduld als ich."

„Ich werde die Schlafenszeit trotzdem vertagen." Ich umkreiste ihn, neigte das Kinn und musterte ihn, während ich das tat. In seinem Dinneranzug wirkte er sehr attraktiv, in seinen dunklen Augen blitzte so starkes Verlangen, dass ich dachte, ich würde schmelzen. „Aber ich werde nicht lesen."

* * *

„ICH WÜNSCHTE, ich wäre mit Duke gegangen", sagte Willie, während sie sich die zweite Tasse Kaffee am Buffet einschenkte. Zu unserer Überraschung hatte sie sich uns beim Frühstück angeschlossen. Normalerweise schlief sie nach einem langen Abend aus, aber es hatte sich erwiesen, dass ihr Abend gar nicht lang geworden war.

„Am Pokertisch gab es nicht viel zu holen", sagte Duke. „Ich bin nicht lang geblieben."

„Du hättest woanders hingehen sollen", erklärte sie.

„Ich war müde."

Willie seufzte, während sie sich hinsetzte. „Wir werden alt. Du magst keine langen Abende mehr, Cyclops will einen Hausstand gründen, und ich werde richtig wählerisch, was meine Geliebten angeht."

„Was war denn los mit der Krankenschwester?", fragte ich.

„Schlechte Zähne."

„Schief? Nicht vorhanden?"

„Sie hat sich die ganze Zeit über Zahnschmerzen beschwert, und ihr Atem war faulig wie ein Schweinestall an einem heißen Tag. Ich habe ihr gesagt, sie soll mal zum Zahnarzt, aber sie weigert sich. Sie hat Angst vor den Schmerzen."

„Zahnärzte sind gar nicht so schlimm", sagte Cyclops. „Nicht, wenn sie Kokain oder Lachgas nutzen."

„Auf jeden Fall hat sie sich wegen der ganzen Jammerei langweilig wie eine Pfütze erwiesen."

„Geh und triff dich stattdessen mit Brockwell", sagte ich.

„Vielleicht tue ich das, vielleicht auch nicht."

Bristow trat ein, der einen Brief für Matt dabei hatte.

„Er ist von Cox", sagte Matt, der ihn öffnete. Er schüttelte den Kopf, während er las. „Letzte Nacht wurde bei ihm eingebrochen, und das Diadem wurde gestohlen."

„Geht es allen gut?", fragte ich.

„Das steht da nicht." Er reichte mir den Brief. „Er will, dass wir dabei sind, wenn die Polizei vorbeikommt, da wir in diesen Angelegenheiten Erfahrung haben."

„Wir haben Erfahrung mit Morden, nicht Diebstahl."

„Ihr seid überqualifiziert", sagte Duke mit einem leisen Lachen.

Ich las die Nachricht und reichte sie zurück zu Matt. Lord Cox dachte, wir würden es besser machen als die Polizei, das Diadem wieder zu beschaffen, da die Möglichkeit bestand, es wäre wegen seiner magischen Beschaffenheit gestohlen worden. Da mochte er wohl Recht haben.

* * *

MATT und ich trafen kurz nach der Polizei an Lord Cox' Stadthaus ein. Ein junger Kriminalinspektor namens Walker befragte gerade die Bediensteten, einen nach dem anderen. Er war genau in diesem Moment mit einem Dienstmädchen in der Bibliothek.

„Er lässt mich nicht zuhören", sagte Lord Cox, der im Salon auf und ab ging. „Das sind meine Angestellten, das ist mein Haus, und es ist mein Diadem. Ich sollte berechtigt sein, zu hören, was sie sagen."

„Sie werden nichts sagen, weil es nichts zu sagen gibt", sagte Patience sanft. Sie wandte sich zu mir, setzte sich neben mich auf das Sofa. „Mein Mann hat sie befragt, sobald wir den Diebstahl bemerkten, und keinem ist bis heute Morgen etwas Ungewöhnliches aufgefallen."

„Wie wurde der Diebstahl entdeckt?", fragte ich.

„Das Dienstmädchen ging heute Vormittag in das Bureau, um das Kaminfeuer zu schüren, und sah, dass die Aufbewahrungskiste des Diadems offenstand. Sie hat die Haushälterin in Kenntnis gesetzt, und diese hat uns dann geweckt." Sie berührte die Spitze an ihrem hohen Kragen. „Wenn man sich nur vorstellt, dass jemand hier eingebrochen ist, während wir geschlafen haben. Das ist schrecklich beunruhigend."

„Zum Glück sind die Kinder nicht mit uns nach London gereist", murmelte Lord Cox.

„Es ist wohl nach Mitternacht passiert", sagte Patience nachdenklich. „Gestern Abend haben wir mit meiner Familie diniert, bei ihnen zu Hause, und wir sind um etwa halb zwölf zurückgekehrt. Byron ging dann noch kurz in das Bureau, aber ihm ist nicht aufgefallen, dass etwas fehlt."

„Haben Sie festgestellt, wo ins Haus eingedrungen wurde?", fragte Matt.

„Einer der Diener sagte, dass die Personaltür aufgestemmt worden war", sagte Lord Cox. „Die Polizei ist dem nachgegangen, hat sich aber noch nicht bei mir gemeldet. Kriminalinspektor Walker rückt nichts heraus."

Ich bekam den eindeutigen Eindruck, dass es Lord Cox nicht gefiel, im Dunkeln gelassen zu werden. Für einen Mann in seiner Stellung war es natürlicher, Befehle zu geben als sie zu empfangen.

„Er sollte bald fertig sein", versicherte ihm Patience. Sie sprach mit erstaunlicher Fassung, ihre Stimme war beruhigend, während ihr Mann weiterhin auf und ab ging. Das einzige Zeichen, dass dieser Vorfall ihr Sorgen machte, war die Art, wie sie die Finger im Schoß rang, und die Art, wie ihr Blick Lord Cox von einer Seite des Raumes zur anderen folgte.

„Patience hat vorgeschlagen, dass wir nach Ihrem Beistand fragen, Glass, aber ich bin mir nicht sicher, ob das nötig ist", sagte Lord Cox. „Obwohl ich in meiner Nachricht behauptet habe, der Diebstahl hätte stattfinden können, weil das Diadem Magie enthält, glaube ich nicht, dass der Verdächtige jemand ist, der daran wegen seiner magischen Qualitäten interessiert ist. Ich nehme an, dass der Schuldige jemand Offensichtlicheres ist."

„Longmire", sagte Matt.

Lord Cox warf die Hände in die Luft. „Wer könnte es denn sonst sein? Nichts sonst scheint gestohlen worden zu sein. Ein gewöhnlicher Dieb hätte doch das Silber genommen, aber dieser Dieb ging direkt zu der Kiste."

„Aber Longmire schien es nicht zu wollen, sobald er von der Magie erfuhr", erklärte ich.

„Vielleicht hat er uns das denken lassen, damit wir ihn nicht verdächtigen. Oder vielleicht hat er es sich anders überlegt und beschlossen, dass er es doch will."

„Weshalb sollte er es dann nicht durch die rechtlichen Kanäle bekommen?", fragte Matt.

„Das würde zu lange dauern."

Lord Cox ging weiterhin auf und ab, die Hände hinter sich verschränkt, seine Schritte bedacht.

Patience flehte mich an, in ihren Augen stand Sorge.

„Wir sollten trotzdem die Möglichkeit in Betracht ziehen, dass es wegen der Goldmagie gestohlen wurde", sagte ich. „Die magischen Eigenschaften des Diadems wurden in diesem Artikel erwähnt."

Patience fuhr zusammen.

Lord Cox blieb abrupt stehen. „Diese verflixte Kolumne!"

„Niemand weiß, dass es um Sie geht", versicherte ihm Matt. „Niemand könnte es auch nur ahnen."

„Wenn Ihre Theorie mit dem Diebstahl stimmt, dann hat es jemand geschickt erraten." Lord Cox setzte sich hin und vergrub den Kopf in den Händen. „Das ist ein Albtraum."

Patience ließ sich auf der Armlehne des Sessels nieder und legte ihm eine Hand in den Nacken. „Es war sehr anstrengend für meinen Mann", erklärte sie uns. „Er hat nichts falsch gemacht, und doch wird er von Longmire bestraft. Ich wünschte, er würde uns einfach in Frieden lassen."

Ich wechselte einen Blick mit Matt. Wir mussten etwas tun, aber es wäre nicht leicht, das Diadem zu finden, und es wäre sogar noch schwieriger, diskret zu bleiben. Aber wir mussten es versuchen. Ich wollte nicht zu Lord Cox' Belastung beitragen.

Der Kriminalinspektor und ein Schutzmann traten ein, und Lord Cox stellte uns vor. „Mr. und Mrs. Glass haben einige Erfahrung damit, etwas aufzuspüren", sagte er. „Sie werden uns helfen, das Diadem zu finden."

„Das ist unsere Aufgabe", entgegnete Walker. „Wir finden es für Sie." Er war ein Mittdreißiger, jung für einen Kriminalinspektor, klein gebaut, und er schien noch kleiner, während er vor dem stämmigen Schutzmann stand.

„Ich habe ein besseres Gefühl, wenn ich Mr. und Mrs. Glass auch suchen lasse", sagte Lord Cox. „Sie sind Experten."

„Glass, was?" Der Inspektor beäugte Matt von oben bis unten. „Ich habe von Ihnen gehört."

„Wir assistieren Scotland Yard von Zeit zu Zeit", sagte Matt. „Kriminalinspektor Brockwell kann für uns bürgen."

„Ich bin sicher, das kann er, aber ich habe wenig mit ihm zu tun." Walker sprach rasch, als würde er sich von Satz zu Satz stürzen, mit so viel Eile wie möglich, damit er zum nächsten

Gegenstand auf seiner Liste kommen konnte. In dieser Sache war er Brockwells Gegenteil.

„Was haben Sie bisher erfahren?", fragte Matt.

„Nichts Nützliches."

„Trotzdem, vielleicht können Sie mir verraten, was die Bediensteten Ihnen erzählt haben."

„Es ist eine polizeiliche Angelegenheit, Sir. Natürlich dürfen Sie sie selbst befragen." Er trat zur Seite.

„Das mache ich", sagte Matt freundlich.

Diese Freundlichkeit sorgte dafür, dass das höhnische Lächeln des Inspektors verblasste. Er wusste nicht, wie er darauf reagieren sollte.

„India?" Matt reichte mir eine Hand. „Wollen wir anfangen?"

Wir brachen zusammen auf, mit Patience auf den Fersen.

„Solltet ihr nicht herausbekommen, was er erfahren hat?", flüsterte sie. „Es könnte eure Ermittlung beschleunigen."

„Ich würde mir lieber meine eigene Meinung bilden", sagte Matt.

„Könntest du das Dienstmädchen informieren, das den Diebstahl entdeckt hat, dass wir gern mit ihr reden würden?", fragte ich. „Damit fangen wir an."

* * *

„Die Kiste stand weit offen", sagte die junge Bedienstete, die auf die Kirschholzkiste auf dem Schreibtisch deutete. Der Deckel stand noch offen, und das Samtkissen war darin. „Dieses Kissen lag auf dem Boden. Das ist mir als erstes aufgefallen. Ich habe es aufgehoben." Sie biss sich auf die Lippe. „Ich weiß, das hätte ich nicht tun sollen, aber ich habe nicht nachgedacht. Ich wusste da noch nicht, dass es einen Einbruch gegeben hatte, verstehen Sie?"

„Schon in Ordnung, Mary", sagte Patience. „Bitte, beantworte einfach Mr. und Mrs. Glass' Fragen."

Mary schluckte hörbar. „Nun, es gibt nicht viel mehr zu sagen. Ich habe das Kissen auf den Schreibtisch gelegt, und da ist mir aufgefallen, dass die Kiste offenstand. Ich wusste, dass dort

Seine Lordschaft etwas richtig Wertvolles aufbewahrte, aber ich wusste nicht, was."

„Wirklich?", fragte ich skeptisch.

„Gott sei mein Zeuge", sagte Mary mit aufgerissenen Augen. „Sie müssen mir glauben. Ich wusste nicht, was darin war, bis dieser Polizist mir erzählt hat, dass eine Krone gestohlen wurde."

„Wann haben Sie denn die Haushälterin in Kenntnis gesetzt?", fragte Matt.

Sie knabberte auf ihrer Lippe und neigte den Kopf.

„Mary", sagte Patience. „Mr. Glass hat dir eine Frage gestellt."

„Ich ... ich habe es ihr nicht gleich gesagt. Ich wusste anfangs nicht, dass es wichtig war. Ich dachte nur, Lord Cox hätte die Kiste geöffnet. Erst später, als ich hörte, dass unten eine Tür aufgebrochen worden war, habe ich es vor der Haushälterin erwähnt. Sie kam herein, warf einen Blick darauf, und hat dann Lady Cox in Kenntnis gesetzt." Sie rang die Hände, als würde sie beten. „Es tut mir leid, meine Lady. Ich hätte gleich etwas sagen sollen, aber ich wusste nicht, dass es wichtig war."

„Es ist schon gut." Patience warf einen Blick auf Matt, und er schüttelte den Kopf. „Du darfst gehen, Mary."

„Sie ist sehr nervös", sagte ich, nachdem das Mädchen gegangen war.

„Vielleicht ein schuldbewusstes Gewissen?", fragte Patience.

„Vielleicht", war alles, was Matt sagte, als er die Kiste inspizierte. Er deutete auf das Schloss. „Es gibt keine Spuren, dass sie mit Gewalt geöffnet wurde, aber ich schätze, es war ein leichter zu öffnendes Schloss als das an der Tür unten."

„Sollen wir uns das jetzt ansehen?", fragte ich.

Patience erhob sich. „Ich lasse es euch vom Butler zeigen."

Sie ließ uns in den fähigen Händen eines älteren Butlers zurück, mit Anweisung, all unsere Fragen zu beantworten, ganz gleich, wie unbehaglich sie ihm waren. Der Butler zeigte uns die Tür, das aufgebrochene Schloss und den Schrank, wo sie das Silber aufbewahrten.

„Ich habe es sofort gezählt, nachdem ich die Tür gesehen habe, und es war alles da", sagte er. „Sobald die Nachricht von dem Einbruch sich unter den anderen Bediensteten verbreitet hat, hat sich Mary an die Kiste erinnert."

Er stellte uns dem Diener vor, der die Tür entdeckt hatte. „Ich habe mich an etwas erinnert, das vielleicht wichtig ist", sagte der hochgewachsene Junge. „Ich habe in der Nacht ein Geräusch gehört. Ich hätte aufstehen und dafür sorgen sollen, dass alles gesichert war, aber ... aber ich hörte es nicht noch einmal, und ich dachte, ich hätte es nur geträumt. Mir ist es nur gerade jetzt eingefallen, als der Inspektor mich befragt hat."

„Wissen Sie noch, um welche Zeit das war?", fragte ich.

„Zehn vor zwei. Der Mond war voll, und die Vorhänge in meinem Zimmer sind nur dünn. Ich konnte gerade noch die Zeiger meiner Uhr erkennen. Ich lege sie immer neben mein Bett."

Matt bedankte sich bei ihm und musterte als nächstes das Schloss, wobei er eine Lupe einsetzte, die er mitgebracht hatte.

„Im Schloss selbst gibt es Kratzer", sagte er und reichte mir die Lupe.

Das Holz war zersplittert, wo ein scharfes, spitzes Werkzeug das Schloss aufgestemmt hatte. Das war wohl der Quell der Geräusche, die den Diener geweckt hatten. Ich schaute durch die Lupe und sah die Kratzer auf dem Metall. Jemand hatte versucht, das Schloss zu knacken, und es nicht geschafft, um sich dann auf verzweifeltere Maßnahmen zu verlegen. Trotzdem hatte der Eindringling nicht viel Lärm gemacht, wenn man den Schaden betrachtete, den er der Tür zugefügt hatte. Er oder sie wusste, was er tat.

Wir hielten auf dem Weg zurück durch den Personaltstrakt an der Küche an. Mary war da, beide Hände um eine Tasse gelegt, und eine weitere Bedienstete rieb ihr über die Schulter. Die stämmige Köchin war gerade dabei, ihr einen Vortrag zu halten, aber sie hielt inne, als sie uns sah und kehrte zum Herd zurück.

Mary stand rasch in Habachtstellung auf. Sie hatte geweint.

„Stimmt irgendwas nicht, Mary?", fragte ich sanft.

„Nein, Madam."

„Gibt es noch etwas, das Sie uns sagen müssen?"

Sie schüttelte den Kopf, Tränen sammelten sich in ihren Augen. „Ich habe nichts getan, das schwöre ich."

„Auf ein Wort, wenn es Ihnen beliebt, Sir", sagte der Butler hinter uns. Ich hatte seine Schritte nicht gehört.

Wir entfernten uns von der Küche, außer Hörweite. „Gibt es noch etwas?", fragte Matt.

Der Butler warf einen Blick an uns vorbei auf die Küche. „Ich möchte Ihnen versichern, das Personal ist unschuldig. Die meisten arbeiten hier schon seit Jahren, und sie haben großen Respekt vor Lord Cox. Nur das Dienstmädchen Mary ist neu, aber sie kam mit großen Empfehlungen über eine Freundin der Haushälterin. Ihre Referenzen waren hervorragend."

„Vielen Dank. Sie können ihnen sagen, dass niemand von ihnen verdächtigt wird."

Die dicken weißen Augenbrauen des Butlers hoben sich. „Sir? Dieser Polizist Walker, er verdächtigt die Angestellten."

„Hat er das gesagt?", fragte ich.

„Nicht unbedingt mit Worten, Madam. Er hat es allerdings angedeutet, sowohl in seiner Befragung von Mary als auch des Dieners."

„Sie können ihnen versichern, dass ich sie nicht verdächtige", sagte Matt. „Das werde ich Walker auch sagen. Es ist klar, dass die Tür aufgestemmt wurde. Hätte der Dieb Hilfe aus dem Inneren des Hauses bekommen, hätte er keine Gewalt anwenden müssen."

Der Butler wirkte erleichtert. „Ich sage es den Angestellten, Sir. Vielen Dank, Sir."

Matt und ich gingen die Stufen hinauf und trafen uns im Salon mit Lord Cox und Patience. Es gab keine Spur mehr von der Polizei.

„Nun?", fragte Lord Cox. „Was haben Sie in Erfahrung gebracht?"

„Nichts, um Longmire auszuschließen oder zu verdächtigen", sagte Matt.

„Er ist es." Cox rieb sich die Schläfen. „Er muss es sein."

„Ich halte es für wahrscheinlicher, dass das Diadem wegen seines Wertes als magischer Gegenstand gestohlen wurde", sagte Matt. „Ein magisches goldenes Diadem ist sehr wertvoll, besonders in bestimmten Kreisen. Dass es im Artikel erwähnt wurde, hat bestimmt dafür gesorgt, dass ein paar Sammler darauf aufmerksam werden."

Coyle hatte gewusst, dass dieser Artikel von Lord Cox handelte, und er hätte es geliebt, ein magisches goldenes Objekt seiner Sammlung hinzuzufügen. Etwas so Seltenes war bestimmt ein Vermögen wert. Er war skrupellos genug, um jemanden zu schicken, der für ihn einbrach.

„Walker glaubt, es ist ein Fall, den man schnell abhandeln kann", sagte Lord Cox verbittert. „Er ist ein Narr."

„Lassen Sie mich raten", sagte Matt. „Er denkt, dass das Personal beteiligt war."

„Laut ihm stehlen in neun von zehn Fällen entweder die Bediensteten direkt oder lassen die Tür offen, damit der Dieb hereinkommen kann. Er wollte nicht hören, als ich ihm erklärt habe, dass Gewalt eingesetzt wurde."

„Er hat geschnaubt, als wir ihm gesagt haben, dass wir unseren Bediensteten vertrauen", fügte Patience an.

„Ich werde darum bitten, dass der Fall jemand anderem zugewiesen wird."

„Überlassen Sie das mir", sagte Matt.

Zum ersten Mal seit unserer Ankunft wirkte Lord Cox erleichtert. „Vielen Dank, Glass. Ich weiß Ihre Hilfe zu schätzen."

Wir brachen auf, aber anstatt dem Diener Bescheid zu sagen, brachte Patience uns an die Eingangstür. „Bitte erzählt meiner Familie nichts von dem Diebstahl", sagte sie, warf einen Blick zurück auf den Salon, wo sie ihren Mann zurückgelassen hatte. „Es ist schon schrecklich genug, dass sie von Mr. Longmires Ansprüchen wissen. Ich kann keine weiteren grausamen Stiche mehr ertragen."

„Stiche?", drängte ich.

„Meine Mutter sagt, Byron sollte uns mit Geld kompensieren, weil er etwas Falsches vorgespielt hat, mein Vater sagt, ich hätte merken sollen, dass etwas nicht stimmte, da sich Byron niemals wie ein Adliger benahm. Er nannte ihn weich."

„Furchtbar. Und deine Schwestern?"

„Ich habe Charity seit meiner Rückkehr nach London kaum

gesehen, und bei dem einen Mal hat sie nicht mit mir geredet. Sie hat nur gesummt. Und Hope wirkt mitfühlend, aber ..." Sie schüttelte den Kopf.

„Fahr fort."

„Ich habe das Lächeln gesehen, das sie verstecken will. Das ist die Sache mit Hope. Sie kann einem ins Gesicht lächeln, aber insgeheim plant sie deinen Fall. Ich erwarte halb, dass sie die Information eines Tages zu ihrem Vorteil einsetzt."

Ich drückte ihr die Hand. „Sei dir versichert, wir werden ihnen nichts erzählen."

„Weshalb hast du ihnen überhaupt von Longmire erzählt?", fragte Matt.

„Ich weiß nicht", sagte Patience mit einem Seufzen. „Hope hat mich in einem verletzlichen Augenblick erwischt, und ich habe alles rausgelassen. Irgendwann dachte ich, ihr beiden wärt die Schuldigen, die ihn in Kenntnis gesetzt haben, und ich hatte das Gefühl, dass ich mich an niemanden wenden konnte. Ich dachte, ich hätte ihre Unterstützung." Die arme Patience. Sie wirkte völlig niedergeschlagen.

* * *

Matt und ich gingen nicht gleich zu Scotland Yard, stattdessen begaben wir uns an die Adresse, die Longmire Lord Cox gegeben hatte. Es war eine bescheidene Unterkunft für „Gentlemen mit gutem Charakter", laut dem Schild im Fenster, in einer stillen Straße.

„Er ist nicht da", sagte die Vermieterin knapp. „Er steht früh auf, nimmt das Frühstück in seinem Zimmer ein, dann geht er den Rest des Tages aus. Möchten Sie seinem Bediensteten eine Nachricht hinterlassen?"

„Vielen Dank", sagte Matt.

„Wie ist Mr. Longmire?", fragte ich, während sie uns die Stufen hinauf führte.

„Höflich", sagte sie über die Schulter. „Leise. Er bleibt für sich."

„War er gestern Nacht hier?", fragte Matt.

„Natürlich", fuhr sie uns an. „Ich führe hier ein respektables

Haus. Kein Gentleman sollte nach elf Uhr noch unterwegs sein, aber wenn er doch sein Gefühl für die Zeit verliert, dann muss er auf jeden Fall bis Mitternacht zurück sein. Nur die Unerwünschten streifen zu dieser Stunde noch durch die Straßen, und ich kann Ihnen versichern, alle meine Mieter sind anständige, regeltreue Männer mit makellosen Empfehlungen."

Sie klopfte an einer Tür im zweiten Stock. Ein kleiner Mann mit ordentlichen Haaren öffnete sie, gekleidet in einen dunklen Anzug mit einem steifen Hemdkragen und perfekt geknoteter Krawatte. Er wirkte genauso gut zurechtgemacht wie Bristow. Oder das hätte er, wären seine Jackett- und Hosenaufschläge nicht ausgefranst gewesen.

Die Vermieterin stellte uns vor, dann ließ sie uns bei Mr. Longmires Diener Mr. Harker zurück. Mr. Harker ließ uns in das kleine Wohnzimmer und schloss die gegenüberliegende Türe, um die Schlafkammer zu verstecken. Aber bevor er das tat, sah ich eine weitere Tür, die zu einer noch kleineren Schlafkammer führte, wo wohl Mr. Harker schlief.

Der Herrendiener beäugte den Sessel und den Holzstuhl, der an einem kleinen Tisch stand, und fragte sich vielleicht, ob er sie uns anbieten sollte. Eine Zeitung lag auf dem Tisch, auf dem ein Paar Schuhe und Schuhcreme standen. Die Unterkunft war so klein, dass er in Mr. Longmires Wohnzimmer arbeiten musste, wann immer sein Arbeitgeber ausging.

„Wie lange sind Sie schon Mr. Longmires Herrendiener?", fragte Matt.

„Erst seit ein paar Tagen, Sir. Ich wurde hier in London angestellt."

„Sagte er, weshalb er nicht seinen üblichen Diener dabei hatte?"

„Nein", erwiderte Mr. Harker, der Matt nicht in die Augen sah.

Matt wartete. Mr. Harker räusperte sich.

„Was halten Sie von ihm?", fragte Matt.

„Es ganz angenehm, nicht zu fordernd." Mr. Harker zupfte an seinem Ärmelaufschlag.

„Aber?", fragte Matt.

Der Herrendiener wirkte gequält. „Ich rede nicht gern schlecht über den Mann, der mein Gehalt zahlt, Sir."

Matt legte einige Münzen auf den Tisch. „Jetzt zahle ich auch Ihr Gehalt."

Der Herrendiener beäugte die Münzen gierig, ehe er sie aufsammelte. „Ich glaube nicht, dass Mr. Longmire einen üblichen Diener hat, Sir. Er scheint nicht zu wissen, was er mit mir anfangen soll, und hat mich mir selbst überlassen."

„Weshalb sollte er Sie dann anstellen?", fragte ich.

„Viele meiner Anstellungsverhältnisse kommen von jungen Gentlemen vom Land, die ihre eigenen Diener nicht mit in die Stadt bringen konnten. Sie wohnen in Unterkünften, die dieser ähneln, und heuern einen vorübergehenden Diener an, der sie begleitet. Aber beinahe alle haben zu Hause auf dem Land Zugang zu einem Herrendiener und wissen, was von einem Diener wie mir erwartet wird. Mr. Longmire scheint mich nur zu wollen, um den Schein zu wahren."

„War Mr. Longmire gestern die ganze Nacht zu Hause?", fragte Matt.

Mr. Harker zögerte. Matt legte etwas mehr Geld auf den Tisch, und Mr. Harker ließ es verschwinden. „Er ging kurz zwischen ein und zwei Uhr aus."

„Hat er einen Grund genannt?"

„Nein, Sir."

„Haben Sie irgendeine Ahnung, wohin er ging?", fragte ich.

„Nein, Madam, aber ich möchte sagen, dass es nicht das erste Mal ist, dass er so spät noch ausging."

Matt runzelte die Stirn. „Die Vermieterin sagt, sie will nicht, dass ihre Mieter zu jeder Zeit kommen und gehen."

Mr. Harker warf einen Blick auf die Tür, dann beugte er sich dichter zu uns. „Ich schätze, dass sie es nicht weiß. Mr. Longmire ist sehr leise."

„Wann erwarten Sie ihn heute denn zurück?", fragte Matt.

„Spät am Nachmittag. Er kehrt zurück, um sich zum Abendessen umzuziehen, dann speist er in einer der Garküchen. Er scheint nicht zu einem Club zu gehören", fügte er mit einem Hauch Verachtung hinzu.

Matt und ich gingen und baten Woodall, uns zu Scotland

Yard zu fahren. „So gut ist es um Mr. Longmire nicht bestellt", sagte Matt. „Er hat keinen Diener, ansonsten hätte er ihn mit nach London gebracht. Er gehört nicht zu einem Club, und er isst in einer Garküche."

„Seine Seilfabrik hat wohl Schwierigkeiten", sagte ich. „Kein Wunder, dass er Magiern seine finanziellen Schwierigkeiten zum Vorwurf macht."

„Magier sind vielleicht gar nicht mal der Grund seiner Probleme. Er könnte inkompetent sein, oder kein Kapital haben, oder eine Reihe von anderen Gründen. Wir wissen nicht genug über ihn, um uns dieses Urteil zu erlauben."

„Ich bin mir nicht sicher, ob es eine Rolle spielt, welcher Grund es ist. In seinem Verstand muss man es den Magiern anlasten."

Matts Lippen wurden missvergnügt zusammengepresst, aber er widersprach mir nicht.

* * *

KRIMINALINSPEKTOR BROCKWELL WIRKTE ERFREUT, uns zu sehen, oder so erfreut, wie ich das bei diesem pedantischen, trägen Polizisten je gesehen hatte. Mehr Begeisterung hatte er bisher nur an den Tag gelegt, wenn er zufällig zur Essenszeit eingetroffen war und wir ihn eingeladen hatten, mit uns zu speisen.

„Das ist eine unerwartete Überraschung", sagte er. „Aber eine willkommene." Er faltete die Hände über dem Bauch und lehnte sich zurück, seine zerfurchten Züge hoben sich ganz leicht zu einem Lächeln. „Sind Sie wegen Miss Johnson hier?"

„Nein", sagte Matt. „Wegen des Diebstahls bei Lord Cox."

Brockwells Gesicht wurde ausdruckslos. „Aber natürlich."

„Wir können über Willie reden, wenn Sie möchten", fügte ich an.

„Nachdem wir die andere Angelegenheit besprochen haben", ergänzte Matt. „Brockwell, für Lord Cox bin ich hergekommen, um zu bitten, dass Sie die Ermittlungen wegen des Einbruchs bei ihm zu Hause übernehmen."

„Das kann ich nicht." Brockwell beugte sich vor und legte seine verschränkten Hände auf den Schreibtisch. „Das wurde

Walker zugewiesen. Ich glaube, Sie beide waren heute Vormittag da, als er das Personal befragt hat. Möchten Sie mir gerne verraten, weshalb?"

„Das Diadem ist magisch", sagte ich.

„Das habe ich in diesem hässlichen kleinen Artikel gelesen."

„Lord Cox hat uns beauftragt, das Diadem wieder zu beschaffen und dem Dieb Gerechtigkeit angedeihen zu lassen", sagte Matt. „Er hält Walker nicht für fähig dazu, und ich neige dazu, zuzustimmen. Walker nimmt an, dass die Bediensteten beteiligt waren."

„Auf die eine oder andere Art sind die Bediensteten häufig beteiligt."

„Wir sind uns ziemlich sicher, dass sie in diesem Verbrechen unschuldig sind. Entweder hat es der Halbbruder getan, oder es war jemand, der den Artikel gelesen hat und sich im Klaren war, dass der erwähnte Lord darin Lord Cox war."

„Jemand, der das magische Diadem selbst wollte", fügte ich an. „Wir glauben, es ist Lord Coyle, denn er kennt Lord Cox und wusste, dass Lord Cox der nicht näher genannte Baron war, und er sammelt magische Gegenstände."

Brockwell rieb sich über die Koteletten links, und dann verlegte er sich nach rechts. „Falls Coyle beteiligt ist, gibt es nur sehr wenig, was ich tun kann. Er wird die Ermittlungen unterdrücken."

„Das ist empörend!", rief ich. „Das kann er doch nicht."

„Männer wie er können alles tun, was sie möchten, und kommen damit davon. Was den Halbbruder angeht, ich bin mir sicher, Walker wird ihn befragen."

„Er ist nicht direkt zur Unterkunft von Longmire gegangen", sagte Matt. „Wir schon."

„Und was haben Sie erfahren?"

„Das kann ich Ihnen nicht sagen" Matt beugte sich vor. „Außer, Sie übernehmen die Ermittlungen."

Brockwell hob die Hände. „Ich kann nicht einfach hineinrauschen und das übernehmen. So werden die Dinge hier nicht gehandhabt."

„Dann werden wir Sie nicht mehr länger belästigen." Matt

erhob sich und knöpfte seine Jacke zu. „Einen schönen Tag noch, Inspektor."

„Bevor Sie gehen." Er räusperte sich. „Wie geht es Miss Johnson?"

„Bestens", sagte Matt.

„Gut, gut." Brockwell erhob sich und lächelte steif. „Sagen Sie ihr Grüße von mir."

„Sie sollten vorbeischauen", sagte ich. „Ich bin mir sicher, sie würde sich freuen, Sie zu sehen."

„Nein, nein, ich möchte nicht in den Weg geraten. Sie hat ihre Haltung mir gegenüber sehr deutlich gemacht."

„Ach? Und welche Haltung wäre das?"

„Dass sie gern andere Männer treffen würde. Sie ist nicht an einer Verpflichtung interessiert. Das ist mir recht. Ich habe keine Zeit für eine Ehefrau." Er richtete sich seine Krawatte. „Aber wenn sie vielleicht vor ihr erwähnen könnten, dass so ein Arrangement mir passt, und dass ich gerne damit äh … weitermachen würde, wäre ich sehr dankbar."

„Werden wir", versicherte ihm Matt.

Sobald wir zurück in der Kutsche waren, wandte ich mich zu ihm. „Ist dir aufgefallen, dass er gesagt hat, dass Willie sich mit anderen *Männern* treffen will?"

„Schon. Ich schätze, er weiß nichts über ihre Frauen."

„Das hätte sie ihm sagen sollen."

Tatsächlich schien etwas bei dieser Pause in ihrer Beziehung nicht zusammenzupassen. Willie hatte es wirken lassen, als würde Brockwell das auch wollen, aber ich war mir nicht so sicher.

Sie war nicht zu Hause und kehrte nicht zurück, bevor Matt und ich wieder ausgingen, um später am Tag Mr. Longmire zur Rede zu stellen. Wir kamen an seiner Unterkunft an, nur um von der Vermieterin zu erfahren, dass er noch nicht zurückgekehrt war.

Wir dachten darüber nach, ob wir gehen und wiederkommen sollten, als eine Gestalt gleich vor dem vorderen Tor auf den Bürgersteig stolperte. Als sie sich aufrichtete, keuchte ich. Es war Mr. Longmire, und er war in einem schlechten Zustand. Sein

Mund und seine Nase waren blutverschmiert, und sein linkes Auge schwoll zu.

„Was ist passiert?", fragte Matt, der ihm zur Hilfe kam.

Mr. Longmire spuckte Blut auf den Bürgersteig. „Man hat mich in einer Gasse überfallen."

„Verbrecher?", fragte die Vermieterin, deren Gesicht blass wurde. „Aber das ist eine gute Wohngegend!"

„Keine Verbrecher. Magier."

# KAPITEL 6

„Sie müssen die Polizei informieren", sagte ich, während Matt und Mr. Harker Mr. Longmire in den Sessel im Wohnzimmer halfen.

Mr. Longmire fuhr zusammen und hielt sich die Seite, während er sich niederließ. „Die Polizei ist doch hoffnungslos verloren."

Die Vermieterin eilte herein und hatte ein Tuch und eine Wasserschale dabei. Sie tauchte das Tuch ins Wasser und wollte Mr. Longmire die Nase abtupfen.

Er schnappte ihr das Tuch weg. „Gehen Sie schon", knurrte er.

„Aber ..."

„Hinaus! Sie auch", sagte er zu Matt und mir, während sie schon ging. „Ich brauche Ihre Hilfe nicht."

„Wir sind nicht hier, um zu helfen", sagte Matt. „Wir haben Fragen."

„Ich beantworte sie nicht. Harker, schaffen Sie sie raus."

Mr. Harker musterte Matt. „Ich glaube nicht, dass ich das kann, Sir."

„Das wird nicht lange dauern", sagte ich und zog den anderen Stuhl heran. „Gestatten Sie mir."

Er achtete nicht auf meine ausgestreckte Hand und wischte sich weiter das Blut vom Gesicht.

„Sie machen das nicht sonderlich gut." Ich bedeutete ihm, dass er mir das Tuch geben sollte. „Ich mache es sanft."

Er zögerte, ehe er mir das Tuch reichte.

„Fangen wir mit dem Überfall an", sagte ich, während ich sorgsam sein Gesicht reinigte. „Können Sie die Angreifer identifizieren?"

„Zwei Männer. Fremde."

„Würden Sie sie wiedererkennen?"

„Vielleicht." Er zischte, als der Stoff an die Schwellung stieß, die sich auf seiner Oberlippe bildete.

„Diebe sind in dieser Stadt überall", sagte Mr. Harker. „Sogar in respektablen Nachbarschaften wie dieser. Es ist sehr besorgniserregend."

„Was haben sie gestohlen?", fragte Matt.

Mr. Longmire rückte herum, bis ich ihm befahl, still zu sitzen. „Nichts", sagte er schließlich. „Sie haben mich gewarnt. Sie haben mir gesagt, ich soll nach Hause gehen und aufhören, in London für Ärger zu sorgen."

„Ärger?", fragte Mr. Harker. „Was für Ärger?"

Mr. Longmire nahm seine Krawatte ab und reichte sie seinem Herrendiener. „Reinigen Sie die. Und schließen Sie die Tür."

Mr. Harker nahm die blutverschmierte Krawatte entgegen und zog sich in die Schlafkammer zurück, ein besorgter Ausdruck auf dem Gesicht.

„Die Magier wissen, dass Sie die Drohbriefe geschrieben haben", sagte Matt zu Longmire. „Und sie sind wütend."

Als ob ihm gerade wieder einfallen würde, dass ich eine Magierin war, schnappte mir Mr. Longmire das Tuch weg und scheuchte mich fort. „Ich weiß nicht, wie sie herausgefunden haben, dass ich an sie geschrieben habe." Er funkelte mich an. „Außer, Sie haben Ihre Freunde in Kenntnis gesetzt."

„Ich war es nicht", entgegnete ich. „Ich kenne gewiss niemanden, der herumläuft und Leute verprügelt."

Mr. Longmires Blick hob sich zu Matt. „Nicht?", stieß er hervor.

„Matt treibt sich nicht in Gassen herum", schoss ich zurück.

„Verschwinden Sie, Sie beide. Ich bin beschäftigt."

„Eine Frage noch", sagte Matt. „Haben Sie letzte Nacht das Familiendiadem der Coxes gestohlen?"

Mr. Longmires wurde reglos. „Es wurde gestohlen?"

„Ja."

Er schnaubte. „Das waren wohl die Bediensteten."

„Sie waren es nicht."

Mr. Longmire zuckte mit den Schultern. „Ich weiß nicht, wer es gestohlen hat, Glass, aber ich war es nicht."

„Wo waren Sie letzte Nacht zwischen ein und zwei Uhr?"

„Hier."

„Nein, waren Sie nicht."

Mr. Longmire warf einen finsteren Blick auf die Tür zur Schlafkammer. „Ich bin spazieren gegangen. Ich war nicht mal annähernd in der Nähe von Cox' Haus. Suchen Sie woanders nach dem Dieb, Glass. Ich war es nicht."

„Haben Sie die Klatschkolumnisten der Zeitung über die Unrechtmäßigkeit Ihres Bruders informiert und dabei das Diadem erwähnt?"

„Halbbruders." Mr. Longmire lächelte kläglich, während er sich die Lippe tupfte. „Wenn es Ihnen nichts ausmacht, ich möchte, dass Sie beide gehen. Einen schönen Tag."

„Wir gehen", sagte Matt. „Aber ich möchte Sie auffordern, den Angriff auf Sie zu melden. Wir würden uns für Sie darum kümmern, aber wir haben die Zeit nicht. Wir müssen uns darauf konzentrieren, das Familiendiadem der Coxes zu finden."

„Er ist immer noch ein furchtbarer Mensch", sagte ich, während Matt mir den Tritt in die Kutsche hinaufhalf. „Aber was mit ihm passiert ist, ist schrecklich. Einfach nur schrecklich."

„Die Frage ist, wer hat den Magiern erzählt, dass Mr. Longmire ihnen diese Briefe geschickt hat?"

„Coyle?", sagte ich, zuckte mit den Schultern. „Nein, er nicht. Er weiß nicht, dass Longmire der Verfasser ist."

„Außerdem hat der keinen Grund, Longmire anzugreifen. Longmires Drohungen helfen, die Magie im Verborgenen zu halten, und das stellt Coyle zufrieden."

Ich hörte ihm nicht wirklich zu. Es gab ein großes Loch in dieser Theorie, von dem ich mir gar nicht vorstellen konnte, wie man es füllen sollte. „Wir sind die Einzigen, die wussten, dass

Mr. Longmire diese Briefe geschickt hat. Wir und Lord Cox, aber ich bezweifle, dass er Schlägertypen losschicken würde, um jemanden verprügeln zu lassen."

„Noch jemand muss es herausgebracht haben", sagte Matt, der sich neben mich setzte.

„Oscar kennt vier Magier, die Briefe empfangen haben. Wir sollten ihn fragen, wer sie waren, und dort anfangen."

Matt sagte nichts. Es schien, als wäre es ihm ziemlich ernst damit, bei der Suche nach Longmires Angreifern nicht mithelfen zu wollen. Ich allerdings dachte mir, dass der Gerechtigkeit Genüge getan werden musste. Selbst Mr. Longmire verdiente es nicht, so brutal angegriffen zu werden.

„Glaubst du ihm, wenn er sagt, dass er das Diadem nicht genommen hat?", fragte ich und wechselte das Thema.

„Tatsächlich tue ich das. Er hat nicht mal versucht, zu leugnen, dass er mit den Klatschspalten der Zeitung geredet hat, doch den Diebstahl hat er geleugnet."

„Das ist doch etwas ganz anderes, als Gerüchte zu verbreiten. Es ist ein Verbrechen."

„Nicht, wenn es sein Diadem ist", sagte er. „Das ist noch eine Sache, die für ihn spricht – weshalb sollte er es stehlen, wenn er es sehr wahrscheinlich ohnehin bald durch legale Mittel erhält?"

Ich seufzte. „Also sind wir wieder an einer Stelle, an der wir keine Verdächtigen haben."

„Überhaupt nicht. Wir haben eine ganze Reihe von Verdächtigen, die einen magischen Goldgegenstand haben wollen. Einen ganzen Club davon tatsächlich."

* * *

ICH HATTE unsere Eintrittskarten für die Oper fast vergessen, bis Tante Letitia mich bei unserer Rückkehr nach Hause daran erinnerte. Sie behauptete, sie hätte Kopfschmerzen, und sagte, sie würde zu Hause bleiben, sodass wir eine Eintrittskarte übrig hatten.

Cyclops hob nur eine Augenbraue zur Erwiderung, als ich vorschlug, dass er sie nutzen sollte. Duke weigerte sich auch, und Willie stieß ein lautes Lachen aus.

„Ich hasse die Oper, außer es ist eine Komödie", erklärte sie. „Theater ist schon eher mein Ding." Sie schnippte mit den Fingern. „Sehen wir uns heute Abend eine Vorführung an", sagte sie zu Duke und Cyclops. „Irgendwas Witziges. Ich könnte Spaß vertragen."

„So spät werdet ihr keine Eintrittskarten mehr für etwas Anständiges bekommen", sagte ich.

„Das ist mir recht. Ich mag sowieso lieber die unanständigen Vorführungen."

„Warum nimmst du nicht Brockwell mit?"

„Er ist vermutlich mit einem Fall beschäftigt."

„Tatsächlich ist er das nicht. Wir waren gerade dort, und er hat uns gebeten, dich von ihm zu grüßen."

„Betrachtet mich als gegrüßt." Sie griff nach ihrer Teetasse und schaute finster hinein. „Ich habe den Tee satt." Mit einem Blick zu Tante Letitia, um zu sehen, ob ihre Augen noch geschlossen waren, holte sie einen Flachmann aus ihrer Tasche und gab ein paar Tropfen einer klaren Flüssigkeit in ihren Tee.

„Weshalb beachtest du ihn nicht?", fragte Matt.

„Das tue ich doch", sagte Willie. „Auf jeden Fall weiß er, wo er mich findet."

„Er glaubt, du triffst dich mit anderen Männern."

„Er hat mir gesagt, das wäre für ihn in Ordnung. Er ist nicht am Werben oder der Suche nach einer Ehefrau interessiert. Weshalb predigst du mir jetzt was vor, Matt? Indias prüde Art färbt schon auf dich ab." Sie schaute in ihren Tee und trank dann stattdessen aus dem Flachmann.

„Ich will nur sagen, dass du ihm nicht erzählt hast, dass du dich mit anderen Frauen triffst."

„Männer, Frauen, für mich ist das alles das gleiche. Er weiß, dass ich mich mit anderen treffe, nicht nur mit ihm. Wie ich gesagt habe, ist es ihm recht. Das hat er mir gesagt."

Cyclops legte die Zeitschrift ab, die er las. „Nur weil jemand sagt, dass ihm dieses Arrangement recht ist, heißt das noch lange nicht, dass es wirklich so ist. Er sagt das vielleicht nur, um dich zufriedenzustellen."

„Was wir in Brockwells Fall für die Wahrheit halten", ergänzte ich.

„Du solltest ihm von den Frauen erzählen", erklärte ihr Duke.

„Warum?", spie Willie aus. „Damit er mich verurteilen kann? Mich stehen lassen kann? Mich behandeln kann, als hätte ich eine Krankheit?"

„Weil es eben das ist, was du bist."

„Ich habe Männern schon früher davon erzählt, und es endet immer auf die gleiche Art. Entweder wollen sie heiraten und mich ganz für sich haben, oder sie sind abgestoßen. Ich mag Jasper. Ich will nicht, dass er mich ansieht, als würde ich ihn anekeln. Jetzt im Augenblick sind er und ich an einer guten Stelle, wir lassen einander etwas Raum und haben etwas Zeit für uns, darum wird es gut, wenn wir wieder zusammenkommen. Ich will das nicht ruinieren." Sie deutete mit ihrem Flachmann abwechselnd auf jeden von uns. „Verstanden?"

Matt hob beide Hände. „Ich hab's versucht", murmelte er.

„Brockwell wird dich auch noch mögen, wenn er weiß, dass du auch gern mit Frauen zusammen bist", versicherte ihr Cyclops. „Bei seiner Arbeit sieht er doch alles Mögliche, und er wird es verstehen."

„Und wenn doch nicht", sagte Duke, „dann auf Nimmerwiedersehen."

Cyclops funkelte ihn an. „Das war nicht hilfreich."

Willie steckte ihren Flachmann ein, trank ihren verhunzten Tee und stand auf. „Ich suche uns eine Vorführung. Irgendwas Unzüchtiges, das Jasper nicht mögen würde. Cyclops, Duke, kommt ihr?"

Cyclops schüttelte den Kopf. „Ich werde Miss Glass Gesellschaft leisten und vielleicht einen Brief schreiben."

„Ich komme mit", sagte Duke. „Unzüchtig ist meine Art Theater. Die Oper überlasse ich euch Snobs."

Matt verdrehte die Augen. Willie ging kichernd, und ich folgte ihnen nach draußen.

„Willie", flüsterte ich, holte auf sie auf.

„Warum flüsterst du?", fragte sie.

„Weil ich dir eine Frage stellen möchte, und ich will nicht, dass jemand mithört." Ich schaute mich um, um sicherzustellen, dass man uns nicht gefolgt war, und dass keine Bediensteten in Hörweite waren.

„Das klingt, als würde es gut werden", sagte sie erheitert. „Mach schon. Du willst wissen, wie es ist, mit einer Frau zusammen zu sein?"

„Nein! Da drin hast du es klingen lassen, als würdest du, äh, eine Menge Männer kennen. Mit wie vielen Männern hast du tatsächlich ... du weißt schon?"

„Bekanntschaft geschlossen?", fragte sie. „Auf die fleischliche Art?"

Ich spürte, wie mein Gesicht heiß wurde, und ich wusste, dass es wohl ziemlich rot geworden war, weil Willie so laut kicherte. Sie beugte sich vor, um zu flüstern: „Eine Lady rückt damit nicht heraus, India."

Ich legte den Kopf schief und schaute sie mit hochgezogenen Augenbrauen an. „Eine Lady?"

Sie grinste. „Ich rücke auch nie damit heraus." Sie ging zur Treppe, mit einem Hüftschwung, der ganz anders war als ihr übliches Stolzieren.

* * *

Die Oper war auch nicht ganz das meine. Ich bevorzugte es, mir das Publikum anzuschauen anstatt die Bühne, und ich verbrachte die ersten fünfzehn Minuten damit, durch meine Operngläser unsere Nachbarn in ihren Privatlogen zu betrachten. Wir hatten unsere für den Abend gemietet, und sie wirkte ziemlich leer, da nur wir beide darin saßen.

„Wir hätten jemanden einladen sollen, der sich uns anschließt", sagte ich.

„Haben wir doch", sagte Matt. „Sie wollten nicht mit."

„Jemand anderen als Willie, Cyclops und Duke."

„Ich kenne niemanden außer sie. Außer meinen Verwandten, und ich will nicht mehr Zeit mit ihnen auf beengtem Raum verbringen, als ich es unbedingt muss. Außerdem sind sie schon da."

Ich fuhr herum. „Wo?"

Er nickte zu einer Privatloge auf der anderen Seite des Theaters hin, wo Lord und Lady Rycroft hinter Hope und Lord Coyle saßen.

„Das ist eine ziemliche Aussage, Coyle dort zu haben, neben Hope", sagte ich.

„Es ist vermutlich seine Loge. Alle starren schon hin."

Ich wandte meine Operngläser hinunter zur Bühne, damit ich nicht einfach ein weiterer Gaffer war, konnte aber nicht verhindern, dass ich noch einen verstohlenen Blick dorthin warf. „Coyle wirkt ziemlich zufrieden mit sich."

„Überraschenderweise wirkt Hope auch nicht völlig unzufrieden."

Er hatte recht. Hope schien ihre Pflicht zu tun und mit Lord Coyle zu plaudern, über die Dinge zu lächeln, die er sagte, und im Allgemeinen in ihrem blassrosa Kleid hübsch auszusehen, das tief genug ausgeschnitten war, um die cremefarbene Haut ihres Dekolletés und den außergewöhnlichen Anhänger zur Geltung zu bringen, der sich an ihre Halsgrube schmiegte.

„Ist das ein Smaragd?", fragte ich.

„Das lässt sich von hier nur schwer sagen."

„Sei nicht so aalglatt. Wenn es ein Smaragd ist, dann zeigt sie damit, dass dieser Abend mit Coyle wichtig ist. Ansonsten würde ihre Mutter ihn tragen."

Matt grinste. „Du hast dich aber ziemlich schnell auf die Denkweise des Adels eingelassen. Das wäre mir nicht in den Sinn gekommen."

„Das ist doch nichts, was nur der Adel macht, es ist etwas, das Frauen machen. Wenn eine Frau einen Mann beeindrucken und ihm ein Zeichen senden will, dann versucht sie immer, so gut wie möglich auszusehen."

Seine Lippen wölben sich leicht. „Hast du das bei mir gemacht? Deine besten Kleider getragen, wenn ich anwesend war?"

„Matt, als ich bei dir eingezogen bin, habe ich mein einziges Kleid getragen, und es war auch noch ein ziemlich einfaches. *Du* hast mir hübsche Kleider gekauft."

„Es mag einfach gewesen sein, aber es saß ziemlich eng." Sein erhitzter Blick senkte sich auf meine Brust.

„Augen zur Bühne. Man sieht uns zu."

„Sollen sie doch zusehen." Er richtete sich trotzdem gerade auf, dieses verstohlene Lächeln spielte immer noch um seine Lippen.

„Sollen wir sie vor oder nach der Pause besuchen?", fragte ich und beobachtete ein weiteres Mal den Rycroft-Clan durch meine Operngläser.

„Mir wäre die dritte Möglichkeit am liebsten, bei der wir sie überhaupt nicht besuchen."

„Wir müssen sie besuchen. Es wäre unhöflich, das nicht zu tun. Keine Sorge, ich werde Lord Coyle heute Abend keine Fragen stellen. Wir sparen uns die Befragung für dann auf, wenn er allein ist. Ach, schau mal. Patience und Lord Cox sind gerade eingetroffen."

Patience setzte sich neben ihre Schwester vorne in der Loge, während ihr Mann sich hinter ihr niederließ. Nach einer kurzen Unterhaltung mit den anderen Familienmitgliedern konzentrierten sie sich auf die Vorführung. Der Austausch zwischen Lord Coyle und Lord Cox wirkte herzlich, als stünden zwischen ihnen überhaupt keine Probleme.

„Ich frage mich, wie es Cox damit geht, dieselbe Luft wie Coyle zu atmen", sagte ich.

„Coyle leugnet, dass er Longmire über seinen Vater in Kenntnis gesetzt hat", sagte Matt. „Vielleicht glaubt ihm Cox."

„Oder vielleicht ist er viel zu höflich, um es in der Öffentlichkeit zur Sprache zu bringen. Trotzdem würde es mir schwerfallen, freundlich mit ihm umzugehen, wenn ich in Cox' Lage wäre." Ich wandte mich an Matt. „Mir ist gerade etwas eingefallen. Vielleicht hat Coyle sie in seine Loge eingeladen, um seine Unterstützung zu zeigen, nur für den Fall, dass die Leute allmählich vermuten, dass Cox der Lord ist, über den in den Zeitungen getratscht wird."

„Es ist möglich", sagte Matt. „Besonders, wenn er Hope beeindrucken will. Indem er seinen erheblichen Einfluss Hopes Schwager zukommen lässt, schickt er nicht nur der Familie ein Zeichen, sondern auch allen, die es wagen, Gerüchte zu verbreiten."

„Das würde erklären, weshalb Cox heute Abend hier ist, in Coyles Privatloge, wo er ihn doch gerade jetzt verabscheuen sollte. Er möchte wohl jede Hilfe annehmen, die Coyle ihm bietet."

Anders als ihre Schwester schien Patience die Oper zu genießen. Hopes Blick musterte wie meiner das Publikum. Irgendwann schauten wir zufällig gleichzeitig zueinander. Ich nickte grüßend, und sie nickte zurück, ehe sie etwas zu ihrer Mutter hinter ihr sagte.

Lady Rycrofts eisiger Blick legte sich auf uns. Ich schaute rasch weg.

Später trat ein Diener ein, mit einer Nachricht, die er Matt reichte. Er wartete auf eine Antwort.

„Sie kommt von Coyle", sagte Matt. „Er fragt, ob er uns besuchen darf. Was meinst du, India?"

„Ich halte das für eine hervorragende Idee."

Matt gab dem Diener unsere Antwort, und er verschwand mit einer Verbeugung. „Du willst ihn befragen, oder nicht?", sagte er. „Ich wusste, dass du es nicht erwarten kannst."

„Sagst du, ich wäre ungeduldig? Das machst du schon zum zweiten Mal diese Woche. Und überhaupt ist das keine Ungeduld, sondern einfach nur Zweckmäßigkeit. Weshalb sollten wir ihn morgen besuchen, wenn wir ihn heute Abend befragen können?"

Allerdings kam Lord Coyle nicht allein. Er hatte Hope dabei. Sie wirkte aus der Nähe sogar noch hübscher, mit einer Perlenschnur, die durch ihr Haar gelegt war. Das blassrosa Seidenkleid mit Rosetten und Perlen, die auf die Stoffbahnen vorne, an der Seite und hinten genäht waren, war von höchster Qualität und stellte ihre winzige Taille zur Schau.

Ihre Schönheit und Jugendlichkeit waren ein heftiger Kontrast zu dem untersetzten, weißhaarigen Lord Coyle.

„Hätte ich gewusst, dass Sie gern in die Oper gehen, hätte ich Sie heute Abend auch in meine Loge eingeladen, Glass", sagte er.

„Ich glaube nicht, dass für uns Platz wäre", sagte Matt, der sie einlud, sich zu setzen.

Lord Coyle bot Hope den Stuhl neben meinem an, dann setzte er sich auf ihre andere Seite. „Gefällt Ihnen die Umsetzung, Mrs. Glass?", fragte er.

„Sehr gut", sagte ich. „Und dir, Hope?"

„Ich vergöttere die Oper." Sie lächelte gutmütig. Lord Coyle wirkte zufrieden.

Es war das seltsamste Gespräch, das ich seit einiger Zeit geführt hatte. Ich war mir nicht sicher, wer diese Höflichkeit am stärksten erzwang, wir oder sie. Ich versuchte, Hopes geistigen Zustand einzuschätzen, und ob sie Lord Coyles Gesellschaft wirklich genoss, oder ob sie zu diesem Abend von ihren Eltern gezwungen worden war. Ich wusste, dass sie durchaus etwas vorspielen konnte, und stellte fest, dass es unmöglich war, ihre Gedanken zu lesen.

„Sie und Cox scheinen gut zueinanderzustehen, wenn man bedenkt, dass Sie derjenige waren, der Mr. Longmire von ihm erzählt hat", sagte Matt, nachdem die Sopranistin ihr Solo beendet hatte. „Hat er Ihnen erzählt, dass Sie wegen des Diebstahls seines Diadems auf der Liste unserer Verdächtigen stehen?"

So viel also dazu, die Sache bis morgen nicht anzusprechen. Und Matt nannte *mich* ungeduldig.

Neben mir schnappte Hope scharf nach Luft, schaute aber weiterhin direkt zur Bühne. Genau wie ich.

„Cox ist ein Gentleman durch und durch", sagte Lord Coyle. Die unausgesprochene Andeutung lautete, dass Matt das nicht war.

„Schön von Ihnen, ihn heute Abend in Ihre Loge einzuladen", fuhr Matt fort. „Schuldgefühle, Coyle?"

Lord Coyle lachte leise. „Vorsicht, Glass. Das hier ist nicht Amerika. Wenn Sie hier Erfolg haben wollen, spielen Sie das Spiel. Folgen Sie Cox' Vorgaben. Von ihm können Sie eine Menge lernen."

„Ich werde doch nicht untätig dabei stehen, während Sie ihn vernichten. Er ist ein guter Mann."

„Ihn vernichten? Ich rette ihn. Seine Bekanntschaft mit mir ist das Einzige, was ihn vor dem völligen Untergang bewahrt."

„Spielen Sie mir nichts vor, Coyle. Ich weiß, dass Sie es Longmire verraten haben, und Sie haben vermutlich auch das Diadem gestohlen, für Ihre Sammlung." Die Worte klangen, als würde Matt sie zwischen den Zähnen hervorpressen. Es war selten, dass er dieser Tage so wütend wurde, und ich hatte es nicht erwartet, wenn man bedachte, dass er bis jetzt freundlich gewesen war. Manchmal konnte er mich immer noch überraschen.

„Ich war es nicht", sagte Coyle, auch seine Stimme schärfer als üblich. „Es gibt einen ganzen Club voller Leute, die ein Stück wie dieses Diadem begehren würden."

„Geben Sie mir einen guten Grund, weshalb ich Sie nicht verdächtigen sollte."

„Weshalb sollte ich es riskieren, des Diebstahls bezichtigt zu werden, wenn ich das Diadem Longmire rechtmäßig abkaufen könnte, sobald er es erbt?"

„Was bringt Sie auf den Gedanken, dass er es Ihnen verkaufen würde?", fragte ich. „Es ist ein Familienerbstück. Es ist unbezahlbar."

„Alles hat einen Preis, Mrs. Glass." Er hob die Hand. „Und Sie vermuten, dass Longmire die Familie seines Vaters wichtig ist. Außerdem nehme ich an, dass er alles, was er verkaufen kann, so schnell wie möglich verkaufen wird, sobald er erbt."

„Weshalb?", fragte Matt. „Ist das Anwesen ein Erblehen?"

Lord Coyle lachte leise. „Das ist es, und ich möchte wetten, dass er das noch nicht weiß."

Ein Erblehen bedeutete, dass der derzeitige Besitzer des Titels und des begleitenden Anwesens es nicht verkaufen konnte. Auf diese Art erhielt jeder Erbe im Lauf der Generationen das Land vollständig. Wenn das Anwesen der Coxes ein Erblehen war, wäre Longmire nach der Erbschaft mehr oder weniger ein Verwalter, kein Eigentümer. Er konnte nicht einen Morgen Land verkaufen.

„Ist es denn kein reiches Anwesen?", fragte ich. „Ich weiß, dass es groß ist und viele Pächter hat. Sicher ist das Einkommen mehr als genug, um ihn zufriedenzustellen."

„Es bringt ein gutes Einkommen von den Pächtern, aber Cox' Vater hat sich viel geliehen." Lord Coyle verzog das Gesicht, als die Sopranistin eine besonders durchdringende Note anschlug. „Cox ist ein guter Verwalter und hat keine Schwierigkeiten, die Rückzahlungen zu leisten, aber meine Quellen sagen mir, dass

Longmire nicht denselben Sinn fürs Geschäftliche hat wie sein Halbbruder."

„Was ist mit seiner Seilfabrik?", fragte ich.

„Sie hat Schwierigkeiten."

Mir kam ein Gedanke, und ich rückte auf meinem Stuhl herum, um ihm gegenüber zu sitzen. „Vielleicht sollte jemand Mr. Longmire erzählen, dass er eine enorme Schuld auf sich nehmen würde. Er könnte vielleicht entscheiden, dass es sich nicht lohnt, die Klage weiter zu verfolgen."

Lord Coyle lächelte einfach nur. „Wollen wir zu deinen Eltern zurückkehren, meine Liebe?" Er nahm Hopes Hand und küsste sie. Ich konnte beinahe hören, wie die Damen in den anderen privaten Logen vor Aufregung zwitscherten, während sie durch ihre Operngläser zusahen.

Lord Coyle hievte sich aus dem Sessel und kam wankend auf die Beine, ehe er Hope aufhalf. Sie lächelten einander an.

Matt erhob sich ebenfalls. „Ich möchte eine Liste mit den Namen jener aus dem Club, die am allerwahrscheinlichsten das Diadem gestohlen haben", sagte Matt. „Oder ich werde Scotland Yard auf Sie hetzen."

„Diese Drohung ist unnötig, Glass. Ich wollte sowieso morgen eine Liste schicken." Er beugte sich über meine Hand. „Ich möchte noch sagen, wie sehr ich unsere Unterhaltung beim Dinner bei den Delanceys genossen habe, Mrs. Glass. Wann war das? Ach ja, vor vier Abenden."

Sobald sie gegangen waren, wandte ich mich an Matt. „Hast du das gehört?"

„Ich habe es gehört."

„Er hat mich darin erinnert, dass ich nur noch zehn Tage habe, um Hope zu überzeugen, ihn zu heiraten, wenn ich möchte, dass meine Schuld getilgt wird."

„Ich weiß."

Ich stieß angehaltene Luft aus. „Glaubst du, er nimmt an, ich etwas hätte damit zu tun, dass Hope ihn heute Abend begleitet hat?"

„Das hoffe ich. Es wäre nett, wenn etwas bei Coyle nur einmal zu unseren Gunsten läuft."

Matt konzentrierte sich wieder auf die Bühne, aber ich

vermutete, dass er die Vorführung kaum sah. Trotz seiner liebenswerten Züge waren seine Augen hart.

Ich nahm ihn an der Hand. „Ist dir aufgefallen, dass er den Diebstahl geleugnet hat, aber nicht den Vorwurf, dass er derjenige war, der Longmire über seinen Vater in Kenntnis gesetzt hat?"

„Das ist mir aufgefallen."

Ich seufzte und versuchte, mich auf die Vorführung zu konzentrieren, aber in Wahrheit machte sie mir keine Freude. Lord Coyle hatte meinen Abend ruiniert. „Ich wünschte, wir wären mit Willie gegangen", sagte ich. „Eine unzüchtige Vorführung klingt so viel besser, als Lord Coyles und Hopes Vorführung zu ertragen."

„Es ist noch nicht zu spät." Matts gerissenes Grinsen war genau die Medizin, die ich brauchte, um meine Laune zu heben. Er erhob sich und hielt mir eine Hand hin, „Wollen wir, Mrs. Glass?"

„Nichts würde mir besser gefallen."

* * *

Der folgende Vormittag brachte einen Reigen von Briefen in die Park Street Nr. 16, und nur einer davon war von Lord Coyle. Die restlichen Briefe erzählten von ihm und waren an Tante Letitia gerichtet.

„Meine Güte", sagte sie und las den ersten davon vor dem Feuer im Wohnzimmer. „Kann es sein, dass sie ihn akzeptiert hat?"

„Redest du von Hope?", fragte ich.

Sie wedelte mit dem Brief vor mir. „Weshalb hast du es mir nicht erzählt, India? Weshalb lässt du es mich von anderen Leuten erfahren?"

„Ich bin mir nicht sicher, ob zwischen ihnen etwas ist", sagte ich. „Es war gestern Abend nicht eindeutig."

„Da behauptet dieser Brief von meiner Freundin Lady Dresham etwas anderes. Sie will wissen, ob es zwischen Hope und Coyle zu einem Einverständnis gekommen ist."

„Lass mich sehen." Willie lehnte an der Rückseite des Sofas

und las über Tante Letitias Schulter mit. Als sie das Ende erreichte, johlte sie, als hätte sie erfolgreich Rinder in einen Pferch getrieben. „Lady Dresham vermutet, dass sie wohl verlobt sind, wegen der Art, wie sie sich in der Oper benommen haben. Was haben sie getan, India? Sich vor allen geküsst? Hat er sie an einer unaussprechlichen Stelle berührt?"

Tante Letitia gab ein angeekeltes Geräusch tief in der Kehle von sich. „Wirklich, Willie."

„So war es nicht", erklärte ich ihnen. „Sie saßen nebeneinander in seiner Privatloge, dann kamen sie kurz gemeinsam zu unserer Loge. Als sie gingen, hat er ihr einen Handkuss gegeben und ihr irgendwie in die Augen geschaut. Sie hat zurückgelächelt."

„Das ist alles?", schnaubte Willie. „Deine Freundin braucht eine Brille, Letty. Sag ihr das von mir."

„Sie hat sie durch ihre Operngläser beobachtet", erwiderte Tante Letitia, als wäre das ein riesiger Unterschied. „Und sie hat ganz recht mit der Annahme, dass zwischen ihnen eine Übereinkunft besteht. Eine Lady und ein Gentleman, die zusammen in einer Privatloge sitzen, wollen eine Aussage über ihre Beziehung treffen. Für sich genommen ist der Handkuss nicht bedeutsam, aber wenn sie wissende Blicke austauschten, dann ist es etwas ganz anderes."

Willie warf sich auf ihren Sessel und schlug die Beine übereinander. „Scheint mir eine Menge Gewese um nichts zu sein."

„Du musst daran denken, dass Lord Coyle sehr lange nicht mit einer Frau in Verbindung stand. Nicht einmal vorübergehend. Es gab nur sehr wenige Damen, denen er im Lauf der Jahre seine volle Aufmerksamkeit schenkte. Es ist kein Wunder, dass alle Hope für etwas Besonderes halten."

„Für ihn ist sie besonders", sagte ich. „Aber ob sie das erwidert, da bin ich mir nicht sicher. Sie ist sehr schwer zu deuten."

„Was für einen Tonfall hat sie angeschlagen, wenn sie mit ihm geredet hat?", fragte Tante Letitia. „Charmant und spielerisch? Höflich? Bissig?"

„Als sie in unserer Loge waren, haben sie kaum miteinander gesprochen."

„*Das* sieht ihr gar nicht ähnlich."

Die zweite Nachricht kam von einer weiteren Bekannten von Tante Letitia mit der Post, zusammen mit zwei weiteren. Die Post brachte auch Lord Coyles Liste mit Mitgliedern des Clubs der Sammler, von denen er glaubte, sie könnten zu Hause bei einem Adligen einbrechen, um einen magischen Goldgegenstand zu stehlen.

Matt nahm sie in seinem Büro entgegen und kam herunter, um sie mir zu zeigen. Oben auf der Liste stand ein Name, den ich kannte.

# KAPITEL 7

„Sir Charles Whittaker", sagte ich und deutete auf den ersten Namen auf Coyles Liste. „Das ist interessant. Wir haben seine Sammlung magischer Gegenstände noch nicht gesehen, obwohl wir in seinem Haus waren. Er hält sie wohl versteckt wie Coyle."

„Ich schätze, das ist der Grund, weshalb Delancey nicht auf der Liste steht", sagte Matt. „Sie sind reich genug, dass sie eine erhebliche Summe auf das Diadem bieten können, genauso wie Coyle, und sie stellen ihre Gegenstände gern in ihrem Haus aus, ohne sie unter Verschluss zu halten. Es wäre unmöglich, ein gestohlenes Stück auszustellen, ganz zu schweigen davon, damit prahlen, es zu besitzen."

„Es stehen drei weitere Namen darauf", sagte ich und beäugte die Liste. „Davon erkenne ich keinen. Sollen wir damit anfangen, Sir Charles zu befragen? Ich werde an Fabian schreiben und ihm sagen, dass ich erst später wieder arbeiten kann."

Matt tippte mit dem Finger auf den Brief und wirkte gedankenverloren.

„Matt?", fragte ich. „Wollen wir mit Sir Charles sprechen?"

„Natürlich." Er richtete sich an Bristow, der immer noch in der Nähe war, nachdem er die Post gebracht hatte. „Lassen Sie die Kutsche vorfahren. Wir brechen sofort auf."

* * *

Wir erwarteten, dass Sir Charles bei seiner Arbeit war. Wir hatten vor, seine Haushälterin zu fragen, wo man sein Bureau fand, doch es erwies sich, dass er zu Hause war. Als unsere Kutsche vorfuhr, öffnete sich die Vordertür, und Sir Charles höchstpersönlich spähte durch den Spalt. Als er unser Fahrzeug bemerkte, schloss er ihn rasch wieder.

„Das war ein seltsames Verhalten", sagte ich.

„Äußerst seltsam." Matt öffnete das Fenster und befahl Woodall, weiterzufahren und um die Ecke anzuhalten.

Wir stiegen aus, sobald die Kutsche zum Stillstand gekommen war, und eilten zurück auf die Straße, in der Sir Charles in einem Reihenhaus wohnte, das so ordentlich und gut gepflegt war wie der Gentleman selbst. Wir waren nicht sonderlich weit gekommen, als Matt einen Arm vorstreckte, um mich aufzuhalten.

„Die Tür öffnet sich erneut", sagte er. „Scheuchen wir ihn nicht noch einmal zurück in seinen Bau."

Anstatt Sir Charles kam aber eine Frau aus dem Haus. Ihr großer schwarzer Hut verdeckte ihr Gesicht, während sie in die uns entgegengesetzte Richtung losging. Die Eingangstür schloss sich, doch Sir Charles selbst war nirgends zu sehen. Er war drinnen geblieben.

„Sieh einer an", sagte Matt. „Es ist Mrs. Delancey."

„Woher weißt du das? Sie steht mit dem Rücken zu uns."

„Sie hat einen eindeutigen Gang, ihre Hüften schwingen, doch ihr Rückgrat bleibt steif."

Ich beäugte ihn. „Sollte ich mir Sorgen machen, dass du beobachtest, wie andere Frauen gehen?"

Er grinste. „Komm schon. Sprechen wir mit ihr."

Ich erwischte ihn am Arm und hielt ihn zurück. „Bist du sicher, dass das eine gute Idee ist? Wenn sie eine Liaison haben, wollen wir uns da wirklich einmischen?"

„Haben sie eine geheime Liebschaft, oder geht da irgendetwas anderes vor? Wenn das der Fall ist, dann möchte ich wissen, was."

Ich zögerte. Es war nicht das erste Mal, dass sie zusammen

und ohne Mr. Delancey gesehen worden waren. Ich hatte Sir Charles einmal ihr Haus verlassen sehen, als ihr Mann nicht zu Hause gewesen war. Aber es konnte nichts Unanständiges an diesem Besuch gegeben haben. Nicht, wenn die Bediensteten da waren. Hier jedoch, wo Sir Charles allein wohnte, war es etwas ganz anderes.

„Ich bin mir nicht so sicher", sagte ich nur.

Matt nahm mich an der Hand. „Komm schon, bevor sie verschwindet."

Wir gingen rasch, um auf die Gestalt aufzuholen, die sich zurückzog. „Mrs. Delancey", rief ich laut, als wir nur noch ein paar Schritte hinter ihr waren.

Ihre Schritte beschleunigten sich.

„Mrs. Delancey, können wir kurz sprechen?", fragte Matt. „Oder wir können Sie heute Abend aufsuchen, wenn Ihr Mann zu Hause ist, und fragen, was Sie bei Whittaker zu Hause getan haben."

Sie hielt inne und drehte sich um. „Meine Güte!", rief sie, ihre Wangen waren gerötet. „Ich habe nicht erwartet, jemandem zu begegnen, den ich kenne. Wie erfreulich." Ihr angestrengtes Lächeln ließ vermuten, dass unser Treffen alles andere als das war.

„Haben Sie gerade Sir Charles Whittaker besucht?", fragte Matt. „Wie ... ungewöhnlich."

Ihr Gesicht erstarrte, und in diesem scheinbar endlosen Augenblick konnte ich sehen, wie ihr Verstand all die Dinge abwog, die sie sagen könnte. Zu ihrem Unglück entschied sie sich für die falsche Möglichkeit.

„Nein."

„Wir haben Sie herauskommen sehen", sagte Matt.

Mrs. Delancey sah aus, als würde sie die Behauptung noch einmal leugnen wollen, aber dann packte sie meine Hand. „Sagen Sie es nicht meinem Mann. Er würde das nicht verstehen."

„Natürlich nicht", versicherte ich ihr, dann fragte ich mich, ob ich mit meiner Antwort zu schnell gewesen war. Wollte ich eine Komplizin bei ihrer Affäre sein?

„Es ist nicht das, was Sie glauben", fuhr sie fort. „Bitte, India, Sie müssen mir glauben. Es ist nichts von *dieser* Art."

„Weshalb halten Sie das Treffen dann vor Ihrem Mann geheim?", fragte Matt.

„Wie ich sagte, er würde es nicht verstehen."

„Wir schon." Matt nutzte seine beruhigende Stimme. „Sagen Sie uns, weshalb Sie sich mit Whittaker getroffen haben."

Sie richtete ihren Hut, zog ihn tiefer über ihr Gesicht. „Wir haben einfach zusammen Tee getrunken."

„Sie haben doch bestimmt über etwas geredet."

„Natürlich."

„Worüber denn?"

„Dies und das. Ach." Ihr Gesicht hellte sich auf, als ihr ein Gedanke kam. „Diesen Artikel in der Zeitung. Das Geschwätz über die Unrechtmäßigkeit eines gewissen Lords und sein magisches Diadem. Wir haben darüber spekuliert, das ist alles."

„Sind Sie zu einem Schluss gekommen, wer es sein könnte?", fragte ich.

„Nein, leider nicht. Mein Mann würde unbedingt ein Angebot für das Diadem abgeben wollen."

„Wem ein Angebot offerieren, Mrs. Delancey? Dem fraglichen Lord? Seinem älteren Bruder? Oder dem Dieb? Das Diadem wurde gestohlen."

„Ist das so? Ich schätze, es spielt keine Rolle, wer es hat, solange wir den Namen des Diebes erfahren können. Uns ist egal, mit wem wir es zu tun bekommen, obwohl ich schon annehme, dass der Dieb sich vielleicht eifriger davon trennen möchte." Ein schwaches Stirnrunzeln trat auf ihr Gesicht. „Außer er weiß, dass ein magischer Goldgegenstand unbezahlbar wäre, und er hätte es für seine eigene Sammlung gestohlen. Dann wäre keine Geldmenge ausreichend."

„Kennen Sie jemanden, der es stehlen würde?", fragte Matt. „Irgendjemand aus dem Club der Sammler zum Beispiel?"

Ihre Augen wurden groß. „Mr. Glass! Wie können Sie denn so etwas nahelegen? Die Mitglieder sind die besten der Gesellschaft von London. Lords, Ladys, Bankiers, Industrielle. Wir sind keine *Diebe*." Sie spie das Wort aus, als wäre es giftig. „Wir treffen Abmachungen miteinander und mit Magiern, um unsere Gegenstände zu *erwerben*."

Wenn man bedachte, dass sie uns gerade erzählt hatte, dass sie das Diadem auch gerne einem Dieb abgekauft hätte, hielt sie es eindeutig nicht für falsch, gestohlene Waren zu kaufen.

„Wo wir gerade bei den Mitgliedern sind", fuhr Matt fort, „haben Sie Whittakers magische Sammlung schon gesehen?"

Sie wollte etwas erwidern, hielt inne und sagte schließlich: „Er hält sie geheim. Er ist ein sehr zurückgezogener Mann."

„Also hat er niemals einem der Mitglieder einen einzigen magischen Gegenstand gezeigt?"

„Das habe ich nicht gesagt. Ich sagte, *ich* hätte keinen Teil seiner Sammlung gesehen. Für andere Mitglieder kann ich nicht sprechen. Jetzt, wenn es Ihnen nichts ausmacht, muss ich gehen." Sie schaute auf die kleine Taschenuhr, die an einer Kette hing, befestigt an ihrer Weste im Militärstil.

„Nur eines noch", sagte ich. „Wissen Sie, ob Ihr Mann irgendwelche Vettern hat?"

Sie schaute sehnsüchtig in die Richtung, in die sie unterwegs gewesen war. „Hat er nicht", sagte sie, irgendwie abgelenkt.

„Nicht mal entfernte? Tanten? Onkel?"

„Es gibt einen entfernten Vetter, glaube ich."

„Mütterlicherseits oder väterlicherseits?"

Sie runzelte ihre Stirn, ihre Aufmerksamkeit plötzlich auf mir. „Weshalb?"

Ich wischte ihre Frage weg.

„Wollen Sie wissen, ob es noch irgendwelche Wollmagier in seiner Familie gibt?"

„Ich war nur neugierig", sagte ich.

„Die gibt es leider nicht." Sie seufzte. „Stellen Sie sich vor, ich könnte mir etwas Magisches anfertigen lassen. Einen herrlichen Mantel zum Beispiel, aus fein gesponnener Wolle. Auf jeden Fall wird es ein solches Kleidungsstück wohl nicht geben." Sie lächelte uns angespannt an und winkte schwach, dann war sie weg.

„Glaubst du, dass sie und Whittaker sich über die Klatschkolumne unterhalten haben?", fragte ich, als sie außer Hörweite war.

„Es war wahrscheinlich ein Thema ihrer Unterhaltung, aber nicht der echte Grund für ihren Besuch", sagte Matt. „Das war ein Besuch mit einer Absicht. Eine Lady sucht einen Gentleman nicht bei ihm zu Hause auf, allein, außer sie hat einen sehr guten Grund. Tratsch ist kein Grund, der gut genug ist. Es ist auch zu früh für gesellschaftliche Besuche."

Mir stockte der Atem. „Also *haben* sie eine Affäre?"

„Meine liebe Güte, India, wie kommt es, dass deine Gedanken immer zum skandalösesten Schluss springen?"

Ich stieß ihn mit dem Ellbogen an. „Komm schon. Reden wir mit Sir Charles und holen uns seine Version der Ereignisse."

Wir überquerten die Straße und klopften. Sir Charles kam mit einem erfreuten Lächeln an die Tür und lud uns freundlich nach drinnen ein. „Was für eine angenehme Überraschung. Waren Sie in der Gegend?"

„Wir sind erst vor ein paar Augenblicken vorbeigefahren", sagte Matt, der in den Flur trat. „Sie haben uns doch gesehen."

„Nein", sagte Sir Charles leichthin. „Ich habe eine Kutsche gesehen. Ich wusste nicht, dass es Ihre war."

„Weshalb haben Sie sich dann wieder nach drinnen geduckt, als Sie sie sahen?"

„Ich hatte etwas vergessen. Dann habe ich auf die Uhr geschaut und festgestellt, dass es ohnehin noch nicht ganz Zeit war, um aufzubrechen."

„Also war es nicht, weil die Luft rein war, damit Mrs. Delancey in diesem Augenblick aufbrechen konnte."

Sir Charles legte den Kopf schief. „Wie bitte?"

„Wir haben gerade mit ihr gesprochen, und sie hat zugegeben, dass sie hier war."

Sir Charles blinzelte langsam. „Was hat sie denn ganz genau zugegeben?"

„Sie sagte, sie hätten Gerüchte ausgetauscht", erklärte ich ihm. „Insbesondere über die Angelegenheit des gestohlenen magischen Diadems und den Lord, der seinen Titel an seinen Bruder verliert."

„Ach. Ja. Das stimmt." Er glättete sein an der Schläfe ergrauendes Haar mit den Fingerspitzen. „Ein äußerst interessanter Vorfall. Kennen Sie den fraglichen Lord, Glass?"

„Nein", sagte Matt. „Die Sache ist die. Wir glauben nicht, dass Mrs. Delancey nur hier war, um mit Ihnen zu tratschen. Weshalb war sie also hier?"

Sir Charles schluckte sichtlich, aber sein Gesicht blieb unbewegt. Tatsächlich war es viel zu glatt, zu kontrolliert, wenn man bedachte, dass Matt ihn gerade einer Lüge bezichtigt hatte.

„Darf ich unter vier Augen mit Ihnen sprechen, Glass?", fragte Sir Charles.

„Was immer Sie mir sagen, ich werde es später meiner Frau erzählen."

„Auch dann. Ich kann mich nicht dazu durchringen, es vor Mrs. Glass eingestehen."

„Ich werde dort drin warten." Ich deutete auf den nächsten Raum.

Es war ein gemütliches Wohnzimmer, das die Morgensonne einfing, sodass es der perfekte Raum wurde, um zu frühstücken. Es gab allerdings keinen Hinweis darauf, dass hier kürzlich ein Frühstück stattgefunden hatte. Es war sauber, aufgeräumt und ziemlich kühl. Kein Feuer war entzündet worden.

Einen Augenblick später schlossen sich Matt und Sir Charles mir an. „Nun, was kann ich für Sie tun?", fragte Sir Charles, als hätte nicht gerade zwischen ihm und Matt eine Unterhaltung stattgefunden.

„Dürfen wir Ihre Sammlung sehen?", fragte ich.

„Meine was?"

„Ihre Sammlung magischer Gegenstände. Dürfen wir sie sehen?"

Er hob die Hände. „Nein, nein. Sie ist privat. Es tut mir leid, Mrs. Glass, aber ich zeige sie niemandem, und das werde ich nicht ändern, nicht einmal für Sie."

„Woher wissen wir dann, dass Sie überhaupt eine Sammlung magischer Gegenstände besitzen?"

Er lachte leise. „Weshalb sollte ich so tun, als hätte ich eine Sammlung, wenn ich keine habe?"

„Um in den Club der Sammler zu kommen."

„Aber weshalb sollte ich zu einem Club der Sammler gehören wollen, wenn ich selbst nicht auch einer bin? Mrs. Glass, dieser Verdacht ist unbegründet." Er klang erheitert, als würde er mit einer dümmlichen Frau reden, die eine dümmliche Frage gestellt hatte. „Fragen Sie Coyle. Er hat meine Artefakte gesehen."

Coyle hatte sie wohl gesehen, oder er hätte Whittaker niemals in den Club gelassen. Gewiss hätte er ihn nicht auf die Liste der Verdächtigen gesetzt, wenn er nicht geglaubt hätte, dass er ein Sammler war.

„Wollen Sie es uns nicht zeigen, weil Sie Gegenstände haben, die Sie nicht haben sollten?", fragte Matt. „Gestohlene Gegenstände?"

Sir Charles keuchte. „Gewiss nicht!"

„Das magische Diadem wurde gestohlen. Das, das in der Klatschkolumne in der Zeitung erwähnt wurde."

Seine Augen blitzten kurz, bevor sie trüb glommen. „Ich habe es nicht gestohlen. Ich kenne den Kerl nicht mal, der in dem Artikel erwähnt wurde. Weshalb sollten Sie das denken?"

„Wir stellen jedem Mitglied des Clubs diese Frage", sagte Matt. „Mrs. Delancey haben wir eben befragt."

Sir Charles blickte durch das Fenster. „Niemand wird einfach den Diebstahl gestehen, Glass. Sie sind naiv, wenn Sie das glauben."

Matt lächelte. „Danke für Ihren Ratschlag."

Wir brachen auf und kehrten zu unserer Kutsche zurück. „Glaubst du ihm?", fragte ich im Gehen.

„Wegen des Diebstahls? Schwer zu sagen. Was Mrs. Delanceys Besuch angeht, glaube ich, dass sie beide lügen. Sie ist nicht hergekommen, nur um zu tratschen. Jedoch bezweifle ich, dass sie eine Affäre haben, obwohl er mir genau das gesagt hat."

„Das hat er dir also unter vier Augen erzählt? Das ist ja eine schreckliche Geschichte, besonders, wenn sie nicht stimmt. Ein Gentleman sollte einem anderen niemals von seiner Affäre berichten."

„Er wollte uns von der Spur der Wahrheit abbringen. Wenn sie also keine Affäre haben, was machen sie dann?"

„Was immer es ist, sie will nicht, dass ihr Mann es erfährt." Ich stutzte, als wir unsere Kutsche erreichten. „Für mich legt das nahe, dass sie eine Affäre hat."

„Aber weshalb Whittaker? Ich bin keine Frau, doch er wirkt

auf mich nicht sonderlich verlockend. Er ist nicht reich, gut aussehend oder gewitzt."

„Er ist recht schneidig." Ich stieg in die Kabine. „Aber noch treffender, er ist ein Junggeselle und nicht ihr Mann."

Matt kam zu mir und runzelte die Stirn. „Was willst du damit sagen?", fragte er.

„Er ist nicht ihr Mann, und das macht ihn aufregend. Eine verbotene Affäre ist aufregend für manche Frauen", fügte ich an, als sein Stirnrunzeln sich vertiefte. „Manche Frauen, die gelangweilt sind, zum Beispiel."

Er gab Woodall Anweisung und schloss dann die Tür. Seine Miene war immer noch finster. „Wie werde ich wissen, ob du von mir gelangweilt bist?"

„Ich? Von dir gelangweilt?" Ich lachte. „Du scherzst wohl. Matt, wie könnte mir ein Mann mit deiner sorglosen Haltung und gefährlichen Vergangenheit jemals langweilig werden, ein ehemaliger Alkoholabhängiger und Spieler, der gerne Rätsel löst, Freunde bei der Polizei in zwei Ländern hat und Verwandte, die alles von Lords bis hin zu Verbrechern sind? Und ich habe noch nicht einmal deine magische Taschenuhr erwähnt. Matt, ich laufe eher Gefahr, überwältigt zu sein als gelangweilt."

Er wirkte zufrieden mit meiner Einschätzung. „Gut. Aber lass mich wissen, wenn dir das nicht mehr reicht, und ich überlege mir, noch ein weiteres Laster auf die Liste zu setzen."

* * *

Sɪʀ Cʜᴀʀʟᴇs ʜᴀᴛᴛᴇ ʀᴇᴄʜᴛ; wir würden nichts erreichen, wenn wir die Verdächtigen fragten, ob sie das Diadem gestohlen hatten. Wir mussten herausfinden, wo sie in der Nacht vor dem Diebstahl gewesen waren, und nach dem Diadem in ihrer magischen Sammlung Ausschau halten. Beide Aufgaben erforderten die Hilfe von Willie, Duke und Cyclops.

Wir waren allerdings schon nahe an Mr. Longmires Unterkunft und beschlossen, ihn zu besuchen, bevor wir nach Hause aufbrachen. Er war nicht erfreut, uns zu sehen, was kaum überraschend war.

„Was wollen Sie?", knurrte er, als Matt sich an Mr. Harker vorbeischob.

„Uns mit Ihnen unterhalten", sagte Matt.

Mr. Longmire erhob sich mit einer Grimasse. Sein Gesicht war sogar noch weiter angeschwollen, während dunkelblaue Flecken sich um seine Augen bildeten. So, wie er sich hielt, hätte ich auch geschätzt, dass ihm die Rippen wehtaten. „Haben Sie die Kerle bereits erwischt, die mir das angetan haben?"

„Wir suchen nicht nach diesen Verdächtigen", sagte Matt. „Wenn Sie wollen, dass man sie fasst, informieren Sie die Polizei."

Mr. Longmire ließ sich wieder in seinen Sessel nieder und knurrte. „Warum sind Sie dann hier?"

„Wir haben gestern Abend etwas erfahren, von dem wir dachten, Sie sollten es wissen", sagte er. „Das Cox-Anwesen ist eine Erbpacht. Davon können Sie nichts verkaufen."

„Ist das Ihr Versuch, mich dazu zu bringen, die Klage fallen zu lassen?" Er gab ein Schnauben von sich. „Das Land ist üppig, die Pächter sind gut. Das Einkommen von den Bauernhöfen ist alles, was ich brauche."

„Es ist auch schwer verschuldet", sagte Matt daraufhin.

Mr. Longmire rieb sich mit der Hand übers Kinn, nur um an einen blauen Fleck zu stoßen und mit einem gequälten Zischen innezuhalten. „Sie lügen."

„Cox hält das Geld gut zusammen, aber der Großteil des Einkommens geht in die Rückzahlung der Schulden. Er ist nicht reich."

Als ob Mr. Longmire gerade eingefallen wäre, dass Mr. Harker noch da war und sich diese Unterhaltung nicht anhören sollte, entließ er ihn. „Ich will etwas zum Abendessen. Etwas Süßes." Nachdem Mr. Harker gegangen war, betrachtete er uns kühl, als würde er uns nicht glauben. Aber die einfache Tatsache, dass er seinen Diener weggeschickt hatte, legte etwas anderes nahe. „Cox hat nie ein Wort davon gesagt. Wenn das stimmt, was Sie sagen, hätte er es mir doch selbst erzählt, um mich davon abzubringen, mein Geburtsrecht zu beanspruchen."

„Er ist zu stolz, um die Schulden zu erwähnen", sagte Matt. „Wir wollten einfach, dass Sie es wissen."

„Damit ich die Klage fallenlasse? Ha! Sie irren sich, Glass. Es geht nicht ums Geld." Er erhob sich wieder und humpelte zur Tür. „Es geht darum, was rechtmäßig mir gehört. Guten Tag."

„Das ist ja gut gelaufen", sagte ich zu Matt, während wir die Stufen hinabgingen.

„Wie kommst du denn darauf?" Er tippte sich vor der Vermieterin an den Hut, während wir im Gang an ihr vorbeikamen. „Er sagt, er würde den Anspruch nicht aufgeben."

„Niemand wurde geschlagen oder schlimm beschimpft."

Die Vermieterin ließ ein leises, entsetztes Quietschen hören. Ich lächelte sie an und dankte ihr dafür, uns die Tür zu öffnen. „Bei Mr. Longmire weiß man ja nie", fuhr ich fort. „Auf jeden Fall haben wir ihm etwas zum Nachdenken gegeben. Mit der Zeit überlegt er es sich vielleicht."

* * *

Es GAB drei weitere Verdächtige auf Lord Coyles Liste, die perfekte Anzahl für unsere kleine Schar an Verbündeten. Matt hatte sie in der Bibliothek versammelt und gab ihnen kurz Anweisungen.

„Sie sind alle reich", sagte er. „Alle haben sie Bedienstete, und Bedienstete kann man normalerweise kaufen." Er reichte jedem von ihnen einen Beutel Münzen. „Wenn man sie nicht kaufen kann, müsst ihr euch etwas anderes einfallen lassen."

„Keine Schusswaffen", sagte Duke mit einem betonten Blick zu Willie.

„Ich lasse meinen Colt nicht hier", protestierte sie. „Ich schieße nicht auf Unschuldige."

„Willie, du kannst das Haus von Mrs. Rotherhide aufsuchen", fuhr Matt fort. „Laut Coyles Liste ist sie eine reiche Witwe." Er reichte ihr ein Blatt Papier mit einer Adresse darauf. „Duke, du kannst zum Haushalt von Mr. und Mrs. Landers gehen. Sie hat eine große Summe Geld von ihrem Vater geerbt und einen Finanzier geheiratet, der bereits sehr viel Geld zur Verfügung hatte. Sie ist zwölf Jahre jünger als er." Er reichte Duke einen Zettel, und Cyclops einen weiteren. „Cyclops, bitte sprich du mit den Bediensteten bei Lord Farnsworths Residenz.

Offensichtlich ist er ein unverheirateter Junggeselle in den späten Zwanzigern, der ein Anwesen geerbt hat, dass er nur selten besucht. Ihm ist London lieber, und er sammelt gern seltene Dinge. Nicht nur magische Gegenstände, sondern seltene Bücher, alte Artefakte und exotische Schönheiten."

„Schönheiten?", fragten wir Übrigen gleichzeitig.

„So heißt es auf Coyles Liste." Er zeigte sie mir. Dort stand tatsächlich „exotische Schönheiten".

„Denkst du, er meint Frauen?", fragte Duke.

„Aber sicher doch." Willie hielt ihr Blatt mit der Adresse der Witwe Cyclops hin. „Tausch mit mir. Ich gehe zum Haus des Lords, und du siehst bei der Witwe nach."

„Warum?", fragte Cyclops.

„Weil du Catherine hast. Du brauchst keine exotischen Schönheiten in deinem Leben. Ich schon."

„Was ist mit mir?", jammerte Duke.

„Ich komme als erste dran." Willie wedelte mit dem Papier vor Cyclops.

„Ich habe Cyclops den Farnsworth-Haushalt aus einem bestimmten Grund gegeben", erklärte ihr Matt. „Wenn ‚exotisch' das heißt, was ich glaube, hat Cyclops vielleicht eine bessere Gelegenheit, mit einer oder mehrerer dieser Schönheiten Freundschaft zu schließen."

Willie zerknüllte das Blatt in ihrer Faust und stemmte sie in die Hüfte. „Ich kann mich genauso gut wie er mit einer exotischen Frau anfreunden. Er ist viel zu sehr ein Gentleman, um Catherine zu betrügen und zu tun, was vielleicht nötig ist, aber ich habe dieses Problem nicht, da ich und Jasper ja eine Übereinkunft haben."

„Was ist denn mit mir?", wiederholte Duke. „Ich habe niemanden zu betrügen, und ich mag auch exotische Frauen. Ich mag alle Frauen."

„Außerdem", fuhr Willie fort. „Cyclops ist nicht exotisch. Er ist nur groß und sieht fies aus." Sie deutete auf seine Augenklappe und die gerötete Narbe, die dahinter verschwand.

Cyclops verschränkte die Arme. „Das ist eine Beleidigung."

„Ich hätte sagen können, dass du fett bist, aber ich habe mich zurückgehalten."

„Ich tausche nicht mit dir. Oder dir", sagte er, als Duke den Mund öffnete.

„Ich erzähle es Catherine", warnte Willie.

„Mach ruhig."

Willie glättete den Zettel und seufzte. „Warum muss ich denn zu der vertrockneten alten Witwe?"

Duke verdrehte die Augen. „Dann tausch halt mit mir. Mir ist es gleich."

Sie tauschten die Zettel und begaben sich nach draußen, während sie besprachen, wie sie sich zunächst annähern würden, welche Verkleidungen sie nutzen würden, oder welche Geschichten sie sich einfallen lassen würden. Sie waren aufgeregter, als ich sie seit einiger Zeit erlebt hatte. Die Ermittlertätigkeit belebte sie.

„Was ist mit uns?", fragte ich Matt. „Was tun wir, während wir warten?"

„Ich werde gehen und mit meinem Onkel reden", sagte er. „Er weiß vielleicht etwas über diese Verdächtigen."

„Ist das klug? Er wird wissen wollen, weshalb, und du hast Lord Cox versprochen, du würdest ihnen von dem Diebstahl nichts erzählen."

Er dachte darüber einen Augenblick lang nach, dann lächelte er. „Also gut. Ich werde meinen Onkel bitten, mich stattdessen in seinen Club einzuladen. Dann höre ich mich dort um. Natürlich diskret."

„Glaubst du, er würde dich in seinem Club wollen? Er mag dich nicht, und der Club eines Gentleman ist sein Heiligtum, so sagt man zumindest."

„Ich bin sein Erbe, und wenn er möchte, dass ich dazu passe, wird er wollen, dass man mich in seinem Club sieht. Ich kann ihn vielleicht sogar bitten, mich für eine Mitgliedschaft zu nominieren."

„Weshalb fragst du nicht stattdessen Lord Cox? Er würde dich nur zu gern als seinen Gast mitnehmen."

„Wenn ich bei meinem Onkel scheitere, werde ich ihn fragen." Er küsste mich auf die Wange. „Was ist mit ihr? Was hast du heute Nachmittag vor?"

Ich hatte eine Idee, aber ich bezweifelte, dass sie ihm gefallen würde. Ich überlegte mir, wie ich sie gut klingen lassen könnte, als Tante Letitia in die Bibliothek kam.

„India, machen wir eine Ausfahrt", sagte sie. „Ich bin schon viel zu lange drinnen eingesperrt."

„Eine hervorragende Idee", sagte Matt, der an uns vorbeimarschierte. „Genießt euren Nachmittag."

Tante Letitia warf mir einen erwartungsvollen Blick zu. „Wir sollten uns umziehen, bevor wir ausgehen."

„Was stimmt denn damit nicht?", fragte ich, schaute hinab auf das tiefgrüne Tageskleid mit der rosa Seide am Taillenbund und Kragen. Diese neue Ausstattung hatte auch einen passenden Hut und ein Jäckchen mit spitzen Schultern, und ich dachte, dass ich darin sehr gut aussah.

„Damit ist alles in Ordnung. Es passt sehr gut für morgendliche Besuche mit Matthew. Aber nachmittägliche Besuche mit mir erfordern etwas … anderes."

„Etwas anderes?"

„Anders als das, was du heute Vormittag getragen hast. Jetzt beeil dich, India, wir haben nicht den ganzen Tag."

„Also gut, ich ziehe mich um. Aber unser erster Besuch ist bei jemandem, den ich treffen muss. Dann können wir dorthin, wo immer du willst."

# KAPITEL 8

Die Bureaus der *Weekly Gazette* befanden sich in der Lower Mire Lane, gleich ab von der Fleet Street, wo sich die prestigeträchtigeren Tageszeitungen Bureaus gemietet hatten. Tante Letitia steckte den Kopf aus der Kutsche, nachdem ich nach unten gegangen war, schaute sich einmal zwischen den weggeworfenen Zeitungen um, die sich in den schmutzigen, stinkenden Kanalrinnen stapelten, und beharrte darauf, dass sie in der Kutsche warten würde.

Der Schreibtisch am Eingang war nicht besetzt, aber ich hatte Oscars Arbeitsstelle schon oft genug besucht, dass ich wusste, wo man sein Bureau fand. Ich war eine vertraute Gestalt, darum hielt mich niemand auf, als ich an den Schreibtischen vorbeimarschierte, übersät mit Papieren und Kunst, Schreibmaschinen und Tintenfässern. Ich begrüßte sogar einige Mitarbeiter namentlich. Das Brummen der Druckpresse im Keller unterhalb bot einen rhythmischen, fast schon beruhigenden Hintergrund für ihre Arbeit.

„India!", rief Oscar, als ich sein Bureau betrat. „Was für eine angenehme Überraschung. Setz dich bitte." Er schaute an mir vorbei. „Bist du allein?"

„Matts Tante ist in der Kutsche, also muss ich schnell machen." Ich setzte mich auf den Stuhl gegenüber seines Schreibtisches. „Ich muss dich um einen Gefallen bitten."

Er lächelte. „Weiß Glass, dass du hier bist?"

„Weshalb?"

„Weil es ihm nicht gefallen wird, dass du mich um einen Gefallen bittest. Er mag mich nicht."

„Es ist doch nicht so, dass er dich nicht *mag*, Oscar. Er macht sich nur Sorgen wegen des Buches, das du schreibst, und was für einen Einfluss es auf mich haben wird."

„Das geht viel tiefer, India, und das weißt du auch." Er steckte seinen Füller in den Halter und beugte sich vor. Sein Grinsen warnte mich vor dem, was kommen würde. „Er mag mich nicht, weil er sich Sorgen macht, dass du und ich besser zusammengepasst hätten als er und du." Er verschränkte die Hände. „Aber das ist jetzt alles Vergangenheit. Du bist glücklich verheiratet, und ich bin glücklich verlobt."

„Also bist du glücklich?"

„Natürlich." Sein Lächeln war aufrichtig. „Die Ehe mit Louisa wird nicht langweilig."

„Ich glaube, damit hast du recht." Ich erwiderte sein Lächeln. „Jetzt zu meinem Gefallen. Kannst du mir erzählen, ob irgendwelche Magier, die einen dieser gemeinen anonymen Briefe erhalten haben, gewissermaßen Schlägertypen sind?"

„Das ist eine merkwürdige Frage. Weshalb willst du das wissen?"

Das war der Teil, wo mein Plan in sich zusammenfiel. Ich wollte Mr. Longmires Namen nicht an Oscar weitergeben, aber ich musste ihm einen gewissen Teil der Geschichte erzählen, um ihn so weit zufriedenzustellen, dass er mir half. Ich war mir nicht sicher, ob er das tun würde, aber ich musste es versuchen. Anders als Matt konnte ich Mr. Longmires Lage nicht ignorieren. Jemand wusste, wer die Drohbriefe an die Magier geschickt hatte, und hatte dann selbst eine Bestrafung vorgenommen, und ich wollte herausfinden, wer das war.

„Matt und ich haben herausgefunden, wer diese Briefe schickt. Er wurde daraufhin in der Nähe seines Hauses überfallen, sehr wahrscheinlich von jemandem, dem er Briefe geschickt hat."

Oscar beugte sich noch ein paar Zentimeter vor. „Wer ist es?"

„Das verrate ich dir nicht."

„Warum nicht?"

„Weil man dir keine Informationen anvertrauen kann."

„Ich möchte sagen, das ist ein wenig harsch. Ich würde ihn nicht verprügeln, nur mit ihm reden, ihn zur Vernunft bringen, ihm zeigen, dass wir keine schlimmen Leute sind."

„Wir haben versucht, vernünftig mit ihm zu reden, das hat seine Vorstellungen nicht geändert. Ich bezweifle, dass du die Dinge verbessern kannst, Oscar, aber ich bin mir ziemlich sicher, du könntest sie schlimmer machen."

Er trommelte mit dem Daumen auf dem Schreibtisch, während er mich durch zusammengekniffene Augen betrachtete. „Wenn du mir nicht sagst, wer es ist, werde ich dir die Namen der Magier nicht verraten, von denen ich glaube, dass sie zu einem Überfall fähig sind."

„Ich habe mir gedacht, dass du das sagen würdest. Wie wäre es, wenn ich dir etwas anderes erzähle?"

„Es wird schon interessant sein müssen", sagte er behutsam.

„Ist es. Fabian und ich haben nämlich zusammen einen neuen Zauber geschaffen."

Er hörte auf, mit dem Daumen zu trommeln. „Wirklich? Das ist interessant. Komm schon, dann verrat es mir. Was macht dieser Zauber?"

„Du musst versprechen, es niemandem zu verraten oder es in dein Buch zu schreiben."

„Ich werde es Louisa sagen müssen. Wir enthalten einander keine Geheimnisse vor."

Ich dachte darüber nach, dann nickte ich. „Wir haben meine Uhr zum Fliegen gebracht."

„Oh. Ist das alles? Ich will deine Begeisterung nicht dämpfen, aber deine Magie ist stark. Deine Taschenuhr hat schon immer auf dich reagiert."

„Nicht immer", sagte ich verschnupft. „Nicht die neue. Sogar meine alte konnte nicht kontrolliert werden. Auf jeden Fall war es Fabians Uhr, die flog, bei der Nutzung eines neuen Zaubers, den wir geschaffen haben."

„Das ist interessant. Gut gemacht, India. Richte Charbonneau meine Glückwünsche aus. Also, abgemacht ist abgemacht. Ich kann dir sagen, dass keine der Magier, die ich kenne und die

Drohbriefe erhalten haben, jemanden verletzen würden. Es sind gute Männer."

„Aber du hast mich dazu gebracht, dir meine Information zu geben!"

Er lachte leise. „Ich habe dich nicht hereingelegt. Ich sagte, dass keiner derjenigen, die die Briefe erhalten haben, Schlägertypen sind, aber ich kenne einen oder zwei, die es sind. Vielleicht haben sie es für die ganze magische Gemeinschaft getan. Das Problem ist, wie haben sie den Namen des anonymen Verfassers herausgefunden?"

„Das ist ein Rätsel, das muss ich zugeben. Ich werde sie auf jeden Fall fragen."

Er tauchte seinen Füller in das Tintenfässchen. „James Teller ist ein Ziegelmagier, und Donald Grellow ist ein Schreinermagier." Er schrieb die Adressen der Werkstätten beider Männer auf ein Blatt Papier und reichte es mir.

„Dankeschön", sagte ich und wedelte mit dem Blatt, damit die Tinte trocknete.

„Was wirst du mit dieser Information anfangen?", fragte er.

„Ich bin mir noch nicht sicher. Matt ist nicht daran interessiert, jemandem dafür Gerechtigkeit angedeihen zu lassen. Er glaubt, der Kerl hat es verdient."

„Dieses eine Mal sind er und ich einer Meinung." Er deutete auf das Blatt. „Ich kann mit dir gehen, um sie zu befragen."

„Schon gut. Ich nehme Matt mit."

„Aber du hast doch gesagt, er hätte kein Interesse."

„Nicht daran, ihnen Gerechtigkeit widerfahren zu lassen, aber er wird mich begleiten, um mit diesen Männern zu sprechen, sobald ihm sage, dass ich allein gehe, wenn er es nicht tut."

Er lachte leise. „Du klingst wie Louisa. Sie schafft es immer, sich durchzusetzen. Manchmal merke ich es nicht mal, bis ich schon längst zugestimmt habe."

Es klopfte an der Tür, und ein junger Mann öffnete sie. „Jemand sucht nach Ihnen, Mrs. Glass. Sie wirkt verwirrt."

Ich schoss hoch und rannte hinaus. Ich erspähte Tante Letitia sofort, da sie auf einem Stuhl hinter einem der Schreibtische saß und eine Karikatur des Premierministers musterte. Zum Glück war sie nicht weggelaufen. Wenn sie ihren Weg in den Keller gefunden hätte, wo die Druckpresse lief ... Ich erschauerte. Ich durfte nicht daran denken.

„Komm mit mir. Ich bringe dich nach Hause." Ich streckte eine Hand aus, aber sie ignorierte sie.

„Gleich. Ich würde mir gern diese Bilder ansehen. Sie sind sehr talentiert", sagte sie zu einem Mann, der sich in der Nähe herumdrückte. Er strahlte. Er war wohl der Künstler. „Wer ist das?"

Das Lächeln des Künstlers verblasste. „Der Premierminister", sagte er ziemlich dümmlich.

„Oh, nein." Sie legte die Skizze ab. „Ich nehme das zurück. Sie haben ihn überhaupt nicht richtig getroffen. Lord Palmerston hat keinen Bart."

Der Künstler schaute mich an, die Augenbrauen erhoben.

Ich seufzte. „Derzeit ist der Premierminister Lord Salisbury", erklärte ich ihr, während ich ihr auf die Beine half. „Komm mit. Für heute gibt es keine weiteren Besuche mehr."

* * *

ICH SETZTE Matt über den Zustand seiner Tante in Kenntnis, sobald er nach Hause zurückgekehrt war. „Sie ruht sich aus", sagte ich. „Polly ist bei ihr."

Er runzelte die Stirn, während er sich neben mich auf das Sofa setzte. „Was hast du bei der *Gazette* gemacht?"

„Oscar gefragt, ob er weiß, wer am wahrscheinlichsten den Verfasser dieser Briefe angegriffen haben könnte, wenn er den Namen des Verfassers herausfinden würde."

„Ich verstehe."

„Du bist wütend auf mich, weil ich ihn gefragt habe."

„Ich bin nicht glücklich darüber. Weshalb hast du es mir nicht erzählt?"

„Weil du es verboten hättest, und wir hätten gestritten, und ich würde alles tun, um einen Streit mit dir zu vermeiden."

Er kniff die Augen zusammen. „Wie kannst du sicher sein, dass wir jetzt nicht streiten?"

„Das bin ich nicht." Ich rückte näher und legte die Arme um

ihn. „Aber es ist leichter, um Vergebung zu bitten, als um Erlaubnis."

Sein Blick wurde noch finsterer. „Ich denke gern, ich wäre ein moderner Mann, India. Ich verbiete meiner Frau gar nichts, noch erwarte ich, dass sie mich um Erlaubnis bittet für etwas, wofür sie es als unnötig empfindet."

„Also macht es dir nichts aus. Ach, gut, ich hatte mir schon Sorgen gemacht." Ich ließ ihn los und nahm meine Arbeit wieder auf. „Es gab nur zwei Magier, von denen Oscar annahm, dass sie fähig dazu wären, jemanden zu verprügeln, obwohl keiner von ihnen Briefe empfangen hat. Ich habe mir die Freiheit genommen, ihre Adressen für dich zu kopieren. Sie liegen auf dem Schreibtisch. Wann sollen wir bei ihnen vorbeischauen?"

Er antwortete nicht.

„Matt?", fragte ich und schaute auf.

Er starrte zurück. „Was ist gerade passiert?"

Ich lächelte und küsste ihn leicht auf die Lippen. „Du hast zugestimmt, die beiden Männer mit mir aufzusuchen. Wann wollen wir los?"

„Ich, äh ..." Er schüttelte sich. „Nachdem wir das Diadem zurückgeholt haben. Eine Ermittlung nach der anderen."

„Also gut. Wie ist dein Besuch in Lord Rycrofts Club gelaufen?"

„Ziemlich gut, obwohl es einiger Überzeugungsarbeit bedurfte, meinen Onkel dazu zu bringen, bei diesem Gedanken mitzugehen. Letztlich war es Hope, die ihn überzeugt hat, es zu tun." Etwas in seinem Tonfall legte nahe, dass es noch mehr gab.

„Hat sie dich im Gegenzug um etwas gebeten?", wollte ich wissen.

Er schüttelte den Kopf. „Nichts dergleichen. Ich habe mir die Freiheit genommen, sie zu fragen, ob sie weiter über Lord Coyles Antrag nachgedacht hat."

Ich legte meine Arbeit auf dem Schoß ab. „Ach. Ich verstehe. Jetzt weiß ich, weshalb du überhaupt hin wolltest. Du wolltest eine Gelegenheit, sie zu überzeugen, ihn zu heiraten. Matt, ich bin mir immer noch nicht sicher, wie ich dazu stehe, sie in diese Richtung zu schieben."

„Na ja, ich bin sicher, dass ich möchte, dass sie zustimmt,

und zwar in dem Zeitrahmen, den Coyle gesetzt hat. Nenn mich doch selbstsüchtig, aber ich sehe da kein Problem. Wir profitieren alle, wenn sie annimmt."

„Aber es ist Lord Coyle!"

„Ich denke, die Dinge, die uns an ihm missfallen, sind genau die, die sie ansprechen."

„Was meinst du damit?"

„Als ich das Thema angesprochen habe, sagte sie, dass sie noch über sein Angebot nachdenkt. Sie hat nicht sofort gesagt, dass sie ablehnen würde oder dass sie ihn für schrecklich hält. Tatsächlich glitzerten ihre Augen, während sie mich fragte, wie reich er meiner Ansicht nach wäre."

Ich verzog das Gesicht. „Weshalb überrascht es mich überhaupt nicht, dass Sie wissen will, was er wert ist?"

„Als ich mit meinem Onkel in der Kutsche allein war, habe ich ihn gefragt, ob er findet, dass sie heiraten sollten. Als ich es erwähnt habe, glitzerte es auch in seinen Augen." Matt grinste. „Aber er weiß nicht, was sie denkt. Offensichtlich lässt sich Hope nicht in die Karten schauen."

„Du hast aber zu keinem von ihnen gesagt, dass sie sich bald entscheiden sollen, hoffe ich. Das ist genau das, was sie aufbringen würde. Sie könnte sich auch gut und gerne umentscheiden oder ihre Entscheidung aus reiner Missgunst verzögern."

Er lächelte gerissen. „Trau mir ruhig etwas zu."

„Was hast du also über unsere Verdächtigen in Lord Rycrofts Club herausgefunden?"

„Nicht viel. Lord Farnsworth hält eine nubische Prinzessin als Mätresse in einer separaten Wohnung."

Ich war mir nicht sicher, was ich davon halten sollte, darum wartete ich, bis er weitersprach.

„Das Einzige, was ich über die anderen erfahren habe, ist, dass keiner im Club sie wirklich kennt. Mr. Landers, der reiche Finanzier, gehört zu einem anderen Club, in den die Berufstätigen gehen. Zu dieser Behauptung gehörte oft eine höhnisch geschürzte Lippe. Im Club meines Onkels gibt es nur Adlige, keine Männer, die sich selbst Geld beschaffen."

„Und was ist mit der Witwe, Mrs. Rotherhide?"

„Nichts", sagte er. „Hoffentlich hat Duke eine Möglichkeit gefunden, weitere Informationen zu bekommen."

* * *

WIR SETZTEN uns gerade zum Abendessen hin, als Cyclops das Speisezimmer betrat. Bristow deckte einen weiteren Platz, und Peter schenkte ihm ein Glas Wein ein. Cyclops rieb sich die Hände und betrachtete die Platten mit hungrigem Blick.

„Wie bist du bei Lord Farnsworths Residenz weitergekommen?", fragte Matt, der ihm eine Platte mit Kartoffeln reichte.

„Du hattest recht. ‚Exotische Frauen' bedeutet ‚dunkelhäutige Frauen'. Alle Dienerinnen waren aus Indien oder Afrika." Cyclops spießte eine Kartoffel auf und grinste uns an. „Außerdem braucht der Lord einen neuen Kutscher. Ich fange morgen an."

„Gute Arbeit. Irgendwas über eine Sammlung magischer Gegenstände?"

„Ich habe nicht die Gelegenheit bekommen, danach zu fragen, aber ich habe gesehen, wo der Butler die Schlüssel aufbewahrt. Ich sollte sie mir borgen können."

„Die Artefakte könnten in der Wohnung der Mätresse aufbewahrt werden", sagte ich.

„Mätresse?"

„Er hat eine Mätresse?", fragte Willie, die hereinspazierte.

Bristow deckte ihren Platz, dann verließ er diskret das Zimmer und schloss die Doppeltüren.

„Lord Farnsworth hält eine nubische Prinzessin, die ihm zur Verfügung steht", erklärte ich Willie und Cyclops. „Sie hat ihre eigenen Räumlichkeiten, für die Farnsworth bezahlt, irgendwo in der Stadt. Das ist ein recht guter Ort, um ein gestohlenes Diadem aufzubewahren."

„Ich werde herausfinden, wo die Wohnung ist", sagte Cyclops, der sich ein paar Scheiben Rindfleisch genehmigte.

„Für wen hält sich dieser Farnsworth eigentlich?", rief Willie. „Er ist doch kein König."

„Er ist ein reicher Lord", sagte Matt mit einem Schulterzucken.

„Du bist ein reicher Lord, und du läufst doch auch nicht rum und hältst Frauen gegen ihren Willen fest."

„Sie ist eine Mätresse, keine Gefangene. Außerdem bin ich noch kein Lord."

„Wenn sie gegen ihren Willen festgehalten wird, werden wir dafür sorgen, dass sie freikommt", versicherte ich Willie. „Erzähl uns, was du über Mr. und Mrs. Landers herausgefunden hast."

Sie türmte sich Austern auf den Teller, dann griff sie nach dem Hering. „Entweder streiten sie, oder sie starren einander stumm an, laut des Dienstmädchens, mit dem ich geredet habe. Sie ist eine dumme Frau."

„Das Dienstmädchen?"

„Mrs. Landers. Das Mädchen geht davon aus, dass die einzigen Interessen ihrer Herrin Einkaufen, Tratschen und das Tadeln von Mr. Landers sind. Es ist das Einkaufen, das mich am meisten interessiert hat. Das Mädchen denkt, Mrs. Landers kauft eine Menge Vasen, Bänder und so weiter, aber auch Kinkerlitzchen. Manche dieser Kinkerlitzchen werden ausgestellt – Kunstwerke, Vasen, Zierkisten. Aber das Mädchen schätzt, eine Menge davon wird nicht so ausgestellt, dass andere es sehen können." Willie legte ihr Messer und ihre Gabel ab und betrachtete uns abwechselnd, um den dramatischen Effekt zu erhöhen.

„Mach weiter", sagte ich. „Wo denkt denn das Mädchen, dass diese Kinkerlitzchen aufbewahrt werden?"

„In einem verschlossenen Schrank im Salon."

„Der ideale Ort, um vor den Gästen nach dem Dinner zu prahlen", sagte Matt. „Sie müssen das Zimmer nicht verlassen, und die Diener können nicht sehen, was darin ist."

„Nur der Butler hat den Schrank gesehen", fuhr Willie fort. „Das Mädchen glaubt, er würde nicht verraten, was darin ist. Er ist Mrs. Landers echt treu ergeben."

„Nicht Mr. Landers?"

Sie schüttelte den Kopf. „Er war der erste Diener der Familie und bekam die Stelle als Butler, als sie Mr. Landers geheiratet hat und sie in das Stadthaus in Knightsbridge gezogen sind."

„Wie hast du das alles herausgefunden?", fragte Cyclops. „Hast du geflirtet?"

„Ich habe das Mädchen bezahlt. Sie musste nicht groß überzeugt werden, um ihre Arbeitgeber zu hintergehen. Sie war sehr eifrig bemüht, mir alle Gerüchte zu erzählen, die ihr einfallen wollten. Sie ist nicht glücklich mit ihrer Anstellung. Sie findet, in den Diensten der Landers zu stehen, ist die schlechteste Stelle, die sie je hatte. Der Butler ist fies, die Haushälterin noch gemeiner, und Mr. Landers erwartet Vollkommenheit. Wenn auch nur ein Hauch Asche im Kamin ist, geht sein Temperament durchs Dach."

„Sie klingen nach einem charmanten Paar", sagte ich trocken.

„Da ist noch mehr", sagte Willie, ihr Gesicht leuchtete im Gaslicht. Sie genoss es auf jeden Fall, im Mittelpunkt der Aufmerksamkeit zu stehen. „Ich habe das Mädchen gefragt, ob sie sich erinnert, dass ihr Herr und ihre Herrin in der Nacht des Diebstahls zu Hause waren. Sie sagte, dass sie ausgegangen sind, aber sie erinnert sich nicht, wohin, ob oder wann sie nach Hause kamen." In aller Ruhe schnitt sie ihren Rinderbraten, ein schwaches Lächeln lag auf ihren Lippen, das mir auf die Nerven ging. „Das Mädchen glaubt, der Butler wäre ausgegangen, nachdem die Bediensteten schon im Bett waren. Er war am nächsten Tag müde, hat die ganze Zeit gegähnt und nicht gemerkt, wenn die Dinge nicht ganz richtig waren. Das Mädchen sagte, das sähe ihm gar nicht ähnlich. Dann sah sie ihn später am Nachmittag in seinem Bureau schlafen. Das ist unerhört."

„Er war es", erklärte Cyclops. „Das muss es sein. Er hat das Diadem für seine Herrin gestohlen."

„Gut gemacht, Willie", sagte Matt. „Wir müssen nur noch in den Schrank hineinschauen. Sehr wahrscheinlich ist das Diadem da drin."

„Wage es bloß nicht, vorzuschlagen, dass wir in der Nacht einbrechen, Matt", sagte ich. „Es gibt viel zu viele Bedienstete."

„Willies Dienstmädchen könnte sie einlassen", sagte er.

Ich öffnete den Mund, um zu widersprechen, doch Willie meldete sich zuerst zu Wort. „Richtig, mich. Ich gehe. Sie würde mich reinlassen, schätze ich, für einen Preis."

„Dabei bringen wir sie nur in Schwierigkeiten", erklärte ich ihnen. „Den Landers wird auffallen, dass das Diadem vermisst wird, und sie werden sofort die Bediensteten bezichtigen, wenn es keine Spur eines Einbruchs gibt."

„Ein äußerst gutes Argument", sagte Matt.

„Wir sollten unsere anderen Verdächtigen sowieso noch nicht fallenlassen. Nicht mal Whittaker. Und wir haben noch nichts von Duke gehört."

Willie warf einen Blick auf die Tür, doch sie öffnete sich nicht.

„Ich werde weiter bei Lord Farnsworth ermitteln", sagte Cyclops. „Ich werde herausfinden, wo die Geliebte wohnt."

„Das wird Catherine nicht gefallen", sagte Willie mit einem Trällern in der Stimme.

„Das hat mit Catherine überhaupt nichts zu tun. Außerdem sind sie und ich nicht … zusammen."

„Noch nicht."

Er spießte eine Scheibe Rinderbraten auf und warf ihr einen vernichtenden Blick zu.

„Ich kann auf jeden Fall bei Whittaker einbrechen", sagte Matt. „Er hat nur eine Haushälterin, die bei ihm wohnt. Whittaker geht tagsüber zur Arbeit, darum muss ich nur warten, bis sie geht, und das Schloss knacken."

„Was, wenn die Nachbarn es sehen?", fragte ich.

„Ich dringe durch die Hintertür ein."

„Guter Plan", sagte Willie mit einem Nicken.

„Und was ist mit mir?", fragte ich. „Was soll ich tun, während ihr alle einen Weg in die Häuser unserer Verdächtigen findet?"

„Zu Hause bleiben und dir Sorgen machen", sagte Willie. „Darin bist du echt gut."

Eine bessere Idee nahm Gestalt an, aber ich musste darüber noch weiter nachdenken, bevor ich sie erwähnte.

Bristow trat ein und reichte Matt eine Nachricht, ehe er sich zurückzog und die Tür schloss.

„Die kommt von Duke", sagte Matt, der las. „Da steht, dass man ihn heute Abend nicht zurückerwarten soll."

„Überhaupt nicht?", fragte Cyclops.

„Gib mir das mal." Willie schnappte sich die Notiz von Matt. „Huh. Da steht nichts Konkretes. Ich schätze, das bedeutet, wir sollten ihn nicht zum Abendessen erwarten." Sie legte die Nachricht ab und zog den Teller mit Bratenscheiben dichter heran. „Mehr für uns, was, Cyclops?"

Cyclops und Matt wechselten einen Blick. Sie lächelten beide.

* * *

Duke kam schließlich am folgenden Morgen während des Frühstücks nach Hause. Er begrüßte uns mit einem Lächeln und ging direkt zum Büffet. „Ich verhungere", erklärte er.

„Wo warst du denn?", fragte Willie. „Hast du ein gutes Pokerspiel gefunden?"

„Ich war bei Petronella. Also Mrs. Rotherhide."

„Der vertrockneten alten Witwe? Himmel, Duke, ich dachte, du hättest Standards."

Er lachte leise, während er sich Kaffee aus der Kanne einschenkte. „Sie ist nicht alt und vertrocknet. Sie ist in den frühen Dreißigern und sehr witzig." Er lehnte sich an das Buffet zurück und lächelte in seine Tasse.

Cyclops klopfte ihm auf die Schulter, während er vorbeiging.

„Du hast Glück, dass Letty nicht hier ist", sagte Willie. „Sie wäre schockiert. Sieh dir India an. Sie ist rot wie ein Radieschen."

„Bin ich nicht", erklärte ich. „Derzeit entsetzt mich nur noch wenig. Das Leben mit euch hat mich von meiner Prüderie geheilt."

Willie schnaubte.

Duke wurde rot, aber sein Lächeln ließ nicht nach. Er stapelte Sachen auf seinen Teller und setzte sich neben mich, dann verspeiste er sein Frühstück mit Genuss.

Willie sah ihm zu. „Du sitzt einfach nur hier und isst, als hättest du nichts Törichtes getan?"

„Töricht?", fragte Duke.

Sie warf die Hände in die Luft. „Sie ist eine Verdächtige. Sie könnte eine Diebin sein." Plötzlich schnippte sie mit den Fingern und deutete auf Duke. „*Darum* hast es getan. Um an sie ranzukommen und herauszufinden, ob sie eine magische Sammlung hat und ob sie in der Nacht des Diebstahls aus war. Gute Arbeit,

Duke. Ich hätte nicht gedacht, dass du dazu fähig bist, so gerissen zu sein. Nicht, wenn es um Frauen geht."

„Ich habe die Nacht nicht mit ihr verbracht, um Informationen zu bekommen. Sie hat mir alles erzählt, was ich wissen musste, bevor wir uns … näher kennenlernten."

Willie setzte sich zurück und starrte ihn an. „Hmm."

Duke grinste mit dem Mund voller Würstchen. Sobald er geschluckt hatte, trank er seinen Kaffee und schnitt seinen Speck, während ihn Willie die ganze Zeit mit verschränkten Armen und einem finsteren Gesicht anstarrte. Mein Mitleid war ganz bei ihr, während mein Frust mit jeder Sekunde größer wurde.

„Sie hat eine Sammlung, wie es sich erweist", sagte er schließlich. „Ich gab vor, ein reisender Amerikaner zu sein, der ein Interesse an Magie hat, und ihren Namen von einem Bekannten erfahren hätte, der behauptete, sie hätte einige interessante Dinge in ihrer Sammlung. Ich habe darauf angespielt, dass ich sie gerne sehen würde, aber sie hat den Hinweis nicht verstanden. Ich habe auch herausgefunden, dass sie am Abend des Diebstahls zu Hause war, auch wenn sie früher am Tag aus war."

„Das heißt nicht, dass sie niemanden angeheuert hat, um das Diadem zu stehlen", sagte Cyclops.

„Das stimmt. Aber ich kann einen Charakter gut einschätzen, und ich halte sie nicht für eine Diebin."

Willie verdrehte die Augen. „Aber natürlich sagst du das."

„Warum?", fragte Duke.

„Weil du nicht denkst. Auf jeden Fall nicht mit deinem Hirn. Sie könnte dir Sand in die Augen streuen."

Duke seufzte und wandte sich wieder seinem Essen zu. „Warum sollte sie das tun? Petronella weiß nicht, dass ich nach dem Diadem gesucht habe. Wir haben darüber gesprochen. Sie fragt sich, wer der Lord ist, dem es gehört, und sie schätzt, dass eine Menge Sammler daran interessiert wären, nachdem sie diesen Artikel gelesen haben."

„Darunter sie?", fragte ich.

Er schüttelte den Kopf. „Sie sagt, ihr verstorbener Mann wäre der Sammler gewesen, und sie würde sich die Dinge nun kaum noch ansehen. Sie wirkte nicht interessiert an den Gegenständen, die ihr bereits gehörten, ganz zu schweigen davon, sich neue anzuschaffen. Ich glaube, wir können sie von der Liste streichen."

Matt, Cyclops und ich stimmten zu.

Willie schlug den oberen Teil ihres gekochten Eis mit einem Hieb ihres Messers ab. „Ich schätze, man muss noch weiter bei ihr ermitteln."

„Guter Punkt." Duke zwinkerte ihr zu. „Ich mache es."

Willie verdrehte die Augen.

Cyclops beendete sein Frühstück und ging, um seine Pflichten als Lord Farnsworths Kutscher aufzunehmen. Der Butler hatte ihm gesagt, dass er sich nicht beeilen musste, da seine Lordschaft niemals vor dem Mittagessen aufstand. Er brach mit einem Sack voller Habseligkeiten auf, um vorübergehend über den Stallungen von Farnsworth einzuziehen.

Eine kurze Weile später brach auch Matt auf, da er vorhatte, in das Wohnhaus von Sir Charles Whittaker einzubrechen. Er trug einen dunklen Anzug und einen Hut und packte seine Werkzeuge zum Schlösserknacken ein.

„Was ist mit uns?", fragte Willie. „Was werden wir anstellen?"

„Ich werde Mrs. Delancey einen Besuch abstatten", sagte ich. „Du kannst zu Hause bei Tante Letitia bleiben. Sie hatte gestern einen Anfall, also streng sie bloß nicht zu sehr an."

Sie verschränkte die Arme und trat nach dem Stuhlbein. „Ich will auch ermitteln."

Ich wandte mich ab, doch mein Gewissen ließ mich nicht gehen. Ich seufzte. „Du kannst mit mir Mrs. Delancey besuchen, wenn du möchtest."

„Ich hole meinen Hut."

„Lass deine Waffe zu Hause", rief ich ihr nach, während sie die Stufen hinauflief.

* * *

Ich beschloss, die beste Art, die Landers kennenzulernen, wäre eine Vorstellung durch eine gemeinsame Bekannte. Obwohl es mir nicht gefiel, einen Gefallen von Mrs. Delancey zu erbitten, wollte mir keine andere Möglichkeit einfallen. Sie war erfreut, mich zu empfangen, betrachtete Willie aber mit einer Haltung entsetzter Neugier.

„Mr. Glass' Cousine, sagen Sie", flüsterte sie mir zu, während Willie im Salon herumlief und die Gegenstände inspizierte, von denen, wie ich wusste, manche magisch waren. „Wie ... erfreulich. Ach, legen Sie das hin, Miss Johnson", rief sie, als Willie den eisernen Schlüssel nahm, den Fabian genutzt hatte, um sich aus dem Gefängnis zu befreien. „Der Schreiner fertigt eine Glasvitrine dafür an, aber die kommt erst nächste Woche."

Willie warf den Schlüssel hoch und fing ihn auf.

Mrs. Delancey hielt die Finger hoch, als wolle sie ihn fangen, obwohl sie zu weit entfernt war. „Wenn Sie mir den geben könnten ..."

Willie reichte den Schlüssel Mrs. Delancey. Mrs. Delancey versteckte ihn in ihrer Faust und vergrub die Faust in ihren Rücken.

„Sie haben einige schöne Sachen", sagte Willie, die mit der Hand auf einen Tisch wies, auf dem sich Statuetten ägyptischer Anmutung drängten, ein ausgestopfter Vogel, eine Blumenvase, drei Bilderrahmen, ein Buch und ein Fächer. „Wie viele davon enthalten Magie?"

„Eine große Anzahl", sagte Mrs. Delancey schwach. „Wenn Sie sich vielleicht hinsetzen möchten, Miss Johnson. Bald kommt der Tee."

„Ich schaue mich um, bis es so weit ist."

„Mr. Glass' Cousine, sagen Sie", murmelte Mrs. Delancey noch einmal. „Sie ähneln sich überhaupt nicht."

Ich lachte. „Zum Glück."

Der Tee kam, und Willie setzte sich endlich, sehr zu Mrs. Delanceys Erleichterung. „Was für eine angenehme Überraschung das doch ist, India. Unsere Begegnungen scheinen in letzter Zeit aus heiterem Himmel zu erfolgen." Sie reichte mir eine Tasse. „Haben Sie mit Sir Charles über das gestohlene Diadem gesprochen? Nicht, dass er etwas darüber wissen sollte. Er ist kein Dieb, genauso wenig wie ich." Sie gab ein plätscherndes Lachen von sich und nippte.

„Wir haben mit ihm gesprochen."

„Sie sollten wegen des Diebstahls näher an der Quelle suchen", sagte Mrs. Delancey.

Willie ließ mit einem lauten Klappern ihre Teetasse auf die Untertasse fallen. „Werfen Sie *uns* vor, das Diadem gestohlen zu haben?"

„Nein!", rief Mrs. Delancey. „Überhaupt nicht. Ich dachte an jemanden, der dem Besitzer des Diadems nahesteht. Den Bruder zum Beispiel. Er könnte glauben, dass es rechtmäßig ihm gehört."

„Warum sollte er etwas stehlen, das er vermutlich bald erben wird?"

Mrs. Delancey beugte sich vor, jeder Körperteil angespannt wie ein Bluthund, der die Fährte des Fuchses aufnahm. „Also *ist* der Anspruch rechtmäßig?"

„Das habe ich nicht gesagt", murmelte Willie in ihre Teetasse.

Ich versuchte sie anzufunkeln, aber sie schaute nicht in meine Richtung.

Mrs. Delancey drückte sich die Hand an die Brust. „Das ist faszinierend. Mr. Delancey wird endlos lachen, wenn ich es ihm erzähle. Wir haben keine Sympathie für die oberen Klassen. Sie verhalten sich hochnäsig gegenüber Leuten wie uns, obwohl wir reicher sind als die meisten von ihnen. Sie machen Geschäfte mit meinem Mann, wenn sie müssen, aber sie laden uns niemals zum Dinner ein. Sie glauben, wir sind nicht besser als Handwerker, einfach weil Mr. Delancey arbeitet. Lord Coyle und Louisa sind unsere einzigen Freunde unter den Adligen, und manchmal glaube ich, dass auch sie auf uns herabschauen. Sagen Sie mir, India, wer ist es?"

„Ich kann es nicht sagen", erwiderte ich.

Mrs. Delancey wandte sich an Willie. „Ich gebe Ihnen hundert Pfund, Miss Johnson, wenn Sie es mir sagen."

„Nein", sagte Willie.

„Zweihundert."

Willie griff nach einem Stück Biskuitkuchen. „Ich brauche kein Geld. Warum wollen Sie es überhaupt wissen?"

„Um ihm anzubieten, ihm das Diadem abzukaufen – oder seinem Bruder –, wenn es natürlich wiedergefunden wird. Ich habe großes Vertrauen in Indias Fähigkeiten, den Dieb zu fangen und das Diadem wieder aufzuspüren."

„Sie werden einfach warten müssen, bis sein Name in den Zeitungen erscheint", sagte Willie.

„Aber dann werden alle mit einem Interesse an Magie auf seiner Schwelle stehen und ihm anbieten, das Diadem zu kaufen."

„Ein Glück für ihn"

Mrs. Delancey seufzte. „Es wird ein kleines Vermögen kosten. Ein magisches goldenes Diadem wird jedermanns Sammlung tausendfach verbessern. Stellen Sie sich den Wert in fünf Jahren vor!"

„Wer unter Ihren Sammlerfreunden könnte es sich leisten, richtig darauf zu bieten?", fragte ich.

„Außer uns? Lord Coyle. Louisa – aber sie sammelt keine Gegenstände. Ihr Interesse liegt eher bei Zaubern und Theorien, wie bei Professor Nashs auch."

„Was ist mit Lord Farnsworth?"

Sie schüttelte den Kopf. „Der Großteil seines Reichtums ist an sein Anwesen gebunden. Er hat nicht viel, mit dem er um sich werfen kann."

Willie nickte nachdenklich. „Es ist vermutlich ziemlich teuer, sich eine nubische Prinzessin zu halten."

„Ist das eine Art Statue?"

„Ja", sagte ich rasch. „Und Mr. und Mrs. Landers? Könnten Sie anbieten, das Diadem zu kaufen? Ich habe gehört, dass sie ganz gut dastehen."

Mrs. Delancey nippte an ihrem Tee, den Blick gesenkt.

„Stehen sie gut da?", drängte ich.

„Ich sollte nicht tratschen."

„Dass es kein Tratschen", versicherte ihr Willie. „Es ist eine nette Unterhaltung unter Freundinnen. Wir verbreiten doch keine Gerüchte, oder, India?"

„Auf gar keinen Fall", sagte ich. „Alles, was Sie uns erzählen, wird geheim bleiben."

Mrs. Delancey stellte ihre Tasse ab. „Die Landers sind in unserem engsten Kreis. Sie sind nicht nur Mitglieder des Clubs der Sammler, sondern Mr. Landers und mein Mann sind beide im Finanzgeschäft. Wir treffen sie gesellschaftlich sehr häufig. Ihnen fehlte es niemals an etwas. Sie hatte immer die schönsten Kleider und Edelsteine, und er hat die modernsten Kutschen und die besten Pferde. Bis vor einem Jahr wohlgemerkt. Da haben sie angefangen, ihre Besitztümer in London zu verkaufen, wie ein Hund, der Wasser aus einem Fell schüttelt. Meinem Mann fiel auf, dass die Grundstücke in regelmäßigen Abständen auf den Markt kamen, und manchmal für weniger weggingen, als sie wert waren, damit sie rasch verkauft werden konnten."

„Wissen Sie, weshalb sie in finanzielle Schwierigkeiten gerieten?", fragte ich.

„Sehr wahrscheinlich Spielschulden, aber wir wissen es nicht sicher."

Also konnten es sich weder die Landers noch Lord Farnsworth leisten, das Diadem auf rechtmäßigem Weg zu erstehen. Darum waren sie wohl überhaupt erst auf Lord Coyles Liste gelandet.

„Würden Sie mich Mrs. Landers vorstellen?", fragte ich.

„Es wäre mir eine Freude. Ach, ich weiß! Sie geben morgen Abend eine Soirée. Ich bin sicher, sie wäre erfreut, Sie wiederzutreffen."

„Wieder?"

„Wissen Sie das nicht mehr? Sie sind ihr schon einmal begegnet, zusammen mit etlichen anderen weiblichen Mitgliedern unserer kleinen Sammlergruppe. Sie war diejenige, die eine Diamanttiara trug. Ein wenig dick aufgetragen für eine so einfache Versammlung, aber so ist Dorothea eben. Weshalb wollen Sie die Landers kennenlernen?"

„Sie tun mir ein bisschen leid", sagte ich. „Sie haben so viel verloren, und ich dachte, ich könnte etwas von meiner Magie in eine ihrer Uhren geben. Dann fühlen sie sich vielleicht besser mit ihrer misslichen Lage."

Ich konnte spüren, wie Willies starrer Blick sich in mich hineinbohrte, ohne Zweifel mit Fragen, was meine schwache Ausrede anging. Zum Glück ahnte Mrs. Delancey nichts.

„Wie liebenswert von Ihnen", sagte sie. „Sie haben ein gutes Herz, India. Ich bin mir sicher, sie werden erfreut sein." Sie legte mir eine Hand auf das Knie, und ihr Lächeln verfinsterte sich.

„Sorgen Sie dafür, sie nicht wissen zu lassen, dass Sie über ihre schlimme Lage Bescheid wissen."

„Das mache ich."

Sie tätschelte mir das Knie und lehnte sich zurück. „Ich habe an dieses Diadem gedacht, seit dem Zeitpunkt, als Sie mir erzählt haben, dass es gestohlen wurde. Mr. Delancey und ich haben gestern Abend darüber geredet. Er glaubt, wer immer es gestohlen hat, hatte den richtigen Gedanken."

Ich erstickte beinahe an dem Tee, an dem ich nippte. „Wie bitte?"

„Eine heftige Abfolge von Geboten, so wie Sie es angesprochen haben, India, kommt sehr wahrscheinlich nicht zum Tragen. Ein Gegenstand, der so wertvoll wie das Diadem ist, hat auch sentimentalen Wert und würde niemals zum Verkauf stehen. Man könnte es nur in die Finger bekommen, wenn man es stehlen würde. Schade", murmelte sie in ihre Teetasse.

Später, als Willie und ich in der Kutsche saßen, sagte sie: „Ich habe so ein Gefühl, dass sie enttäuscht ist, nicht selbst auf die Idee gekommen zu sein, es zu stehlen."

„Ich auch. Gestern war sie entsetzt, als wir angedeutet haben, dass sie es vielleicht gestohlen hat. Sie ist eine Scheinheilige."

„Das stellt Geld eben mit manchen Leuten an, India. Da tun und sagen sie komische Sachen. Wie diese Witwe, Mrs. Rotherhide." Sie wandte sich zu mir mit einem besorgten Stirnrunzeln und ernstem Blick. „Wenn sie reich und jung und witzig ist, wozu braucht sie dann Duke? Sie kann jeden Mann haben."

„Duke ist nett und süß. Er ist auch attraktiv und stark."

Sie knurrte.

„Vielleicht gefällt ihr auch, dass er Amerikaner ist und zur Arbeiterklasse gehört. Manche Frauen ihres Standes finden das interessant, begehrenswert."

Sie rümpfte die Nase. „Siehst du, was ich meine?" Sie ließ den Finger an der Schläfe kreisen. „Ich halte das für keine gute Idee, dass Duke sich mit ihr einlässt."

„Weil sie vielleicht verrückt ist?"

„Weil sie eine Verdächtige ist."

„Ich dachte, wir wären übereingekommen, dass sie das nicht

ist. Duke hat Ihre magische Sammlung gesehen, und das Diadem war nicht dort."

„Sie könnte es an anderer Stelle verstecken", sagte Willie.

Ich ließ die Stille ein paar Sekunden anhalten, damit meine nächsten Worte stärker wirkten. „Ich glaube, du bist eifersüchtig."

„Auf Duke? Ich bin der Frau noch nicht mal begegnet, wie kann ich da auf ihn eifersüchtig sein?"

Ich lachte. „Ich meinte eifersüchtig auf *sie*. Ich glaube, du hast für Duke immer noch ein bisschen was übrig."

„Du bist ja verrückt. Ich und Duke kennen uns schon ewig. Wenn ich ihn wollen würde, hätte ich ihn haben können."

„Ich schätze schon."

„Dein Problem ist, dass du romantisch bist. Du willst, dass alles abgeschlossen ist, mit einer ordentlichen Schleife dran, besonders Beziehungen. Du und Matt, Cyclops und Catherine, ich und Duke oder ich und Jasper. Aber Beziehungen sind nicht ordentlich. Sie sind ein Schlamassel. Du musst einfach lernen, diesen Schlamassel in die Arme zu schließen, India. Wie ich."

Manchmal war Willie ein äußerst seltsames Wesen. Und manchmal sprach sie vernünftiger als jeder sonst.

# KAPITEL 9

Am frühen Nachmittag traf eine Nachricht von Cyclops ein. Sie enthielt die Adresse von Lord Farnsworths Geliebter, einer Miss Angelique L'Amour.

„Das ist nicht ihr echter Name", sagte Willie. „Ich wette, sie hat auch noch einen falschen Akzent. Den haben doch alle Huren."

„Sie ist eine Kurtisane, keine Hure", sagte ich.

Tante Letitia spähte mich über ihre Brillengläser hinweg an, und Willie zog eine Augenbraue hoch.

„Auf jeden Fall, woher weißt du, dass es ein falscher Name ist?", fragte ich. „Falls Lord Farnsworth exotische Frauen mag, könnte sie Französin sein."

„Frankreich ist kein exotisches Land, India", sagte Tante Letitia, die zu ihrem Buch zurückkehrte.

„Bei uns zu Hause haben alle Huren französischen Namen, und manche sprechen auch mit einem schlimmen Akzent", sagte Willie. „Sie glauben, dadurch wirken sie gebildeter."

„Fallen Männer darauf rein?", fragte ich.

„Die Dummen schon, und von denen gibt es viele."

Tante Letitia blätterte mit einem ausladenden Fingerwischen die Seite um. „Ändert bitte das Thema. Vorzugsweise zu einem, in dem es nicht um Prostitution geht."

„Kann ich nicht", sagte Willie. „Lord Farnsworth hat sich

eine Mätresse angeschafft, und jetzt haben wir ihre Adresse. Willst du sie besuchen, India?"

„Nein!", rief Tante Letitia, bevor ich etwas erwidern konnte. „India wird keine Hure aufsuchen."

„Kurtisane", verbesserte ich. „Und du hast recht, Tante Letitia. Ich bin mit dem zukünftigen Lord Rycroft verheiratet und sollte keine Frauen wie Angelique L'Amour aufsuchen."

„Vielen Dank." Sie schoss Willie ein triumphierendes Lächeln zu.

Willie sank im Sessel zusammen und inspizierte fünf Minuten lang ihre Fingernägel. Als sie schließlich wieder in meine Richtung schaute, zwinkerte ich ihr zu und wies mit dem Kopf in Tante Letitia Richtung.

Willie richtete sich gerade auf. „Ich werde mal bei Jasper vorbeischauen."

„Wundervoll", sagte ich. „Kannst du ihn auf den neuesten Stand bringen, was unsere Ermittlungen in Sachen verschwundenes Diadem angeht? Ich weiß, dass er nicht für den Fall verantwortlich ist, aber wir sollten ihn einbinden, wenn man bedenkt, dass Magie eine Rolle spielt."

Willie rümpfte die Nase. „Ich weiß nicht, ob ich mir alles merken kann, was ich ihm sagen soll. Es gibt eine Menge Verdächtige und sehr viele Informationen."

„Dann komme ich mit dir."

Tante Letitia ahnte nichts, als Willie und ich gemeinsam das Wohnzimmer verließen.

„Gut gemacht", sagte ich, während wir die Stufen hinabgingen. „Du hast bestens verstanden, was du sagen solltest."

„Das liegt daran, dass du und ich uns ähnlich sind. Unterschiedlich, aber ähnlich." Sie schob ihren Arm durch meinen. „Wie Erbsen und Schoten. Holz und Nägel. Kugeln und Pistolen."

„Das sind die schlimmsten Analogien, die ich jemals gehört habe."

„Was erwartest du denn von einem ungebildeten Scharfschützen-Cowgirl, das ohne Sattel reitet?"

* * *

Angelique L'Amours Räumlichkeiten befanden sich über einem Metzger in der von Geschäften gesäumten Pimlico Street. Die geschäftige Straße wimmelte vor Betriebsamkeit an diesem sonnigen Donnerstag, während Fußgänger an der einfachen schwarzen Tür vorbeigingen, ohne auch nur einen Blick darauf zu werfen.

„Es ist abgeschlossen", sagte Willie, nachdem sie den Türknauf probiert hatte. „Ich sagte doch, dass sie eine Gefangene ist."

„Natürlich ist abgeschlossen", sagte ich. „Was für eine Frau lebt denn allein und lässt ihre Eingangstür unverschlossen?"

Sie klopfte, doch es kam keine Antwort.

„Vielleicht hat sie es nicht gehört", sagte ich.

Sie klopfte noch einmal lauter, aber immer noch kam keine Antwort. „Ich habe recht, India, und das weißt du auch. Sie wird von dem Schnösel gegen ihren Willen festgehalten. Ich werde die Tür eintreten."

„Das tust du nicht", zischte ich und schaute mich um.

Ein paar Leute starrten uns an, während sie vorbei marschierten, aber es war schwer zu sagen, ob das daran lag, dass wir uns hier herumdrückten, oder weil Willie eine Frau war, die Männerkleidung trug. Ein junger Mann in einer blutigen Schürze spähte durch das Fenster der Metzgerei. Er richtete die zur Schau gestellten Fleischstücke und Würste neu an, dann arrangierte er sie noch einmal um, ganz langsam.

„Es gibt zu viele Zeugen", sagte ich. „Wir kehren später zurück. Oh, warte mal."

Aus dem Süden kam eine Frau mit ebenholzfarbener Haut näher. Sie war sehr hübsch, mit sinnlichen Lippen und großen, tiefbraunen Augen, die aus einem zarten herzförmigen Gesicht blickten. Ihr violettes Kleid konnte kaum ihre Brust bändigen, zeigte aber auch ihre winzige Taille. Ihre Proportionen schienen der Natur zuwiderzulaufen, und ich fragte mich, wie sie auch nur atmen konnte, wenn ihr Korsett derart zugeschnürt war. Sie hatte einen Schlüssel in einer Hand und einen voll beladenen Korb in der anderen. Unter einem Tuch schaute das Ende eines Brotlaibs hervor.

„Guten Nachmittag", sagte sie mit einem dick aufgetragenen Akzent. „Kann ich Ihnen helfen?"

„Sind Sie Miss L'Amour?", fragte ich.

„*Oui*. Und Sie sind?"

„Mein Name ist Mrs. Glass, und das ist meine Freundin, Miss Johnson. Wir sind von der Pimlico-Frauenschutzgesellschaft, einer wohltätigen Einrichtung, die junge Frauen zurückholen will, die den Pfad der Tugend verlassen haben. Wir wollen Ihnen helfen." Es war meine Idee gewesen, vorzugeben, dass wir von einer Wohltätigkeitsorganisation waren, aber Willie hatte es nicht gefallen. An der Art, wie Miss L'Amours Rückgrat sich versteifte, hätte ich vielleicht auf Willie hören sollen.

„Ich brauche Ihre Hilfe nicht", sagte Miss L'Amour.

„Vielleicht können wir bei einer Tasse Tee plaudern."

„Treten sie zur Seite, *s'il vous plaît*."

Willie bewegte sich, um den Eingang zu verstellen. „Werden Sie gegen Ihren Willen festgehalten?"

„*Pardon?*"

„Gegen Ihren Willen, von Ihrem Häscher?"

Miss L'Amour sprach rasch in einer Sprache, die Französisch für mich klang, aber auch ausgedacht hätte sein können. Ich wünschte, ich hätte Fabian mitgebracht.

„Dieser gespielte Akzent mag ja vielleicht Farnsworth täuschen, aber uns legt er nicht herein", sagte Willie.

Miss L'Amour presste die Lippen aufeinander. „Ihre falschen Kleider täuschen mich nicht. Sie sind eine Frau. Eine dumme Frau."

Willie neigte das Kinn nach vorne. „Wie kommen Sie denn darauf?"

„Weil Sie nicht sehen, was direkt vor Ihren Augen liegt." Sie schnalzte mit der Zunge. „Kommen Sie rein. Sie machen eine Szene."

Sie schloss die Tür auf und führte uns die steilen Stufen hinauf in den Salon darüber. Es war ein gemütlicher Raum, groß genug für nur ein Sofa, einen Sessel und einen Beistelltisch. Die dicken Brokatvorhänge, die tief burgunderroten Polstermöbel und die rauchig rosaroten Kissen verliehen dem Zimmer ein gemütliches, doch elegantes Gefühl.

Miss L'Amour stellte den Korb neben einem kleinen Gasbrenner auf einem Tisch in einem Nebenraum ab, der auch als Speisekammer zu dienen schien. Eine zweite Tür führte in ein Schlafzimmer, in dem ein riesiges Himmelbett mit vier Pfosten stand, bedeckt von einer meergrünen Samtdecke und etlichen Kissen. Es war nicht gemacht. So ein großes Bett hätte man nicht diese engen Stufen heraufbringen können. Es war wohl im Schlafzimmer zusammengebaut worden.

Miss L'Amour erwischte uns dabei, wie wir in ihr Schlafzimmer spähten, und schloss die Tür. „Was wollen Sie?", fragte sie sanft.

„Wir wollen wissen, ob Ihr Herr Sie gut behandelt", sagte Willie.

Miss L'Amour empörte sich. „*Davide* ist nicht mein Herr. Oder mein Häscher. Er ist mein Geliebter." Sie hatte keine Bedenken, das zuzugeben. Wenn überhaupt war sie trotzig, forderte mich heraus, zu keuchen oder mein Entsetzen zu zeigen. Wenn sie nur gewusst hätte, was für einen Haushalt wir führten, hätte sie gemerkt, dass sehr viel mehr nötig war, um mich zu entsetzen.

„Gentlemen bezahlen ihre Geliebten nicht", sagte Willie. „Sie bezahlen ihre H…"

„Kurtisanen", ging ich dazwischen. „Sie bezahlen ihre Kurtisanen. Wir wissen, was Sie sind, Miss L'Amour, und das ist nicht unsere Sorge. Sie können leben, wie immer Sie es wünschen. Wir werden Sie nicht verurteilen."

Sie betrachtete Willie unter ihren dicken Wimpern hervor.

„Ich wollte nur sicherstellen, dass Sie nicht gegen Ihren Willen festgehalten werden", murmelte Willie.

Miss L'Amour lachte plötzlich, ein tiefes, fröhliches Geräusch, das ein Lächeln auf mein Gesicht zauberte. Sogar Willie errötete und lächelte dann fast. „Es ist sehr niedlich von Ihnen, sich Sorgen zu machen, Miss Johnson. Ich sehe schon, wo der Fehler entstand. Lassen Sie mich Ihnen versichern, mir geht es wirklich gut, und ich bin hier keine Gefangene. Man kümmert sich um mich." Sie deutete mit einer elegant träge gehobenen Hand auf den Raum. „Ich lebe jetzt hier besser, als ich es in *Paris* tat, wo *Davide* mich vor zwei Jahren fand. Ich habe mehr Glück als die meisten."

„Schon, aber Sie stehen ihm doch trotzdem noch jederzeit zur Verfügung", sagte Willie. „Sie müssen für ihn hier sein, wann immer er Sie will."

„Genauso wie jedes Mitglied des Personals, *non*? Oder eine Verkäuferin? Eine Gouvernante? Wir müssen alle an unserem Arbeitsplatz sein, wenn es nötig ist. Anders bin ich auch nicht." Sie nahm Willies Hand und fasste sie zwischen ihren beiden. „*Merci*, Miss Johnson. Ich danke Ihnen für Ihre Sorge, aber sie ist unnötig. Ich bin sehr zufrieden. *Davide* ist ein guter Mann. Ein wenig, wie Sie es sagen, *excentrique* und *romantique*, doch er ist freundlich. Nun, stellt Sie das zufrieden? Sind Sie überzeugt, dass ich Ihre Wohlfahrt nicht brauche?"

Ich wollte die List mit der Wohltätigkeitsorganisation fallen lassen, konnte mir aber im Eifer des Gefechts nichts anderes einfallen lassen. Sie klang nicht wie eine Frau, die ihren Geliebten betrügen würde, um ihm zu trotzen oder sich aus ihrem Arrangement zurückzuziehen. Versprechungen, sie aus seinen Fängen zu befreien, würden nur zu weiterem kehligem, fröhlichem Gelächter führen. Aber die Wahrheit würde auch nicht funktionieren. Sie brauchte Lord Farnsworth als Mäzen und würde uns nicht unterstützen, falls er des Diebstahls schuldig war.

„Wir sind zufrieden", sagte ich. „Wir sind auch erleichtert, zu hören, dass Sie niemand ausnutzt." Ich bemühte mich, mir etwas einfallen zu lassen, aber es war sinnlos. Diese Frau raubte mir die Nerven. Sie war so selbstsicher, so sinnlich und wunderschön. Ich fühlte mich neben ihr wie eine ungebildete Vogelscheuche.

Willie hüstelte und rieb sich über die Kehle. Ihr Husten wurde stärker, bis sie nach vorn gebeugt da saß und schreckliche Würggeräusche von sich gab. „Wasser", brachte sie gerade noch hervor.

„Ich habe Wein", sagte Miss L'Amour besorgt.

Willie nickte und drängte sie zu dem Raum, den sie als Küche nutzte. Als Miss L'Amour uns den Rücken zukehrte, wies Willie mit dem Kopf zur Schlafzimmertür.

Rasch öffnete ich sie und schaute mich um. Dieses Zimmer war mit sehr viel mehr Aufmerksamkeit ausgestattet worden als der Salon. Es war sehr feminin mit seinen geblümten Musselin-Bettvorhängen, die mit Schleifen und Quasten geschmückt waren. Von den Fenstervorhängen hingen passende Fransen, und eine Spitzendecke zierte den Ankleidetisch. Ein grün-goldener Perserteppich bedeckte Teile des Bodens. Ich rannte auf Zehenspitzen durch das Zimmer, schaute unter das Bett, in die Kommode und die Schubladen des Nachttisches. Ich versuchte es mit der großen Truhe am Fußende des Bettes, doch die war verschlossen. Verflixt. Das wäre der perfekte Ort, um gestohlene Gegenstände aufzubewahren.

Willie hustete noch einmal laut.

Ich kehrte in den Salon zurück, wo ich mich in einer Position auf dem Sofa niederließ, von der ich hoffte, sie würde es wirken lassen, als wäre ich die ganze Zeit da gewesen. Willie hielt Miss L'Amours Hand umfasst, ein Weinglas in der anderen. Miss L'Amours Rücken war immer noch mir zugewandt, doch es schien, als hätte sie ganz genau auf etwas gehört, das Willie ihr ins Ohr flüsterte.

Als Willie sich mir im Salon anschloss, sah Miss L'Amour ihr nach, ihr verhüllter Blick auf Willies Hinterteil gerichtet. Ich tat so, als würde es mir nicht auffallen, und hoffte, ich hatte meine Überraschung nicht verraten.

„Wir gehen lieber mal, India", sagte Willie.

Miss L'Amour hob ihren Blick zu meinem, dann neigte sie scheu den Kopf, verlegen, weil man sie erwischt hatte.

„Vielen Dank für Ihre Sorge", sagte Miss L'Amour. „Ihre Wohltätigkeit ist nett, aber für mich ist sie nicht."

„Das hören wir gerne", sagte ich.

Sie lächelte Willie schwach wissend an. „Leben Sie wohl, Miss Johnson. Ich sehe Sie später, ja?"

Willie wurde rot und nickte.

Ich wartete, bis wir auf dem Bürgersteig ankamen, aber ich konnte meine Neugier nicht länger zurückhalten. „Ihr beiden trefft euch?"

Willie war unterwegs zu Woodall und unserer wartenden

Kutsche, ihre Schritte lang und zielgerichtet. „Ich habe sie gebeten, sich heute Abend mit mir unten am Hafen zu treffen."

„Weshalb?"

„Sie hat mich mit diesen Kuhaugen angesehen."

„Kuhaugen?"

„Sie hat mit ihren langen Wimpern geklimpert. Kühe haben doch lange Wimpern."

„Ist mir nie aufgefallen."

„Ich habe sie gefragt, ob sie mich wiedertreffen will, und sie sagte Ja, aber nicht hier." Willie öffnete die Kutschtür und stürzte sich mehr oder weniger hinein, so rasch wollte sie aufbrechen. „Angelique glaubt ..."

„Angelique? Ihr nennt euch bereits beim Vornamen?"

Sie zuckte mit den Schultern. „Angelique glaubt, dass Lord Farnsworth den Metzgerjungen bezahlt, damit er ihr von allen Besuchern berichtet, die sie bekommt. Dass du heute bei ihr warst, ist nicht so schlimm. Sie kann ihm sagen, du wärst eine befreundete Hure."

Ich stöhnte.

„Aber wenn jemand, der wie ein Mann gekleidet ist, abends allein kommt, wird es Farnsworth nicht gefallen", fuhr Willie fort. „Ich habe dir doch gesagt, dass sie eine Gefangene ist."

„Sie ist keine Gefangene. Nachts sollte ohnehin keine Frau Besuch von Gentlemen bekommen. Du weißt aber, dass du dieses Problem umgehen könntest, indem du ein Kleid trägt."

Sie verzog das Gesicht. „Das ist niemand wert. Außerdem glaube ich, dass ich ihr in dem hier gefalle."

Wenn man nach der Hitze in Miss L'Amours Blick ging, als sie Willie nachgeschaut hatte, neigte ich zur Zustimmung.

Willie ließ sich mit einem Lächeln in der Ecke der Kabine nieder. „Du musst zugeben, ich habe mich da drin gut angestellt. Ich habe dir nicht nur die Gelegenheit verschafft, dich im Schlafzimmer umzusehen, sondern es organisiert, sie herauszulocken, sodass Matt heute Nacht einbrechen kann."

„O! *Deshalb* triffst du dich mit ihr am Hafen."

Sie runzelte die Stirn. „Warum hast du denn gedacht?"

Ich zuckte mit den Schultern. „Du magst schöne Frauen; sie

ist eine schöne Frau. Sie ist, äh … für den richtigen Preis verfügbar."

Willie zog den Hut nach vorne, damit er über ihren Augen lag, verschränkte die Arme und lächelte. Ich bezweifelte, dass der einzige Grund, Miss L'Amour am Hafen zu treffen, der war, dass sie sie aus dem Apartment locken wollte.

* * *

MATT UND DUKE KEHRTEN ZURÜCK, einige Zeit, bevor der Gong zum Abendessen erklang, was uns die Gelegenheit gab, Berichte auszutauschen, bevor wir in das Speisezimmer gingen. Da Tante Letitia heute Abend mit uns speiste, waren alle Gespräche über Ermittlungen tabu. Außerdem würde Matt ihr nicht erzählen wollen, dass er in Häuser eingebrochen war, und ich wollte nicht, dass sie erfuhr, dass Willie sich später noch mit einer Kurtisane am Hafen traf. Während Tante Letitia sich zum Abendessen umzog, nutzten wir übrigen die Gelegenheit, uns in der Bibliothek zu treffen. Nur Cyclops fehlte.

Obwohl er gesagt hatte, dass er noch einmal bei Mrs. Rotherhide ermitteln würde, war Duke tatsächlich den ganzen Tag bei Matt geblieben und hatte Sir Charles Whittakers Wohnhaus beobachtet. „Whittaker ist gleich in der Früh gegangen", sagte Duke. „Sofort, nachdem die Haushälterin gekommen ist."

„Ich dachte, sie wohnt dort", sagte ich.

„Es scheint nicht so." Matt reichte Duke und Willie je ein Glas Kognak. Das war das andere, was Tante Letitia nicht gefallen hätte – Schnaps zu trinken, bevor zu Abend gegessen wurde. Ihr zu Ehren lehnte ich ab, und auch Matt hielt sich zurück.

„Es dauerte ewig, bevor sie wieder aufbrach", fuhr Duke fort. „Aber bis dahin war schon die Reinmachefrau angekommen. Also warteten wir, bis auch die endlich ging. Da wir nicht wussten, wie lange uns blieb, bevor die Haushälterin zurückkehrte, sind wir echt schnell rein und wieder raus."

„Wir haben ohnehin nicht viel Zeit gebraucht", sagte Matt. „Es gab nur eine verschlossene Schublade in Whittakers Schreibtisch, und die konnten wir leicht öffnen. Sie enthielt die Kaufurkunde für die Kutsche und die Pferde, die er kürzlich erstanden hat, und außerdem weitere Empfangsbestätigungen für Möbel. Es gab keine Schlüssel, keine Tresornummern, keine Papiere, die auf andere Grundstücke hinweisen, wo er seine Sammlung vielleicht versteckt hält. Überhaupt keine Anzeichen für eine Sammlung."

„Was ist mit Geheimzimmern?", fragte Willie.

„Wir haben nach lockeren Bodenbrettern und hohlen Wandverkleidungen geschaut, falsche Schubladen und Abteile gesucht. Wir haben Möbel umgedreht, gemessen, ob die Räume zusammenpassen ... wir haben überall gesucht."

„Könnte ein Mechanismus sein, dem ihr noch nie begegnet seid", sagte sie. „Vielleicht ein Auslöser, der ein ganz schmales Paneel öffnet oder so was."

Matt zuckte mit den Schultern.

Duke wirbelte den Inhalt seines Glases herum. „Es war echt seltsam. Er hatte keine persönlichen Dinge dort, bis auf ein Bild von ihm mit einer älteren Frau. Könnte seine Mutter sein."

„Es gab keine Unterlagen zu Bankgeschäften", fügte Matt an. „Keine Urkunden für Beteiligungen, nicht mal Briefe."

„Wie seltsam", sagte ich.

„Er könnte einfach nur echt zurückgezogen sein", sagte Duke.

„Und keine Freunde oder Familie haben", fügte Willie an.

„Das ist ziemlich traurig", sagte ich. Hätte ich damals nicht Matt gefunden, wäre ich auch ohne Familie, und meine einzige Freundin wäre Catherine. Der Gedanke ließ es mir flau in der Magengrube werden. Armer Sir Charles.

„Was habt ihr beiden denn heute ausgeheckt?", fragte Matt. „Seid ihr im Park spazieren gewesen? Habt ihr eine Ausfahrt gemacht? Hast du dich mit Charbonneau getroffen?"

Willie streckte die Beine aus und verschränkte sie an den Knöcheln. „Wir haben unsere eigenen Ermittlungen durchgeführt. Wir lassen euch Jungs doch nicht den ganzen Spaß."

„Spaß?" Duke stieß ein lautes Lachen aus. „Den ganzen Tag auf den Beinen sein, bis das Haus leer ist, ist kein Spaß."

„Ich wünschte, du würdest mir sagen, wenn du ermittelst", sagte Matt zu mir.

„Du warst nicht da, als wir beschlossen haben, loszugehen",

erklärte ich ihm. „Und ich habe eine Nachricht bei Bristow gelassen."

„Und sie hatte mich." Willie hob ihr Glas zum Salut.

Duke knurrte. „Darum macht er sich ja Sorgen."

Willie streckte ihm die Zunge heraus.

„Wir haben Lord Farnsworths Kurtisane besucht", sagte ich.

„Wie ist sie denn?" Duke richtete seine Frage an Willie.

„Sie ist eine echte Schönheit", sagte Willie mit gewölbten Lippen.

„Sie wirkt nett", fügte ich mit einem betonten Funkeln zu Willie an. „Weshalb werden Frauen immer als erstes nach ihrem Aussehen bewertet? Schönheit spielt doch keine Rolle."

„Für die Huren von reichen Männern schon."

„*Kurtisanen*. Auf jeden Fall." Ich wandte mich zurück zu Matt, der uns mit einem Grinsen beobachtete. „Willie hat es geschafft, Miss L'Amour lange genug abzulenken, dass ich mich rasch im Schlafzimmer umschauen konnte, was vermutlich der einzige Raum ist, wo Farnsworth das Diadem verstecken könnte. Es war ein sehr kleines Apartment."

„Was hast du gefunden?", fragte Matt.

„Es gibt eine verschlossene Truhe am Fußende des Bettes. Da solltest du zuerst nachsehen."

„Wir haben es so eingerichtet, dass du heute Nacht einbrechen kannst", fügte Willie an.

„Wie?", fragte Duke.

„Indem ich Angelique aus ihrem Apartment locke. Ich treffe mich mit ihr um Mitternacht unten am Hafen."

„Bist du wahnsinnig? Sie ist eine Hure!"

„Kurtisane", sagte Willie schnaubend. „Und ich kann sie mir leisten."

„Weshalb am Hafen?", fragte Matt.

„Ich kann sie nicht hierherholen, oder? Auf jeden Fall war das alles, was mir zu diesem Zeitpunkt einfallen wollte."

„Was, wenn Farnsworth sie besucht und sie nicht da ist? Er wird Verdacht schöpfen. Wenn er für ihre Unterkunft bezahlt, wird er sie nicht teilen wollen."

Willie grinste. „Er will sie nicht mit einem Mann teilen. Ich wette, er hat nicht mal daran gedacht, sie mit einer Frau zu teilen."

„Pass auf an den Hafenanlagen", sagte Duke mit einem Kopfschütteln. „Da geht es nachts rau zu."

„Es ist gut beleuchtet, und die Bobbys halten die Augen nach Dieben offen, ignorieren aber die Huren, solange sie keinen Aufstand machen. Die reichen Händler wollen nicht das Risiko eingehen, dass ihre Waren aus den Lagern gestohlen werden."

„Duke und ich schauen uns in der Wohnung um, während sie ausgeht", sagte Matt. „Wir werden mit der Truhe beginnen."

„Für den Fall, dass er das Diadem überhaupt bei Angelique versteckt hat", fügte Willie an. „Es könnte bei ihm selbst zu Hause sein. Wir werden auf Cyclops warten müssen, damit der uns hineinbringt."

„Ich bin mir nicht ganz sicher, ob wir entschieden haben, dass wir in Lord Farnsworths Haus einbrechen", sagte ich. „Es gibt zu viele Bedienstete. Es ist zu gefährlich."

„Wie sonst sollen wir denn erfahren, ob er es da drin versteckt hat? Sag es ihr, Duke."

Duke wirkte enttäuscht, schaffte aber ein Schulterzucken, bevor er den Rest seines Glases austrank.

„Stimmt was nicht?", fragte Matt.

„Ich wollte später mit Mrs. Rotherhide zu Abend essen und dann die Nacht dort verbringen. Ich schätze, ich lasse sie besser mal wissen, dass ich es nicht schaffe."

„Schon wieder?" Willie schnaubte. „Hat sie dich noch nicht satt?"

„Du kannst immer noch hin", sagte ich. „Ich werde für Matt Schmiere stehen. Das habe ich schon mal gemacht. Es wird Spaß machen."

Matt kniff die Augen zusammen. „Spaß?"

Ich wedelte wegwerfend mit der Hand. „Unterhaltsamer, als hier zu warten und mir Sorgen um dich zu machen. Geh nur und triff dich mit Mrs. Rotherhide, Duke. Hab Spaß. Du auch, Willie. Sorg dafür, dass du Miss L'Amour so lange wie möglich beschäftigt hältst."

Willie grinste in ihr Glass. „Ich schätze, das kann ich."

„Oh, da ist noch was", sagte ich rasch, ein Versuch, mich von Willies Prahlerei abzulenken. „Mrs. Delancey hat Mrs. Landers gebeten, mich morgen Abend zu ihrer Soirée einzuladen. Die Einladung kam mit der letzten Post des Tages an. Du bist auch eingeladen, Matt."

* * *

NACH DEM ABENDESSEN brach Duke zu Mrs. Rotherhide auf, während Matt und ich uns mit Tante Letitia ins Wohnzimmer setzten. Willie hatte sich in ihr Schlafzimmer zurückgezogen. Bristow trat um zehn nach neun ein und kündigte an, dass Cyclops draußen wäre und mit uns zu sprechen wünschte. Matt und ich trafen ihn an Lord Farnsworths Kutsche, wo er allein bei den Pferden stand.

„Ich habe gerade Farnsworth zu seinem Club gebracht, wo er mit Freunden zu Abend speisen wird", sagte Cyclops. „Ich habe eine halbe Stunde, bevor wir ihn abholen müssen."

„Wo geht er danach hin?", fragte ich.

„Ich weiß es noch nicht, aber ich weiß, dass er nicht zu Hause ist. Laut seiner anderen Bediensteten geht er jeden Abend aus, sogar an Sonntagen."

„Wir wissen, dass er sich heute Nacht nicht mit seiner Mätresse trifft", sagte Matt. „Sie hat Willie gesagt, dass sie Zeit hat. Sie treffen sich am Hafen. Ich werde in ihrem Apartment nachschauen, während sie ausgeht."

Cyclops lachte leise. „Willie verschwendet keine Gelegenheit."

„Komm raus aus der Kälte", sagte ich. „Peter wird eine Weile die Kutsche bewachen. Du solltest etwas essen."

„Ich habe gegessen, bevor ich losgefahren bin. Farnsworth hat eine gute Köchin, aber nicht so gut wie Mrs. Potter."

„Das werde ich ihr auf jeden Fall sagen. Ohne Zweifel wird es bei deiner Rückkehr für dich extra Portionen geben."

Er ließ ein Grinsen aufblitzen. „Ich ziehe mal los und fahre eine Weile herum. Aber ich bin hergekommen, um euch zu erzählen, was ich über Farnsworth herausgefunden habe. Laut seinen Diener war Seine Lordschaft in den letzten beiden Wochen jeden Abend aus und kommt wirklich spät nach Hause, manchmal bei Dämmerung. Dass Farnsworth die ganze Zeit unterwegs ist, ist nichts Ungewöhnliches, aber ungewöhnlich an einer Nacht diese Woche war das, was am nächsten Tag geschah. Der Kutscher wurde ohne Vorwarnung oder Erklärung entlassen. Als ich fragte, an welchem Abend das gewesen wäre, sagte der Diener am Montag."

„Die Nacht, in der in Cox' Stadthaus eingebrochen und das Diadem gestohlen wurde", sagte Matt.

„Ich schätze, Farnsworth hat sich von seinem Kutscher zu Cox fahren und ihn warten lassen, während er dort eingebrochen ist. Später bekam er Angst, dass die Zeitungen es berichten würden, und der Kutscher vom Diebstahl lesen und erkennen würde, dass er dort seinen Herrn hingebracht hatte. Farnsworth wusste zu diesem Zeitpunkt nicht, dass Cox es aus den Zeitungen fernhalten wollte."

„Aber den Kutscher zu entlassen, hätte ihn doch nicht daran gehindert, es der Polizei zu berichten", sagte ich. „Tatsächlich wäre es doch wahrscheinlicher, dass er einen Bericht über den Mann erstattet, der ihn entlassen hat."

Cyclops schüttelte den Kopf. „Laut den anderen Bediensteten kann der Kutscher nicht lesen. Wäre er bei Farnsworth beschäftigt geblieben, hätte er vielleicht etwas über den Diebstahl von den anderen gehört, wenn sie davon gelesen hätten. Aber da er nicht beschäftigt ist, wird er nicht um Bedienstete herum sein, die über ihre Herren und Herrschenden tratschen. Es ist nicht leicht, noch eine Anstellung in der Stadt zu bekommen, wenn man keine Referenz von der letzten Arbeitsstelle hat. Vielleicht bekommt er monatelang keine Arbeit. Vielleicht findet er gar keinen Dienstherren mehr."

„Wir sollten nach dem Kutscher suchen", sagte Matt mit einem anerkennenden Nicken.

„Ich werde sehen, ob irgendeiner von den Dienern weiß, wohin er gegangen ist."

„Was ist mit den Schlüsseln, um in Farnsworths Stadthaus zu kommen?"

„Matt", warnte ich. „Du brichst da nicht ein."

„Ich werde sehen, was ich tun kann", sagte Cyclops.

„Sei vorsichtig", sagte ich zu ihm.

* * *

Die Straßenlaternen leuchteten sanft wie weit entfernte Monde. Die Nacht war still bis auf unsere Schritte auf dem Bürgersteig. Ein Spaziergang nach Mitternacht mit meinem Mann wäre ziemlich romantisch gewesen, hätte es die Aufgabe, die vor uns lag, nicht gegeben. Obwohl ich schon in Häuser eingebrochen war, hämmerte mein Herz, meine Haut fühlte sich kalt an. Ich würde mich niemals daran gewöhnen, aber ich war entschlossen, Matt meine Angst nicht zu zeigen.

Ich führte ihn zu der Metzgerei und deutete auf die Tür zu Miss L'Amours Apartment. Er nickte einmal und prüfte die Umgebung. Wir waren allein. Während des Tages hatte es auf dieser Straße vor Geschäftigkeit gewimmelt, aber nun war sie leer, ohne Menschen oder Verkehr. Ich betrachtete besonders den Metzgerladen. Wenn Miss L'Amour recht hatte, berichtete der Junge an Lord Farnsworth, wer kam und ging, daher würde ich eine Ablenkung schaffen müssen, damit Matt unentdeckt hinein konnte.

Die Metzgerei war in Dunkelheit gehüllt, die nächste Laterne spiegelte sich als unheimliche, körperlose Kugel im Fenster. Es gab keinerlei Anzeichen dafür, dass jemand im Inneren oder vor dem Laden war.

„Halt dein Messer in der Hand", flüsterte Matt. „Sei vorbereitet."

Ich nahm die kleine Klinge aus meiner Tasche und umklammerte sie fest. Dann sank ich in die Schatten in der Nähe von Miss L'Amours Tür.

Matt machte sich mit dem Schloss an die Arbeit und hatte es rasch geöffnet. Er schlüpfte hinein und verschwand, ließ die Tür leicht angelehnt. Ich musterte die Straße, versuchte, in der tiefen Dunkelheit etwas zu hören.

In der Ferne bellte ein Hund; ein Vogel krächzte; Kutschenräder rumpelten wie schwacher Donner am Ende der Straße, ehe sie wieder leise wurden.

Es war erneut still.

Meine Handflächen wurden feucht, meine Finger verkrampft, während ich fest das Messer in der Hand hielt.

Eine leichte Brise strich über meine Wange, und Staub wirbelte in den Straßen auf. Ich musterte die Straße, links und rechts, gegenüber. Die Schatten waren dicht, das Licht, das die Lampen warfen, armselig dünn.

Noch immer gab es kein Geräusch. Nicht einmal aus dem Inneren von Miss L'Amours Residenz.

Nicht einmal, als Matt herauskam. Mein Herz mir schlug bis in die Kehle, als er plötzlich wieder erschien.

Er schüttelte einfach den Kopf und nahm meine Hand. Das stete Streichen seines Daumens im Handschuh über meinen beruhigte meine Nerven. Wir waren in Sicherheit. Es war keine Falle. Miss L'Amour hatte nicht irgendwie erraten, dass wir heute Nacht einbrechen wollten, und uns hereingelegt, sondern war wirklich zu den Hafenanlagen gegangen, um sich mit Willie zu einem Rendezvous zu treffen.

Matt und ich gingen Hand in Hand wie verbotene Liebende, die sich zu einem Stelldichein wegschlichen.

* * *

EIN BESUCHER gleich nach Anbruch der Dämmerung war niemals willkommen. Noch viel weniger, wenn es ein Polizist war.

Bristow war bereits wach und blieb an der Tür, während er Peter schickte, um Matt zu holen. Wir beide warfen uns Hausmäntel über, ich über mein Nachtgewand, und er über nichts, und eilten die Stufen hinab.

Die bullige Gestalt eines großen Schutzmanns stand mit rotem Gesicht in unserer Eingangshalle, und er konnte keinem von uns in die Augen schauen. Ich hielt meinen Hausmantel am Kragen zusammen, doch er war fest zugeknöpft. Auch Matt zeigte keinerlei nackte Haut, bis auf seine Füße und Knöchel. Weshalb also so rot?

„Das tut mir leid, Sir, Madam", sagte der junge Schutzmann, der immer noch nicht von den Bodenfliesen aufsah. „Aber Ihr Name wurde genannt, und mir wurde aufgetragen, Sie zu holen."

„Mein Name wurde von wem genannt?", wollte Matt wissen.

„Der Frau, die wir gestern Nacht festgenommen haben. Sie hat darauf bestanden, dass wir gehen und Sie holen. Sie hat einen schrecklichen Aufstand gemacht, bis mein Sergeant nachgab und mich geschickt hat, sobald es hell wurde."

Entsetzen nistete sich in meiner Magengrube ein.

„Welche Frau?" An dem niedergeschlagenen Tonfall in Matts Stimme spürte ich, dass auch er die Antwort erriet.

„Ihr Name ist Willemina Johnson. Sie sagt, sie ist Ihre Cousine. Falls sie das nicht ist, sage ich es meinem Sergeant …"

„Das ist sie." Matt seufzte. „Was hat sie getan?"

Der Schutzmann verlagerte das Gewicht von einem Fuß auf den anderen, sein Gesicht wurde noch röter. „Ich würde das lieber nicht sagen, Sir. Nicht vor Ihrer Frau."

„Heraus damit", fuhr ich ihn an. Es war zu früh für Spielchen. Ich wusste nicht, was Willie getan hatte, aber ich war bereits wütend auf sie, da sie mich zu dieser nachtschlafenden Zeit aus dem Bett geholt hatte.

Der Schutzmann räusperte sich. „Sie … äh … sie hat geworben …"

„Das bezweifle ich", knurrte Matt. „Was immer Willie ist, sie ist keine Prostituierte."

„Das mag sein, Sir, und Werben ist schrecklich schwer exakt zu erkennen. Ich kann Ihnen versichern, dass sie dafür nicht festgenommen wurde."

„Wofür wurde sie denn dann festgenommen?", fragte ich.

Der Schutzmann kaute auf der Unterlippe.

„Nun?", drängte Matt.

„Grob unsittliches Verhalten."

# KAPITEL 10

Der Sergeant, der auf der Polizeiwache in der Leman Street Dienst hatte, war ein Narr. Er wollte Matt nicht glauben, als der ihn in Kenntnis setzte, dass grob unsittliches Verhalten sich nur auf sexuelle Aktivitäten zwischen Männern bezog, nicht zwischen Frauen.

„Natürlich trifft das auch auf zwei Frauen zu, die ... intim sind", sagte der Sergeant. „Es ist unsittlich."

Ich verdrehte seit unserer Ankunft zum gefühlt hundertsten Mal die Augen. Der Sergeant mit dem Stiernacken und den Pockennarben weigerte sich, Willie zu entlassen, obwohl die Vorwürfe erfunden waren. Die Nachtschicht bestand nicht aus den Klügsten, wurde mir schnell klar. Sie waren die vierschrötigsten Polizisten, diejenigen, die keine Angst hatten, nachts hinaus in Londons fauliges Herz zu gehen. Sie wurden eingestellt, weil sie eine erhebliche Körpergröße, harte Fäuste und ein starres Kinn hatten, nicht wegen ihres Wissens über die Feinheiten des Gesetzes. Um der Gerechtigkeit Genüge zu tun, ich bezweifelte, dass diese besondere Lage oft vorkam, wenn überhaupt.

„Wenn meine Cousine nicht wegen des Werbens um Freier festgenommen wurde, dann muss man sie freilassen", sagte Matt. „Was ist mit der anderen Frau? Haben Sie sie auch festgenommen?"

„Sie ist entkommen." Der Sergeant kehrte zu seinem Akten-ordner zurück. „Sie sollten nach Hause gehen und ihr einen Anwalt besorgen, Sir. Darum wurden Sie in Kenntnis gesetzt, auf die Bitte Ihrer Cousine hin."

„Mein Anwalt ist im Bett", sagte Matt durch zusammenge-bissene Zähne. Sein Temperament war hitziger geworden, seit die Unterhaltung mit dem Sergeant begonnen hatte, aber es war auf einer brodelnden, zivilisierten Ebene geblieben. Ich nahm an, dass es nicht mehr lange dauern würde, bis es überkochte.

Der Blick des Sergeants huschte zu mir, dann zurück zu seinem Ordner.

Matt stieß Luft aus, als wäre er ein Stier kurz vor dem Losrennen. „Wenn ich einen Anwalt hier herunter bringe, und er Ihnen das Gesetz erklärt, werden Sie sie freilassen?"

„Nur auf das Wort Ihres Anwalts hin?" Der Sergeant schnaubte. „Nein. Sie werden warten müssen, bis das Bureau des Staatsanwalts sich wieder bei mir meldet."

„Und wann wird das sein?"

Der Sergeant klappte den Deckel seiner Taschenuhr auf. „Das Bureau öffnet erst in zwei Stunden. Das ist zur gleichen Zeit wie der Schichtwechsel hier. Ich werde warten, bis einer der neuen Schutzmänner reinkommt, dann, wenn er das Bureau erreicht, wartet er darauf, mit einem der Staatsanwälte zu reden, dann kommt er hierher zurück ... Ich würde sagen, noch gute drei Stunden." Er schob sich die Uhr mit einer langsamen Bewegung wieder in die Tasche, von der ich annahm, dass sie Absicht war, um unsere Nerven zu strapazieren. Genau wie Brockwell.

Brockwell! Falls jemand die Feinheiten des Gesetzes kannte, würde es der Mann sein, der jedes Wort bei einer Befragung mitschrieb, dessen moralischer Kompass niemals fehlging, und der gerne vor allen, die zuhören wollten, über das Gesetz predigte.

„Würden Sie einem Kriminalinspektor von Scotland Yard glauben?", fragte ich.

Der Sergeant sah uns aus zusammengekniffenen Augen an. „Wenn er beweisen kann, dass er von Scotland Yard ist, werde ich tun müssen, was er befiehlt."

Matt und ich schauten einander an und verließen ohne ein

weiteres Wort die Wache. Matt gab Woodall Brockwells Wohnadresse. Zu dieser Tageszeit war er sehr viel wahrscheinlicher dort, außer er ermittelte in einem wichtigen Fall.

Die Kutsche fuhr abrupt an, als Woodall die Pferde zur Eile antrieb. Meine Haare fielen mir in die Augen. Ich hatte mir nicht die Zeit genommen, sie gut zu frisieren, nachdem ich mich rasch angezogen hatte. Tante Letitia wäre entsetzt, zu sehen, wie sie mir wie bei einem Schulmädchen um die Schultern flossen.

Matt schien es nicht aufzufallen. Er brütete auf dem Sitz gegenüber, sein funkelnder Blick war auf die Szenerie gerichtet, die am Fenster vorbeirauschte. Ich wagte es nicht, auch nur ein Wort zu sagen.

Wir kamen bei Brockwells Wohnung an, und ich war sehr froh, dass wir ihn nicht wecken mussten. Er kam mit einem Stück Toast in der Hand an die Tür.

„Verflixt! Nur Sie beide. Ich dachte, es wäre jemand vom Yard, der gekommen ist, um mich wegen eines Mordes zu holen. Um in einen Mordfall zu ermitteln, meine ich." Er lud uns in die kleine Eingangshalle ein, raus aus dem Nieselregen. „Stimmt etwas nicht?"

„Es ist Willie", sagte Matt. „Sie wurde festgenommen – fälschlicherweise –, und der einfältige Sergeant, der Dienst hat, will sie nicht freilassen. Er glaubt, er hat recht, und mein Wort will er nicht akzeptieren. Kommen Sie mit und lesen ihm die Leviten?"

Bei der Erwähnung von Willies Namen hatte ich gesehen, dass Brockwell sich anspannte, sein Blick schärfer wurde, aber am Ende von Matts Vortrag hatte er sich wieder entspannt. „Manchmal sind die Sergeants im Nachtdienst ein bisschen zu enthusiastisch."

„Mir macht Begeisterung bei der Polizei nichts aus, aber ich hätte gerne, dass sie das Gesetz kennen."

„Um der Gerechtigkeit Genüge zu tun, es ist ein ziemlich unbekanntes Gesetz", sagte ich.

Brockwell griff nach dem Mantel, der auf einem Ständer an der Tür hing. Er steckte sich das Stück Toast in den Mund, zog seinen Mantel an und nahm das Stück Toast wieder heraus, wobei ein Bissen davon fehlte. Er folgte uns nach draußen, kaute geräuschvoll und schloss die Tür ab.

Er aß sein Stück Toast auf, während er sich in der Kutsche niederließ, und wischte sich den Mund mit dem Ärmel ab. Ich beobachtete ihn und fragte mich, wann er fragen würde. Fragte mich, wie seine Reaktion ausfallen würde, wenn er es herausfand. Ich war mir nicht sicher, ob ich mir Sorgen machen oder erheitert sein sollte.

„Also", sagte er schließlich, als er den letzten Bissen gegessen hatte. „Was für ein obskures Gesetz hat sie denn angeblich übertreten?"

„Grob unsittliches Verhalten", sagte Matt, der Brockwell auch genau beobachtete.

Brockwells Lippen zuckten. Er lächelte. Ich dachte, er wäre vielleicht eifersüchtig bei dem Gedanken, dass Willie mit anderen Männern zusammen war, aber er schien es zu akzeptieren. Er strich sich über die Koteletten. „Ich sehe das Problem. Der Sergeant weigert, sich zu glauben, dass sie eine Frau ist, und Willie weigert sich, das zu, äh, beweisen, deshalb glaubt der Sergeant, er hätte zwei Männer festgenommen."

„Das ist es nicht. Der Sergeant weiß, dass Willie eine Frau ist, und die andere Person, die auf frischer Tat ertappt wurde, war kein Mann."

Brockwells Hand wurde reglos. Er starrte Matt an, dann schaute er plötzlich weg. Er rutschte auf dem Sitz herum und kratzte sich weiter an den Koteletten. „Ich verstehe." Er räusperte sich. „Ich werde den Sergeant über seinen Fehler in Kenntnis setzen. Sie liegen richtig, Glass. Grob unsittliches Verhalten bezieht sich nur auf Männer. Es steht nichts im Gesetz, was Frauen erwähnt. Vielleicht haben sich die Verfasser niemals gedacht, zwei Frauen würden ..." Er brach ab, sein Gesicht wurde rot.

„Oder vielleicht hielten sie es nicht für anstößig, wenn sie es tun", sagte Matt.

Brockwell errötete, und ich spürte, wie auch mein Gesicht heiß wurde. Ich wünschte, Matt würde solche Sachen nicht sagen, um zu schockieren. Nicht zu einem Mann wie Brockwell, der nicht nur puritanisch war, sondern sehr wahrscheinlich auch in Willie verliebt.

* * *

„Kommen Sie mit und frühstücken Sie mit uns", drängte ich Brockwell. Wir standen im Eingangsbereich der Polizeiwache in der Leman Street und warteten darauf, dass der diensthabende Sergeant Willie aus ihrer Zelle eskortierte. Der Kriminalinspektor hatte seine Marke von Scotland Yard vorgezeigt und Willies Freilassung gefordert, nachdem er eine rasche, nüchterne Lektion über die genaue rechtliche Bedeutung von grob unsittlichem Verhalten geliefert hatte.

Der Sergeant hatte keine Zeit verschwendet, um zur Tat zu schreiten. Er schien sich Sorgen um die Folgen der falschen Festnahme zu machen. Es war schwer zu sagen, ob er sich mehr Sorgen wegen Matts finsterer Miene oder Brockwells eisiger machte. Keiner der Männer wirkte, als würde er Inkompetenz tolerieren.

„Vielen Dank, Mrs. Glass, aber ich habe vor Ihrer Ankunft gefrühstückt", sagte Brockwell. „Ich muss zur Arbeit."

„Aber es ist noch früh."

Er setzte sich den Hut auf. „Trotzdem. Guten Morgen."

„Sie gehen jetzt? Wollen Sie Willie nicht sehen?"

Zum ersten Mal, seit er die Wache betreten hatte, wirkte er unsicher. „Ich glaube, es ist am besten, wenn ich das nicht tue."

Ich trat vor, um ihm den Weg zu verstellen. „Bleiben Sie. Sie wird Ihnen danken wollen."

Er zögerte. Dieses Zögern kostete ihn die Augenblicke, in denen er hätte flüchten können, bevor Willie eintraf.

Sie schien nicht groß betroffen zu sein, weil sie eine Nacht in der Zelle verbracht hatte. Ihre Kleider waren zerknittert, und ihre Haare ähnelten einem alten Vogelnest, aber das war nicht ungewöhnlich. Sie wirkte nicht mal sonderlich müde.

„Ihr hättet nicht beide kommen müssen", sagte sie zu mir.

Da er mit dem Rücken zu ihr stand, war ihr nicht klar, dass Brockwell da war, bis er sich umdrehte. Sie erstarrte.

Brockwell berührte sich an der Hutkrempe. „Guten Morgen, Miss Johnson."

„Jasper", setzte sie an. „Ich ... ich ... Was machst du hier?"

„Ich bin gekommen, um meinem Kollegen das Gesetz zu erklären." Brockwell nickte dem Sergeant zu, der nun wieder hinter dem Tresen war. „Er versteht seine Fehlannahme und wird denselben Fehler nicht noch einmal machen."

Der Sergeant musterte intensiv seinen Ordner.

Willie schluckte. „Gut. Nun. Danke. Ich schätze, ich schulde dir einen Gefallen."

„Du schuldest mir nichts. Ich muss gehen. Einen schönen Morgen allen." Er ging um mich herum und brach auf.

„Willie", zischte ich. „Lauf ihm nach."

„Warum?"

„Um ihm anständig zu danken, natürlich."

Der Sergeant bat darum, dass sie im Ordner unterschrieb und gab ihr ihre wenigen Habseligkeiten zurück, darunter die Waffe.

Sie marschierte an mir vorbei, und ich folgte ihr nach draußen. Bis wir auf dem Bürgersteig ankamen, war Brockwell schon verschwunden.

„Besuch ihn später", sagte ich zu Willie. „Ich glaube, er ist wütend. Er hat meine Einladung nicht angenommen, sich uns beim Frühstück anzuschließen, und Brockwell verpasst sonst nie eine Gelegenheit, umsonst zu essen."

Sie stieg in unsere wartende Kutsche und warf sich in die Ecke, die Arme verschränkt. „Ich wusste doch, dass er so sein würde. Es ist in Ordnung, dass wir einander zu nichts verpflichtet sind, aber dass ich mit Frauen zusammen bin ... Das ist anders. Er ist prüde, India, genau wie du."

„Er wird es sich schon überlegen, genau wie ich. Selbst Tante Letitia akzeptiert diesen Teil von dir inzwischen, auf ihre Art. Brockwell wird ihn auch akzeptieren, wenn du ihm die Gelegenheit gibst."

„Das glaube ich nicht. Bei dir und Lettie ist es anders. Ihr seid Freunde, Familie. Ihr seid doch nicht mit mir intim."

Ich wandte mich an Matt, während er sich neben mich setzte, doch er hob die Hände. „Ich habe meinen Teil beigetragen. Ich habe sie rausgeholt. Wie war es da drin, Willie? Haben sie dich gut behandelt?"

„So gut, wie man es erwarten kann", erwiderte sie mürrisch. „Mach keinen Aufstand, Matt. Das ist nicht mein erstes Mal im Gefängnis."

„Versuch, es dein letztes Mal sein zu lassen", murmelte er.

* * *

Ich verbrachte den Großteil des Tages mit Fabian, während wir versuchten, Zauber zu schaffen, um Gegenstände fliegen zu lassen. Nichts funktionierte, was nur bestätigte, dass wir einen tatsächlichen Magier für jede Art Gegenstand brauchten, die wir versuchten, schweben zu lassen.

„Ich habe Mrs. Delancey gefragt, ob ihr Mann irgendwelche entfernten Vettern auf der Seite seines Vaters hat", erklärte ich Fabian. „Sie behauptet, keine."

„Schade", sagte er mit einem Seufzen. „Aber sie kennt vielleicht nicht seine ganze Familie. Du solltest Mr. Delancey fragen."

„Vielleicht kommt er heute Abend. Mr. und Mrs. Landers geben eine Soirée, und sie haben Matt und mich eingeladen. Es scheint, als wären andere Mitglieder ihres sogenannten Clubs der Sammler auch dort."

„Ich bin auch eingeladen", sagte Fabian. „Ich habe abgelehnt, aber nun, da du sagst, dass du hingehst, überlege ich es mir vielleicht noch einmal. Ich könnte Mr. Delancey in ein Gespräch verwickeln und ihn wegen seiner magischen Familie befragen."

„Eine hervorragende Idee. Komm doch, und auf diese Weise werde ich wissen, dass ich nicht die einzige Magierin dort bin und im Mittelpunkt der Aufmerksamkeit stehe. Es ist anstrengend. Ach, ich glaube, Oscar geht vielleicht auch hin, da Louisa ein Mitglied des Clubs ist. Dann sind wir schon drei Magier."

Fabians Lippen wurden zusammengepresst, als ihr Name zur Sprache kam. Als Fabian in London eingetroffen war, war sie die erste gewesen, an die er sich gewandt hatte. Ihre Väter waren gut befreundet gewesen, und Louisa und Fabian hatten einander im Lauf der Jahre Briefe geschrieben. Sie hatte ihm wenige

Wochen nach seiner Ankunft schon eine Ehe vorgeschlagen, aber als es ans Licht gekommen war, dass sie ihn nur heiratete, weil sie einen Magier heiraten und magische Kinder haben wollte, hatte er abgelehnt.

Tatsächlich hätte er ohnehin abgelehnt, selbst wenn das nicht ihr Motiv gewesen wäre. Er wollte auch eine Magierin heiraten, um seine magische Abstammung zu stärken.

„Ihr beiden habt eure Freundschaft noch nicht gekittet?", fragte ich ihn sanft.

„Seit ihrer Verlobung mit Barratt haben wir noch nicht gesprochen. Ich freue mich für sie, aber als wir uns zum letzten Mal begegnet sind, war es zwischen uns angespannt. Sie war wütend auf mich. Weiß es Barratt?"

„Sie hat es ihm erzählt. Er weiß, dass sie ihn wegen seiner magischen Abstammung heiratet, aber es ist ihm gleich." Ich lächelte trocken. „Er heiratet sie wegen des Geldes, also schätze ich, es ist ausgeglichen."

Er lachte leise. „Sie werden ein gutes Paar abgeben." Seine Augen wurden traurig, und sein Lächeln verblasste. „Aber ich mache mir Sorgen um ihre Zukunft. Es muss doch irgendein Gefühl zwischen Mann und Frau geben, *non*? Ein wenig Zuneigung. Die Ehe ist für das ganze Leben." Er wirkte etwas melancholisch. Vielleicht lastete seine eigene Entscheidung, für die Magie anstatt für die Liebe heiraten zu wollen, schwer auf ihm.

„Manchmal frage ich mich, ob Louisa Oscar übereilt den Antrag gestellt hat", sagte ich. „Wenn sie sich Zeit gelassen hätte, hätte sie sich vielleicht aufrichtig in einen Magier verlieben können. Ach, na ja. Vielleicht wird sich die Zuneigung zwischen Oscar und Louisa mit der Zeit vertiefen." Ich hoffte, Fabian würde meine Vorschläge mit seiner eigenen Lage in Verbindung bringen und weiter nach einer Magierin zum Lieben suchen, anstatt die Liebe ganz aufzugeben. Seinem betrübten Blick nach zu urteilen, hielt er diese Vorstellung nicht für möglich.

* * *

DER SALON im Haus der Landers war voller Mitglieder des Clubs der Sammler. Es schien, dass Mrs. Landers, nachdem ich die Einladung akzeptiert hatte, noch einige weitere an Leute geschickt hatte, die sie sich vorher nicht die Mühe gemacht hatte, einzuladen.

„Es ist etwas Seltenes, eine Privataudienz mit einer Magierin wie Ihnen zu bekommen", erklärte sie mir. „Ich wollte mein Glück mit allen ähnlich gestrickten Freunden teilen, also habe ich einen oder zwei Gäste im allerletzten Augenblick hinzugefügt."

„Einen oder zwei?", murmelte ihr Mann, der sich umschaute.

Mrs. Landers lachte. Sie hatte ein leichtfertiges, zartes Lachen, das zu der Frau mit dem schmalen Körperbau passte. Sie war alles, was ich nicht war. Klein, mit hellen Haaren, mit der winzigsten Taille und den winzigsten Händen, die ich je gesehen hatte. Sogar ihre Gesichtszüge waren zart, sodass sie ein wenig kindlich wirkte. Wenn sie neben ihrem Mann mit seinem Glatzenansatz stand, wirkte der Altersunterschied von zwölf Jahren noch größer.

„Wir haben sogar noch mehr Glück, dass Mr. Charbonneau es sich noch einmal überlegt hat und auch gekommen ist", sagte Mrs. Landers, während sie einen Blick auf Fabian warf, der mit Louisa und Oscar sprach. „Haben wir das nicht, Mr. Landers?"

Mr. Landers lächelte ausdruckslos. „Ja, meine Liebe", sagte er genauso ausdruckslos. Sein Blick war auf den Raum mit den Erfrischungen gerichtet, wo das Essen und der Wein noch nicht aufgetragen waren.

„Erzählen Sie mir von Ihrer Sammlung", sagte ich zu Mrs. Landers. „Werden wir heute Abend die Gelegenheit haben, sie zu sehen?"

„Geduld, liebe Mrs. Glass." Sie lachte erneut. „Für eine Magierin sind Sie ziemlich ungeduldig damit, die magischen Objekte sehen zu wollen. Das ist bestimmt das dritte oder vierte Mal, dass Sie fragen."

Ich schaute auch zu dem Raum mit den Erfrischungen. Es würde ein langer Abend werden.

„Meine Frau zieht die Theatralik gern in die Länge", sagte Mr. Landers.

„Es wird sich lohnen", sagte sie. „Wir haben eine so fabelhafte Sammlung, oder nicht, Mr. Landers? Sie ist klein, aber sehr einzigartig."

Mr. Landers Blick verlegte sich auf den dunklen Holzschrank mit den vergoldeten Zierleisten und dem grünen Marmorabschluss, der auf einem Kartentisch stand. Die einzelne Tür war mit vergoldeten Rosen in den Ecken verziert, und ein goldener, halb nackter Cherub, der eine Obstschale hielt, starrte aus der Mitte heraus. Es war ein schönes Möbelstück. Geeignet dazu, ein magisches Diadem zu enthalten.

„Sie können es spüren, oder nicht, Mrs. Glass?", fragte Mrs. Landers, ihre Stimme voller Aufregung.

„Was spüren?"

„Die Magie in diesem Schränkchen. Es wurde von einem Magier gemacht. Ich habe gehört, Sie können magische Wärme spüren, deshalb reagieren sie wohl darauf. Oder vielleicht können Sie die Magie darin spüren. Ja, das muss es sein. Wir haben einige hervorragende Stücke, alle mit starker Magie durchwirkt."

„Woher wissen Sie, dass sie stark ist? Sind Sie eine Magierin?"

Ihre Hand ging flatternd zu dem Diamantanhänger an ihrer Kehle, während sie lachte. „Himmel, nein. Wie ich wünschte, ich wäre eine, oder nicht, Mr. Landers? Es waren die magischen Handwerker selbst, die es mir versicherten. Der Preis, den ich bezahlt habe – nun, wir sprechen nicht über Geld. Sagen Sie uns, Mrs. Glass, können Sie die Magie spüren?"

„Ich muss einen Gegenstand berühren, um die Magie zu spüren." Ich deutete auf das Zimmer. „Die anderen Möbel wurden zur Seite geräumt, um Platz zu schaffen, aber dieses Schränkchen nimmt den Ehrenplatz vor den aufgestellten Stühlen ein. Ich nahm an, dass es zur Unterhaltung des Abends gehört. Deshalb habe ich es gemustert."

„Ach, Sie *sind* aber auch klug. Mrs. Delancey hat das erwähnt, oder nicht, Mr. Landers?"

Bei der Erwähnung ihres Namens löste sich Mrs. Delancey von Matt und Mr. Delancey und schloss sich uns an. „Was für eine Freude dieser Abend doch wird. Wir haben solches Glück, nicht nur einen oder zwei Magier zu haben, sondern gleich *drei*. Das ist ein Coup, Mrs. Landers!"

Mrs. Landers klappte ihren Fächer auf und bedeckte damit ihren Mund. „Wie Sie das nur betonen, Mrs. Delancey. Wir sind sehr geehrt, und wir müssen Ihnen danken, dass Sie vorgeschlagen haben, dass ich Mrs. Glass einlade."

„Und Mr. Glass", fügte ich an, laut genug, damit Matt es hörte.

Er schaute auf, sah die Bitte in meinen Augen, und schloss sich uns an. „Wir haben gerade über das magische Diadem gesprochen", sagte er zu Mr. und Mrs. Landers. „Haben Sie davon gelesen?"

„Ach, ja, das haben wir auf jeden Fall", sagte Mrs. Landers. „Wenn wir nur den Namen des Lords kennen würden, dem es gehört! Ich würde es so gerne sehen."

„Kaufen, meinen Sie", sagte Louisa mit einer Stimme, die die Aufmerksamkeit auf sich zog. Alle Unterhaltungen stockten, und alle im Raum schauten sie an. „Das ist es doch, was Sie alle wollen: Besitztum. Sie wollen die magischen Stücke wegschließen und darauf warten, dass ihr Wert steigt, bevor Sie sie jemand anderem im Club abtreten, der es genauso macht. Sie sollten sie mit der Welt *teilen*."

Oscar stand neben seiner Verlobten und nickte.

Mrs. Landers keuchte leicht.

Ihr Mann versteifte sich. „Das ist der Club der Sammler", sagte er zu Louisa. „Er sammelt magische Gegenstände, falls Sie das vergessen haben. Falls Sie nicht einverstanden sind, sollten Sie vielleicht gehen."

„Lieber Mr. Landers", sagte Louisa, die süß lächelte. „Sie haben völlig recht, und ich entschuldige mich. Ich freue mich, heute Abend in solch wunderbarer Gesellschaft in Ihrem Haus zu sein. Bitte schicken Sie uns sich nicht wegen meines dümmlichen Ausbruchs weg. Ich verspreche, mir das nächste Mal auf die Zunge zu beißen, bevor ich etwas sage."

Es wäre eine hübsche Ansprache gewesen, hätte die Zerknirschung in ihrem Tonfall nicht völlig gefehlt.

„Er spricht doch nicht davon, Sie heute Abend wegzuschicken, Louisa", ließ sich Lord Coyle vernehmen. „Er meint, Sie würden ganz aus dem Club ausgeschlossen. Sie sind sowieso nur gerade so eben drin, wenn man bedenkt, dass Sie keine Magie sammeln."

„Ach, aber ich sammle etwas sehr viel Wertvolleres." Sie lächelte Coyle an, während sie den Arm durch den von Oscar schob.

Oscars Blick senkte sich, um ihr in die Augen zu schauen, aber ihr gerissenes Lächeln erwiderte er nicht.

„Es wird ohnehin niemand anbieten, das Diadem von dem Lord zu kaufen", verkündete Sir Charles Whittaker. „Man müsste herausfinden, wer es gestohlen hat, und dem Dieb ein Angebot machen."

„Gestohlen!", rief Mrs. Landers. „Lieber Gott, nein. Wie teuflisch."

„Das ist das Problem, wenn man solche Dinge in der Zeitung ankündigt", sagte Mrs. Rotherhide. Sie war nicht so hübsch wie Louisa oder Mrs. Landers, oder so modisch dünn, aber sie hatte wunderbare warme Augen, rosige Wangen und großzügige Kurven. Ich erkannte, weshalb Duke sie mochte.

„Das ist doch nicht die Schuld der Zeitungen", sagte Louisa abwehrend. „Es ist die des Diebes, der es gestohlen hat, nicht des Autors dieses Artikels."

„Es war eine Klatschkolumne", erklärte Oscar. „Kein anständiger Artikel."

Niemand schien zuzuhören. Alle plauderten nur noch über den Diebstahl.

Ich schaute zu Mrs. Delancey, die auf Sir Charles blickte. Er wiederum funkelte Matt an.

„Passen Sie auf", sagte Sir Charles mit einem Glitzern im Auge. „Oder Mr. und Mrs. Glass werden Sie beschuldigen, es gestohlen zu haben."

Alle im Raum schauten uns an. Dann stieß Mr. Landers ein lautes Lachen aus. „Seien Sie nicht albern. Keiner von uns würde es stehlen. Wir sind nicht dumm genug, um die Aufmerksamkeit der Polizei für ein Kinkerlitzchen auf uns zu ziehen."

„Es ist ja wohl kaum ein Kinkerlitzchen", sagte Lord Coyle. „Es ist ein magischer Goldgegenstand."

„Es ist außerordentlich selten", fügte Mrs. Rotherhide an.

„Verzeihen Sie meinem Mann", sagte Mrs. Landers, während sie leicht mit ihrem Fächer an Mr. Landers Arm tippte. „Er versteht den Wert all der unterschiedlichen Magie nicht. Wenn er doch nur etwas mehr Zeit darauf verwenden würde, sie zu studieren."

„Sie sollten zu weiteren Treffen kommen, Landers", sagte Mr. Delancey. „Sie sind erhellend. Sie werden feststellen, dass die Sammlung Ihrer Frau wertvoll ist. Wann können wir sie denn betrachten?", fragte er Mrs. Landers.

„Bald, bald", erwiderte sie erfreut. „Es sind noch nicht alle hier."

Die Unterhaltungen setzten wieder ein, aber ich spürte immer noch den brodelnden Zorn, den Sir Charles in unsere Richtung sandte. Er schien Louisa und Mrs. Rotherhide nicht zuzuhören, die sich leise neben ihm unterhielten.

Mrs. Landers rauschte dichter an uns heran, der volle Rock ihres blassblauen Seidenchiffon-Kleides schien mit ihren leichten Schritten über den Boden zu schweben. Sie lächelte Matt auf ganzer Linie an. „Mr. Glass, ermitteln Sie wegen des Diebstahls des Diadems?"

„Das tun wir", sagte Matt.

„Dann wissen Sie, wer es ursprünglich im Besitz hatte."

Matt blieb still.

Unbeeindruckt pflügte Mrs. Landers weiter. „Verraten Sie uns, wer es ist. Jeder in diesem Raum ist sehr diskret. Niemand würde schwätzen."

„Weshalb möchten Sie das wissen?", fragte ich.

„Wenn der Besitzer aus einer Familie von Goldmagiern stammt, dann würde ich ihn gerne treffen. Wäre das nicht aufregend? Es spielt keine Rolle, wie stark oder wie schwach die Magie ist, es geht nur darum, dass es *Goldmagie* ist. Ist das nicht aufregend, Mrs. Glass?"

„Was meine Frau sagen will", sagte Mr. Landers, „ist, dass sie niemandem verraten wird, wer es ist. Sie will es einfach nur wissen, damit sie ihn zu solchen Veranstaltungen einladen kann, und vielleicht ein Stück von ihm ihrer Sammlung hinzufügen."

„Wir würden natürlich dafür bezahlen." Mrs. Landers deutete auf das Schränkchen. „Wir haben alles da drin bezahlt."

Das Kinn ihres Mannes spannte sich an, und ich stellte fest, dass er leicht das Gesicht verzog. Zweifelsohne bedeuteten seine jüngsten finanziellen Schwierigkeiten, dass seine Frau nicht länger ihren Launen nachgeben konnte, wie sie das früher getan hatte. Ich fragte mich, ob sie wusste, dass er gezwungen gewesen war, seine Grundstücke zu verkaufen.

„Der fragliche Gentleman ist nicht magisch", sagte ich. „Das Diadem wurde ihm vor Jahren schon von seinem Vorfahren übergeben. Er weiß nicht, wer es angefertigt hat. Tatsächlich fühlt sich die Magie darin so schwach an, dass ich vermute, das Gold wurde schon vor Jahrhunderten mit Magie durchwirkt."

„Was, wenn Sie sich irren?", sagte Mrs. Landers nüchtern. „Was, wenn es noch Goldmagier gibt?"

„Es gibt keine", erklärte ihr Fabian.

„Und wenn es jemand wüsste, wäre es Fabian", fügte Louisa an.

Fabian verbeugte sich zum Dank knapp vor ihr. Sie erwiderte es mit einem schwachen Knicks und einem Lächeln. Neben ihr presste Oscar die Lippen aufeinander.

„Wir werden früher oder später erfahren, wer es ist", sagte Mr. Landers. „Also können Sie auch gleich tun, worum meine Frau Sie bittet, und es uns verraten. Alle in diesem Raum sind sehr diskret. Nun, ich kann mich natürlich nicht für Charbonneau und Barratt aussprechen, da ich sie gerade erst kennengelernt habe, aber Menschen wie wir, Menschen aus der gehobenen Gesellschaft, passen extrem auf mit Gerüchten. Es sind die niederen Klassen, die sie verbreiten."

„Ist das so?", fragte Matt mit trügerischer Ruhe. „Wie erklären Sie dann, weshalb so viele von meinen Informationen in Gentlemans Clubs zusammengetragen werden?" Es stimmte nicht ganz, obwohl wir auf diese Art von Lord Farnsworths Mätresse erfahren hatten. Doch Matt hatte recht, Klatsch war der große gesellschaftliche Gleichmacher. Alle tauschten ihn aus, und alle waren an der einen oder anderen Stelle sein Thema, ganz gleich, wo in der Gesellschaft sie standen.

Mr. Landers schniefte. „Die Bediensteten plaudern."

„Das ist unfair", tadelte seine Frau. „Unser Wentworth ist

sehr diskret. Er würde keines meiner Geheimnisse teilen. Nicht für tausend Pfund."

„Haben Sie denn viele, Mrs. Landers?", fragte Mrs. Delancey. „Geheimnisse, meine ich."

Mrs. Landers lachte, genauso wie Mrs. Delancey, aber niemandem entging, dass sie die Frage nicht beantwortete.

Als hätte er seinen Namen gehört, trat der Butler – ein jugendlicher Kerl im Vergleich zu den anderen Butlern, die ich schon getroffen hatte – ein und stellte den Dandy, der ihn begleitete, als Lord Farnsworth vor.

Farnsworth musterte den Raum mit einem breiten, irgendwie dümmlichen Grinsen. „Was habe ich verpasst?"

Mrs. Landers begrüßte ihren letzten Gast, küsste ihn auf die französische Art auf beide Wangen. „Kommen Sie herein und treffen Sie unsere geehrten Gäste. Heute Abend nehmen drei Magier teil. Können Sie das glauben? Drei!"

Lord Farnsworth nahm ihre Hand und legte sie auf seinen Arm. „Führen Sie mich zu Ihnen, liebe Lady."

Der Butler fing Mrs. Landers Aufmerksamkeit mit einer leicht veränderten Haltung auf. Er zog eine Augenbraue ganz leicht hoch. Sie nickte einmal, und er verbeugte sich. Sie ging, und während er sich aufrichtete, blieb sein Blick auf ihr, ohne sich zu lösen. Er bewegte sich nicht, bis sie sich Fabian anschloss.

Laut Willies Informantin bei den Bediensteten war der Butler Mrs. Landers ergeben. Er war der Diener ihrer Familie gewesen und hatte eine Beförderung erhalten, als sie Mr. Landers vor einem Jahr geheiratet hatte. Daher also seine Jugend. Ich hatte niemals einen Diener getroffen, der älter war als Mitte dreißig. In diesem Alter schien der Butler ungefähr zu sein. Er war trotzdem noch einiges älter als Mrs. Landers, die bestimmt nicht älter war als zweiundzwanzig oder dreiundzwanzig. Sie schien die Aufmerksamkeit sehr viel älterer Männer auf sich zu ziehen.

Ich warf einen Blick auf Mr. Landers. Falls ihm das Interesse des Butlers an seiner Frau aufgefallen war, zeigte er es nicht. Er war auch Mitte dreißig, obwohl er nicht so gut alterte, wenn man ihn mit dem ziemlich schneidigen Butler verglich.

Mrs. Landers lotste Lord Farnsworth zu Matt und mir. Er war klein und schmal gebaut, mit rotblondem Haar, das in der Mitte gescheitelt war. Er roch nach Lavendel und Moschus und trug Diamantmanschettenknöpfe.

„Das ist Mrs. Glass, die Uhrenmagierin", verkündete Mrs. Landers. „Und ihr Mann."

Lord Farnsworth nahm meine Hand und beugte sich darüber. „Was für eine Freude, Ihnen endlich zu begegnen, Mrs. Glass. Ich habe von meinen Freunden so viel über Sie gehört. Sie sind ein Glückspilz, Sir", sagte er zu Matt.

„So ziemlich", erwiderte Matt.

„Ich habe Farnsworth gerade erzählt, dass er die Neuigkeiten über das Diadem versäumt hat", sagte Mrs. Landers.

„Eine schreckliche Schande, das", sagte Lord Farnsworth.

„Was denn?", fragte Matt.

„Der Diebstahl. Nun wird es Jahre dauern, bevor es auf dem magischen Markt zum Verkauf steht."

„Dem magischen Markt?", wiederholte ich.

„Dem Handelsmarkt für magische Gegenstände." Lord Farnsworth deutete auf den Raum voller Leute aus dem Club. „Ich kann mir nicht vorstellen, dass jemand mit einem gestohlenen Artefakt in der Sammlung allzu begierig darauf ist, es vorzuzeigen, selbst in privater Gesellschaft. Die Eifersucht wird jeden, der Wind von seinem Aufenthaltsort bekommt, im Nu zur Polizei treiben."

„Ach, aber so etwas zu besitzen", sagte Mrs. Landers. „Wäre das nicht wunderbar? Das würde man gar nicht unbedingt schnell verkaufen müssen. Überhaupt nicht. Man könnte es jahrzehntelang weggeschlossen halten."

Lord Farnsworth schob die Unterlippe vor, während er über ihre Worte nachdachte.

„Nicht, dass irgendwer hier ein Dieb wäre", fügte Mrs. Landers betont hinzu. „Ich habe Mr. Glass bereits gesagt, er soll woanders nach seinen Verdächtigen suchen."

„Bei den Gemeinen", murmelte Lord Farnsworth. „Man kann keinem einzigen vertrauen. Ich bin aber neugierig. Wer ist der Kerl, dem es gehörte?"

„Das sagen sie nicht", erklärte Mrs. Landers. „Mr. Glass will nicht damit herausrücken, um wen dieser Skandal sich dreht." Sie beugte sich dichter an Lord Farnsworth und sagte mit lautem, verschwörerischem Flüstern: „Was glauben Sie, wie wir es aus ihnen heraus bekommen?"

„Erpressung."

Mrs. Landers lachte, was im Gegenzug Lord Farnsworth zum Lachen brachte. Das Thema wurde fallengelassen, und Farnsworth plauderte mit Matt über Pferde und Spielen. Es wurde rasch offensichtlich, dass er von beidem besessen war.

Das brachte mich auf eine Idee. „Spielen Sie Poker, mein Lord?", fragte ich.

„Ich kann nicht sagen, dass ich es schon versucht hätte. Spielen Sie, Glass?"

„Damals zu Hause habe ich es getan", sagte Matt.

„Und wo ist zu Hause?"

Matt zögerte, den Kopf leicht schiefgelegt. „Amerika", sagte er mit einem Lächeln. Einem Lächeln, von dem ich wusste, dass es falsch war. Er hielt Farnsworth für einen Trottel, aber ich bezweifelte, dass Lord Farnsworth es merkte.

„Also sind Sie hergekommen, um eine unserer Magierinnen zu heiraten, was?" Lord Farnsworth zwinkerte mir zu. „Haben Sie denn keine in Amerika?"

„Keine mit Indias guten Eigenschaften", sagte Matt, ohne auch nur kurz zu zögern.

„In der Tat. Ich glaube, sie ist sehr mächtig."

„Wo wir gerade bei Frauen sind", sagte Mr. Landers, „genau das brauchen Sie, Farnsworth. Erzählen Sie ihm vom wundervollen Dasein als Eheleute, Mr. Glass. Erzählen Sie ihm, wie eine Frau Freude bereiten kann."

Lord Farnsworths Lippen zuckten, während er versuchte, ein Lächeln zurückzuhalten. „Ich habe in meinem Leben bereits einige Freude."

Mrs. Landers blinzelte ihn unschuldig an. „Eine Frau wird Sie von dem Bedürfnis heilen, anderswo Freude zu suchen."

Lord Farnsworth und Matt wurden ganz reglos.

Plötzlich schien sie sich der drückenden Stille bewusst zu werden.

„Wird Sie davon heilen, in die Spielhöllen zu gehen", erklärte ich. „Genau das meint Mrs. Landers."

„Ja", sagte sie mit einem nervösen, leisen Lachen. „Das habe ich gemeint."

Lord Farnsworth tätschelte ihre Hand, die immer noch auf seinem Unterarm lag. „Wie es der Zufall so will, jage ich gerade nach der zukünftigen Lady Farnsworth. Das kann ich nicht mehr länger aufschieben. Ein Erbe muss her, und so weiter. Ich glaube, es würde mir gefallen, Vater zu sein. Ich werde dem Jungen beibringen, wie man ein gutes Fohlen von einem schlechten unterscheidet."

Er schob das Kinn in dem Versuch vor, es stärker wirken zu lassen, und scheiterte daran. Es war ein äußerst schwaches Kinn.

„Mr. Glass, Sie haben verfügbare Cousinen, oder nicht?", fragte Mrs. Landers. „Lord Rycrofts drei Töchter", sagte sie zu Lord Farnsworth.

Ich warf einen Blick auf Lord Coyle und erwartete, dass er herüberkam und erklärte, dass Hope nicht zur Debatte stand und ihm gehörte. Aber er war zu weit entfernt, um unsere Unterhaltung mitzuhören.

„Die Älteste hat kürzlich geheiratet", sagte Matt. „Die Mittlere ist verfügbar, aber ich muss Sie warnen, sie ist seltsam. Und die Jüngste denkt derzeit über einen Antrag nach, von dem ich annehme, dass sie ihn akzeptieren wird."

Irgendwie hielt ich mich davon ab, ihn anzufunkeln. Es war nicht gerecht, potenzielle Verehrer schon abzuwimmeln. Hope hatte Coyle noch keine Antwort gegeben.

„Wie schade", sagte Mrs. Landers.

„Wie seltsam ist denn die Mittlere?", fragte Lord Farnsworth. „Komplett durchgedreht, oder nur ein wenig Stroh im Kopf? Mir ist es egal, wenn sie nicht ganz bei sich ist. Daran bin ich gewöhnt. Meine Mutter glaubte, dass in ihrem Garten Feen leben. Sie ließ kleine Süßigkeiten für sie am Seerosenteich draußen. Einmal ist sie reingefallen. Der Gärtner musste sie rausfischen. Wir haben sie anschließend nicht mehr ohne einen starken Diener im Schlepptau nach draußen gelassen."

„Irgendetwas sagt mir, dass Sie beide sich vertragen könnten", verkündete Matt mit einem Lächeln.

Ich stimmte allmählich zu. Es war fast unmöglich, sich diesen

Mann mit Angelique L'Amour vorzustellen. Mit ihrem berauschenden Lachen, ihrer Schönheit und Anmut könnte sie ihn dreimal um den Finger wickeln. Ich schätzte, eine Kurtisane musste ihre Arbeitgeber nehmen, wo sie sie fand, aber dieser Mann war lächerlich. Wie sie sich doch danach sehnen musste, jemand würdigeren zu treffen. Kein Wunder, dass sie sich auf die Gelegenheit gestürzt hatte, ein geheimes Stelldichein mit Willie zu haben.

Lord Farnsworth wackelte mit dem Finger zu Matt, ein träges Lächeln trat ihm auf die Lippen. „Wo wir gerade bei Familien sind, mir kam gerade etwas. Sie ermitteln im Diebstahl des Diadems, vermutlich für den Besitzer. Und wer würde am wahrscheinlichsten jemand Ihres Kalibers bitten, zu ermitteln? Wer würde eine so geheime, skandalöse Information über seine eigene Unrechtmäßigkeit weitergeben?"

„Ein Familienmitglied", sagte Mrs. Landers gehaucht. Ihre Augen leuchten. „Es muss Lord Rycroft sein!"

Lord Farnsworth tippte sich ans Kinn. „Nicht unbedingt. Wen hat die ältere Cousine geheiratet?"

Mein Herz wurde schwer, aber ich blieb ruhig und lächelte wohlwollend.

Mrs. Landers keuchte. „Lord Cox!" Sie wandte sich an Lord Farnsworth. „Ich weiß nichts über ihn. Sie?"

„Ein stiller Kerl", sagte er. „Besitzt keine Rennpferde."

„Er ist es nicht", warf Matt ein.

Lord Farnsworth tippte sich seitlich an die Nase. „Natürlich nicht." Er zwinkerte. „Wir werden kein Wort sagen."

„Mr. Landers!", rief Mrs. Landers.

Ihr Mann schaute zu ihr herüber, ein wenig verärgert wegen der lauten Störung seiner Unterhaltung mit Sir Charles.

„Wir wissen, wem das Diadem gehörte, das gestohlen wurde", sagte sie.

„Er ist es nicht", wiederholte Matt.

Sie bedeutete ihrem Mann, sich uns anzuschließen. Im Salon war es leise geworden, alle Augen waren auf uns gerichtet. Mir war kalt bis auf die Knochen. Wie war das so schnell aus dem Ruder gelaufen?

„Wer ist es denn?", fragte Mrs. Rotherhide, die einen Schritt näherkam.

„Es ist ein Familienmitglied von Mr. Glass", sagte Mrs. Landers mit überlegener Anmutung. „Sehr wahrscheinlich Lord Cox."

Ein einstimmiges Keuchen saugte die ganze Luft aus dem Raum. Sofort begann das Geraune. Wer war Lord Cox? Wie war er mit Matt verbunden? War der Titel wirklich unrechtmäßig? Würde er alles verlieren?

Es war herzzerreißend. Wir waren hergekommen, um Informationen über den Diebstahl des Diadems zu sammeln, und wir würden hinter uns eine Spur der Zerstörung zurücklassen.

# KAPITEL 11

„Es ist nicht Cox", sagte Matt ungehalten.

Lord Farnsworth grinste. Für ihn war das nur ein Spiel, und für Mrs. Landers auch. Die tumben Narren kümmerten sich nicht darum, dass sie den Ruf eines guten Mannes ruinierten. Es war nur Klatsch, eine Möglichkeit, sich den Abend zu vertreiben. Es war ekelerregend.

„Sie protestieren zu sehr", tadelte Lord Farnsworth. „Also muss er es sein."

„Ich habe gesagt, er ist es nicht", stieß Matt hervor.

Lord Farnsworth setzte eine ernste Miene auf. „Ihr Gewissen ist rein, Glass. Wenn er mich fragt, werde ich dem Kerl versichern, dass Sie seine Ehre bis zum bitteren Ende verteidigt haben."

„Der arme Mann", sagte Mrs. Landers. „Und seine arme Frau. Sie wird in der gehobenen Gesellschaft niemals wieder Fuß fassen können. Was wird aus ihnen werden? Wohin werden sie gehen?"

„Hören Sie auf mich", rief Matt. „Es ist nicht Lord Cox."

„Quatsch." Lord Farnsworth wedelte mit der Hand. „Schon gut, Glass. Ihr Geheimnis wird nicht über diesen Raum hinausdringen."

Matt kochte. Ich spürte, wie der Zorn von ihm ausstrahlte. Ein weiteres Wort von Farnsworth, und der tumbe Lord lernte vielleicht Matts Faust kennen. Und das würde nur Öl ins Feuer gießen. Je weiter Matt Lord Cox verteidigte, desto weniger würden Farnsworth und Mrs. Landers ihm glauben.

Das dumpfe Geräusch von Lord Coyles Gehstock auf dem Boden brachte das Flüstern zum Schweigen. Wir wandten uns alle ihm zu. „Glass sagt die Wahrheit. Ich weiß, um wen es in diesem Artikel geht, und es ist nicht Cox. Wenn ich heute Abend oder an einem Tag danach noch ein Wort gegen ihn höre, werde ich persönlich aufspüren, wer diese Gerüchte verbreitet, und ihn oder sie aus dem Club werfen und meine eigenen Gerüchte über denjenigen verbreiten, ob sie stimmen oder nicht. Falls Sie glauben, ich meine es nicht ernst, dann stellen Sie mich doch auf die Probe. Ich habe in dieser Stadt mehr Einfluss, als einer von Ihnen jemals haben wird, und meinem Wort glaubt man." Er verschränkte die Hände oben über seinem Gehstock. „Habe ich mich klar ausgedrückt?"

Köpfe nickten quer durch alle Reihen. Mrs. Landers ließ Lord Farnsworths Arm los und klammerte sich stattdessen an den ihres Mannes. Lord Farnsworth erbleichte unter dem Funkeln von Lord Coyle.

„Natürlich ist es nicht Cox", sagte er mit erzwungener Fröhlichkeit. „Ich höre, er ist ein anständiger Kerl. Sehr aufrecht. Solide Abstammung, die Coxes. Aus erstklassiger Zucht."

Eine drückende Stille füllte den Salon, durchbrochen nur von schlurfenden Füßen und räuspernden Kehlen.

Mrs. Landers erzwungenes Lächeln wurde dünn, als sie über die beschämt dreinblickenden Gäste hinweg schaute. Mit jedem vergehenden Augenblick schien sie kleiner zu werden, in ihre Augen trat Panik, als ihr klar wurde, dass ihre Party zum schlimmsten Albtraum einer Gastgeberin wurde – sie misslang. Sie war zu unerfahren, um sich da herauszuwinden. Sie konnte nur auf die Tür starren, als würde sie sich wünschen, der Butler möge mit Erfrischungen eintreten und sie retten. Aber es war zu früh für das Abendessen.

Es war Mr. Landers, der schließlich die Stille mit einem Klatschen durchbrach. „Sollen wir uns deine Sammlung ansehen, meine Liebe?"

„Ja!", rief sie erleichtert. „Ein hervorragender Gedanke. Mrs.

Glass, Sie sitzen dort, ganz vorne als unser Ehrengast. Alle anderen, nehmen Sie bitte Platz."

Ich setzte mich dorthin, wo sie hingedeutet hatte, Matt neben mir, während die anderen Gäste in einer der ersten drei Reihen Platz suchten.

„Das ist aufregend", sagte Mrs. Rotherhide, die auf meiner anderen Seite saß. „Es ist schon über ein Jahr her, seit wir Mrs. Landers Sammlung gesehen haben. Damals war sie noch sehr klein. Sie hat seither aggressiv gesammelt und behauptet, inzwischen einige wunderbare Stücke zu besitzen. Ich freue mich besonders darauf, den kleinen Trommler zu sehen, den sie letzten Monat bei einem magischen Spielzeugmacher gekauft hat."

Mrs. Landers stellte sich neben das Schränkchen und wartete, während alle sich niederließen. Ein begieriges Lächeln lag wieder auf ihrem Gesicht, der Klatsch und Lord Coyles Tadel waren bereits vergessen.

Sobald alle saßen, hielt sie ihrem Mann eine Hand hin. Er nahm eine Kette mit einem Schlüssel daran aus seiner Tasche und reichte ihn ihr. Sie sperrte das Schränkchen auf, trat zur Seite und öffnete die Schranktür.

Das Publikum beugte sich vor, um es zu sehen. Auf zwei Regalen waren etliche Gegenstände angerichtet. Der kleine Trommler hatte den Ehrenplatz auf dem oberen Regal vorne.

„Ich sehe nichts", sagte eine Frau hinter mir. „Es ist zu dunkel."

„Dann werde ich sie für Sie herausholen." Mrs. Landers nahm eine kleine Holzkiste ohne Deckel heraus und reichte sie mir. Der Seidenstoff darin war mit äußerst fein gearbeiteten, zarten Seidenvögeln im Flug eingefasst, während die unterschiedlichen Schattierungen des weißen und blauen Hintergrundes sie aussehen ließen, als würden sie durch fluffige Wolken fliegen.

„Es ist exquisit", sagte ich.

„Berühren Sie es, Mrs. Glass", sagte Mrs. Landers. „Spüren Sie die Magie."

Ich berührte das Taschentuch. Eine pulsierende Wärme breitete sich über meine Finger aus. Die Magie darin war wohl noch sehr neu. Ich fragte mich, ob der Magier es fliegen lassen konnte, dann erinnerte ich mich an Abigail Pilcher, die ehemalige Nonne und Seidenmagierin. Laut Abigail konnte sie einfach Seide schneller verarbeiten als jeder sonst, und sie in die schönsten Stücke verwandeln. Vielleicht hatte sie das hergestellt.

„Darf ich?", fragte Mrs. Rotherhide.

Ich reichte ihr die Kiste.

„Nein!", rief Mrs. Landers, als Mrs. Rotherhide die Seide betastete. „Nur Mrs. Glass darf sie berühren, um die Stärke der Magie zu garantieren. Ich entschuldige mich, aber so lauten meine Regeln."

„Sehr verständlich", sagte Mrs. Rotherhide.

„Unfug", sagte Mrs. Delancey hinter uns. „Wenn man die Gegenstände nicht berühren kann, worum geht es denn dann?"

„Sie zu sehen, natürlich", sagte Mrs. Landers.

„Sie bewahren sie weggeschlossen in diesem Schränkchen auf", erklärte Mrs. Delancey.

„Ich hole sie zu Gelegenheiten wie dieser heraus."

Mrs. Delancey schaute über Mrs. Rotherhides Schulter auf die Kiste. „Sind Sie offen für Gebote?"

„Nein", sagte Mrs. Landes. „Vielleicht eines Tages, aber jetzt nicht. Die meisten dieser Dinge sind für mich neu, und ich will sie noch eine Weile besitzen." Sie griff in das Schränkchen und holte einen Teller mit einer Scheibe Weißbrot heraus.

„Brot?", fragte ich und nahm den Teller von ihr entgegen.

„Es ist vier Monate alt", sagte Mrs. Landers. „Und sehen Sie, kein Hauch Schimmel darauf. Der Bäcker sagt, die Magie wird sechs Monate halten, bevor der Schimmel einsetzt, aber ich werde es bis dahin aufheben. Ich bin sehr erfreut, dass ich das mit Ihnen teilen kann, Mrs. Glass."

„Du Glückspilz", murmelte Matt neben mir.

Mrs. Landers spießte ihn mit einem scharfen Blick auf.

Ich wollte den Teller an Mrs. Rotherhide weiterreichen, aber Mrs. Landes ließ mich nicht. „Berühren Sie es erst, Mrs. Glass, dann reichen Sie den Teller weiter."

Pflichtergeben berührte ich die Kruste. Sie war ein wenig warm, aber nicht allzu sehr. Ich reichte den Teller Mrs. Rotherhide.

„Das ist nicht so das meine." Sie reichte ihn Lord Coyle neben ihr weiter.

„Gute Güte", glaubte ich Louisa zwei Reihen weiter hinten murmeln zu hören.

Mrs. Landers reichte mir als nächstes einen kleinen Zaunkönig aus Holz auf einem Olivenast. Er war äußerst hübsch, und sie übergab ihn mir mit all der Ehrerbietung einer Kammerzofe, die ihre Königin die Krone reichte. Ich durfte ihn nicht weiterreichen, da er nicht auf einem Tablett oder einer Kiste stand.

Sie holte weiter Gegenstände aus dem Schränkchen, und einen nach dem anderen berührte ich sie. Alle enthielten sie unterschiedliche Grade von magischer Wärme. Keiner davon war das Diadem, obwohl ich wusste, dass sie es nicht dort verstecken würde, wenn sie diejenige war, die es gestohlen hatte. Sie mochte ja dumm sein, aber so eine Närrin war sie nicht.

Schließlich kamen sie zum letzten Gegenstand, dem kleinen Spielzeugjungen, der eine Soldatenuniform trug, eine Trommel über die Schulter geschlungen. Anfangs dachte ich, er wäre aus Holz, aber dann wurde mir klar, dass die Arme und Beine aus Metall waren. Sie drehte den Schlüssel hinten und zog den Mechanismus darin auf, dann stellte sie ihn oben auf den Schrank. Die Beine des Spielzeugs bewegten sich auf und ab, um zu marschieren, und die Arme hoben und senkten sich, schlugen die Schlegel auf die Trommel. Am erstaunlichsten war, dass sich der Spielzeugtrommler tatsächlich vorwärts bewegte. Die Beine gingen nicht nach oben und unten, sie schufen einen Vortrieb für den Trommler.

„Erstaunlich", sagte einer der Gäste.

„Die Melodie ist ein wenig falsch", sagte ein weiterer. „Soll das *God Save the Queen* sein?"

„Das klingt überhaupt nicht nach *God Save the Queen*", meinte Mrs. Delancey. „Was ist es denn, Mrs. Landers?"

„Ich bin mir nicht ganz sicher", sagte Mrs. Landers, die das Spielzeug auffing, bevor es vom Schränkchen heruntermarschierte.

„Es marschiert nicht im Takt", sagte Mrs. Rotherhide, die enttäuscht klang.

„Aber es marschiert hervorragend. Die Beine heben sich so

hoch. Hier, Mrs. Glass, sagen Sie mir, was Sie denken. Wie stark ist die Magie?" Mrs. Landers reichte es mir. „Ich habe es erst letzten Monat von einem Mann gekauft."

„Wem?", fragte Lord Coyle.

„Niemandem, den Sie kennen", sagte Mrs. Landers dreist.

„Sie meinen, er steht nicht auf unserer offiziellen Liste der Magier?", fragte Mr. Delancey.

„Dann müssen Sie ihn anfügen", erklärte Mrs. Delancey.

„Vielleicht will sie den Namen für sich behalten, um sicherzustellen, dass die Preise niedrig bleiben", sagte Lord Farnsworth.

Mrs. Landers lächelte sie nur an, dann wandte sie sich zu mir. „Nun, Mrs. Glass? Was glauben Sie denn?"

„Es hat hervorragende Qualität", sagte ich. „Besonders das Gesicht ist schön. Aber ich fürchte, es ist nicht magisch." Ich reichte ihr das Spielzeug zurück.

Sie starrte mich an. „Natürlich ist es das." Sie drückte mir das Spielzeug wieder in die Hände. „Berühren Sie es noch einmal."

Ich wog den kleinen Trommler einen Augenblick lang in der Hand, dann schüttelte ich den Kopf. „Es ist keine magische Wärme darin. Es tut mir leid."

Sie betastete den Diamantanhänger an ihrer Kehle. „Das kann nicht sein! Ich habe ihn vom Spielzeugmacher in der Bond Street gekauft. Er hat sehr gute Stücke."

„Wenn er nicht auf unserer Liste steht, ist er kein Magier", sagte Lord Coyle.

Mr. Landers trat neben seine Frau. „Es muss doch Dutzende Magier geben, die nicht auf Ihrer Liste stehen, Coyle. Die meisten verstecken sich, wie Mrs. Glass. Wenn meine Frau sagt, dass sie dieses Spielzeug von einem Magier gekauft hat, dann war er ein Magier."

„Er hätte sie anlügen können", sagte Mrs. Rotherhide mitfühlend. „Machen Sie sich keine Sorgen, meine Liebe. Das ist schon vielen von uns passiert."

Mrs. Landers blinzelte Tränen zurück, und ihre Brust hob und senkte sich, weil sie so rasch und abgehackt atmete. Sie wandte ihren Blick wieder zum hinteren Teil des Raumes. Ich folgte ihrem Blick und sah den Butler, der mit dem Rücken zur Tür stand.

„Es gibt nun Erfrischungen", sagte er geschmeidig. „Wenn Sie sich alle in das Speisezimmer begeben könnten."

Es war die Pflicht der Gastgeberin, diese Ankündigung zu machen, aber Mrs. Landers schien nicht in einem Zustand zu sein, es zu tun. Dennoch hätte der Butler still bleiben sollen. Tatsächlich waren die Erfrischungen noch gar nicht aufgetragen.

Obwohl wir alle seinen Anweisungen folgten, dauerte es weitere vier Minuten, bevor eine Reihe von Dienern den Champagner, die heiße Schokolade, Tee, Limonade, Sandwiches, gezuckerte Früchte und Kuchen auf Silbertabletts brachten.

Matt und ich wurden getrennt. Er wurde von Mr. Delancey und zwei seiner Freunde in die Ecke gedrängt, während ich von Mrs. Delancey, Louisa, Mrs. Rotherhide, Lord Farnsworth und zwei weiteren umgeben wurde. Sie deckten mich mit Fragen ein, während Mrs. Delancey und Mrs. Rotherhide dafür sorgen, dass mein Teller immer voll war, und mein Champagnerglas ausgetauscht wurde, sobald es leer war.

Louisa war die Einzige, die mir nicht viel Aufmerksamkeit schenkte. Sie wurde von Fabian und Oscar abgelenkt, die sich leise allein in der entfernten Ecke unterhielten. Sir Charles hatte sich ihnen angeschlossen, und sie löste sich bald und marschierte auch hinüber.

„Die arme Mrs. Landers", flüsterte Mrs. Delancey. „Sie wirkt ziemlich aufgebracht wegen Ihrer Entdeckung, Mrs. Glass."

Mrs. Landers wirkte tatsächlich aufgebracht. Sie trank ihr zweites Glas Champagner aus und griff sofort nach einem weiteren. Ihr Mann redete leise mit ihr, aber als sie ihn finster anfunkelte, ging er wieder. Sie stand allein da, spielte mit den Erfrischungen herum, rückte Tabletts vor und zurück, um die Sandwiches neu anzuordnen. Sie wirkte verzweifelt.

„Was wissen Sie über sie?", fragte ich.

„Nicht sonderlich viel", sagte Mrs. Rotherhide. „Sie kommt vom Geld und hat noch mehr Geld geheiratet. Ihre Familie kam nur für diese eine Saison nach London, um ihr einen Mann zu suchen. Sie hatten Erfolg, kehrten aufs Land zurück, und wurden niemals wieder gesehen."

„Sie ist schon ein kleines Püppchen", sagte Lord Farnsworth. „Ich wünschte, ich hätte Landers übertrumpft, aber damals habe ich noch nicht an Bällen teilgenommen. Ich war zu sehr mit anderen Dingen beschäftigt und nicht an einer Ehe interessiert."

„Ich bezweifle, dass sie an Ihnen interessiert gewesen wäre", sagte Mrs. Rotherhide.

Lord Farnsworth wirkte verletzt. „Weshalb nicht?"

„Zu jung." Sie zwinkerte, und er lachte.

„Wie wahr, Mrs. R., wie wahr."

„Wie kam ihre Familie denn zu ihrem Vermögen?", fragte ich.

„Handel, schätze ich", sagte Lord Farnsworth mit völligem Desinteresse.

„Was für Handel?"

Er zuckte mit den Schultern. „Finanzen?"

Mrs. Delancey schüttelte den Kopf. „Ihr Mann ist in den Finanzen tätig, aber ihre Familie nicht, oder sie wären öfter in London." Sie beugte sich vor. „India, legen Sie nahe, dass sie Magier sind und ihr Vermögen gemacht haben, indem sie etwas herstellen?"

„Es ist möglich", sagte ich. „Es würde ihr Interesse an magischen Gegenständen erklären."

„Es würde auch erklären, weshalb sie überhaupt erst von Magie weiß", sagte Mrs. Rotherhide.

„Wie haben Sie denn ein Interesse an magischen Sammlungen entwickelt?", fragte ich sie.

„Mein Mann war ein Sammler. Ich habe seine Sammlung übernommen, nachdem er gestorben ist, aber ich habe nichts hinzugefügt."

„Mrs. Rotherhide sieht keinen Wert im Handel", erklärte Lord Farnsworth. „Genauso wenig Lord Coyle. Sie horten beide. Mr. und Mrs. D. und die meisten anderen im Club handeln, wenn der Preis stimmt."

Mrs. Rotherhide lächelte traurig. „Ich habe einfach nicht den Hang dazu, seit mein Mann gestorben ist. Vielleicht eines Tages."

„Lassen Sie es mich wissen, wenn dieser Tag kommt", sagte Lord Farnsworth ganz ernst.

„Stellen Sie Ihre Sammlungen allen zur Verfügung, damit sie

sie sehen können?", fragte ich Mrs. Rotherhide. „Oder verwahren Sie sie in einem verschlossenen Schränkchen, wie Mrs. Landers?"

„In einer Truhe auf dem Speicher mit den Dingen meines Mannes."

„Auf dem Speicher!", rief Mrs. Delancey.

„Wie achtlos", murmelte Lord Farnsworth in seine Tasse mit Schokolade.

„Und was ist mit Ihnen, mein Lord?", fragte ich ihn. „Werden Ihre ausgestellt?"

„Ebenfalls weggesperrt. Ich muss sie doch sicher halten. Man kann Zimmermädchen nicht vertrauen, dass sie sie nicht runterwerfen."

„Unfug", sagte Mrs. Delancey. „Stellen Sie doch keine ungeschickten Zimmermädchen an."

„Handeln Sie häufig?", fragte ich ihn.

„Aber sicher. Ich bin ein Spieler, verstehen Sie. Pferde, Karten, Betriebsanteile, Kunst und Sammelgegenstände. Aber ich schließe das alles an einem sicheren Ort weg. Die Sammlung kommt nur heraus, wenn ich handeln will. Ich will doch nicht, dass ein Dieb daherkommt und es stiehlt, wie dem armen alten Lord – wem auch immer."

„Ganz genau", sagte Mrs. Rotherhide. „Sie sollten aufpassen, Mrs. Delancey. Sie würden doch nicht wollen, dass es genauso bei Ihren Stücken passiert."

Mrs. Delancey wedelte mit der Hand. „Unser Haus ist sehr sicher, und unser Butler hat ein exzellentes Gehör. Auf gar keinen Fall würde sich jemand nachts hereinschleichen können, wenn er Dienst hat."

Ich nippte an meinem Champagner und beobachtete wieder Mrs. Landers, während sie das dritte Glas leerte. Ihr Mann sollte sie aufhalten. Sie schwankte allmählich.

Aber Mr. Landers passte nicht auf sie auf, er war in eine Unterhaltung mit Sir Charles Whittaker verstrickt.

„Was ist mit Sir Charles?", fragte ich meine Gefährten. „Handelt er gern mit seiner Sammlung?"

„Horter", erklärte Lord Farnsworth.

Mrs. Delancey stimmte zu. „Ich habe sie nie gesehen."

„Er hat nur zwei Gegenstände", sagte Mrs. Rotherhide. „Die Holzstatue eines Hundes und einen gusseisernen Kerzenständer. Er versteckt sie nicht. In dem Kerzenständer steckt sogar eine halb verbrauchte Kerze. Es ist Monate her, als er sie mir in seinem Salon gezeigt hat. Vielleicht hat er seitdem seiner Sammlung etwas hinzugefügt."

Lord Farnsworth zog die blassen Augenbrauen hoch. „Vor einigen Monaten, was? Weshalb haben Sie seine Sammlung gesehen, und wir übrigen nicht? Was macht Sie so besonders?"

Mrs. Rotherhide nippte an ihrem Champagner, achtete nicht auf ihn.

Plötzlich schwankte Mrs. Landers ziemlich heftig. Sie fing sich zum Glück am Rand des Tisches. Keinem sonst schien es aufzufallen.

Ich entschuldigte mich und schloss mich ihr an. „Geht es Ihnen gut?", fragte ich.

Sie schaute in meine Richtung, schien mich aber nicht zu sehen. „Mrs. Glass?" Ihre Worte waren unverständlich. „Mrs. Glass, wie nett, dass Sie heute Abend hier sind." Sie hatte einen Schluckauf, dann wankte sie wieder.

„Ich glaube, Sie sollten sich setzen."

„Nicht hier." Sie schaute sich um. „Sie bemitleiden mich alle. Sie halten mich für dumm. Sogar mein Mann." Ihre Unterlippe bebte. „Ich will nach Hause."

Sie stand kurz vor einem Tränenausbruch, und die Leute starrten schon. Ich musste sie hier rausbringen. „Gehen Sie mit mir zum Ankleideraum der Damen?", fragte ich.

Sie nickte und machte einen unsicheren Schritt. Ich nahm sie fest an der Hand. Sie lächelte mich unsicher an, dann trat sie noch einen Schritt vor.

„Stammen Sie aus einer magischen Familie?", fragte ich, während wir nach draußen gingen.

„Nein. Weshalb?"

„Ich war neugierig wegen Ihres Interesses an der Sammlung magischer Gegenstände. Ihr Mann scheint nicht so begeistert davon zu sein."

„Es ist mein Hobby. Damals zu Hause war ich in einen Schreiner-Magier verliebt." Sie seufzte. „Ich durfte ihn aber nicht heiraten. Er war zu arm. Er nutzte seine Magie nicht, um seine Holzarbeiten zu verbessern. Es war etwas, das er für sich und seine Liebsten zurückhielt." Sie lächelte sehnsüchtig. „Pssst. Verraten Sie es nicht meinem Mann."

„Der Schreiner hat den kleinen Zaunkönig für Sie gemacht, oder?"

„Ist er nicht wunderschön?" In ihren Augen standen Tränen. „Es ist alles, was ich von ihm habe. Alles, was ich je haben werde. Ich wurde dazu gebracht, Mr. Landers zu heiraten, was, wie ich weiß, zu meinem Besten ist, und ich bedaure es nicht. Wirklich, das tue ich nicht. Er will mir Gefallen tun, und er nimmt es mit meiner Albernheit auf. Was kann sich eine Frau denn sonst wünschen?"

Ich hielt es für am besten, ihrem Elend nicht noch etwas hinzuzufügen, indem ich ihr meine Meinung über die Ehe mitteilte, die ganz gegenteilig war. Sie war sowieso schon kurz davor, in Tränen auszubrechen. „Darf ich fragen, wie Ihr Vater zu seinem Vermögen gekommen ist?" Es war eine schrecklich direkte Frage. Tante Letitia wäre entsetzt gewesen.

Doch Mrs. Landers war es entweder egal, oder sie war zu betrunken, um sich darum zu kümmern. „Die Eisenbahn. Er hat zur richtigen Zeit darauf spekuliert."

Damit war dieses Rätsel gelöst.

Wir kamen an der Tür zum Ankleideraum an, flankiert von Topfpalmen. Der Butler drückte sich in der Nähe herum, beobachtete uns. Oder vielmehr beobachtete er Mrs. Landers.

„Weshalb mussten Sie es allen sagen?", jammerte sie. „Hätten Sie nicht warten können, bis wir allein sind?"

Ich hatte mich schon gefragt, wann es ihr wieder einfallen und sie mir ihre gescheiterte Gesellschaft zum Vorwurf machen würde. Es war an der Zeit, mich zu entschuldigen. „Es tut mir leid", sagte ich. „Sie haben recht, ich hätte warten sollen, bis wir allein sind, um Ihnen von dem Spielzeugtrommler zu erzählen."

„Alles ist ruiniert. Ich hasse es hier. Ich will nach Hause." Sie brach in Tränen aus.

Ich trat vor, um sie zu trösten, doch der Butler schob mich aus dem Weg. Er nahm sie in die Arme, und sie weinte ihm in die Brust.

„Wentworth", keuchte sie. „Oh, Wentworth, wenn du nicht wärst, wäre London ganz unerträglich."

Ich hätte ihren privaten Austausch nicht belauschen sollen. Es war nicht nett, Mrs. Landers in ihrem betrunkenen Zustand auszunutzen. Ich verschwand in das Ankleidezimmer, legte aber das Ohr an die Tür. Es war vielleicht unfreundlich, aber das Lauschen war ein notwendiges Übel beim Ermitteln.

„Weine nicht, meine Kleine", sagte der Butler mit tiefer, sonorer Stimme. „Ich kümmere mich um dich. Um alles." Nach einer Pause fügte er an: „Ich habe etwas, mit dem du dich besser fühlen wirst."

„Ein Geschenk?", fragte sie schwach.

„Ein schönes Geschenk. Ich zeige es dir später, aber nur, wenn du jetzt deine Tränen trocknest. Gutes Mädchen."

„Was ist es?", fragte sie. „Was ist mein Geschenk?"

„Ach, tja, das kann ich dir doch nicht jetzt schon verraten, sonst wäre es nichts Besonderes. Triff dich mit mir in deinem Wohnzimmer, nachdem alle weg sind. Dann gebe ich es dir. Jetzt lauf, wisch dir die Tränen ab und schließ dich deinen Gästen an. Und hör auf, Champagner zu trinken. Lächle mich an. So bist du mein hübsches Mädchen. Jetzt geh, und lass sie nicht sehen, dass du aufgebracht bist."

Ich warf mich von der Tür weg und schaffte es gerade noch, hinter den Paravent zu schlüpfen, bevor Mrs. Landers eintrat. Sie summte, während sie sich zurechtmachte, dann ging sie wieder. Entweder hatte sie vergessen, dass ich da war, oder sie tat so, als hätte sie es vergessen.

Ich öffnete die Tür und musterte die Umgebung, bevor ich aufbrach. Während ich die Tür hinter mir schloss, warf ich einen Blick zum Treppenhaus. Könnte das Geschenk des Butlers das Diadem sein, gestohlen, um ihre Zuneigung zu gewinnen? Er war in sie verliebt, so viel war klar. Und obwohl sie ihn zu mögen schien, war es eher die Begeisterung einer Tochter für eine Vaterfigur. Er hoffte vielleicht, sie mit einem besonderen Geschenk gewinnen zu können, und für Mrs. Landers könnte es nichts Besondereres geben als das magische goldene Diadem.

Es war bestimmt irgendwo versteckt, aber ich konnte mich nicht dazu durchringen, die Stufen hinauf zu laufen und in seinem Zimmer danach zu suchen. Die Bediensteten mochten alle unten beschäftigt sein, aber es war zu riskant. Ich wusste ohnehin nicht, welcher Raum ihm gehörte.

Ich betrat wieder den Salon und schloss mich Matt an, der mit Lord Farnsworth redete. Bald nach meiner Ankunft begannen die Gäste aufzubrechen. Sie gingen in großer Anzahl, obwohl es noch nicht so spät war. Mrs. Landers setzte sich ein Lächeln auf, aber sie spürte bestimmt deutlich die Verachtung.

Es war alles meine Schuld. Sie hatte recht. Ich hätte nicht allen sagen sollen, dass der Spielzeugtrommler keine Magie enthielt.

Matt und ich brachen auf, genauso Farnsworth. Während wir darauf warteten, dass unsere Kutschen eintrafen, tippte er Matt auf den Arm.

„Ich schätze nicht, dass Sie ein gutes Wort für mich bei Ihrer verrückten Cousine einlegen können, was, Glass?"

Matt wartete auf mehr, oder vielleicht darauf, dass Lord Farnsworth zugab, dass er scherzte, doch Farnsworth lächelte ihn nur an. „Wenn Sie mögen", sagte Matt schließlich.

Unsere Kutsche kam an, und wir stiegen ein. Lord Farnsworth salutierte uns, während wir abfuhren. „Glaubst du, er meint es ernst?", fragte Matt.

„Er wirkt so", sagte ich. „Er hat nicht gelacht."

„Ich habe im Lauf der Jahre einige seltsame Leute getroffen", sagte Matt. „Ich bin sogar mit ein paar verwandt. Aber er verblüfft mich völlig."

„Er ist nur ein fröhlicher Idiot."

„Wie hat er es geschafft, sein Vermögen zu behalten? Fröhliche Idioten verspielen normalerweise alles, oder man betrügt sie. Nach allem, was ich höre, geht es ihm nur zu gut."

„Gut genug, um sich eine Kurtisane zu leisten."

„Ich habe ihn nach seinem Kutscher gefragt", sagte Matt. „Ich habe ihm erzählt, dass ich nach einem neuen suche und gehört habe, er hätte gerade einen entlassen. Ich jammerte über die Schwierigkeit, zuverlässiges Personal zu finden, und er jammerte über die Schwierigkeit, diskrete Bedienstete zu finden. Er sagte, er hätte den Kutscher entlassen, weil er den Mund über Farnsworths Privatangelegenheiten nicht gehalten hätte."

„Vielleicht einen Besuch bei Lord Cox mitten in der Nacht?"

Wir besprachen auf dem ganzen Heimweg den Abend, und wir kamen beide zum selben Schluss. Abgesehen davon, dass es ein sehr seltsamer Abend gewesen war, hatten wir ein wenig erfahren, aber noch nicht genug, um unsere Liste mit Verdächtigen einzuengen. Keiner von uns konnte irgendwelche abschließenden Schlüsse ziehen. Zumindest hatten wir einige Vorstellungen davon, wo sich das Diadem befinden könnte.

Bei unserer Rückkehr nach Hause schickte Matt Bristow ins Bett, und wir blieben mit Duke im Wohnzimmer auf. Wir wollten gerade alles erzählen, was wir erfahren hatten, als Willie eintraf.

„Ich war wieder bei Angelique", sagte sie, schenkte sich Whiskey von dem Rollwagen mit Getränken ein.

„Diesmal wurdest du nicht festgenommen", bemerkte Duke.

Sie schlug ihm auf den Hinterkopf, während sie vorbeiging. „Wir haben uns ein Zimmer in einem Hotel in der Nähe von Kings Cross genommen. Sie musste zurück zu Ihrer Wohnung, weil Farnsworth vorhat, sie dort nach Mitternacht nach der Landers-Party zu treffen. Habt ihr etwas herausgefunden?", fragte sie.

„So einiges", sagte ich. „Alle unsere Verdächtigen waren dort. Deine Mrs. Rotherhide war der netteste Mensch im Raum, Duke."

Er lächelte. „Ich schätze, ich werde sie morgen Abend besuchen."

„Werd bloß nicht ganz weich bei ihr, Duke", sagte Willie. „Ich kenne dich, und du bist genau der Kerl, der sich in jede Frau verliebt, mit der er zusammen ist, und sogar manche, mit denen du es nicht warst."

„Mach das nicht", murmelte er in sein Glas.

„Sie ist eine Dame der Gesellschaft, und du besitzt keine zwei Münzen. Du kannst ihr nichts bieten."

„Kann ich das nicht?", sagte er mit einem Lächeln, das seine Grübchen zeigte.

Sie verdrehte die Augen. „Du weißt, was ich meine."

„Es ist nur ein wenig Spaß, Willie. Du kümmerst dich um

deine Angelegenheiten und lässt mich mich um meine kümmern."

„Also gut." Sie leerte ihr Glas und stand auf, um es neu zu füllen. „Also denkst du nicht, dass es Mrs. Rotherhide ist, die das Diadem gestohlen hat?"

„Sie kommt mir nicht wie eine Diebin vor", sagte ich. „Aber meine Instinkte haben sich in der Vergangenheit nicht unbedingt als zuverlässig erwiesen, also werde ich offen für alles bleiben. Was ich heute erfahren habe, war, dass sie ihre magische Sammlung im Speicher aufbewahrt. Sie holt sie nur hervor, um sie jemandem zu zeigen. Wenn sie das Diadem gestohlen hat, ist es vermutlich dort oben bei den anderen Stücken aufbewahrt."

Willie deutete mit dem Glas auf Duke. „Also musst du dich nur im Speicher umsehen."

„Das tue ich nicht. Sie vertraut mir."

„Siehst du! Ich wusste doch, dass du weich wirst. Sie ist dein Ziel, Duke. Erst die Ermittlung, dann der Spaß."

Dukes Schultern sanken zusammen. „Ich will sie nicht hintergehen. Ich mag sie, und ich glaube sowieso nicht, dass sie es getan hat."

„Willie hat recht", sagte Matt. „Wenn du die Gelegenheit hast, im Speicher nachzusehen, solltest du sie ergreifen."

Willie warf Duke einen triumphierenden Blick zu. Er schaute finster zu ihr zurück.

„Andererseits", fuhr Matt fort, „wirst du diese Gelegenheit aber sehr wahrscheinlich nicht erhalten. Es gibt zu viele Bedienstete, die alle im Speicher leben. Es wird unmöglich sein, dort herumzuschleichen."

„Genau", sagte Duke mit einem Nicken.

„Weich", murmelte Willie, die wieder Platz nahm.

„Was unsere anderen Verdächtigen angeht", sagte ich, „sowohl Lord Farnsworth als auch Mrs. Landers scheinen sehr wahrscheinliche Kandidaten zu sein. Oder sollte ich sagen, Mrs. Landers' Butler." Ich erklärte ihnen, dass Wentworth in sie verliebt zu sein schien und Mrs. Landers ein besonderes Geschenk versprochen hatte. „Es könnte das Diadem sein", schloss ich. „Er hätte es für sie stehlen können, als Liebesbeweis."

„Und du denkst, ich wäre auf dem Holzweg", sagte Duke zu Willie, während er den Kopf schüttelte. „Mrs. Landers wird nicht in ein gemütliches Leben aufbrechen, wenn sie mit dem Butler wegläuft."

„Ich glaube nicht, dass sie in ihn verliebt ist", sagte ich. „Eher schon verlässt sie sich auf ihn, wie ein Mädchen sich auf ihren Vater verlässt. Ich würde sagen, das hat sie schon den Großteil ihres Lebens lang getan."

„Er ist jetzt auf jeden Fall ein Verdächtiger", sagte Matt. „Aber ich sehe nicht, wie wir herausfinden können, ob das Geschenk, das er ihr gemacht hat, das Diadem ist."

Wir verfielen ins Schweigen, jeder von uns dachte darüber nach, wie wir mehr herausbringen konnten. Ich verwarf jede Idee, die mir kam, als zu riskant.

„Was ist mit Farnsworth?", fragte Duke. „Du hast gesagt, er wäre immer noch ein Verdächtiger, India."

„Obwohl er einer der albernsten Männer ist, denen ich je begegnet bin", sagte ich, „können wir ihn noch nicht ausschließen. Er scheint einen Hang zum Spielen und Handeln zu haben. Er hätte den Wert eines magischen goldenen Diadems in dem Augenblick erkannt, in dem er davon las. Das Problem ist, wir wissen nicht, wo er seine magischen Gegenstände aufbewahrt."

„Hoffentlich hat Cyclops bald Neuigkeiten an dieser Front", sagte Matt.

Willie tippte mit dem Finger an ihr Whiskeyglas, die Stirn gerunzelt. „Was ich wissen will, wie hat denn einer von ihnen herausgefunden, dass Lord Cox das Diadem überhaupt besaß? Der Artikel hat ihn nicht beim Namen genannt."

Sie hatte recht. Wenn wir das herausbrachten, würden wir den Schlüssel zu dem Rätsel besitzen.

Matt rückte plötzlich nach vorne. „Wenn ich ein Sammler magischer Artefakte wäre und den Artikel gelesen hätte, wäre das erste, was ich tun würde, mich zur Zeitung zu begeben und jemanden zu bestechen, um mir zu sagen, wer ihnen die Information geliefert hat. Das hätte sie direkt zu Longmire geführt."

„Du schlägst vor, dass wir es genauso machen", sagte ich. „Nur dass wir den Kolumnisten nach der Identität desjenigen fragen werden, der an ihn herangetreten ist."

Er hob sein Glas zum Salut. „Morgen schauen wir beim Bureau der Zeitung vorbei. India, wollen wir uns zurückziehen?"

Ich trank meinen Sherry aus und erhob mich.

„Eines noch", sagte Duke. „Was ist mit Whittaker? Ist er immer noch ein Verdächtiger?"

„Unwahrscheinlich", sagte ich. „Zum einen haben sich du und Matt gut bei ihm zu Hause umgeschaut und nichts gefunden. Zum anderen sagte Mrs. Rotherhide, dass er nur zwei magische Gegenstände besitzt, die Holzstatue eines Hundes und einen gusseisernen Kerzenständer. Die bewahrt er im Salon auf. Er klingt nicht wie ein ernsthafter Sammler, und ich vermute, dass nur ein ernsthafter Sammler das Diadem stehlen würde."

„Er und Mrs. Delancey haben nicht miteinander geredet", erklärte Matt mir, während wir aufbrachen.

„Schuldgefühle vielleicht?", fragte ich. „Wegen ihrer Affäre?"

„Schuldgefühle wegen irgendwas. Oder eine Unstimmigkeit."

* * *

Ein Brief von Lord Coyle traf gleich am Morgen mit der Post ein, bevor wir das Haus verließen. Er war sowohl an Matt als auch an mich adressiert und kam direkt zum Punkt.

„Mein Schutz von Cox' Ruf war für Hope, für niemanden sonst", las Matt mir vor, während wir uns Jacken und Mäntel anzogen. „Er ist nicht umsonst. Sie kennen den Preis. Die Uhr tickt."

„Uhr", murmelte ich, während ich meine Jacke über meinem Kleid zuknöpfte. „Er hat uns keine Zeit für einen Termin gegeben, nur einen Tag. Damit haben Uhren nichts zu tun. Nach meiner Rechnung bleiben noch fünf weitere Tage, in denen Hope annehmen kann. Ja, ich weiß, dass ich pedantisch bin." Ich schnalzte mit der Zunge, während ich mit einem zu engen Knopfloch kämpfte.

Matt zupfte sanft meine Finger ab. „Gestatte mir bitte. Du hast heute Vormittag zwei linke Hände."

„Coyles Brief hat mich erschüttert. Was sollen wir tun, Matt?"

„Wir werden noch einmal mit Hope reden."

„Aber es ist Coyle!"

Er schloss die Aufgabe ab und fasste mir sanft ans Kinn. Sein warmer Blick hielt meinen fest, beruhigte sofort meine strapazierten Nerven. „Es wird alles funktionieren, India. Das siehst du schon."

Er klang so zuversichtlich, so gefasst, doch nichts war gelöst. Coyle wollte am Donnerstag eine Antwort, oder meine Schuld würde nicht beglichen sein, Hope hatte es sich noch nicht überlegt, und es schien unwahrscheinlich, dass sie es bis dahin tat, und mir war übel allein schon bei dem Gedanken daran, sie dazu zu ermutigen, den Antrag anzunehmen.

Matt küsste mich auf die Stirn und zog mich in seine Arme. Ich entspannte mich mit einem Seufzen an seiner Brust. Die Sorgen würden nichts lösen. Wir sollten zur Tat schreiten. Das Problem war, zu welcher Tat konnten wir schreiten?

# KAPITEL 12

Da es Samstag war, waren nur wenige Mitarbeiter in den Bureaus des *Daily Courier*. Zum Glück war einer von ihnen der Herausgeber, Mr. Diamond, dem die fragliche Klatschspalte sehr vertraut war.

„Wir würden gerne mit dem Verfasser des Artikels sprechen", sagte Matt. „Ist er heute da?"

„Oder sie?", fragte ich.

Mr. Diamond seufzte auf eine Art, die seinen ganzen Körper zusammensinken ließ, was ziemlich beeindruckend war, wenn man bedachte, dass er ein robuster Mann war, dessen Leibesumfang ihm nicht gestattete, allzu nah am Schreibtisch zu sitzen. „Noch einer", murmelte er. „Wenn ich einen Schilling für jeden von euch eintreiben würde, der danach fragt, wäre ich schon reich. Nein, Sie können nicht mit ihm reden", sagte er mit übertriebener Geduld. „Er weiß nicht, wer der Lord ist, der in dem Artikel erwähnt wurde. Seine Quelle hat es nicht gesagt."

„Sie verstehen das nicht", erklärte Matt. „Uns ist es gleich, wer der Lord ist. Wir wollen wissen, ob jemand die Information erfolgreich durch Bestechung von ihm erhalten hat."

Mr. Diamond lehnte sich zurück und betrachtete uns genauer. „Wir nehmen hier keine Bestechungsgelder an."

„Vielleicht war es eine Spende an eine Wohltätigkeitsorganisation seiner Wahl." Matt nahm eine Banknote aus seiner Tasche. „Oder war es Ihre Wahl, Mr. Diamond?"

Der Stuhl des Herausgebers knarzte, als er sein Gewicht verlagerte. Er nahm das Geld von Matt entgegen und bedeutete uns, dass wir uns setzen sollten, indem er mit seiner tintenverschmierten Hand wedelte. Er schob das Geld in die oberste Schublade seines Schreibtischs und betrachtete uns, die Hände über dem Bauch gefaltet.

„Woher wussten Sie, dass ich ihn verfasst habe?", fragte er.

„Es war nur geraten", sagte Matt. „Da ich zu Hause gesehen habe, wie Zeitungen arbeiten, habe ich angenommen, dass es keinen konkreten Klatschkolumnisten gibt."

Mr. Diamond knurrte. „Also wollen Sie nicht wissen, wer der Lord ist? Ich muss schon sagen, das ist was anderes als jeder Hinz und Kunz, der seit dem Abdruck des Artikels in mein Bureau marschiert ist."

„Es wurde oft nachgefragt?", fragte ich.

„Etwa ein halbes Dutzend Mal."

„Ist es irgendjemandem gelungen, Ihnen diese Information zu entlocken?", fragte Matt.

Mr. Diamond strich sich über den spärlichen Bart, der an seinem Kinn spross. „Ich habe Ihnen doch gesagt, die Quelle hat es nicht verraten."

„Jetzt kommen Sie schon", sagte Matt. „Es hat keinen Sinn, Nichtwissen vorzuspielen. Wir wissen bereits, dass es Lord Cox ist."

Mr. Diamond schnappte zwischen den Zähnen nach Luft, als hätten wir etwas auf eine offene Wunde gelegt.

„Wir wurden von Lord Cox engagiert, um aufzuspüren, wer dieses üble Gerücht verbreitet. Also sagen Sie uns, Mr. Diamond, hat es jemand geschafft, Ihnen seinen Namen zu entlocken?"

„Einer." Mr. Diamond beugte sich vor und legte die Hände flach auf den Schreibtisch. „Sie müssen verstehen, das habe ich nicht für Geld getan. Ich habe es getan, weil er mich bedroht hat. Er sagte, er würde meiner Familie etwas antun."

Ich keuchte. „Sind Sie zur Polizei gegangen?"

„Es gab nichts, was sie tun konnten. Ich habe nicht gesehen, wer die Drohung aussprach, verstehen Sie, und er hat keinen

Beweis hinterlassen, bis auf eine handschriftliche Notiz. Ich habe ihm natürlich die Information gegeben, die er wollte. Das musste ich. Ich war verängstigt."

„Wenn Sie nicht gesehen haben, wer die Nachricht hinterlassen hat, wem haben Sie Lord Cox' Namen dann gegeben?", fragte Matt.

„Es war eine Notiz, die zwischen die Seiten eines Buches gelegt wurde, und das Buch habe ich auf einer Bank im Hydepark gelassen, genau wie es in der Nachricht verlangt wurde. Ich habe eine Weile aus der Ferne zugesehen, aber wer immer es aufgehoben hat, war sehr diskret. Ich habe ihn nicht gesehen." Er schaute an die Decke und stieß Luft aus. „Ich bin erfreut, dass meine Indiskretion keine Folgen hatte. Ich hatte schon Sorge, dass eine der anderen Zeitungen den Namen des Lords berichten würde."

„Sie dachten, es wäre ein Konkurrent bei der Zeitung?"

„Der Gedanke kam mir. Aber es ist ein paar Tage her, also bin ich inzwischen ... nicht mehr sicher." Er runzelte die Stirn. „Wenn Sie Cox sagen wollen, wer die Gerüchte verbreitet, weshalb wollen Sie dann nicht wissen, wer mir die Information überhaupt erst geliefert hat?"

„Es ist schon zu spät, um ihn aufzuhalten", sagte Matt. „Wir wollen verhindern, dass weitere Dinge durchsickern."

Mr. Diamonds Backen bebten, als er uns hastig noch einmal versicherte, dass er erpresst worden war, dass er um die Sicherheit seiner Familie gefürchtet hatte. „Ansonsten würde ich eine so heikle Information niemals weitergeben. Unsere Gerüchteseiten sind sehr beliebt, aber ich gebe zu, dass ich hin und wieder einen Konflikt verspüre, ob ich die Sachen schreiben soll, die auf meinem Schreibtisch landen."

„Das hier war zu gut, um darauf zu verzichten?", fragte ich schnippisch.

Er schluckte und schaute auf seinen Schreibtisch hinab. „Ich bin erleichtert, dass Sie nicht wissen wollen, wer mir die verdammende Information über Lord Cox gegeben hat. Wenn ans Licht kommt, dass wir unsere Quellen nicht schützen, würden diese Quellen wohl austrocknen."

Matt lächelte ihn zur Beruhigung ausdruckslos an. „Gibt es

etwas, das Sie uns über denjenigen erzählen können, der Sie erpresst hat? Irgendwas?"

Mr. Diamond zuckte mit den Schultern. „Ich glaube, die Nachricht wurde von einem Mann geschrieben. Die Handschrift war fest und sicher."

„Wer hat die Drohung an Sie geliefert?", fragte ich. „Einer Ihrer Mitarbeiter?"

„Das ist es ja. Niemand gesteht ein, es getan zu haben. Der Erpresser hat sie wohl selbst geliefert. Es war eine ziemlich geschäftige Tageszeit, als wir gerade die Auflage für übernacht fertiggemacht haben, bereit für die Verteilung am Morgen. Alle stehen immer allen im Weg. Es ist das reine Chaos. Ich bin für ein paar Minuten aus meinem Bureau gegangen, um mit dem Verfasser der Schlagzeilen zu reden. Als ich zurückkam, war die Nachricht genau hier." Er stieß den Finger mitten auf den Schreibtisch.

„Es war bestimmt ein Montag", sagte Matt. „Um welche Zeit?"

„Das ist richtig, es war Montag. Etwa Viertel nach sechs."

Wir dankten ihm und brachen auf. Matt half mir in die Kutsche, dann gab er Woodall Anweisung, zu Mr. Longmires Adresse zu fahren.

„Warum besuchen wir ihn noch einmal?", fragte ich, während die Kutsche ruckelnd anfuhr.

„Ich will sicherstellen, dass er aufgehört hat, diese Drohbriefe an Magier zu schicken."

„Nachdem sie ihn verprügelt haben, hat er das sicher beendet."

„Longmire kam mir nicht wie jemand vor, der Drohungen nachgibt."

„Sie hätten ihn töten können!"

„Hätten sie ihn töten wollen, hätten sie das tun können." Er nahm meine Hand. „Du musst nicht mitkommen, wenn du ihm lieber aus dem Weg gehst."

„Das ist es nicht. Es ist nur … Ich mag ihn nicht, und ich schenke solchen Leuten lieber keine Zeit. Je mehr Aufmerksamkeit wir ihm zukommen lassen, umso aufgeblähter wird sein Selbstwertgefühl."

„Dann werden wir es kurz halten."

* * *

WIE ES SICH ERWIES, war Mr. Longmire nicht zu Hause. Sein Herrendiener Mr. Harker war einverstanden, mit uns zu reden. Er räumte die Zeitung und die Teetasse vom Tisch und lud uns ein, uns hinzusetzen.

„Wir werden nicht lange bleiben", sagte Matt, der stehen blieb, während ich mich setzte. „Wir hatten gehofft, wie Mr. Longmire zu reden, aber vielleicht können Sie helfen." Er legte ein paar Münzen auf den Tisch.

Mr. Harker schob die Zeitung darüber. Die *Times* war auf der Seite mit den Anzeigen für Hausdiener geöffnet. „Ich wäre nur zu erfreut, Ihnen zu Diensten zu sein, Mr. Glass. Was möchten Sie denn gerne wissen?"

„Schleicht sich Ihr Arbeitgeber immer noch nachts hinaus?"

Mr. Harker nickte. „Ich war überrascht, nach diesem Vorfall in der Gasse. Ich dachte, er wäre vorsichtiger geworden. Aber er ist kein vorsichtiger Mann."

„Wissen Sie, wohin er geht?"

„Nein, Sir. Spazieren, schätze ich. Wenn er zurückkehrt, lässt er sich in den Sessel nieder, als würden ihm die Füße wehtun."

„Ich nehme an, es hat keine weiteren Angriffe gegeben?"

„Nicht in diesem Maße, aber man hat Mr. Longmire erst gestern angespuckt. Es würde mich nicht überraschen, wenn er an einem dieser Abende erneut angegriffen wird."

„Machen Sie sich Sorgen um sich selbst, Mr. Harker?", fragte ich.

„Nein, Madam. Die Rüpel haben mit mir kein Problem."

Ich deutete auf die Zeitung. „Aber Sie suchen nach einer anderen Anstellung."

„Nicht aus Angst um mich, verstehen Sie. Es ist der Makel, den die Arbeit für einen Mann wie Mr. Longmire hinterlässt. Ich habe hohe Standards, und – man kann es nicht anders ausdrücken – er ist derb, unhöflich, ein kleiner Tyrann." Sein Rückgrat wurde noch gerader. „Ich bin ein Gentlemans Gentleman, Madam. Die Betonung liegt auf dem ersten Gentleman."

„Ich verstehe."

Wir kehrten zur Kutsche zurück, und diesmal befahl Matt Woodall, uns nach Hause zu fahren. „Das war nicht sonderlich erhellend", sagte ich, während Matt die Kabinentür schloss.

„Ganz im Gegenteil. Longmire bringt immer noch Drohbriefe zu Magiern. Ich schätze, da geht er jeden Abend hin, läuft durch die Stadt und hinterlässt sein Gift an den Werkstätten erfolgreicher Handwerker."

Ich rieb mir die Stirn, wo sich allmählich Kopfschmerzen breitmachten. Mr. Longmire hatte für nichts als Ärger gesorgt, seit er in London eingetroffen war. „Wir können Oscar fragen, ob er irgendwelche Magier kennt, die sie bekommen."

„Stör Barratt nicht", sagte Matt. „Ich muss Longmire auf frischer Tat ertappen und ihn warnen, dass er aufhören muss."

„So sehr ich auch auf deine Fähigkeiten vertraue. Wenn er immer noch Briefe schreibt, nachdem man ihn verprügelt hat, bezweifle ich, dass er aufhören wird, nur weil du es ihm empfiehlst."

Er nahm seinen Handschuh ab und rieb mir den Nacken.

Ich schloss die Augen und lehnte mich an ihn, genoss das Gefühl seiner Hand auf meiner bloßen Haut. „Dass du mich verwöhnst, wird mich nicht davon überzeugen, dass es das Beste ist, zu versuchen, ihn auf frischer Tat zu ertappen."

Er sagte nichts.

„Genauso wenig wird es helfen, mich zu ignorieren." Ich richtete mich auf und fasste ihm fest ans Kinn, wie er es so oft bei mir tat, wenn er sicherstellen wollte, dass ich ihn ernst nahm. „Folge Longmire nicht mitten in der Nacht. Das ist unsicher und ziemlich sinnlos."

„Das sehe ich anders."

Ich kniff die Augen zusammen. „Machst du das nur, damit du etwas tust? Ist es, weil es aufregend ist, sich bei Nacht herumzuschleichen?"

„Ich kann mir andere aufregende Dinge vorstellen, die man nachts tun kann." Er wackelte mit den Augenbrauen und grinste.

Ich würde ihm keine direkte Antwort entlocken, denn ich hatte recht, und er wollte es nicht zugeben. Ich seufzte und legte ihm wieder den Kopf auf die Schulter. „Du gehst nicht allein."

„Natürlich nicht, aber du kommst nicht mit."

„Ich will auch gar nicht. Nimm Willie mit. Sie liebt sinnlose, aufregende Aufgaben, und ich würde mich besser fühlen, wenn einer von euch bewaffnet ist."

* * *

NACH UNSERER UNTERHALTUNG mit Mr. Diamond hatten wir einen äußerst klaren Weg vor uns – herauszufinden, bei welchem unserer Verdächtigen sich nicht feststellen ließ, wo er um Viertel nach sechs am Montagnachmittag gewesen war. Unser Dieb hatte zu dieser Zeit eine Drohnachricht auf Mr. Diamonds Schreibtisch gelegt.

Das Problem war, wie sollte man unsere Verdächtigen über ihre Aufenthaltsorte befragen, ohne es offensichtlich wirken zu lassen, dass sie verdächtig waren? Willie sagte, sie würde mit dem unzufriedenen Zimmermädchen bei den Landers über den Butler reden, während Duke sich anbot, mit Mrs. Rotherhide zu sprechen.

„Ich baue es in die Unterhaltung ein", sagte er, während er seinen Mantel in der Eingangshalle anzog.

Willie kicherte. „Bevor oder nachdem du in ihr Bett gestiegen bist?"

„Es ist mitten am Tag!"

„Es gibt keine Regeln, wann man es tun kann."

„Einige von uns sind lieber diskret."

Sie verdrehte die Augen.

„Hört auf, ihr beiden", zischte ich. „Ihr habt ein Glück, dass Tante Letitia nicht da ist. Sie wäre entsetzt."

„Vor ihr würden wir so nicht reden", versicherte mir Duke.

Bristow reichte Duke seinen Hut, und ich dachte wieder daran, dass Mr. Harker eine andere Beschäftigung suchte. Hausangestellte wurden als Spiegelbild ihrer Arbeitgeber betrachtet. Ein respektabler, würdiger Bediensteter wollte bestimmt nicht von einem Herrn mit einem befleckten Ruf in Mitleidenschaft gezogen werden wollen.

„Ich entschuldige mich für ihr Benehmen, Bristow", sagte ich. „Sie sollten sich damit nicht herumschlagen müssen."

„Es ist schon in Ordnung, Madam", versicherte er.

„Nein, ist es nicht. Sie sind der perfekte Butler mit einem hervorragenden Ruf, den Sie wahren müssen, und manchmal sträuben sich Ihnen doch bestimmt die Haare bei den vulgären Sachen, die in diesem Haushalt laut geäußert werden."

„Vulgär?" Willie schnaubte. „Du hast noch nichts wirklich Vulgäres gesehen, India. Wenn du das hättest, würden sich deine Zehennägel aufrollen."

Ich zeigte ihr meine Schulter. „Auf jeden Fall wissen wir Sie und Mrs. Bristow zu schätzen, und die anderen Angestellten auch."

„Vielen Dank, Madam." Bristow verbeugte sich leicht, während er Willie und Duke die Tür öffnete.

Matt, der den Austausch still mit einem leichten Lächeln auf den Lippen verfolgt hatte, kam zu mir. „Ich bezahle sie alle sehr gut", flüsterte er. „Sie gehen nirgendwohin, ganz gleich, wie vulgär Willie wird."

„Sir, eine Kutsche fährt vor", verkündete Bristow. „Es ist Lord Farnsworth. Sind Sie zu Hause, um ihn zu empfangen?"

„Aber gewiss."

Matt begrüßte Lord Farnsworth auf den Vorderstufen, nicht, weil er ihn so dringend sehen wollte, sondern weil er Willie und Duke signalisieren wollte, dass sie mit Cyclops reden sollten.

Sie verstanden seinen Blick und nickten, ohne dass ein Wort gewechselt wurde, dann warteten sie, bis sich Mr. Farnsworth uns anschloss.

„Was für ein Willkommen!", erklärte Lord Farnsworth, der Matt die Faust an den Arm stieß. „Übernehmen Sie Butlerpflichten, was, Glass?"

„Ich stand gerade zufällig an der Tür", sagte Matt gesellig. „Treten Sie ein, treten Sie ein."

Ich hatte gerade auch aufbrechen wollen, um den Nachmittag mit Fabian verbringen, beschloss aber, meinen Aufbruch hinauszuzögern, um zu sehen, was Lord Farnsworth wollte. Matt lud ihn in die Bibliothek ein, wo wir nicht von Tante Letitia gestört werden würden.

Lord Farnsworth ging direkt zur Uhr auf dem Kamin. „Steckt da Ihre Magie drin, Mrs. Glass?"

„Ich habe daran gearbeitet", erklärte ich ihm.

Er strich über die Glasabdeckung auf dem Ziffernblatt. „Wie viel?"

„Sie steht nicht zum Verkauf", sagte Matt.

„Alles steht zum Verkauf! Nennen Sie Ihren Preis."

„Sie steht nicht zum Verkauf", wiederholte Matt. „Meine Frau hängt sehr an all den Uhren im Haus."

Ich presste die Lippen aufeinander, um ein Lächeln zu unterdrücken, während Lord Farnsworths Gesicht erstarrte.

„Ach, na ja, man kann einem Kerl nicht vorwerfen, dass er es versucht, was?"

„Möchten Sie Tee, mein Lord?", fragte ich.

Er wedelte mit der Hand. Der Saphir an seinem Ring am kleinen Finger blitzte im Sonnenlicht. „Ich kann nicht bleiben. Ich muss los, habe Leute zu treffen. Ich wollte Ihnen nur etwas sagen." Er stand da, den Rücken dem kalten Kamin zugewandt, die Hände dahinter verschränkt. Er wirkte ziemlich ernst. „Nach der, äh, interessanten Party bei den Landers habe ich nachgedacht. Und dann hatte ich einen sehr klugen Gedanken. So klug, dass ich wusste, dass ich ihn mit Ihnen teilen muss, Glass."

„Ich bin neugierig", sagte Matt.

„Natürlich sind Sie das! Es ist ein sehr faszinierendes Thema, der Diebstahl des Diadems, und Sie, Sir, sind mit der Ermittlung betraut. Ich beneide Sie. Ich bin immer für ein Rätsel zu haben, aber leider muss ich sie mir suchen. Sie finden mich niemals."

„Ihr kluger Gedanke?", drängte Matt.

„Stimmt, ja." Lord Farnsworth runzelte wieder die Stirn, ganz ernst. „Haben Sie bemerkt, dass, als Lord Cox' Name erwähnt wurde, jemand im Zimmer nicht geblinzelt hat? Nicht mal mit der Wimper gezuckt! Nicht, dass Cox der Besitzer des Diadems ist – oder vielmehr, der Besitzer, der nicht der Besitzer sein mag, wegen seines neu entdeckten älteren Bruders, der der rechtmäßige Besitzer ist. Ich versichere Ihnen, ich werde den Namen des armen Kerls niemals in Verbindung mit diesem Gerücht wieder erwähnen. Aber", er senkte die Stimme,

„jemand war nicht schockiert, als Cox' Name erwähnt wurde. Tatsächlich hat er ihn verteidigt!"

„Sie sprechen von Coyle", sagte Matt.

„Halten Sie sein Verhalten von gestern Abend nicht für etwas seltsam?"

„Nein", sagte Matt angespannt. Wenn Lord Farnsworth weiter auf diesem Weg wandelte, wusste er besser, wann man aufhörte, bevor Matt ihn hinauswarf. „Ist das alles?"

Lord Farnsworth schaute von Matts finsterem Gesicht zu mir und dann wieder zurück. „Habe ich Sie beleidigt?"

„Überhaupt nicht", sagte Matt. „Es ist nur, dass wir dachten, wir hätten die Sache gestern Abend zu den Akten gelegt. Der fragliche Lord ist nicht Cox. Er ist ein guter Mann."

Lord Farnsworth schob die Unterlippe vor, während er nickte. „Also gut, ich denke trotzdem, dass Coyle weiß, wer es ist. Oder vielleicht ist er der Dieb."

„Vielleicht", sagte Matt.

„Werden Sie ihn zur Rede stellen?"

„Möglicherweise."

Lord Farnsworth nickte wieder. „Gut, gut. Also dann, ich gehe. Einen schönen Nachmittag Ihnen beiden."

„Ein Augenblick nur", sagte Matt. „Ich bin froh, dass Sie heute vorbeigekommen sind, denn ich habe darüber nachgedacht, mich einem Club anzuschließen, aber ich weiß nicht, welchem. Ich habe heute zwei aufgesucht und ein paar Namen von Gentleman fallen lassen, die ich kenne. Ihrer war einer davon. Ich hoffe, das macht Ihnen nichts."

Was hatte Matt denn vor? Er hasste diese Clubs.

„Natürlich macht es mir nichts aus! Ich wäre erfreut, Sie für eine Mitgliedschaft zu nominieren. Ein erstklassiger Kerl wie Sie *muss* doch zu einem Club gehören. Es gibt nichts Besseres für gute Gesellschaft und gutes Essen. Ich diniere oft dort."

„Das habe ich gehört. Offensichtlich waren Sie zum letzten Mal dort am Montagnachmittag."

„Montag? Das ist seltsam. Ich war diese Woche dort, aber nicht am Montag. Mit wem haben Sie denn gesprochen?"

„Der Kerl hat darauf bestanden, dass Sie da waren, aber ich

kann mich nicht an seinen Namen erinnern. Sind Sie sicher, dass Sie das nicht waren?"

„Natürlich bin ich sicher. Ich weiß genau, wo ich am Montagnachmittag war. Ich habe mir die Waren bei Tattersalls angesehen."

„Tattersalls?", fragte Matt, obwohl er alles darüber wusste.

„Züchter-Auktionen. Die besten des Landes. Kutschpferde und natürlich Wetten ab von der Rennbahn", erklärte er, während Matt ihn ausdruckslos anschaute. „Wenn Sie mit den richtigen Leuten sprechen, können Sie auch Interesse an einem Rennpferd anmelden. Ich habe einige Wetten abgeschlossen und ein wunderbares Wesen erspäht, aber es wurde für viel zu viel Geld verkauft. Ganz egal. Es ist immer ein guter Tag für einen Ausflug zu Tattersalls."

Ich lächelte vor mich hin. Nun mussten wir nur noch verifizieren, ob ihn dort jemand gesehen hatte.

„Sind Sie interessiert, Glass?", fragte Lord Farnsworth.

„Das bin ich", sagte Matt. „Aber ich kenne die Szene vor Ort nicht."

„Kommen Sie mit nach Tattersalls. Diesen Montag gibt es eine weitere Auktion. Treffen Sie mich um drei Uhr vorne draußen." Er zwinkerte. „Bringen Sie einen Bankkredit mit. Jetzt muss ich aber los. Einen schönen Tag, Mrs. Glass. Wir sehen uns am Montag, Glass."

Er entfernte sich aus der Bibliothek und begegnete in der Eingangshalle Bristow, der nach vorne zur Tür laufen musste, bevor Lord Farnsworth als erster dort ankam. Matt und ich sahen ihm nach.

„Er wird nicht angenehmer, je näher man ihn kennt", sagte Matt. „Ich dachte, tagsüber ist er vielleicht anders, bevor er sich mit Champagner zugeschüttet hat, doch er scheint immer ein Idiot zu sein."

„Ein Idiot, der dir Tattersalls vorführen wird, damit du seinen Aufenthaltsort am letzten Montag verifizieren kannst."

* * *

ICH HATTE MATT VERSPROCHEN, dass ich nicht auf ihn warten würde, aber ich konnte nicht anders. Ich konnte nicht schlafen, während er unterwegs war und Mr. Longmire folgte. Einige Teile Londons waren nach Anbruch der Dunkelheit schon gefährlich genug, doch Mr. Longmire hatte der Mischung noch eine Dosis Unvorhersehbarkeit hinzugefügt. Unvorhersehbar, weil Matt nicht wusste, wohin er unterwegs war, mit wem er sich traf, und ob er eine Waffe dabei hatte.

Je später es wurde, desto mehr Sorgen machte ich mir. Ich hätte Willie nicht mit ihm schicken sollen. Sie war zu explosiv, zog zu schnell ihre Waffe. Aber Duke war noch nicht von seinem Besuch bei Mrs. Rotherhide zurück gewesen, und Cyclops war nicht verfügbar.

Ich sprang in dem Augenblick auf, in dem ich die Eingangstür hörte, und rannte in die Eingangshalle.

„Ich brauche einen Drink", sagte Willie, die sich zur Bibliothek aufmachte.

„Und?", fragte ich Matt. „Wie ist es gelaufen?"

„Werd nicht wütend", sagte er und berührte seine Stirn am Haaransatz.

Ich hob die Kerze höher. „Du blutest ja!" Ich schnappte mir seinen Arm und zerrte ihn in die Bibliothek. „Schenk noch einen ein, Willie."

„Für ihn oder für dich?", fragte sie.

„Beide. Setz dich", befahl ich Matt.

Er setzte sich, und ich sah nach der Verletzung. Es war ein kleiner Schnitt, aber es bildete sich auch ein blauer Fleck um sein Auge. Ich schaute ihn finster an, und er zuckte nur verlegen mit der Schulter.

„Was ist passiert?", fragte ich, nahm ein Glas Sherry von Willie entgegen.

„Wir sind auf Schwierigkeiten gestoßen", sagte Matt, nahm das Whiskeyglas, das Willie ihm anbot. „Longmire wurde in der Nähe seiner Unterkunft von zwei Männern angegriffen. Willie und ich sind eingeschritten."

Ich starrte ihn finster an, dann wandte ich mich an Willie. „Ihr solltet Longmire seine eigenen Kämpfe ausfechten lassen."

„Ich kann nicht dabei stehen und mir das ansehen", sagte Matt. „Nicht zwei gegen einen."

Ich seufzte. Er hatte recht. Er war nicht die Art Mann, die wegschaute, wenn jemand in Schwierigkeiten geriet. Nicht einmal, wenn das Opfer ein Mann war, den er nicht mochte.

„Sie liefen weg, nachdem sie ein paarmal zugeschlagen hatten", sagte Matt.

„Glückstreffer", mischte Willie sich ein. „Matt kam vor mir dort an. Bis ich den Kampf erreichte, war alles vorbei. Hätte er auf mich gewartet, wäre dieses hübsche Gesicht jetzt nicht so zerschlagen." Sie funkelte ihn an.

Er erwiderte es mit einem Lächeln. „Zumindest hast du nicht den Colt gezogen."

„Nur, weil ich mir Sorgen gemacht habe, ich würde in der Dunkelheit dich erwischen."

„Was für ein Glück, dass du da warst, Willie", sagte ich. „Deine Anwesenheit hat dafür gesorgt, dass es ausgeglichen war, und du hast sie vermutlich vertrieben."

„Gern geschehen, India. Ich werde Matt jederzeit beschützen. Du musst nur darum bitten."

Matt räusperte sich. „Ich glaube, es waren meine Fertigkeiten, die dafür gesorgt haben, dass sie den Kampf verlassen haben. Ich habe ein paar gute Treffer gelandet. Ich bezweifle, dass ihnen Willie überhaupt aufgefallen ist."

„Ihnen nicht aufgefallen? Ich habe gebrüllt wie ein erstochenes Schwein!"

„Was hat Longmire getan, während ihr beiden gekämpft und gequiekt habt?", fragte ich.

„Nicht gequiekt", erklärte Willie. „Gebrüllt. Du hattest niemals mit Schweinen zu tun, India, darum kennst du den Unterschied nicht."

Ich nahm einen großen Schluck von meinem Getränk und hoffte, auf dem Boden des Glases ein wenig Geduld zu finden.

„Er ist von einem der Schlägertypen eingedeckt worden", sagte Matt.

„Er hat uns nachher nicht mal gedankt." Willie schüttelte den Kopf. „Wir hätten uns die Mühe nicht machen sollen, Matt. Er ist es nicht wert. Er hat weitere von diesen fiesen Briefen ausgeliefert", sagte sie zu mir. „Dort geht er jede Nacht hin, um noch einen zuzustellen."

„Wir haben ihn zur Rede gestellt, als wir sahen, wie er einen unter der Tür durchschob", sagte Matt. „Es war ihm egal. Er ging nach Hause, wir folgten ihm mit etwas Abstand und sahen die Männer aus den Schatten kommen und ihn angreifen."

„Habt ihr euch die Männer gut angesehen?", fragte ich.

Matt nickte.

„Dann solltet ihr morgen zu Brockwell gehen und den Vorfall berichten. Gebt ihm die Namen der beiden Magier, die Oscar mir geliefert hat. Er sollte damit anfangen, sie zu befragen."

„Ich bin mir nicht sicher, ob es klug ist, sich einzumischen", sagte Matt.

„Es ist sowieso kein Fall für Jasper", fügte Willie an.

„Es geht um Magie, und er ist der derzeitige Experte für magische Verbrechen bei Scotland Yard", sagte ich. „Ich bin mir sicher, er würde es sich ansehen. Du musst auch gehen, Willie, um sie zu identifizieren."

Sie kratzte sich am Kopf, brachte ihre wilde Frisur nur noch mehr durcheinander. „Er wird mich nicht sehen wollen."

„Das ist Arbeit, kein Vergnügen. Er wird sich nicht weigern. Außerdem bin ich mir sicher, dass er dich wiedersehen möchte. Ihm fehlt deine Gesellschaft inzwischen sicher."

„Ich ekle ihn an, India."

„Unsinn. Er muss nur seine Überraschung überwinden, das ist alles. Ich bin sicher, es ist zu dem Schluss gekommen, dass dein – äh – breit gefächerter Geschmack nicht so entsetzlich ist."

„Dich entsetzt er noch immer."

„Nein, tut er nicht."

„Warum bist du dann rot?"

„Das ist das Kerzenlicht. Du wirst ihn morgen treffen, Willie, und das war es jetzt. Selbst wenn ich dich dort selbst hinschleifen muss."

Sie knurrte in ihr Glas. „Ich möchte sehen, wie du das probierst."

„Stelle mich nicht auf die Probe. Ich weiß, wo du deine Waffe aufbewahrst."

„Du wirst auf mich schießen?"

„Ich werde sie konfiszieren." Ich warf ihr ein Lächeln zu. „Das tut dir mehr weh."

* * *

KRIMINALINSPEKTOR BROCKWELL HATTE am Sonntagnachmittag keinen Dienst. Wir warteten bei ihm zu Hause auf ihn, aber es dauerte einige Zeit, ehe er zurückkehrte. Er hatte vermutlich die Frühlingssonne ausgenutzt und war spazieren gegangen. Bei seiner Rückkehr lud er uns nach drinnen ein.

„Geht es dabei um deine Festnahme?", fragte er Willie, während er uns in den Salon führte. „Du musst dir um nichts Sorgen machen. Ich habe dafür gesorgt, dass es keine Aufzeichnungen gibt."

„Darum geht es nicht", sagte Willie, die ihn nicht anschaute.

Er sammelte die Zeitungen ein, die einen der Sessel bedeckten. Er schaute sich nach einem Ort um, wohin er sie legen könnte, aber alle offenen Flächen waren von weiteren Zeitungen, Akten, Skizzen, Notizen und etwas belegt, das nach einer Kiste mit Beweismitteln aussah. Zwei schmutzige Becher, ein Teller und eine Schale waren auf einem der Beistelltische aufgestapelt. Der schiefe Stapel sah aus, als würden die Vibrationen unserer Schritte ihn bald auf den Boden fallen lassen.

„Macht es Ihnen was aus, wenn wir in der Küche reden?", fragte er. „An Sonntagen hat meine Haushälterin einen Tag frei. Ich glaube, sie hat etwas Kuchen da gelassen, falls ich Besuch bekomme. Nicht, dass ich viel Besuch bekomme. Tatsächlich sind die Einzigen, die mich hier besuchen, Sie drei." Er lachte leise, doch es erstarb schnell.

Er führte uns durch den Gang zur Küche, kratzte sich die ganze Zeit an den Koteletten.

„Hat Ihr Besuch hier etwas mit dem blauen Auge und dem Schnitt auf Ihrer Stirn zu tun, Glass?", fragte er, während er eine Dose aus dem Regal holte. Er öffnete den Deckel, schnüffelte am Inhalt und stellte sie dann auf den Tisch. „Sie hat ihn bereits vorgeschnitten. Bedienen Sie sich, während ich Tee mache."

Willie schüttelte den Kopf. „Bei dir und dieser Haushälterin ist Hopfen und Malz verloren." Sie nahm einen Teller vom Buffet und stellte die Stücke mit Fruchtkuchen aus der Dose darauf. „Kannst du Tee machen, oder ist das zu schwierig?"

„Ich beherrsche das Teekochen", sagte er vor einem Herd zu ihr, wo der Kessel auf niedriger Hitze stand. „Ich muss ihn jeden Morgen machen, bevor sie kommt, und jeden Sonntag."

Ich beobachtete die Szene behaglicher Häuslichkeit mit einem Lächeln auf den Lippen. Bis Willie es bemerkte und mich finster anschaute.

„Also, was ist passiert, Glass?", fragte Brockwell. „Haben Sie jemanden genervt?"

„Willie und ich wurden angegriffen …"

Brockwell wirbelte herum, den Teekessel in der Hand. „Wurde Miss Johnson verletzt?"

„Sehe ich verletzt aus?", fuhr Willie ihn an.

Ich wollte sie schütteln. Sie war ihm wichtig, so viel war durch seine Reaktion gewiss.

Er versuchte seine Sorge hinter einem Knurren zu verbergen. „Ich schätze, du hast sie mit deiner Waffe vertrieben."

„Die habe ich nicht gezogen."

„Gut. Wir können doch keine Frauen herumlaufen lassen, die auf den Straßen von London Waffen zücken. Wir wollen uns nicht in den Wilden Westen verwandeln."

„Was ist falsch am Wilden Westen?", schoss sie zurück. „Und glaubst du, Männer gehen besser mit Waffen um? Oder sollte es Frauen einfach nicht gestattet sein, sie zu haben?"

„Das ist eine Fangfrage", warnte ihn Matt.

„Vielen Dank, Glass", sagte Brockwell mit tiefem Sarkasmus.

„Besprechen wir den Angriff", warf ich fröhlich ein.

„Sie sollten ihn bei Ihrer örtlichen Polizeiwache melden", sagte Brockwell, während er die Seite des Teekessels berührte. Zufrieden, dass es heiß genug war, goss er Wasser in die Teekanne.

„Es hat mit Magie zu tun", sagte Matt. „Wir dachten, vielleicht würden lieber Sie ermitteln. Commissioner Munro wird nicht wollen, dass wir das zu den örtlichen Schutzmännern bringen."

„Bringen Sie jetzt nicht meinen Vorgesetzten da rein. Er befasst sich nicht mit den alltäglichen Fällen."

„Das tut er, wenn es um Magie geht. Die Sache ist die, ein Mann namens Longmire wurde zum zweiten Mal angegriffen, sehr wahrscheinlich von denselben Angreifern. Willie und ich können sie beschreiben, und India hat die Namen von zwei möglichen Verdächtigen, beide Magier. Longmire hat ihnen Drohbriefe geschickt, in denen er sie Betrüger nennt, weil sie ihre Magie in ihrem Geschäft einsetzen. Wir hätten es gerne, wenn Sie sie befragen und sehen, ob unsere Beschreibungen zu Ihrem Aussehen passen."

„Und wenn sie das nicht tun?", fragte er.

„Dann werden wir Ihnen die Namen anderer Verdächtiger zur Verfügung stellen."

Brockwell stellte die Teetassen und Untertassen auf, die Zuckerschüssel und die Teelöffel. „Sie werden ihn schwarz nehmen müssen, tut mir leid", sagte er.

Wir tranken Tee am Küchentisch, da der Herd den Raum wärmte. Eine unbehagliche Stille senkte sich allerdings rasch herab, bis Matt sie brach, indem er Brockwell zu seinem jüngsten Fall befragte. Brockwell weigerte sich, etwas zu antworten, und damit hatte das ein Ende.

Ich stieß Willies Bein unter dem Tisch mit dem Fuß an. Sie schaute mich finster an und blieb still. Es schien, als wäre es mir überlassen, diese kleine Teegesellschaft zu retten.

„Wir suchen immer noch nach dem gestohlenen magischen Diadem", erklärte ich Brockwell. „Wir haben einige Verdächtige. Sie sind alle reich und gut vernetzt."

Er hörte zu, während ich ihm von unseren Verdächtigen erzählte, ohne Namen zu nennen, und was wir vorhatten, zu tun, um den Dieb zu enthüllen. „Würden sie uns gern helfen?", fragte ich. „Es wäre sehr viel einfacher, wenn Sie die Verdächtigen in offizieller Manier befragen könnten. Zum einen müssten wir nicht zu viel Geld ausgeben, um die Diener zu bestechen." Ich lachte.

Niemand lachte mit.

Brockwell trank seinen Tee aus und stellte die Tasse ab. Er spielte einen Augenblick lang damit, dann schob er sie zur Seite. Willie beobachtete ihn unter gesenkten Lidern hervor, ihre Finger hielten die Teetasse fest umklammert.

„Ich habe Ihnen bereits gesagt, ich kann mich nicht in den Fall eines anderen Inspektors einmischen", sagte er.

Die Unterhaltung kam wieder zum Stillstand. Wir tranken unseren Tee aus und standen auf, um zu gehen. Willie verabschiedete sich unbehaglich, Matt schüttelte Brockwell die Hand, und ich nahm den Kriminalinspektor am Ellbogen, während er uns zur Eingangstür führte.

Ich ließ die anderen zwei schon vorgehen und fuhr zu ihm herum. „Sprechen Sie mit ihr", zischte ich.

„Kann ich nicht", flüsterte er zurück. „Es ist jetzt seltsam zwischen uns."

„Das muss es nicht sein. Sie mag Sie, und zwar sehr. Sie will nicht, dass Ihre Liaison endet. Das hat sie mir gesagt."

Er stand da, blinzelte mich mit einer ziemlich dümmlichen, ausdruckslosen Miene an. Es war unmöglich, seine Gedanken zu lesen.

„Stört es Sie so sehr, dass sie auch Frauen mag?", fragte ich.

Er dehnte den Nacken und fuhr sich über die behaarte Stelle unter seinem Kinn. „Ich habe sie ziehen lassen, als sie das von mir wollte. Es war mir gleich. Es kann guttun, etwas Zeit getrennt voneinander zu verbringen. Außerdem sind wir beide fest eingefahren, und keiner von uns will eine Ehe. Ich war geduldig und verständnisvoll, Mrs. Glass, aber das ... das ist etwas, das ich nicht kommen sehen habe, bis es mir ins Gesicht gesprungen ist. Ich mag keine Überraschungen."

Ich stach ihm einen Finger in die Schulter. „Sie müssen sich daran gewöhnen, oder es wird Ihnen beiden elend gehen." Ich wollte mich schon umdrehen, kehrte aber noch einmal zurück. „Sie waren geduldig und verständnisvoll, weil das, was sie möchte, Ihnen gepasst hat. Jetzt gibt es eine neue Herausforderung in Ihrer Beziehung, eine, auf die Sie nicht vorbereitet waren, und Sie heben schon die Hände und geben auf. Nur weil etwas neu und anders ist, heißt das nicht, dass Sie sich davor zurückziehen müssen." Etwas, was Willie vor ein paar Tagen zu mir gesagt hatte, schien jetzt zu passen. „Nicht alles im Leben ist methodisch und eindeutig. Manchmal ist es ein Schlamassel. Umarmen Sie den Schlamassel, Inspektor, oder Sie werden sie ganz verlieren."

Ich marschierte durch den Gang, ließ den Kriminalinspektor stehen und mir nachstarren.

„Worüber habt ihr beiden geredet?", fragte Willie, als wir in der Kutsche waren.

„Ich habe ihm einen Rat gegeben, den mir mal jemand gegeben hat", sagte ich.

„Wie hat er ihn aufgenommen?"

„Das wird sich noch zeigen."

# KAPITEL 13

Duke kehrte spät am Nachmittag zurück, nachdem er den vorigen Abend und den ganzen Tag mit Mrs. Rotherhide verbracht hatte. „Ihre Diener hatten einen Tag frei", sagte er mit einem verstohlenen Lächeln.

„Lass mich raten, du hast die ganze Zeit gebraucht, um herauszufinden, wo die fröhliche Witwe letzten Montag am frühen Abend war", sagte Willie höhnisch. Seit wir von Brockwell zurückgekehrt waren, hatte sie schlechte Laune. Nichts hatte sie aufgeheitert, nicht mal ein Pokerspiel. Sie hatte ständig auf die Uhr geschaut und angemerkt, dass Duke noch nicht zurück war. Ich war nicht sicher, ob sie eifersüchtig war, dass er Zeit mit jemandem verbrachte, der nicht sie war, oder dass sie niemanden hatte, und er schon. Üblicherweise war es andersherum.

„Sie wollte nicht allein sein", sagte Duke.

Willie schnaubte.

Tante Letitia betrat das Wohnzimmer und bat mich, mit ihr vor dem Essen Karten zu spielen. „Nicht Poker", sagte sie. „Etwas Zivilisierteres."

„Natürlich", sagte ich. „Aber ich muss hören, was Duke über die Verdächtige zu sagen hat. Wenn du nicht zuhören möchtest, was die Ermittlungen betrifft, dann willst du vielleicht nicht hierbleiben."

„Vielen Dank, dass du meine Einstellungen berücksichtigst, aber es ist schon in Ordnung. Falls wir über Dinge wie Arbeit sprechen müssen …" Sie rümpfte die Nase. „… dann ist jetzt der richtige Zeitpunkt vor dem Abendessen."

„Es ist nicht wirklich Arbeit", sagte Matt. „Ich werde nicht für diese Ermittlung bezahlt."

„Dann besprecht es, soviel ihr wollt. Vielleicht kann ich helfen. Fangt damit an, dass ihr mir das Verbrechen und das Opfer nennt."

„Es gab einen Diebstahl, und wir haben den Auftrag, den Gegenstand zurückzuholen. Ich kann dir nicht sagen, wer das Opfer ist, denn ich habe ihm Geheimhaltung garantiert."

„Es ist dieser Lord, der in der Klatschkolumne erwähnt wurde, oder? Derjenige mit dem magischen Diadem, der plötzlich feststellte, dass er einen älteren Bruder hat." Sie schnalzte mit der Zunge. „Schreckliche Angelegenheit."

Manchmal überraschte ihre Klugheit uns alle.

„Schaut nicht so schockiert drein", fuhr sie mit überlegener Haltung fort. „Es ist nicht schwer, das herzuleiten, da ihr euch auf Verbrechen spezialisiert habt, zu denen Magie gehört. Duke, was hast du zu berichten?"

Duke stand am Kamin, seine Hand lag auf dem Sims, da er nicht groß genug war, um den Ellbogen darauf zu stützen wie Matt. „Petronella – Mrs. Rotherhide …"

„Du nennst eine der Verdächtigen beim Vornamen?" Tante Letitia schnalzte mit der Zunge. „Ich verstehe, wenn Willemina den Fehler macht, einem potenziellen Mörder zu nahe zu kommen …"

„Dieb in diesem Fall", berichtigte Matt.

„Aber ich habe von dir Besseres erwartet, Duke."

Duke sank in seinen Sitz am Kartentisch. „Tut mir leid, Miss Glass."

Willie verdrehte die Augen. „Hast du endlich ihre magische Sammlung zu sehen bekommen?"

„In der Tat. Es gab kein Diadem. Ich habe auch mehr über ihren Tagesablauf am letzten Montag herausgefunden. Sie hat an diesem Abend mit Freundinnen diniert und ist um halb zwölf nach Hause gekommen. Meiner Schätzung nach hat sie sich um Viertel nach sechs am Nachmittag zum Dinner angekleidet."

„Das stimmt", sagte Tante Letitia. „Es kann einige Zeit dauern, sich vorzubereiten, wie du gut weißt, India. Willemina, du würdest das nicht verstehen."

„Nö", stimmte Willie zu und mischte die Karten. „Ich sehe keinen Sinn darin, mich fürs Abendessen schick anzuziehen."

Duke stieß ein schnaubendes Lachen aus. „Du siehst auch keinen Sinn, dich tagsüber irgendwie anzuziehen. Diese Kleidung kann man noch nicht mal eine ordentliche Garderobe nennen", sagte er und wedelte mit der Hand zu ihrer Hirschlederhose.

„Ich brauche ganze fünf Minuten, um mir so die Haare zu richten", sagte Willie.

„Das sieht man."

Sie nahm die Karten in die linke Hand und wollte ihm gerade eine unflätige Geste mit der rechten zukommen lassen, als Matt ihre Faust fing und den Kopf schüttelte.

Sie riss die Hand los und mischte weiter. „Also *behauptet* die fröhliche Witwe, dass sie sich fertiggemacht hat. Hast du das bei ihrem Dienstmädchen überprüft?"

„Sie hat überhaupt nichts behauptet, das habe ich nur angenommen", sagte Duke. „Es ist nichts, was man einfach nur so in eine Unterhaltung einflechten kann. Es war nicht leicht, sie zu fragen, was sie letzten Montag gemacht hat, ohne sie Verdacht schöpfen zu lassen."

Willie gab die Karten, warf die für Duke rücksichtslos in seine Richtung. „Also hätte sie um Viertel nach sechs durchaus schon unterwegs sein können."

„Nicht, wenn sie sich zum Dinner fertigmachen musste", sagte Tante Letitia. „Es dauert mindestens eine halbe Stunde. Länger, falls sie etwas Elegantes mit ihrem Haar machen ließ, oder ihr Dienstmädchen nicht erfahren ist."

Duke schnappte sich seine Karten. „Aber nur, um allen das Gewissen zu erleichtern, ich dachte, du könntest mit ihrem Dienstmädchen reden, Willie."

„Warum ich?"

„Du bist gut darin, die Dienstmädchen zum Reden zu bringen."

„Stimmt."

„Nicht so gut wie Matt, aber gut genug."

Matts Blick aus zusammengekniffenen Augen huschte zu mir. „Du übertreibst meine Fertigkeiten, Duke."

„Was ist mit den Landers?", fragte Duke Willie. „Hast du herausgefunden, was sie am Montag um Viertel nach sechs getan haben?"

Willie hatte uns bereits in Kenntnis gesetzt, und es brauchte einige Ermutigung von Duke, ehe sie sich wiederholte. „Die Landers waren den ganzen Tag aus und bis zum Abend im Haus eines Freundes in der Vorstadt. Ich habe beim Kutscher nachgefragt, und er sagt, er hat sie hin und zurück gefahren, und zwischendurch wären sie nicht weggegangen."

„Das ist ein hieb- und stichfestes Alibi", sagte Tante Letitia.

Willie nickte zustimmend. „Du hast dir ja die Fachsprache angeeignet, Lettie. Schön für dich."

„Ich bin zwar alt, aber ich kann immer noch zuhören. Es scheint, als könntest du diese Landers von eurer Liste mit Verdächtigen streichen, Matthew."

„Nicht ganz", sagte Willie und erzählte vom Butler Wentworth. „India hat herausgefunden, dass er in Mrs. Landers verliebt ist und ihr am Abend der Party ein besonderes Geschenk überreicht hat. Es könnte das gestohlene Diadem sein. Wie es sich erweist, hat Wentworth die Abwesenheit seiner Arbeitgeber genutzt und das Haus zur fraglichen Zeit am Montag verlassen. Die anderen Angestellten wissen nicht, wohin er ging."

„Ist er mit etwas zurückgekehrt?", fragte Matt.

„Einer Kiste." Sie breitete die Hände aus. „Etwa so groß."

„Groß genug für das Diadem."

„Er wollte niemandem sagen, was darin war."

„Hast du dem Dienstmädchen gesagt, dass er Mrs. Landers am Abend der Soirée ein Geschenk gemacht hat?", fragte ich.

Willie nickte. „Die Dame wusste nichts von einem Geschenk. Sie schätzt, keiner der Angestellten wusste es, oder es würde unter dem Personal darüber getratscht werden."

„Also ist der Butler immer noch ein Verdächtiger", sagte Tante Letitia. „Was wirst du tun, Matthew?"

„Mrs. Landers zur Rede stellen", sagte er. „Eine andere Möglichkeit, die uns offensteht, will mir nicht einfallen. Wir müssen herausfinden, was der Butler ihr geschenkt hat."

„Ich mache es", sagte ich.

„Ich hatte gehofft, dass du das sagst. Besuch sie morgen, während ich mit Farnsworth bei Tattersalls bin."

„Ich komme mit dir zu Tattersalls, Matt. Ich werde Mrs. Landers am Vormittag besuchen. Lord Farnsworth treffen wir doch erst um drei."

Matts Mundwinkel wölbte sich nach oben. „Es wird dort nicht viele Frauen geben."

„Vermutlich keine", stimmte ich zu.

„Du wirst eine Rose unter Dornen sein."

Willie schnaubte. „Eher schon eine Katze unter Tauben. Oder eine Maus unter Pferden."

„Es ist süß von dir, dass ich in deiner Vorstellung eine Maus sein könnte", sagte ich. „Aber an mir ist gar nichts mausig."

Matt grinste nur.

* * *

DER MONTAG KAM mit einer kühlen, feuchten und windigen Dämmerung, die Art Tag, an dem Damen von Mrs. Landers' Stand drinnen blieben. Wenn man nicht zur Arbeit gehen oder Aufträge für einen Arbeitgeber erledigen musste, war es am besten, sich warm und trocken zu halten.

„Erfreulich", sagte sie mit ehrlicher Begeisterung, als sie mich im Salon empfing. „Ich freue mich so, Sie wiederzusehen, Mrs. Glass."

Ich hatte eine weniger begeisterte Begrüßung erwartet, nachdem ich ihre Party ruiniert und ihre magische Sammlung entwertet hatte. Es war eine riesige Erleichterung, freundlich empfangen zu werden. Vermutlich hatte ich das nicht verdient.

Sie lud mich nach drinnen ein und bat Wentworth, Tee aufzutragen. Anders als seine Herrin empfing mich der Butler kühl. Nicht, dass er sich direkt an mich gewandt hätte, aber im Raum herrschte eine spürbare Frostigkeit, die verschwand, als er ging, um den Tee zu holen.

„Ich wollte nach dem Abend kürzlich nur reine Luft machen", sagte ich. „Es tut mir wirklich leid mit dem kleinen Trommler. Ich hätte nicht vor allen reden sollen."

„Es ist schon in Ordnung", sagte sie mit einem Hauch Stahl in der Stimme. „Es liegt in Ihrem Wesen, ehrlich zu sein."

„Trotzdem hätte ich mir die Ehrlichkeit für später aufsparen sollen. Es war nicht meine Absicht, Ihre Laune zu verderben."

Tränen traten ihr in die Augen, aber sie blinzelte sie rasch weg.

„Um das wiedergutzumachen, wollte ich Ihnen ein Geschenk überreichen", sagte ich.

„Ach, das ist unnötig, Mrs. Glass." Sie lachte, musterte mich von Kopf bis Fuß. Sie erspähte meinen schwarz-silbernen, mit Perlen bestickten Pompadour.

„Mein Geschenk ist kein richtiger Gegenstand", sagte ich. „Auf jeden Fall nicht direkt. Es sind Worte."

Sie runzelte die Stirn. „Worte?" Ihre Stirn wurde wieder glatt. „Oh! Ein Zauber! Oh, Mrs. Glass, sagen Sie mir bitte, dass Sie einen Zauber für mich sprechen werden."

„Das tue ich. Hätten Sie ihn gern in einer Uhr oder in einer Taschenuhr?"

Sie klatschte in die Hände. „Fabelhaft. Einfach fabelhaft. Ich bin begeistert und geehrt." Sie sprang auf. „Lassen Sie mich sehen. Die alte Standuhr in der Halle ist zu groß. Die Taschenuhr meines Mannes ist bei ihm, und meine hat einen sentimentalen Wert." Sie schaute mich entschuldigend an. „Ich sperre meine magischen Gegenstände weg, wie Sie gesehen haben, und meine Uhr habe ich lieber bei mir. Wie wäre es mit dieser Uhr?" Sie deutete auf eine elegante goldene Kaminuhr mit klassischen Bronzefiguren, die Fleiß und Philosophie darstellten und ein weißes Emaillezifferblatt säumten.

Ich prüfte die Zeit mit meiner Taschenuhr. „Sie geht richtig."

„Bitte sprechen Sie trotzdem den Zauber", flehte sie.

Die Uhr war zu schwer, um sie problemlos aufzuheben, darum ließ ich sie stehen und legte meine Hand oben auf. Leise sprach ich den Zauber. Wärme flammte plötzlich auf und durch mich hindurch, brach durch meine Fingerspitzen hervor in die Uhr.

Ich nahm die Hand weg.

Mrs. Landers blinzelte mich an. „Ist es getan?"

Ich nickte.

„Ich habe Funken erwartet."

„Es gibt nichts zu sehen", erklärte ich ihr. Nur Matts Taschenuhr glühte, wenn er sie benutzte. Ich nahm an, das lag daran, dass Magie entnommen wurde. Kein anderer magischer Gegenstand, dem ich schon begegnet war, hatte die Magie auf eine solche Art eingesetzt.

Mrs. Landers trat zurück und bewunderte die Uhr. „Warten Sie, bis ich das Mr. Landers erzähle. Danke für Ihr besonders Geschenk, Mrs. Glass."

„Werden Sie die mit den anderen wegschließen?", fragte ich, während ich mich wieder setzte.

„Natürlich. Sie muss geschützt werden."

Wentworth brachte den Tee und stellte das Tablett auf dem Tisch zwischen uns ab. Er ging nicht gleich, sondern drückte sich an der Tür herum.

„Das ist dann alles, Wentworth", sagte Mrs. Landers.

Er zögerte. „Sind Sie sicher, Madam?"

„Natürlich."

Er zog sich zurück, ließ aber die Tür offen. Mrs. Landers schenkte Tee ein und reichte mir eine Tasse.

„Er scheint Ihnen sehr ergeben zu sein", drang ich vor.

„Er ist ein Wunder. Wissen Sie, er war Diener im Haushalt meines Vaters. Als ich geheiratet habe und Mr. Landers sagte, dass wir hier in London einen Butler brauchen, habe ich ihn vorgeschlagen. Wir haben ein Glück, ihn zu haben. Es ist schrecklich schwer, in der Stadt zuverlässige Angestellte zu finden, das sagt mir zumindest Mr. Landers."

„Da haben Sie wirklich großes Glück", sagte ich mit einem verschlagenen Lächeln. „Mir ist auf der Soirée aufgefallen, wie ergeben er Ihnen wirklich ist."

Ihr Gesicht strahlte in einem angespannten Lächeln. „Wie bitte?"

Meine bedeutungsschwangere Hinleitung gab mir das

Gefühl, irgendwie schmutzig zu sein. Auch wenn Beziehungen zwischen Angestellten und ihren Arbeitgebern hinter verschlossenen Türen durchaus stattfanden, war es etwas ganz anderes, es der eigenen Gastgeberin vorzuwerfen.

Ich pflügte trotzdem weiter. „Er hat Sie getröstet, als Sie aufgebracht waren. Tatsächlich hat er Ihnen ein Geschenk gemacht."

„Ich habe keine Ahnung, was Sie meinen." Sie nippte an ihrem Tee, ihr Gesicht gerötet.

„Kommen Sie schon, Mrs. Landers", sagte ich, ahmte den Tonfall nach, den Louisa einsetzte, wenn sie gleich eine höhnische Anmerkung machen wollte. „Es war eindeutig, dass er in Sie verliebt ist."

„Nein!" Das Wort brach aus ihrem Mund hervor wie eine Kugel.

„Aber natürlich ist er das. Ich habe doch gesehen, wie er sich bei Ihnen verhalten hat."

Sie warf einen Blick zur Tür. „Er ist freundlich zu mir. Nicht mehr."

„Es wirkte wie mehr." Ich verabscheute mich in diesem Augenblick. Je weiter ich drängte, umso entsetzter wirkte Mrs. Landers. Weil dieser Gedanke für sie erschreckend war, oder weil ich ihr Geheimnis entdeckt hatte? „Er hat Ihnen das Geschenk eines Liebhabers gemacht", fuhr ich fort. „Es war ein magischer Gegenstand, oder? Er weiß, wie sehr Sie sie zu schätzen wissen."

„Himmel, nein! Nichts dergleichen." Sie wandte sich ab, ihr Gesicht glühte.

Ich wartete und hoffte, sie würde sich ihr eigenes Grab schaufeln. Aber plötzlich stand sie auf. „Kommen Sie mit", sagte sie. „Ich werde Ihnen zeigen, was er mir an diesem Abend geschenkt hat."

Auf unserem Weg aus dem Salon kamen wir an Wentworth vorbei. „Madam?"

„Mach keine solchem Umstände, Wentworth", fuhr sie ihn an. „Ich bin kein Kind."

Der Butler sank mit dem Rücken an die Wand.

Mrs. Landers hob ihre Röcke und führte uns zwei Stockwerke nach oben in den Bereich, der für die Privaträume der Familie reserviert war. Sie marschierte durch den Gang in ein Schlafzimmer, erschreckte ihr Dienstmädchen, das ein Kleid am Fenster inspizierte. Mrs. Landers bat sie, zu gehen.

Sobald wir allein waren, stellte sie sich mitten ins Zimmer. Es war eine feminine Schlafkammer mit Blumenvorhängen. Farbige Parfümfläschchen und Töpfe mit Cremes waren ordentlich auf dem Ankleidetisch aufgereiht. Das Betttuch war mit Rosen und Ranken bestickt, und an den Kissen lehnte eine gelbhaarige Puppe in einem blau-weißen Karokleid mit einer weißen Schürze.

Mrs. Landers deutete auf die Puppe. „Würde ein Mann der Frau, die er liebt, eine Puppe schenken, die ihr als Kind wichtig war?"

„Ich ... weiß es nicht. Mrs. Landers, es tut mir leid ..."

„Sie gehen nicht, bis Sie es verstehen, Mrs. Glass", sagte sie betont. „Diese Puppe war als Kind meine ständige Begleiterin. Ich hatte keine Freunde. Zur Gesellschaft hatte ich nur meine Eltern, einige ältere Nachbarn und die Diener. Und diese Puppe. Als ich nach London kam, um bei Mr. Landers zu leben, dachte ich nicht, dass ich mein Spielzeug aus der Kindheit brauchen würde. Aber es war für mich nicht leicht hier. Ich vermisste die Heimat. Wentworth wusste das, und er dachte, meine geliebte Puppe würde mich einmal mehr trösten. Er schrieb an die Haushälterin meiner Familie und bat sie darum, die Puppe hierher schicken zu lassen. Sie kam am Montagnachmittag an, doch er wartete auf den richtigen Zeitpunkt, um sie mir zu geben."

„Montagnachmittag?", fragte ich schwach.

„Offenbar musste er sich beeilen, um zum Postamt zu gehen, bevor es um sechs Uhr schloss, aber dann hatte er nicht den Mut, sie mir gleich zu übergeben. Er machte sich Sorgen, er könnte sich zu viel herausgenommen haben. Am Abend nach der Gesellschaft, nachdem Sie – nachdem sich erwiesen hatte, dass mein kleiner Trommler gefälscht war –, hatte er das Gefühl, dass der richtige Zeitpunkt gekommen wäre. Vielleicht glauben Sie immer noch, dass wir Geliebte sind, selbst jetzt, doch kann ich versichern, das sind wir nicht. Er macht sich einfach nur Sorgen um mich."

Ich hätte klarstellen können, dass der Wunsch, sie glücklich zu sehen, ein Zeichen war, dass er sie liebte, aber ich hatte an diesem Tag schon genug Schaden angerichtet. Er mochte ja vielleicht in sie verliebt sein, aber sie war nicht in ihn verliebt.

Meine Aufgabe war allerdings noch nicht abgeschlossen. „Darf ich sie mir genauer ansehen?", fragte ich. „Ich liebe doch Puppen so sehr."

„Nur zu", sagte sie etwas weicher. „Sie ist nichts Großartiges."

„Ich sehe doch, dass sie für Sie etwas Besonderes ist und sehr geliebt wird." Ich nahm die Puppe hoch. Bei der Berührung war sie nicht warm. Ich strich mit der Hand über ihre Haare. Sie fühlten sich echt an, aber nicht warm. Auch ihre Arme und ihr Körper enthielten keine magische Wärme. Wentworth hatte kein magisches Geschenk für seine Arbeitgeberin gesucht, nur ein sentimentales. Das war nicht die Tat eines Mannes, der stehlen würde, um ihr zu gefallen.

Ich setzte die Puppe zurück, lehnte sie an das Kissen, wo sie mit vollen, rosaroten Lippen zu uns herauf lächelte. „Ich entschuldige mich für mein lächerliches Benehmen", sagte ich. „Ich war grausam. Ich hoffe, Sie können mir verzeihen."

„Natürlich, Mrs. Glass. Sie sind immer willkommen."

Das bezweifelte ich. Ich vermutete, ich würde niemals wieder eingeladen werden. Was ich sicher wusste, war, dass weder Mrs. Landers noch ihr Butler das Diadem gestohlen hatten.

* * *

Lord Farnsworth stand am steinernen Bogeneingang zur Pferdehauptstadt von London, wie viele Tattersalls nannten. Der Auktionshof in Knightsbridge war für den Verkauf der meisten Reit- und Kutschpferde der Stadt verantwortlich, und die Teilnahme an einem Auktionstag bei Tattersalls war eines der großen Vergnügen von Gentlemen, das sagte mir Matt zumindest. Er hatte alles darüber von Lord Cox gehört, den er an diesem Vormittag besucht hatte.

Lord Farnsworth sah Matt als erstes, aber rasch fiel sein Blick auf mich, als wir uns näherten. Er beäugte mich kühl. „Sie werden sich hier langweilen, Mrs. Glass", sagte er nach der Begrüßung.

„Ich habe nicht vor, hier draußen zu warten", sagte ich. „Ich gehe mit Ihnen hinein."

Er lachte. Als ich das Lächeln einfach erwiderte, wandte er sich an Matt. „Ein guter Witz, Glass. Sehr erheiternd. Aber ich würde nicht wollen, dass meine Frau vor Tattersalls herumsteht. Ist Ihre Kutsche in der Nähe?"

„Sie kommt mit rein", sagte Matt.

Lord Farnsworth runzelte die Stirn. „Das kann sie nicht!"

„Es spricht doch kein Gesetz dagegen, oder?", fragte ich.

„Das sollte es", murmelte er.

Ich nahm ihn am Arm. „Kommen Sie, mein Lord, die Zeit verfliegt."

„Es wird Ihnen nicht gefallen."

„Weshalb nicht?"

„Da riecht es nach Pferd."

„Jede Straße in London riecht nach Pferd."

Er seufzte. „Das ist äußerst unerhört."

„Ich werde versuchen, Ihnen nicht peinlich zu sein."

„Meine liebe Mrs. Glass, es bin nicht ich, der peinlich berührt wird, wenn Sie sich übernehmen. Wenn Sie während der Auktion auch nur eine Augenbraue heben, wird Ihr Mann vielleicht feststellen, dass ihm Tiere gehören, die er nicht mögen könnte."

„Ich werde versuchen, nicht die hübschen Pferde zu kaufen. Nur die schnellen."

„Sehr amüsant." Sein finsteres Gesicht blieb, während wir den Auktionshof betraten.

Der geräumige Bereich erinnerte mich an Londons Bahnhöfe mit seinem herrlichen Glasdach, das über uns einen Reigen aus Licht einließ. Inmitten des Hofes war ein großartiges Säulenbauwerk, das wie ein klassischer Tempel wirkte, doch ich merkte schnell, dass es ein Brunnen war.

„Tut mir leid", sagte Lord Farnsworth zu einem Gentleman, der zur Seite trat, um uns durchzulassen. „Es tut mir sehr leid", sagte er zu einem weiteren.

Ich dachte, er hätte sich entschuldigt, weil er sich durch die

Menge drängte, aber nach ein paar weiteren Entschuldigungen wurde mir klar, dass es für mich war. Nicht nur wollte er mich nicht hier haben, sondern auch keiner der anderen schien mich zu wollen. Sie starrten mich an, als wären mir zwei Köpfe gewachsen. Es gab keine anderen Frauen unter den etwa hundert Gentlemen.

„Auf dem ganzen Gelände sind Stallungen", sagte Lord Farnsworth zu Matt. „Dort oben gibt es eine Galerie mit Ausblick, wo ich vorschlage, dass Mrs. Glass sich hinstellt. Hier unten inmitten von allem macht es mehr Spaß, aber es ist nicht angemessen für eine Lady."

„Und mit wem spreche ich, wenn ich etwas über die Qualität der Angebote heute erfahren möchte?", fragte Matt.

„Die Qualität müssen Sie einschätzen. Es wird jemand da sein, der jegliche Fragen zur Abstammung beantwortet, so etwas eben. Wollen Sie nachsehen?"

„Ich gehe lieber allein", sagte Matt. „Macht es Ihnen was aus, meine Frau auf die Galerie zu geleiten?"

Lord Farnsworth wirkte, als würde es ihm durchaus etwas ausmachen. „Wollen Sie keine Hilfe, mein Freund?", fragte er irgendwie verzweifelt. „Ich bin äußerst gut darin, ein Pferd für schwierige Bodenverhältnisse zu erkennen. Da habe ich einen Hang zu. Ich will doch nicht, dass Sie eine schlechte Entscheidung bei Ihrer ersten Auktion in Tattersalls treffen."

„Ich werde ohne den Einfluss meiner Frau besser zurechtkommen." Matt warf mir ein entschuldigendes Schulterzucken zu.

„Weshalb ist sie dann hier?"

„Wegen der Aufregung", sagte ich und packte seinen Arm fester, damit er Matt nicht folgen konnte. Lord Farnsworths Blick bohrte sich in Matts Rücken, als würde er ihn dazu zwingen wollen, zurückzukehren und wieder die Verantwortung für mich zu übernehmen. „Machen Sie sich keine Sorgen um ihn. Mein Mann ist ziemlich gut darin, die richtige Abstammung zu wählen."

Lord Farnsworth seufzte. „Dann kommen Sie schon. Ich suche Ihnen eine schöne Stelle, wo Sie sich hinstellen und die Vorgänge aus sicherem Abstand beobachten können."

Er lotste mich durch die Menge, entschuldigte sich die ganze Zeit über. „Das ist kein Ort für eine Frau", sagte er zum hundertsten Mal.

„Ach, ich weiß nicht." Ich bezog Stellung auf der Galerie, schaute über den Auktionshof hinab, wo gerade ein Pferd mit einem glänzend schwarzen Fell herumgeführt wurde. „Viele Frauen mögen Pferde. Ich habe niemals Reiten gelernt, aber ich weiß ein schnelles Rennpferd schon zu schätzen."

„Vielleicht können Sie es lernen, wenn Sie aufs Land ziehen."

„Aufs Land ziehen?"

„Wenn der alte Rycroft mal die Gänseblümchen düngt und Ihr Mann sich auf dem Familienanwesen einrichtet. Dann wird es ausreichend Gelegenheit geben, das Reiten zu lernen." Er war zu klein, um hinter mir die Vorgänge zu beobachten, also bezog er rechts von mir Stellung. „Auch jede Menge neuer Uhren, schätze ich. Sie werden auf dem Land eine wunderbare Zeit erleben." Er schnaubte. „Meine Sache ist das natürlich nicht. Zu viele Matronen, nicht genügend Spielhöllen."

„Sie mögen Pferde, wie ich sehe, und Spielen. Und natürlich magische Gegenstände", fügte ich an, lenkte die Unterhaltung in eine Richtung, die meinen Zwecken dienlich sein würde. Ich wandte mich plötzlich zu ihm, womit ich ihn überraschte. „Sagen Sie mir, nun, da wir allein sind, was glauben Sie, wer hat das Diadem gestohlen?"

„Meine liebe Lady, ich habe nicht die geringste Ahnung."

„Ich schätze, es ist jemand aus dem Club."

Er warf einen Blick über die Schulter. „Wo ist denn Glass hin? Vielleicht sollte ich gehen und ihn suchen, und sehen, wie er zurechtkommt."

Ich erwischte ihn am Arm. „Er wird die Einmischung nicht zu schätzen wissen."

„Einmischung?", stotterte er. „Ich muss schon sagen, meine Meinung zählt hier etwas."

Ich nahm seinen Arm, falls er beschloss, trotzdem zu gehen, und ich kicherte in meine Hand wie ein dümmliches Mädchen. „Ich muss Ihnen beichten, dass ich dachte, *Sie* hätten es genommen."

„Ein Pferd?", fragte er, suchte immer noch nach Matt, oder vielleicht nur nach einem Fluchtweg.

„Das Diadem."

Er wirbelte herum, um sich vor mich zu stellen. „Ich?"

Ich zuckte leicht die Schultern. „Sie sind ein Spieler, und Spieler gehen gern Risiken ein. Diebstahl ist ein enormes Risiko."

„Als Spieler kommt ein Kerl nicht ins Gefängnis. Ich bin kein Dieb, Mrs. Glass."

„Nein, natürlich nicht." Ich lachte leichtfertig. „Wie ich sagte, es war nur mein erster Gedanke, als wir uns begegnet sind."

Die Versteigerung des ersten Pferdes begann, und wir wandten beide unsere Aufmerksamkeit dem Hof zu. Der Auktionator stand auf einem hölzernen Podium, das Pferd und sein Führer daneben. Jemand gab ein erstes Gebot ab, aber ich sah nicht, woher es kam. Bald faszinierte mich die Versteigerung, und ich schätzte, so ging es auch Lord Farnsworth.

„Sie sich können sich in meinem Haus umsehen", sagte er, was bewies, dass seine Gedanken woanders waren. „Heute. Gleich nach der Auktion."

„Mein Lord?"

„Ich will beweisen, dass ich das Diadem nicht genommen habe." Er wirkte ernst, überhaupt nicht wie der gesellige Idiot, den ich gewohnt war.

„Das ist nicht nötig. Ich glaube Ihnen." Ich hätte mich treten können. Meine Manieren hatten verhindert, dass ich das Angebot annahm, sein Haus zu durchsuchen. Vielleicht war das genau, worauf er gehofft hatte, und er bluffte wie beim Pokern. Mein Fehler ließ sich nicht mehr berichtigen. „Ich bin mir sicher, wenn Sie es genommen hätten, würden Sie es nicht zu Hause verstecken." Ich senkte die Stimme und beugte mich dichter heran. „Sie würden es woanders verstecken. Zum Beispiel in der Wohnung Ihrer Geliebten."

Er wurde ganz reglos. Nur eine Ader an seinem Hals pochte noch. „Meiner was?"

„Machen Sie es nicht meinem Mann zum Vorwurf", sagte ich. „Er war nicht derjenige, der mir von ihr erzählt hat."

Seine Nasenflügel blähten sich.

„Auch wenn ich solche Frauen nicht gutheißen kann, möchte ich, dass Sie wissen, dass ich weder Sie noch sie beschuldige", fuhr ich fort. „Sie sind nicht verheiratet, und sie ist vermutlich mit Ihrem Arrangement sehr viel besser dran. Das ist keine eindeutige Sache." Ich biss mir auf die Innenseite der Wange, bevor ich mich aus der Gelegenheit redete, die sich gerade eingestellt hatte.

„Ich flehe Sie an, erzählen Sie keiner Ihrer Freundinnen von ihr", flüsterte er.

„Natürlich nicht. Ich habe sowieso keine Freundinnen in Ihren Kreisen."

„Sie kennen die Rycrofts. Auf jeden Fall tratschen die Damen doch." Er rümpfte die Nase. „Sie haben nichts Besseres zu tun."

„Das liegt daran, dass die ganzen interessanten Unternehmungen für Männer reserviert sind." Ich deutete auf den Auktionshof. „Wenn wir zu Tattersalls kommen könnten, würden wir uns die Zeit nicht damit vertreiben müssen, in den Salons zu tratschen."

Er presste die Lippen aufeinander. „Bitte, Mrs. Glass, um meiner zukünftigen Frau willen, erzählen Sie den Rycrofts nichts von Angelique. Es wäre nicht gerecht."

„Für Ihre zukünftige Frau?"

Er räusperte sich. „Ja, natürlich. Das habe ich gemeint. Nicht gerecht dem Mädchen gegenüber, das ich schließlich heiraten werde, zu wissen, dass vorher schon jemand kam. Frauen gefällt so etwas nicht."

„Das habe ich schon gehört."

„Es wird ohnehin ein Ende haben."

„Wann?"

Er starrte hinab auf den Hof und klatschte mit der Menge, als ein Fohlen verkauft wurde.

„Mein Lord?", drängte ich.

„Bald. Ich habe den Blick auf eine mögliche Braut gerichtet. Gute Abstammung, nettes Gesicht, nicht zu langweilig. Ich glaube, wir werden uns vertragen."

„Haben Sie Angelique schon erzählt, dass es enden muss?"

„Noch nicht."

„Das sollten Sie wirklich. Auf diese Art können Sie dem Mädchen mit reinem Gewissen einen Antrag stellen."

Schatten verdüsterten seine Augen. „Das Problem ist, ich stelle fest, dass es mir schwerfällt, sie aufzugeben. Ich wünschte, ich könnte beides haben. Manche Männer haben das."

Ich berührte ihn am Arm. „Aber Sie sind nicht diese Art Mann, oder?"

Als würde er sich gerade noch erinnern, dass er mit einer Frau, die er kaum kannte, über seine Geliebte sprach, wurde er ziemlich nervös, spielte mit seiner Krawatte und den Ärmelaufschlägen herum und räusperte sich immer wieder.

Zu unser beider Erleichterung erschien Matt. Ich winkte, und er kam lächelnd näher. Er erstarrte, als er unsere Gesichter sah. Ich nahm an, Lord Farnsworth und ich wirkten ziemlich verblüfft durch sein intimes Geständnis.

„Ich glaube, wir sollten gehen, India", sagte Matt. „Heute gibt es hier nichts, was mich interessiert."

„Äh, was?", fragte Lord Farnsworth, der zu seinem geselligen Selbst zurückkehrte. „Sie wollen nicht bieten?"

„Nicht heute."

„Wie schade. Ich hatte mich darauf gefreut, zu überprüfen, aus welchem Holz Sie geschnitzt sind. Ich glaube, ich bleibe auf jeden Fall noch etwas länger." Er nahm meine Hand und hob sie an die Lippen. „Einen schönen Tag, Mrs. Glass. Es war ziemlich … äh … interessant."

Matt lotste mich aus Tattersalls auf die Brompton Street, seine Hand auf meinem unteren Rücken. Erst als wir in unsere wartende Kutsche stiegen, sagte er schließlich etwas.

„Es war nicht Farnsworth, der die Drohnachricht für den Herausgeber hinterlassen hat", sagte er. „Er war die ganze Zeit über hier, genau, wie er behauptet hat. Ich habe mit zwei Bediensteten gesprochen, die ihn etwa um sechs Uhr letzten Montag gesehen haben."

Ich seufzte. „Wenn er also nicht der Dieb ist, wer ist es dann? Die Landers waren zu dieser Zeit im Haus einer anderen Familie, ihr Butler hat eine Puppe aus dem Postamt abgeholt, und Mrs. Rotherhide machte sich für eine Dinnergesellschaft fertig.

Alle Verdächtigen von Lord Coyle haben einen bestätigten Aufenthaltsort."

„Alle bis auf einen", sagte Matt nachdenklich. „Wir haben Whittaker abgetan, nachdem wir bei ihm zu Hause gesucht haben, aber was, wenn er seine Sammlung woanders aufbewahrt und das Diadem dort ist?"

„Laut Mrs. Rotherhide stellt er seine beiden magischen Gegenstände in aller Offenheit zur Schau", sagte ich.

„Sie weiß es vielleicht nicht, wenn es eine geheime Sammlung gibt."

„Bist du sicher, dass die Suche gründlich war?", fragte ich. „Sie war ziemlich übereilt."

„Wir wussten nicht, wie lange wir haben würden", stimmte Matt zu.

„Du solltest noch einmal nachsehen. Heute Abend. Ich komme mit dir."

Er sah mich mit hochgezogenen Augenbrauen an. „War es dir noch nicht aufregend genug für einen Tag, dass du die einzige Frau bei Tattersalls warst?"

„Du hast eine seltsame Vorstellung davon, was mich in Aufregung versetzt. Tattersalls war langweilig, und Lord Farnsworth ist ein feiger Schwerenöter und außerdem ein Idiot."

„Warum feige?"

„Er hat Angelique nicht erzählt, dass ihr Arrangement bald zu einem Ende kommen muss." Ich legte ihm eine Hand auf den Oberschenkel. „Also kann ich heute Abend mitkommen?"

„Wir wissen doch nicht mal, ob wir heute Abend in Sir Charles Haus eindringen können. Er ist vielleicht zu Hause."

„Ich bin sicher, uns wird etwas einfallen, um ihn herauszubekommen."

„Ja, du kannst mit." Er küsste mich auf die Stirn. „Es ist ja nicht so, als könne ich dich aufhalten."

* * *

DUKE FÜHRTE Mrs. Rotherhide ins Theater aus, und Cyclops spionierte immer noch Lord Farnsworth hinterher, darum war Willie einverstanden, Sir Charles' Haus zu beobachten, während wir im Inneren waren, und zu pfeifen, wenn sie ihn zurückkehren sah. Sie grollte auf dem ganzen Weg darüber.

„Warum muss ich den Beobachter geben?", jammerte sie. „Warum kann es nicht India machen?"

„Weil es meine Idee war, hinzugehen, und Matt mein Mann ist", sagte ich. „Außerdem kannst du besser pfeifen."

„Und wo ist eigentlich Duke? Er geht aus und hat eine gute Zeit, so sieht's aus, sodass ich hier festsitze und für euch beide den Beobachter spiele." Sie holte ihre Uhr heraus und schaut darauf. Sie konnte die Anzeige in der Dunkelheit nicht sehen, darum wartete sie darauf, das Licht aufzufangen, als wir an einer Straßenlaterne vorbeikamen, nur um mit der Zunge zu schnalzen, da es nicht stark genug war.

„Es ist zehn vor neun", sagte ich zu ihr. „So ungefähr."

Sie schob die Uhr in die Tasche. „Duke schuldet mir was. Cyclops auch. Ich wette, er schleicht sich mit Catherine weg und erfüllt nicht seine Pflicht, diesen spießigen Lord zu beobachten."

„Catherine schleicht sich nicht nachts mit Männern raus", sagte ich.

Sie knurrte.

„Wo ich gerade dabei bin, vom Wegschleichen in der Nacht zu reden", fügte ich an, „hast du vereinbart, dich später mit Angelique zu treffen?"

„Nein."

„Verbringt sie den Abend mit Lord Farnsworth?" Ich hatte Willie nicht davon erzählt, dass Angelique bald frei sein würde. Matt hatte mir geraten, zu warten. Willie wollte vielleicht Angeliques neue Wohltäterin werden, um sie zu retten, aber sie konnte sich nicht leisten, sie zu beschäftigen. Er wollte nicht, dass sie vorpreschte, nur um dann abgewiesen zu werden. Falls Angelique mit Willie zusammen sein wollte, ohne eine finanzielle Abmachung treffen, dann konnte sie sich ihr ohne unsere Einmischung annähern.

„Ich weiß nicht, was sie macht", sagte Willie. „Sie kann tun, was sie will." Sie schaute aus dem Fenster, die Arme verschränkt. „Ist es noch weit?"

Wir hielten um die Ecke von Sir Charles' Haus an und warteten in den Schatten auf der Straße gegenüber. Um neun

Uhr rollte Sir Charles' Kutsche heran. Fünf Minuten später stieg Sir Charles ein und fuhr ab. Niemand hatte ihn verabschiedet, und er hatte die Tür selbst abgeschlossen. Unser Trick, um ihn wegzulocken, hatte funktioniert. Es fühlte sich wie ein Sieg an.

Es war Matts Idee gewesen, eine Nachricht an Sir Charles schicken, in der er ihn bat, ihn in South Kensington um halb zehn in Sams Speisehaus zu treffen. Die Gaststätte würde noch offen sein, und South Kensington war so weit weg, dass er einige Zeit unterwegs sein würde, obwohl er vermutlich gehen würde, wenn der Verfasser der Nachricht es nicht schaffte, dort aufzutauchen. Wir hatten sie nicht unterzeichnet, aber ich hatte gehofft, er würde annehmen, dass sie von Mrs. Delancey kam, und dass er sie treffen wollte.

Matt knackte rasch das Schloss an der Eingangstür mit seinen Werkzeugen, und wir schlüpften hinein, ließen die Tür einen Spalt breit offen, damit wir Willies Warnung hören konnten. Das Haus war düster, und ich ging sorgfältig über die Treppen, weil ich mir Sorgen machte, ich würde hinfallen. Matt ging vor und betrat den Salon. Er hatte eine Lampe angezündet und sie heruntergedreht, damit das Licht schwach blieb. Er reichte sie mir und begann auf die Wände zu klopfen, lauschte nach hohlen Stellen, wo Sir Charles vielleicht seine Artefakte aufbewahrte.

Ich hielt die Lampe hoch. Der Kamin und die Feuerstelle schienen mir wie ein gutes Versteck. Auf dem Rost glühten die Kohlen wie Rubine in der Sonne. Vielleicht war es doch kein guter Ort. Sir Charles würde doch nicht wollen, dass seine Sammlung verbrannte.

Die Kerzenständer auf dem Kaminsims zogen meine Aufmerksamkeit auf sich. Einer oder beide waren laut Mrs. Rotherhide magisch. Ich berührte einen. Nichts. Genauso war es beim anderen.

Ich schaute mich im Raum um und fand die Hundestatue auf einem Seitentisch. Ich rieb ihr über den Kopf. Auch sie enthielt keine magische Wärme.

„Matt", flüsterte ich, zeigte ihm die Statue. „Sie ist nicht magisch. Genauso wenig einer der eisernen Kerzenhalter."

Er schloss sich mir an. „Bist du sicher?"

„Ja. Er hat Mrs. Rotherhide angelogen. Glaubst du, er wollte nicht, dass sie erfährt, wo er seine echten Gegenstände aufbewahrt, und darum hat er ihr die gezeigt, um ihre Neugier zu befriedigen?"

„Vielleicht, aber weshalb?"

Darauf hatte ich keine Antwort.

Matt musterte den Hund. „Ich glaube, es ist eher so, dass er überhaupt keine magische Sammlung besitzt. Er hat einfach zwei Gegenstände hier drin ausgewählt, von denen er sagen konnte, sie wären magisch. Sie hätte es auch nicht besser wissen können."

„Aber er gehört zum Club der Sammler! Er muss doch eine Sammlung haben."

Willies Pfiff drang durch die Luft. Matt löschte die Lampe und spähte aus dem Fenster die Straße hinab. Er fluchte tonlos. „Seine Kutsche fährt vor. Wir müssen gehen."

Das war nicht so einfach, da wir ein Stockwerk weiter oben waren. Wir konnten nicht durch die Vordertür hinaus, ohne dass Sir Charles uns sehen würde. Wir mussten nach unten und hinten hinaus.

„Die Personaltreppe", flüsterte ich und schob ihn zum Gang. Die Personaltreppe war bestimmt in einem Wandpaneel versteckt und würde direkt in die Küche und andere Diensträume führen. Von dort aus konnten wir durch die Hintertür in den Hof fliehen.

Wir gingen auf Zehenspitzen durch den Gang und schoben die Wandpaneele herum. Ich betete, dass es keine lockeren, quietschenden Bodenbretter gab.

Das Rattern von Rädern auf der Straße war das einzige Geräusch. Sie kamen nicht näher, sondern fuhren ab. Sir Charles war bereits ausgestiegen. Ihm war bestimmt aufgefallen, dass die Eingangstür offenstand. Er würde auf jedes Geräusch aufpassen, das wir machten.

Ich warf einen Blick über die Schulter zum Treppenhaus. Stille. Es hätte zumindest Schritte geben sollen. Wenn ich nach Hause gekommen wäre und gemerkt hätte, dass die Tür offenstand, hätte ich gerufen oder meine Anwesenheit preisgegeben, um die Einbrecher irgendwie zu warnen, dass sie gehen sollten, um eine Konfrontation zu vermeiden.

Aber ich war nicht Sir Charles.

Matt fand die Tür und schob sie auf. Er drängte mich hinein. Während mir das Herz bis zur Kehle schlug, nahm ich den Handlauf und rannte so rasch die schmalen Stufen hinab, wie ich es wagte. Unten blieben wir stehen, um uns unseren Standort zu vergegenwärtigen und zu lauschen.

Es war dunkel. Ich konnte gerade noch den Umriss einer Tür erkennen, die zur Küche führte. Ein Gang führte nach links und verschwand im Inneren des Hauses.

Der Ausweg.

Die Schatten in der Nähe der Küche bewegten sich. Etwas klickte.

Dieses Geräusch kannte ich. Ich hatte schon oft genug gehört, wie Willie den Hahn ihrer Waffe spannte, um es zu erkennen. Es zu fürchten.

„Heraus", sagte Sir Charles. „Oder ich schieße."

# KAPITEL 14

Matt stand so dicht vor mir, dass ich spürte, wie sich sein Körper anspannte. Wenn Sir Charles schoss, würde ihn die Kugel treffen. Ich konnte nicht riskieren, dass auf ihn geschossen wurde, nicht einmal, wenn seine Uhr ihn retten konnte. Es bestand eine sehr große Wahrscheinlichkeit, dass er sofort sterben würde, und ganz gleich, wie schnell ich die magische Taschenuhr in seine Hand legte, ich würde nicht schnell genug sein.

Aber wie ich Matt kannte, wollte er auch unsere Identität nicht preisgeben. Ich war mir ziemlich sicher, dass Sir Charles in der Dunkelheit unsere Gesichter nicht sehen konnte, genauso wenig, wie wir seines sehen konnten.

„Was wollen Sie?", fuhr Sir Charles uns an.

Wir blieben still.

„Sagen Sie mir, was Sie wollen, und ich schieße nicht."

Matts Finger fanden meine und drückten sie. Eine Warnung, stumm zu bleiben? Oder sich darauf vorzubereiten, zu fliehen?

Teufel und Hölle, was sollten wir tun? Wenn wir uns zu erkennen gaben, würde Sir Charles uns sicher nicht erschießen. Aber wie sollten wir erklären, was wir taten? Ich fühlte mich gleichzeitig übel und ausgehöhlt, und meine Nerven waren bis ans Ende strapaziert. Ich ging jedes Szenario im Kopf durch, kam aber nur mit einem möglichen Weg daraus hervor.

„Geld", flüsterte ich, um meine Stimme zu verbergen.

Matts Finger drehten sich in meinen.

„Nein, Sie sind keine einfachen Einbrecher, die mein Silber wollen", sagte Sir Charles. „Sie haben mich mit einem anonymen Schreiben weggelockt. Ich bin natürlich nicht darauf hereingefallen. Ich habe es einfach nur aussehen lassen, als würde ich das tun. Ihr Beobachter kann gut pfeifen, er war aber nicht schnell genug. Er ist übrigens geflohen. Erwarten Sie keine Rettung aus dieser Ecke."

Matts Daumen rieb zur Beruhigung über meinen. Ich war alles andere als beruhigt.

Der Schatten, der Sir Charles war, trat auf uns zu. „Wer sind Sie, und was wollen Sie?" Ich konnte gerade noch den erhobenen Arm und die Waffe erkennen, die auf uns gerichtet war.

Wie lange konnten wir schweigen, bevor er auf uns schoss?

Wie lange wagten wir es, still zu bleiben, bevor wir uns zu erkennen gaben?

Matt würde es nicht tun. Er würde sich darauf verlassen, dass die Kugel ihn nicht direkt ins Herz traf, und dass ich ihm die Uhr in die Hände legte. Ich würde dieses Risiko nicht eingehen. Niemals.

Ich holte Luft, um etwas zu sagen.

Das Klicken einer weiteren Waffe füllte die drückende Stille. Willie! Ich hatte gewusst, dass sie uns nicht im Stich lassen würde.

„Legen Sie Ihre Waffe ab", befahl sie in einer tiefen Stimme mit einem Cockney-Akzent. Ich hatte sie nicht näherkommen hören.

Sir Charles zögerte.

„Ich sagte, legen Sie sie ab!"

Seine Silhouette legte die Waffe auf den Boden.

„Treten Sie sie weg", sagte Willie mit derselben maskulinen Stimme.

Sir Charles tat es. „Was wollen Sie?", drängte er.

Matt nahm meine Hand, und wir rannten durch den Gang, weg von Sir Charles und Willie. Ich wusste nicht, wie er im Dunkeln etwas sah. Er war bisher nur einmal hier entlang gekommen, aber irgendwie fand er die Hintertür. Er riss den Bolzen heraus und schob die Tür auf.

Wir rannten über den Hof, hinaus durch das Tor und zur Straße, wo Woodall mit der Kutsche wartete. Unsere Schritte hämmerten auf dem Kopfsteinpflaster, verrieten unseren Standort. Ich konnte nicht erkennen, ob Sir Charles uns folgte.

„Willie?", keuchte ich zwischen tiefen Atemzügen.

„Sie kommt zurecht", sagte Matt.

Wir wurden nicht langsamer, bis wir die Kutsche erreichten. Matt packte mich hinein, und ich landete mit dem Gesicht voraus auf dem Sitz. Er half mir, mich aufrecht hinzusetzen.

„Ist alles in Ordnung?", fragte er.

„Ja." Ich drückte mir eine Hand auf mein schnell schlagendes Herz und versuchte, wieder zu Atem zu kommen. Matt setzte sich gegenüber hin, seine Hände auf meinen Knien, wo er mich beobachtete. Seine Atmung war regelmäßig. Im trüben Licht der nächsten Straßenlaterne konnte ich gerade noch sein zerrauftes Haar erkennen, seine leuchtenden Augen.

Während meine Atmung sich beruhigte, spähte ich durch die Tür. „Wo ist sie?"

„Sie muss weiter laufen als wir", sagte er.

Sie musste auch aus Sir Charles' Haus durch die Eingangstür entwischen, ohne dass er sich umdrehte und sie beim Rückzug erschoss. Was, wenn sie nicht geflüchtet war?

„Wir haben keinen Schuss gehört", sagte Matt, der erriet, wohin meine Gedanken sich gewandt hatten.

Er hatte recht, und es war ein kleiner Trost, aber es gab andere Arten, auf die Sir Charles verhindern konnte, dass sie entkam.

Eine Gestalt kam um die Ecke gerast, fiel beinahe hin und sprintete auf uns zu.

„Gott sei es gedankt", murmelte ich, mir war ganz schwindlig vor Erleichterung.

Ich riss die Tür weit auf, und Willie stürzte hinein.

Die Kutsche fuhr rasch ab, während Matt es schaffte, die Tür zuzuziehen. Ich spähte durch das Rückfenster, doch niemand folgte uns. Gott sei es gedankt. Ich lehnte mich zurück und stieß angehaltene Luft aus.

Willie johlte, ihre Zähne blitzten weiß. „Das habe ich gebraucht", erklärte sie.

„Ich nicht", sagte ich zu ihr. „Ich habe immer noch Mühe, zu Atem zu kommen."

„Zum Glück hast du dein Korsett nicht zu fest geschnürt, oder Matt hätte deinen ohnmächtigen Körper hinaustragen müssen." Sie lachte.

Ich verschränke die Arme, aber ich konnte nicht sagen, dass ich wütend auf sie war. Sie hatte uns gerade gerettet.

„Du hast ein Risiko auf dich genommen, als du ihm nach drinnen gefolgt bist", sagte ich.

„Ein berechnetes Risiko. Es war da drin ganz dunkel. Ich glaube nicht, dass er erraten hat, dass ich eine Frau bin."

„Du warst sehr überzeugend", versicherte ich ihr. „Du hast den Cockney-Akzent perfekt nachgeahmt."

„Ich habe geübt."

Matt beugte sich vor, die Ellbogen auf den Knien, und fuhr sich mit der Hand durch die Haare. „Er hat erraten, dass der Brief eine Fälschung war. Es war eine schlechte Idee. Ich hätte mich niemals darauf verlassen sollen."

Ich nahm sein Gesicht in die Hände und zwang ihn, zu mir aufzuschauen. „Es war eine gute Idee. Ich bin so überrascht wie du, dass er es erraten hat."

Willie schlug Matt auf den Rücken. „Keine Sorge. Er wird nicht herausbringen, dass ihr es wart. Keiner von euch wirkt wie jemand, der in Häuser einbricht, also schätze ich, ihr seid in Sicherheit. Aber nun ist er gewarnt, dass Eindringlinge da waren, und es wird echt schwer werden, ihn noch einmal rauszulocken."

Matt nahm meine Hände, küsste bei jeder der Handrücken, und setzte sich gerade hin. „Wir werden es nicht wieder versuchen. Falls er eine magische Sammlung hat, wird ihr Standort vorerst geheim bleiben."

„Falls?", wiederholte Willie.

„Laut India war keine Magie in den beiden Gegenständen, von denen er gegenüber Mrs. Rotherhide behauptet hat, sie wären magisch. Entweder wollte er nicht, dass sie von seinen echten magischen Gegenständen erfährt, oder er hat keine."

Willie dachte mit verschränkten Armen darüber nach. Zumindest dachte ich, dass sie darüber nachdachte, aber es erwies sich, dass sie unsere knappe Flucht im Kopf hatte. „Es gibt nichts wie so eine knappe Sache, um das Blut in Wallung zu bringen. Duke und Cyclops werden enttäuscht sein, dass sie den ganzen Spaß verpasst haben."

„Ich bin froh, dass du dich damit besser fühlst", sagte ich. „Du wirktest vorher aufgebracht."

Sie seufzte. „Wie lange willst du mich noch damit nerven, India?"

„Bis du nachgibst und sagst, was los ist."

„Es ist nichts los, es ist nur … Es ist Angel."

„Angelique L'Amour? Was ist mit ihr?"

„Ich mag sie. Das Problem ist nur, obwohl sie sagt, dass sie mich mag, glaube ich nicht, dass sie das tut. Nicht auf dieselbe Art. Nicht auf die Art, wie ich es möchte."

„Mach dir keine Sorgen ihretwegen", sagte Matt. „Es gibt andere, die dich auf die Art mögen, wie du bist."

„Das weiß ich. Mir gefällt nur nicht, dass sie versucht, mich hereinzulegen."

„Weshalb sollte sie versuchen, dich hereinzulegen?", fragte ich ganz unschuldig. Ich wollte nicht, dass sie herausfand, dass Matt und ich bereits über dieses Thema diskutiert hatten.

„Damit ich ihre Wohltäterin werde", fuhr sie fort. „Sie ist noch nicht damit herausgerückt und hat es gesagt, aber ich glaube, darauf hofft sie. Ich erkenne, dass sie es nicht gewohnt ist, mit einer Frau zusammen zu sein, und ich erkenne auch, dass sie es nicht besonders mag. Darum habe ich mich gefragt, weshalb sie so tun sollte, und das ist alles, was mir einfallen will."

„Du hast sie nicht zur Rede gestellt?"

„Ich will sicher sein, bevor ich das tue."

„Sie glaubt wohl, du kannst sie dir leisten", sagte Matt.

„Es ist keine Frage des Leistenkönnens", sagte Willie. „Nach unserem ersten Mal wollte sie mein Geld nicht nehmen. Ich will nicht für etwas bezahlen, das ich umsonst bekommen kann. So sehr mag ich sie auch wieder nicht."

Matts leises Lachen ging beinahe unter im Rumpeln der Räder auf der Straße.

„Was ist so witzig?", spie Willie aus.

„Ich bin einfach nur froh, dass du für ihren Zauber immun bist", sagte Matt.

Willie knurrte erheitert. „Männer mögen ja auf ihr Süßholzraspeln hereinfallen, aber ich nicht."

„Wenn sie sich nach einem anderen Wohltäter umsieht", sagte ich, „bedeutet das, dass sie weiß, dass Lord Farnsworth sie bald aufgeben will. Er hat es ihr gesagt. Er hat mich angelogen. Das bringt mich zu der Frage, worüber hat er sonst noch gelogen?"

* * *

DIE BEGEGNUNG BEI SIR CHARLES' Haus hatte mich erschüttert, aber ich wollte nicht, dass Matt es erfuhr. Er würde mir verbieten, jemals wieder mit ihm auf solche Abenteuer zu kommen. Ich wachte sehr spät auf, nachdem ich mich den Großteil der Nacht über herumgeworfen hatte, um festzustellen, dass ich das Frühstück im Speisezimmer versäumt hatte. Polly Picket brachte mir ein Tablett mit Eiern, Toast und Kaffee in die kleine Kammer neben dem Schlafzimmer. Matt schloss sich mir an, als ich gerade fertig wurde.

„Ich habe Duke in Farnsworths Stallungen geschickt, um Cyclops nach Hause zu holen, jetzt, da wir wissen, dass er die Drohbriefe nicht auf dem Schreibtisch des Herausgebers hinterlassen haben kann", sagte er und setzte sich auf den anderen Sessel. „Er hat eine Nachricht zurückgeschickt, in der er sagt, dass er den Tag noch aussitzen wird. Er will nicht, dass Farnsworth ohne Personal da steht."

„Er ist umsichtig", sagte ich. „Mr. und Mrs. Mason hätten Glück, ihn zum Schwiegersohn zu bekommen. Ich hoffe, das sehen sie auch noch ein."

„So geht es mir auch. Cyclops sagt nicht viel, aber ich glaube, er liebt Catherine."

„Und ich glaube, sie liebt ihn." Ich lächelte und griff nach seiner Hand. „Ich bin froh, dass sich einer deiner Freunde hier niederlässt. Hoffentlich werden Willie und Duke genauso zufrieden, hierzubleiben, und sehnen sich nicht nach Kalifornien. Ich hatte mir Sorgen gemacht, dass sie nach Amerika zurückkehren wollen würden."

Er neigte den Kopf und betrachtete mich gleichmütig. „Hast du dir Sorgen gemacht, dass sie nach Hause gehen wollen oder dass ich ihnen folgen möchte?"

Ich nahm die Kaffeetasse mit beiden Händen. „Gefällt es dir hier, Matt? Ich meine, nicht nur weil ich hier bin, sondern magst du es wirklich?"

„Schon. Habe ich jemals etwas anderes behauptet?"

„Nein, aber ich will dich nicht von deiner Heimat fernhalten, von dem Ort, den du liebst. Du hast früher immer über die Rückkehr nach Kalifornien gesprochen."

„In den ganz frühen Tagen. Aber London ist mir ans Herz gewachsen, genau wie die Leute." Er lächelte. „Ich will herausfinden, was für Geheimnisse sich hinter ihren Manieren und ihrer versnobten Art verbergen."

Ich erwiderte das Lächeln, aber natürlich würde Matt sagen, dass er in England bleiben wollte. Zum einen wusste er, dass ich das hören wollte. Zum anderen konnte er nicht gehen. Nicht, wo doch Gabe Seaford hier wohnte. Matt brauchte den medizinischen Magier genauso sehr, wie er mich brauchte, die Uhrenmagierin. Ohne uns konnte er nicht überleben, wenn seine Uhr wieder auszufallen begann.

* * *

Wir beschlossen, nach dem Frühstück Lord Coyle zu besuchen und ihm einige direkte Fragen über Sir Charles Whittaker zu stellen. Falls irgendjemand Antworten hatte, wäre er es.

Ob er sie uns mitteilen würde, war etwas ganz anderes. Ich nahm an, dass er im Gegenzug etwas haben wollen würde. Lord Coyle tat niemals etwas umsonst. Zumindest wussten wir dieses Mal, was er sich von uns erbitten würde – dass wir Hope überzeugten, ihn zu heiraten.

„Machen Sie schnell", sagte Lord Coyle, als er uns in seinem Bureau begrüßte. „Ich bin auf dem Weg hinaus." Er schaute kaum von einem Schreibtisch auf, als wir eintraten, und winkte uns einfach zu den Stühlen gegenüber. Der eindeutig maskuline Raum passte zum Rest des eindeutig maskulinen Hauses, mit der dunklen Holztäfelung und dem völligen Fehlen femininer Rüschen und dekorativer Gegenstände. Bilder, die in dickem Gold gerahmt waren, zeigten Jagdszenen und Vieh anstelle von Blumen und Häuschen.

„Wir haben eine Frage zu Whittaker, von der wir hoffen, dass Sie sie beantworten können", setzte Matt an.

Lord Coyle schrieb weiter. „Sie haben immer noch nicht das Rätsel um den Diebstahl des Diadems gelöst?"

„Noch nicht", sagte Matt angespannt. „Wir haben Whittaker beinahe sofort als Verdächtigen abgetan, aber ..."

Lord Coyle schaute auf. „Weshalb?"

„Weil es nicht schien, dass er eine erhebliche magische Sammlung hat. Er schien sie nirgends auszustellen, noch gab es irgendwelche verschlossenen Truhen oder anderen Verstecke dafür. Er hat India auch nicht gebeten, etwas hinzuzufügen."

„Das sind keine guten Gründe, ihn ganz von ihrer Liste zu streichen."

„Er ist wieder auf der Liste, wie es aussieht", sagte ich. „Sagen Sie uns, mein Lord, haben Sie seine Sammlung gesehen?"

Lord Coyle ließ seine Feder auf den Tintenständer fallen und klappte den Deckel auf dem Tintenpott zu. „Er zeigt sie niemandem. Genauso wenig stellt er sie aus wie Delanceys, wie Sie schon dargelegt haben. Aber das heißt nicht, dass er sie nicht an einem gut versteckten Ort weggeschlossen hat, oder sogar in einem sicheren Tresor."

„Wir haben keine Hinweise auf solche Verstecke gesehen", sagte Matt. „Aber es gibt noch mehr. Laut einer Quelle hat er zwei magische Gegenstände, die er ausstellt. Er tönt nicht groß herum, dass sie magisch sind."

„Da haben Sie es. Er hat eine kleine Sammlung. Alle müssen irgendwo anfangen."

„Ich habe beide Gegenstände berührt, und keiner von ihnen enthält Magie", sagte ich.

Lord Coyle strich sich mit dem Daumen und dem Zeigefinger über den Schnurrbart. „Ich nehme an, sie sind eine Finte, um andere abzuwehren. Falls einer der anderen Sammler seine Gegenstände so sehr begehrt, dass er sie stehlen würde, verliert er nur zwei wertlose Gegenstände. Es ist eine kluge Sicherheitsmaßnahme. Ich wünschte, das wäre mir eingefallen."

„Und die echte magische Sammlung?", fragte Matt. „Wo bewahrt er sie auf?"

„Ich weiß es nicht."

„Weshalb hat sie niemand gesehen? Nicht mal Sie?"

„Er hat mir vor ein paar Monaten zwei Gegenstände gezeigt, als er darum bat, sich anschließen zu dürfen. Ich nahm an, dass sie magisch waren."

„Weshalb haben Sie ihn beim Wort genommen?" Matt war wie ein Hammer, der unnachgiebig mit seinen Fragen auf ihn einschlug und Coyle dazwischen nicht die Gelegenheit gab, nachzudenken – verschlagen zu sein.

„Tatsächlich hat niemand im Club der Sammler eine Möglichkeit, zu wissen, ob Gegenstände wirklich magisch sind. Die Mitgliedschaft basiert auf einem Interesse an Magie, mehr als alles andere. Unsere Sammlungen sind ein Vehikel für jene mit einem gemeinsamen Interesse, um sich zu treffen."

„Sie schätzen Ihre Sammlung", sagte Matt.

„Ich habe nie gesagt, dass wir unsere Sammlungen nicht schätzen, Glass. Das tun wir alle. Wir handeln oder kaufen die Gegenstände. Sie haben für uns einen Wert. Einen Wert, den wir allein festsetzen. Ich will sagen, falls Whittaker keine Sammlung hat, kann er trotzdem noch zum Club gehören. Lady Louisa hat auch keine Sammlung. Solange sie sich an die Regeln der Geheimhaltung halten, können sie bleiben." Er legte die Hände flach auf den Schreibtisch und schob sich mit einem Knurren auf die Beine. „Wenn es Ihnen jetzt nichts ausmacht. Ich muss gehen."

Ich erhob mich ebenfalls. Matt nicht.

„Wir sind noch nicht fertig", sagte er. „Weshalb trifft sich Whittaker insgeheim mit Mrs. Delancey?"

„Ich weiß es nicht", sagte Lord Coyle. „Aber ich kann mir einen guten Grund vorstellen, der nicht in der Anwesenheit einer Dame besprochen werden sollte."

„Meiner Frau macht es nichts aus, Unangenehmes zu hören", schoss Matt zurück.

Ich schaute ihn aus zusammengekniffenen Augen an.

„Was ist der echte Grund, dass Sie hier sind, Glass?", fragte Lord Coyle. „Liegt es daran, dass noch zwei Tage bleiben, bevor Sie Hope überzeugen müssen, meinen Antrag anzunehmen, wenn Sie möchten, dass die Schuld Ihrer Frau getilgt ist? Denn ich werde es mir nicht anders überlegen. Ich werde den zeitlichen Rahmen nicht verlängern."

„Das ist in die Wege geleitet", sagte Matt. „Wie Sie sagen, es bleiben noch zwei Tage. Überlassen Sie das mir."

Ich kniff die Augen noch weiter zusammen.

„Wir sind hier, weil wir keine Verdächtigen für den Diebstahl des Diadems haben, außer Whittaker", sagte Matt. „Jemand hat Cox' Identität durch Bestechung des Zeitungsherausgebers erfahren, doch alle Verdächtigen haben ein Alibi für die Zeit, in der die Nachricht auf seinem Schreibtisch hinterlegt wurde."

„Alibis kann man sich kaufen, Glass. Ausgerechnet Sie sollten das wissen." Lord Coyle nahm seinen Gehstock fest und schlug ihn auf den Boden. Ich stellte mir vor, dass das Geräusch ein Beben durch das Haus schickte, das man bis ganz hinab in die Personalräume spüren konnte. Es diente vermutlich als Warnung für die Diener, sich darauf vorbereiten, herbeigerufen zu werden.

Matt erhob sich langsam, ich konnte sehen, wie er darüber nachdachte, welcher unserer Verdächtigen womöglich jemanden bestechen konnte, und wessen Alibis darauf am besten passten. Nicht das Postamt, aber Dienstmädchen und andere Bedienstete auf jeden Fall. Doch meiner Ansicht nach waren am wahrscheinlichsten die Bediensteten in Tattersalls.

„Farnsworth", sagte ich zu Matt.

Nicht nur war Lord Farnsworth ein geschätzter Kunde bei Tattersalls, er hatte uns auch dorthin geführt, ohne dass wir ihn groß drängen mussten. Er hatte sein Alibi rasch und mühelos angeboten.

„Ich habe keinen Hinweis, der etwas anderes besagt", ergänzte Lord Coyle, „aber ich schätze, Farnsworth ist nicht so dumm, wie er wirkt."

„Wenn Sie keine Beweise haben, weshalb glauben Sie das?", fragte ich.

„Weil niemand so ein Idiot sein kann." Er ging an uns vorbei und öffnete die Tür. „Holen Sie die Kutsche", befahl er dem wartenden Diener.

Der Diener eilte ohne ein Wort weg.

„Ich höre, dass er nach einer Frau sucht", fuhr Lord Coyle fort, ging voraus zum Treppenabsatz. „Das wird seiner Geliebten einige Probleme bereiten."

Es überraschte mich nicht, dass Lord Coyle von Angelique wusste. „Was hat das denn damit zu tun, dass Lord Farnsworth das Diadem gestohlen haben könnte?", fragte ich. „Oder glauben Sie, *sie* hätte es getan?"

„Ich habe nur nahegelegt, dass sie das schwache Glied ist, das Sie ausnutzen können." Lord Coyle betrachtete mich flüchtig, bevor er mich abtat und sich an Matt wandte. „Ich sehe, *Sie* verstehen das, Glass. Erklären Sie es Ihrer Frau. Sie ist zu unschuldig, um zu denken wie wir."

Ich zog die Augenbrauen vor Matt hoch.

Matt presste die Lippen aufeinander. „Wenn Angelique weiß, dass Farnsworth nach einer Frau sucht, wird sie wissen, dass ihre Tage als seine Mätresse gezählt sind. Ohne einen Wohltäter und ohne die Aussicht auf einen wird sie als Prostituierte im Elendsviertel leben müssen, um ihren Lebensunterhalt zu bestreiten. Es würde ein hartes Leben werden."

„Kurtisanen sind eine aussterbende Art in England", stimmte Lord Coyle zu. „Es ist unsere Prüderie. Ich mache es der Königin zum Vorwurf. In Frankreich sind sie allerdings noch gefragt, aber Farnsworths Mädchen wird nicht dorthin zurückkehren, außer sie ist verzweifelt. Ihr Bruder ist in Paris, und er war grausam zu ihr, glaube ich. Sie wurde gezwungen, für ihn und seine Bande zu arbeiten. Farnsworth hat sie von all dem weggeholt, indem er sie hergebracht hat." Er blieb stehen und lehnte sich schwer auf seinen Gehstock.

„Was Coyle vorschlägt, ist, dass wir Angeliques problematische Zukunft zu unserem Vorteil ausnutzen", fuhr Matt fort. „Indem wir die bereits verzweifelte Angelique unter Druck setzen, könnte sie für uns vielleicht Farnsworth ausspionieren."

„Ich weiß nicht, ob sie für Sie spionieren würde", sagte Lord Coyle. „Aber sie wird Ihnen auf jeden Fall Antworten liefern. Ich möchte wetten, sie kennt Farnsworths Tagesablauf besser als jeder sonst."

Das war ein hervorragender Punkt. Es mochte sich lohnen, sie zu fragen, ob sie wusste, wo Lord Farnsworth letzten Montag um Viertel nach sechs gewesen war. Ich war mir nicht sicher, ob ich sie unter Druck setzen wollte. Es wirkte unnötig plump. Hoffentlich würde eine Bestechung sie überzeugen, etwas zu sagen. Immerhin würde sie dadurch Farnsworth nicht verlieren; sie hatte ihn bereits verloren.

Lord Coyle winkte dem Diener. „Bringen Sie Mr. und Mrs. Glass hinaus." Als wir uns zu den Stufen aufmachten, rief er uns nach: „Zwei Tage. Verschwenden Sie sie nicht."

* * *

WIR STIEGEN vor der Metzgerei aus der Kutsche und wollten gerade an Angeliques Tür klopfen, als ich Matt bat, zu warten.

„Der Metzgerjunge", sagte ich und nickte zum Fenster hin. „Er beobachtet uns. Laut Angelique beobachtet er immer alles. Vielleicht kann er uns etwas sagen."

Matt bedeutete ihm, herauszukommen. Der Junge sprach mit jemandem über die Schulter, dann schloss er sich uns auf dem Bürgersteig an. Er trug eine blutige Schürze, doch seine Hände waren äußerst sauber.

„Was wollen Sie?", fragte er. Er war nicht so jung, wie ich anfangs gedacht hatte. Ich schätzte ihn auf etwa zwanzig. Er hatte immer noch die schlaksigen Glieder und das picklige Gesicht eines Jugendlichen, aber den direkten Blick von jemandem, der es gewohnt war, mit Menschen zu reden, die älter waren als er.

„Wir wollen nur kurz mit Ihnen sprechen", sagte Matt. „Über Ihre Nachbarin, Angelique L'Amour. Wie gut kennen Sie sie?"

„Nicht gut."

„Sie spionieren ihr für Lord Farnsworth hinterher."

„Nein!", rief er. Als wäre er überrascht von der Lautstärke seiner vehementen Erwiderung, neigte er den Kopf und schaute sich um, ob jemand mitgehört hatte. „Nein, tue ich nicht", sagte er leise. „Das würde ich ihr nie antun, und ich würde es nicht für *ihn* tun."

„Weshalb nicht für ihn?", fragte ich.

„Weil er ein … ein Mistkerl ist." Ich nahm an, dass er etwas Vulgäreres sagen hatte wollen, sich aber aufgehalten hatte. „Ich verabscheue ihn."

„Weshalb?", fragte ich noch einmal.

„So, wie er mit ihr umgeht … Das ist nicht richtig. Er spielt sich über ihr auf."

„Verstehen Sie, was für ein Arrangement sie haben?", fragte Matt.

Der Junge wurde rot und nickte.

„Behandelt Lord Farnsworth sie schlecht?", fragte ich. „Mögen Sie ihn deshalb so wenig?"

Er trat von einem Fuß auf den anderen und wischte sich die Hände an der Schürze ab. „Ich habe sie einmal streiten hören. Vor über einer Woche war das."

„Nur das eine Mal?", fragte Matt. „Normalerweise streiten sie nicht?"

Der Junge schüttelte den Kopf.

„Worüber haben sie denn gestritten?"

Der Junge zögerte. „Ich sollte es nicht sagen. Es ist ihre Privatangelegenheit."

„Wir machen uns Sorgen um Miss L'Amour", sagte Matt. „Wenn Lord Farnsworth sie misshandelt, können wir helfen."

„Ich glaube nicht, dass er sie grausam behandelt."

„Und trotzdem mögen Sie ihn nicht", fügte ich an.

„Es ist nicht richtig, was sie für ihn ist. Es ist nicht anständig."

Es war interessant, dass er Lord Farnsworth zum Vorwurf machte, dass Angelique eine Kurtisane war. Er sah es nicht als ihre Schuld. Vielleicht hatte er gewissermaßen recht. Frauen wurden keine Prostituierten, weil sie es wollten, sondern weil es der einzige Weg war, den sie noch einschlagen konnten. Angelique hatte mehr Glück als die meisten, in einer Wohnung zu leben und nur einen … Kunden zu haben.

Matt holte einige Münzen aus der Tasche. Die Augen des

Jungen wurden groß, und Matt ließ die Münzen in die Tasche seiner Schürze fallen. „Worüber haben sie denn gestritten?"

Der Metzgerjunge schaute in seine Tasche. Seine Lippen bewegten sich, während er die Münzen zählte, und als er aufschaute, stand ein zufriedenes Glitzern in seinen Augen. „Der Lord hat gesagt, dass er sie nicht länger behalten könne, weil er heiraten müsse."

„Bist du sicher?", fragte ich.

Er nickte.

Also hatte Lord Farnsworth uns auf jeden Fall angelogen, dass er Angelique nicht über seine Pläne in Kenntnis gesetzt hatte. „Was haben sie sonst noch gesagt?", fragte ich.

„Sie hat ihn vor allem auf Französisch angebrüllt, und er hat auf Französisch geantwortet, nur dass er darin wahrscheinlich nicht wirklich gut ist, denn er hat zu Englisch gewechselt. Er hat nahegelegt, sie solle zurück nach Paris gehen, und sie sagte, das könne sie nicht wegen ihres Bruders." Der Junge zuckte mit den Schultern. „Sie sagte, ihr würde es hier gefallen, und sie wolle, dass ihr Arrangement genauso bleibt. Dann redeten sie ein wenig leiser, bevor sie wieder zu schreien anfing. Sie sagte, sie würde ihn verabscheuen, weil er sie ihm Stich lässt."

Wir dankten ihm und warteten, bis er ins Innere des Ladens zurückgekehrt war, bevor wir an Angeliques Tür klopften. Sie öffnete sie in einem Kleid in Rosarot und Grün mit rosa Bändern im Haar. An den meisten hätte diese Garderobe viel zu billig ausgesehen, aber ihr stand es.

„Mrs. Glass, wie erfreulich." Sie schaute an mir vorbei. „Ist Willie bei Ihnen?"

„Heute nicht", sagte ich und stellte Matt vor. „Können wir reinkommen?"

Ihr Lächeln wurde angespannt. „Kann ich Ihnen helfen?"

„Wir ermitteln im Diebstahl eines Familienerbstücks", sagte Matt. „Wir vermuten, Lord Farnsworth ist vielleicht darin verstrickt, und wir hatten gehofft, dass Sie uns ein paar Fragen beantworten können."

Sie wollte die Tür schon schließen, doch Matt verstellte den Weg. Sie spie ein paar Worte Französisch in seine Richtung, und er antwortete in derselben Sprache, womit er sie überraschte. Er nutzte die Gelegenheit, um einzutreten, zwang sie zum Rückzug.

„Ich glaube, Ihnen wäre es lieber, wenn wir unsere Fragen abseits von beobachtenden Blicken stellen", sagte er.

Angelique funkelte mich an. „Sie haben gelogen."

„Ja", sagte ich. „Ich bin nicht von einer Wohltätigkeitsorganisation. Wir sind private Ermittler, die beauftragt wurden, ein gestohlenes Artefakt zu finden, wie mein Mann erklärt hat."

Sie hob ihre Röcke und stapfte die Stufen hinauf. „Sie glauben, *Davide* hätte es gestohlen? Pah! Er ist kein Dieb. Er ist reich!"

„Das fragliche Artefakt ist unbezahlbar", sagte Matt. „Er würde es stehlen, nur um es zu besitzen."

Sie ließ uns in den kleinen Salon, wo auf einem Tisch ein Hemd und ein Nähkorb lagen. Die Tür zum Schlafzimmer war geschlossen. „Ich weiß nicht, wie ich helfen könnte. *Davide* hat nichts von einem Diebstahl erwähnt."

„Wir wissen, dass er Sie aus Ihrem Arrangement entlässt", sagte ich. „Sie müssen ihn nicht mehr schützen."

Anmutig ließ sie sich auf ihrem Stuhl nieder und verschränkte die Hände im Schoß. „Es wird für mich sehr schwer werden. Ich werde einen neuen Wohltäter brauchen. Es wird dauern, bis ich einen finde."

Ein weiteres Mal nahm Matt Geld aus der Tasche. Diesmal waren es Banknoten, keine Münzen. Er legte sie auf den Tisch, als würde er sie nebensächlich zur Seite legen. Angeliques Blick folgte der Bewegung seiner Hand unter ihren üppigen Wimpern.

„War Lord Farnsworth am vorletzten Montag um etwa Viertel nach sechs bei Ihnen?", fragte er.

Sie dachte darüber nach, dann schüttelte sie den Kopf. Ihre Finger verschränkte sie ineinander.

Matt und ich wechselten einen Blick. „Wissen Sie, wo er war?", drängte Matt.

„*Non.*"

„Kommen Sie, Angelique", sagte ich. „Bitte erzählen Sie es uns, wenn Sie es wissen."

„Das tue ich nicht."

Ich war mir nicht sicher, ob ich ihr glaubte, aber ich vermutete, dass sie Lord Farnsworth zu treu war, um ihn zu hintergehen, oder zu viel Angst hatte.

Matt war allerdings nicht bereit, so schnell aufzugeben. „Letzten Montag, um Viertel nach sechs, hat jemand eine richtig scheußliche Nachricht auf dem Schreibtisch des Herausgebers des *Daily Courier* hinterlassen. In diesem Brief wurde gedroht, der Familie des Herausgebers zu schaden, wenn er nicht den Namen des Mannes preisgibt, auf den der Artikel angespielt hat, der am Tag zuvor abgedruckt worden ist. Dieser Mann ist der Besitzer des gestohlenen Artefakts. Wie Sie wohl erkennen, könnte derjenige, der den Brief hinterlassen hat, gefährlich sein. Er ist mit größter Sicherheit ein Dieb."

Ihre Brust hob und senkte sich, als sie tief Luft holte, aber sie schaute nicht auf.

„Lord Farnsworth ist verdächtig, aber wir müssen erfahren, wo er am letzten Montag zu dieser Zeit war, um sicher zu sein. Wir vermuten, dass Sie wissen, wo er war, Miss L'Amour."

„Bitte fragen Sie das nicht", flüsterte sie.

„Er entlässt Sie, Angelique", sagte ich sanft. „Sie müssen ihn nicht mehr schützen."

Sie drückte den Daumen in dem Ballen ihrer anderen Hand. „Bitte verstehen Sie, er ist immer noch mein Wohltäter."

Sie würde nicht antworten. Wir konnten die Information, die wir wollten, nicht von ihr erhalten, aber vielleicht gab es eine Frage, die sie beantworten würde. Damit legte sie es ihm nicht direkt zur Last. „Er ist nicht, was er scheint, oder?"

Die Frage schien sie anfangs überraschen, doch sie schüttelte den Kopf.

„Er ist ziemlich intelligent", fuhr ich fort. „Jemand, mit dem Sie gern zusammen sind. Jemand, der Ihrer Liebe würdig ist."

Sie nickte und legte sich die Finger auf die Lippen. Tränen traten ihr in die Augen.

Matt reichte ihr sein Taschentuch. Sie tupfte sich die Augenwinkel, dann reichte sie es zurück. Sie nahm die Scheine und gab sie ihm ebenfalls zurück.

„Er ist immer noch mein Wohltäter", sagte sie mit erhobenem Kinn. „Das kann ich nicht annehmen."

Wir gingen hinaus und kehrten zur Kutsche zurück. Matt gab Woodall Anweisung, uns zu Lord Farnsworths Haus zu fahren.

„Werden wir ihn zur Rede stellen?", fragte ich. „Womit? Wir haben keine Beweise gegen ihn."

„Ich hoffe, die Inspiration wird mich treffen, wenn wir dort ankommen."

„Das wirkt nicht wie ein besonders kluger Plan. Wo wir schon bei klug sind, stimmen wir darin überein, dass Lord Farnsworth nicht so dumm ist, wie er vorgibt zu sein?"

„Das tun wir."

„Glaubst du, dass Angelique gelogen hat, um ihn zu schützen?"

„Das tue ich."

Mir kam ein Gedanke. Einer, der uns vielleicht Antworten von Lord Farnsworth bescherte. Ich erzählte Matt von meinem Plan, und er küsste mich intensiv auf den Mund. Darin sah ich ein Zeichen, dass er ihm gefiel.

# KAPITEL 15

ord Farnsworth war gerade erst aus dem Bett gestiegen, wie der Gentleman selbst sagte, obwohl es fast schon Zeit für das Mittagessen war. Er begrüßte uns im Salon in einem violett-roten Hausmantel, auf den goldene Drachen gestickt waren, und dazu passenden Hausschuhen. Ihm gefiel grelle Kleidung wohl genauso wie seiner Mätresse.

„Bringen Sie Tee und Kuchen für die Glasses", befahl Lord Farnsworth seinem Butler. „Und Schokolade für mich. Ich hatte meine morgendliche Tasse noch nicht", sagte er an uns gewandt, während der Butler sich zurückzog. „Also, erzählen Sie mir, worum es hier geht. Möchte Mrs. Glass nun in meinen Club kommen? Oder einen Sitz im Parlament?" Er lachte.

Ich glaubte diesem Lachen nicht mehr. Dieser Mann war kein Narr, dessen war ich mir ganz sicher. Ich wusste nicht, weshalb er vorgab, einer zu sein. Dieses Schauspiel zog sich offensichtlich schon über Jahre hinweg, darum hatte es nichts mit dem Diebstahl des Diadems zu tun. Er verbarg seinen klugen Verstand nicht aus niederträchtigen Gründen hinter einer Maske der Dummheit.

Außer, das Diadem war nur der letzte Diebstahl von vielen.

„Sie haben uns angelogen", setzte Matt an.

Lord Farnsworth zögerte nur einen Moment lang, ehe er schnaubte. „Wegen der Pferde? Kommen Sie schon, Glass, wenn

Sie sich auskennen würden, wäre Ihnen aufgefallen, dass dieses Fohlen womöglich ein Gewinner ist, als Sie es inspiziert haben. Es ist nicht meine Schuld, dass Sie ein Rennpferd nicht von einer Katastrophe unterscheiden können."

„Sie haben wegen Angelique L'Amour gelogen."

„Was hat sie denn mit Tattersalls zu tun?"

„Sie haben mir gesagt, Sie hätten ihr nicht mitgeteilt, dass Sie bald zu heiraten gedenken", sagte ich. „Aber wir waren gerade bei ihr zu Besuch, und sie sagte, sie würde es wissen."

„Ach."

„Sie haben sogar darüber gestritten, wenn man dem Metzgerjungen glaubt", fuhr ich fort.

Lord Farnsworth schnalzte mit der Zunge. „Dieser stieläugige kleine Mistkerl."

„Von ihm und Angelique haben wir eine Menge über Sie erfahren", sagte Matt.

Lord Farnsworths Adamsapfel hüpfte über dem Kragen seines Hausmantels. „Was für Dinge könnten das sein?" Sein Blick wurde scharf, nicht mehr verborgen hinter trägen, gesenkten Lidern, und seine Lippen waren nicht mehr zu diesem ewigen, gutmütigen Lächeln gewölbt. Die Maske fiel. Er machte sich Sorgen.

„Angelique sagt, Sie hätten sie geschickt, um den Herausgeber des *Daily Courier* zu bestechen und den Namen des Adligen zu erfahren, um den es in der Klatschspalte ging", sagte Matt.

Ich beobachte Lord Farnsworth genau, um seine Reaktion auf unsere Lüge abzuschätzen. Er wirkte überrascht und womöglich verärgert. Ein Muskel in seinem Kinn zuckte kurz, ehe er wieder ruhig wurde. Seine Augen bekamen wieder ihre träge Schwere, und sein Kiefer wurde ganz locker.

„Ich frage mich, weshalb sie das gesagt hat", sagte er gedehnt. „Ich habe sie nirgendwohin geschickt. Der Diebstahl des Diadems hat nichts mit mir zu tun. War der Diebstahl außerdem nicht Montagnacht? Da war ich die ganze Nacht bei Angelique."

„Das hat sie nicht erwähnt."

Die Falten in Lord Farnsworths Augenwinkeln vertieften sich ganz leicht.

„Weshalb sollte sie lügen?", drängte Matt.

„Ich weiß es nicht."

Ein Augenblick verging, zwei, drei, in denen Matt und Lord Farnsworth einander anstarrten. Seine Lordschaft schien seine Möglichkeiten in Gedanken durchzugehen, sich zu überlegen, was er sagen sollte. Nun, da ich wusste, dass er klüger war, als er durchscheinen ließ, erkannte ich, dass er versuchte, die verschiedenen Szenarien durchzuarbeiten, die vor ihm lagen, so wie ich es oft tat.

„Haben Sie sie bezahlt, damit sie so etwas sagt?", fragte er.

„Ich habe versucht, sie zu bezahlen", sagte Matt, „aber sie wollte es nicht annehmen."

„Sie ist Ihnen immer noch treu ergeben", sagte ich. „Sie ist in sie verliebt."

Lord Farnsworth stieß ein lautes Lachen aus. „Nein, ist sie nicht, oder sie hätte nicht behauptet, ich hätte sie geschickt, um den Zeitungsschreiber zu bestechen. Oder ist das nur etwas, das Sie sich haben einfallen lassen, um mich zum Reden zu bringen?" Sein Blick huschte zu mir.

Ich blickte ruhig und gefasst, aber es war nicht leicht, da mein Herz so heftig hämmerte.

Lord Farnsworth hob eine Hand zu einer wegwerfenden Geste. „Ich bin auch nicht in sie verliebt, falls Sie sich das gefragt haben. Treue und Liebe sind nicht dasselbe. Aber passen Sie auf, dass Sie die beiden nicht verwechseln, Mrs. Glass. Ach, meine Schokolade", verkündete er, als der Butler ein Tablett hereinbrachte.

Er stellte es ab und zog sich zurück, als Lord Farnsworth ihn entließ. Lord Farnsworth schenkte den Tee selbst ein und reichte mir eine Tasse mit Untertasse. Er ließ sie nicht sofort los.

„Sie haben recht, ich habe gelogen, was Angelique und ihr Wissen über meine zukünftigen Heiratspläne betrifft. Es tut mir leid, Mrs. Glass. Ich spreche nicht gern über persönliche Angelegenheiten." Er ließ die Untertasse los. „Zurück zu Ihrer ziemlich dünnen Behauptung, Angelique hätte gesagt, ich hätte sie geschickt, um einen Zeitungsschreiber für mich zu bestechen …

Bedenken Sie doch, wie sie aussieht. Sie ist sehr gut wiedererkennbar, würden Sie das nicht sagen?"

„Es gibt Verkleidungen", sagte Matt.

„Glauben Sie wirklich, eine Verkleidung könnte ein Juwel wie Angelique verhüllen?" Als wir nichts antworteten, fügte er an: „Durchsuchen Sie dieses Haus. Von oben nach unten. Ich werde den Angestellten sagen, sie sollen Ihnen Zutritt gewähren. Sie werden das Diadem nicht finden, weil ich es nicht gestohlen habe. Genauso wenig habe ich meine Mätresse geschickt, um es für mich zu stehlen." Er lächelte. Sein träger Tonfall war zurück, zusammen mit seinem dreisten Blick. Er war überhaupt nicht besorgt.

Das machte mich sogar noch argwöhnischer.

Aber ich konnte nicht erkennen, wie wir weiter verfahren sollten. Mein Plan, Lord Farnsworth glauben zu lassen, Angelique hätte uns alles erzählt, in der Hoffnung, dass er gestehen würde, funktionierte nicht. Falls Matt nicht noch etwas einfiel, würden wir uns geschlagen geben müssen. Das ärgerte mich. Lord Farnsworth hatte es verdient, ein wenig zu zappeln.

Matt erhob sich, und ich stellte meine Teetasse ab. Lord Farnsworth lächelte mich an, als auch ich mich erhob.

Er nahm seine Tasse mit Schokolade. „Keine Suche? Liegt das daran, dass Ihnen klar wird, dass ich es nicht getan habe und auch nicht Angelique dazu angestiftet habe, es zu tun? Wir sind unschuldig, Glass. Wir beide. Jetzt lassen Sie uns freundlicherweise in Ruhe. Sie hatte ein schwieriges Leben, bevor Sie nach England kam, und will einfach nur in Frieden gelassen werden. Außer Sie kennen einen guten Kerl, der sie mir abnimmt, muss ich Sie bitten, sich nicht wieder mit ihr zu treffen. Einen schönen Tag noch. Mein Butler geleitet Sie zur Tür."

Ich marschierte aus dem Haus, meine Schritte forsch. „Je besser ich ihn kennenlerne, desto weniger mag ich ihn", sagte ich. „Er ist schuldig. Da bin ich mir sicher."

Matts Gesicht wirkte, als würde dort ein Gewittersturm aufziehen, während er mir in unsere Kutsche half. „Genau wie ich. Und ich werde es beweisen."

„Wie?"

„Indem ich die Bediensteten bei Tattersalls zur Rede stelle.

Coyle hatte recht. Farnsworth hat sie bestimmt bestochen, damit sie mich anlügen. Er wusste, dass ich mich an diesem Tag nach ihm erkundigen würde, darum hat er für ein Alibi gesorgt. Woodall", sagte er zum Kutscher. „Wir fahren Mrs. Glass nach Hause, dann weiter nach Tattersalls."

* * *

Matt betrat das Haus nicht, nachdem ich nach Hause gefahren worden war, darum sah er nicht, dass wir Gäste hatten. Lord Cox und Patience saßen bei Tante Letitia im Salon. Tante Letitia war so blass wie eine Sommerwolke, und ihr Blick starrte ins Leere.

„Tante Letitia?", fragte ich. „Geht es dir gut?"

„Oje", sagte Patience. „Ich fürchte, wir haben sie aufgebracht."

„Veronica?" Tante Letitia hielt mir eine Hand hin, während ich mich neben sie setzte. „Veronica, bitte bring mich in mein Zimmer. Ich fühle mich ein wenig schwach."

Lord Cox half mir, sie nach oben in ihr Schlafzimmer zu bringen. Er wirkte besorgt, während er sie sanft auf das Bett bugsierte.

Ich schickte Peter los, um Polly zu holen, und saß bei Tante Letitia, bis sie eintraf. Dann kehrte ich mit Lord Cox in den Salon zurück, wo Patience auf und ab ging.

Sie rannte zu mir und nahm meine Hände in ihre. „India, es tut mir so leid. Ich dachte, ihr würde es besser gehen."

„Sie hat immer noch von Zeit zu Zeit einen Anfall", sagte ich. „Meist, wenn sie einen Schock bekommt oder etwas sie aufregt."

„Oje. Ich fürchte, es war vermutlich beides." Sie schaute zu ihrem Mann. „Wir haben ihr von Mr. Longmire erzählt."

„Früher oder später musste sie es herausfinden, schätze ich." Ich bat sie, sich hinzusetzen, und schenkte mir eine Tasse Tee ein. Sie hatten bereits jeder eine Tasse, und einige Kuchenstücke. Ich nahm einen großen Schluck, um meine Gedanken zu sammeln. Es war bereits ein sehr anstrengender Vormittag gewesen, und es drohte, ein sehr langer Tag zu werden.

„Wir sind gekommen, um mit Ihnen und Ihrem Mann zu

reden", sagte Lord Cox, der einen Blick zur Tür warf. „Erwarten Sie ihn bald zurück?"

„Ich fürchte, er wusste nicht, dass Sie hier sind. Er hat mich abgesetzt und ist dann weitergefahren. Wir haben Ihre Kutsche nicht gesehen."

„Wir haben eine Mietkutsche genommen", sagte Patience mit erzwungener Fröhlichkeit. „Wir halten es für klug, allmählich etwas zu sparen."

Meine Teetasse fühlte sich plötzlich schwer an, und ich ließ sie beinahe fallen. Sie klapperte auf der Untertasse, sodass Tee über die Seiten schwappte. „Was ist passiert?", fragte ich gehaucht.

Lord Cox schluckte. „Mein Anwalt sagt, der Fall ist hoffnungslos. Longmire hat Beweise. Man kann nichts tun." Er nahm seine Teetasse auf, das Abbild eines Gentleman-Dandys, doch er war so weiß wie Tante Letitia.

„Was, wenn Sie Mr. Longmire noch mehr Geld bieten, um es zu vergessen?", fragte ich.

„Ich habe ihm alles geboten, bis auf den Titel und die Ländereien. Er hat abgelehnt. Er will alles, Mrs. Glass, und nicht weniger." Er starrte in seinen Tee hinab. „Man kann es ihm kaum zum Vorwurf machen. Wäre ich an seiner Stelle, würde ich auch wollen, was mir zusteht."

Patience berührte ihren Mann am Arm. Sie wirkte, als wäre sie den Tränen nahe, während sie den Mann betrachtete, den sie geheiratet hatte. Vor wenigen Wochen war er stolz und abweisend gewesen. Fast zu stolz und zu abweisend, um die Frau zu heiraten, die er liebte, weil sie sich in der Vergangenheit einen Fehltritt geleistet hatte. Nun war er derjenige, dessen Ruf am seidenen Faden hing. Es war gewissermaßen poetisch, und ich hätte mich freuen sollen, dass er seine eigenen bitteren Pillen schlucken musste, aber es fühlte sich schrecklich an, sein Unglück zu genießen. Trotz seiner kühlen Haltung Patience gegenüber, nachdem er von ihrer Begegnung mit einem Schurken erfahren hatte, hatte er das nicht verdient. Das war einfach nur schrecklich.

„Wir werden vor Gericht dagegen vorgehen", sagte Patience.

Lord Cox schüttelte den Kopf. „Nein, werden wir nicht."

„Aber …"

„Meine Liebe." Er wandte sich ihr zu. Ich vermutete, das war das erste Mal, dass sie sich wirklich zusammen hingesetzt und die Katastrophe besprochen hatten, und was sich dagegen tun ließ. „Meine Liebe", sagte er sanfter. „Ich wusste schon seit Jahren, dass dieser Tag kommen würde. Seit ich es herausgefunden habe, habe ich darauf gewartet, dass auch Longmire es herausfindet. Irgendwie wusste ich, dass er das tun würde. Es ist fast schon eine Erleichterung, dass das Warten ein Ende hat."

„Was sagst du da?", stotterte sie.

„Als ich den Brief von Longmire erhalten habe, fühlte es sich an, als würde meine Welt zusammenbrechen. Ich dachte, das wäre es gewesen. Dass ich alles beenden sollte."

Patience keuchte.

„Ich habe dich im Stich gelassen, und meine Kinder. Ich wusste nicht, wie ich mich euch allen stellen sollte."

Tränen liefen Patience über die Wangen. „Sprich doch nicht so. Du hast überhaupt niemanden enttäuscht, am allerwenigsten mich. Wir *werden* das durchstehen."

Er tätschelte ihr die Hand, sein Gesicht angespannt. Ich nahm an, dass er selbst den Tränen nahe war und vielleicht zusammenbrach, wenn er etwas sagte.

„Was immer geschieht", fuhr Patience fort, „ich werde dich lieben. Deine Kinder werden dich lieben. Das ist alles, worauf es ankommt."

„Aber wenn ich kein Baron mehr bin … was bin ich dann?"

„Ein hingebungsvoller Mann, der immer das Beste für seine Pächter getan hat. Ein umsichtiger Sohn, der das Geheimnis seines Vaters und das Herz seiner Mutter bewahrt hat. Ein wunderbarer, liebender Vater, der das Geheimnis um seiner Kinder willen gehütet hat. Ein liebender Ehemann, der nachsichtig und freundlich war. Niemand kann dir einen Vorwurf machen, und falls das nach dieser Sache noch jemand tut, Schande über ihn. Aber sei dir versichert, deine wahren Freunde werden dir zur Verteidigung kommen."

Er strich ihr über die Wange und flüsterte: „Danke dir."

„Es wird nicht leicht", sagte sie. „Aber ich werde jeden Tag an deiner Seite sein. Wir werden uns zusammen der Welt stellen."

Er drückte seine Stirn an ihre und lächelte sie schwach an. Sie küsste ihn leicht auf die Lippen. Als sie sich zurückzog, schien beiden einzufallen, wo sie waren, und dass ich zusah, auch wenn ich so tat, als wäre die Zeitschrift auf dem Tisch neben mir schrecklich interessant.

Lord Cox räusperte sich. „Ich werde mit meinem Anwalt reden. Ich möchte nicht, dass das Ganze durch die Gerichte wandert. Es wird die Kinder nur aufregen, und das Ergebnis ist ohnehin unvermeidlich."

Patience nahm seine Hand. „Wenn Mr. Longmire den Titel und das Anwesen so sehr möchte, soll er sie doch haben. Er wird immer ein gemeiner Mann mit einem verschrumpelten Herzen sein. Er wird bekommen, was er begehrt, aber er wird niemals das haben, was du hast, mein Liebster. Er wird niemals Leute haben, die ihn lieben und respektieren."

* * *

Laut Matt hatten die beiden Bediensteten bei Tattersalls, die erwähnt hatten, Lord Farnsworth am vorigen Montag auf der Auktion gesehen zu haben, ihre Geschichten nicht geändert.

„Farnsworth ist ein guter Kunde", sagte er, während wir ein leichtes Mittagsmahl aus Sandwiches im Wohnzimmer einnahmen. „Zu gut. Sie werden für ihn lügen, wenn ihn das glücklich macht. Verdammt noch mal", murmelte er.

„Vielleicht lügen sie nicht", sagte ich. „Vielleicht hat er wirklich Angelique ins Zeitungsbüro geschickt, in Verkleidung, während er in Tattersalls blieb. Es stimmt, dass sie auffällig ist, aber eine Kapuze würde ihre Haare und ihr Gesicht verstecken."

Er nickte nachdenklich. „Hast du Willie gesehen?"

„Heute nicht."

„Ich werde sie bitten, Angelique noch etwas weiter zu befragen. Sie bekommt vielleicht Antworten, die wir nicht bekommen."

Ich legte mein Sandwich ab, nicht mehr sonderlich hungrig. Ich hatte Matt von dem Besuch von Lord Cox und Patience erzählt, aber in meinen Gedanken lief er noch immer ab. Lord Cox hatte so verletzlich gewirkt, so gestresst. Patience hatte mich allerdings überrascht. Sie war der Anker ihres Ehemanns in einer zunehmend turbulenten See geworden.

„Ich weiß nicht, ob ich noch einen Sinn darin sehe, den Dieb weiterzuverfolgen", sagte ich mit einem Seufzen. „Das Diadem wird an Longmire gehen, zusammen mit dem Titel und allem anderen. Vielleicht sollten wir einfach aufgeben."

„Ich gebe nicht auf."

„Dir gefällt es nicht, Farnsworth gewinnen zu lassen, oder?"

„Ist es so offensichtlich?"

Ich grinste. „Ich kenne dich einfach zu gut."

Er legte sein Sandwich ebenfalls ab. „Mir gefällt es nicht, dass er mich hereingelegt hat. Mir gefällt es auch nicht, dass Cox' Dienstmädchen beschuldigt wird. Er hat sie nicht entlassen, da er nicht glaubt, dass sie es getan hat, aber wenn dieser Narr von einem Kriminalinspektor glaubt, sie hätte es getan, nimmt er sie vielleicht trotzdem fest."

„Zum Glück hat er noch keine Beweise gegen sie gefunden", sagte ich. Auf seinen fragenden Blick hin fügte ich an: „Das hat Lord Cox mir berichtet. Aber du hast recht. Der Zweifel, was sie angeht, wird bleiben, außer der echte Dieb wird entdeckt. Was machen wir also jetzt?"

Die Antwort traf nach dem Mittagessen in der Gestalt von Cyclops ein. Wir kamen zu ihm auf den Bürgersteig, wo er bei den Pferden und Lord Farnsworths Kutsche stand.

„Besteht eine Möglichkeit, dass noch etwas vom Mittagessen übrig ist?", fragte er Bristow, der oben auf den Stufen stand.

„Das Mittagessen bestand aus Sandwiches, Sir", sagte Bristow. „Ich frage Mrs. Potter, um zu sehen, ob noch welche da sind."

Cyclops schürzte die Lippen. „Ich habe mir mehr als Sandwiches erhofft."

„Ich kann sie bitten, ein Paket mit Plätzchen zu packen."

Cyclops rieb sich die Hände und lächelte. „Damit halte ich den restlichen Tag durch." Nachdem Bristow nach drinnen verschwunden war, sagte Cyclops zu uns: „Farnsworths Köchin reicht nicht annähernd an Mrs. Potter heran. Wisst ihr, was sie heute zum Abendessen macht?"

„Gegrilltes Hühnchen, Wildpastete, danach weitere Pasteten, drei Götterspeisen und Cremes", sagte ich. „Ich dachte, sie würde etwas Besonderes nur für uns machen, aber jetzt fällt mir wieder ein, sie hat gefragt, wann du zurück sein würdest."

„Ihr könnt darauf zählen, dass ich zum Abendessen da bin."

„Du bist entschlossen, den Tag bei Farnsworth noch abzuschließen?", fragte Matt.

„Es ist einfach das Richtige. Ich bin froh, dass ich noch nicht gegangen bin, ich habe nämlich Neuigkeiten. Seid ihr immer noch daran interessiert, mit dem letzten Kutscher zu reden?"

„Sicherlich."

„Ich musste heute Vormittag einige seiner Besitztümer zu ihm bringen, während Farnsworth noch im Bett war. Es scheint, als hätte er den Kutscher ohne Vorwarnung entlassen, und er hat in seiner Eile einige Dinge zurückgelassen." Er nahm ein Blatt Papier aus seiner Manteltasche und reichte es Matt. „Ich habe die Adresse aufgeschrieben."

Bristow kehrte zurück und reichte Cyclops eine Papiertüte. Cyclops schaute hinein und leckte sich die Lippen. „Ich fahre besser mal los. Sagen Sie Mrs. Potter, dass sie ein Juwel ist."

Matt hielt mir seine Hand hin, als die Kutsche losrollte. „Wollen wir zusammen mit dem Kutscher sprechen?"

Ich legte meine Hand in seine. „Musst du das überhaupt fragen?"

* * *

Ein Besuch in den Slums im East End gefiel mir niemals, und heute war keine Ausnahme. Niemals erreichte das Sonnenlicht den Boden in den verwinkelten, schmalen Gassen von Old Nichol, und es gab keine Blumen oder irgendwelche anderen Farben unter den endlosen grauen Steinmauern der Mietshäuser, Armenhäuser und Arbeitshäuser. Sogar die Fenster waren vom Ruß grau.

Ich stand dicht bei Matt, als wir den ruhigen Innenhof betraten. Es war die Art von abgeschlossenem, luftlosem Raum, wo sich des Nachts in den dunklen Nischen ganz leicht das Laster festsetzen konnte. Während des Tages allerdings gab es dort nichts Finstereres als faulige Gerüche, die sich in die umgebenden Wände und das Kopfsteinpflaster niedergelassen zu haben schienen, genau wie der Ruß.

Matt nickte einer Frau zu, die ihre Wäsche aufhängte. Sie blickte drein, als hätte sie jemanden wie ihn noch nie gesehen, und starrte mit offenem Mund. Ich lächelte ebenfalls, aber ich fiel ihr kaum auf.

„Einen schönen Nachmittag", sagte er. „Ich suche nach James Grundy."

Sie deutete auf eine Tür in der Nähe.

Matt klopfte, und die Tür wurde von einem untersetzten Mann mit einer Hakennase und einer ausgeprägten Stirn geöffnet. Ich hätte ihn für einen Raufbold gehalten, doch er war sauber rasiert und gut gekleidet, obwohl seine Kleider an den Beinen etwas lang waren und an den Schultern etwas eng saßen.

„Mr. Grundy?", fragte Matt. „Ich bin Matthew Glass, und das ist meine Frau, India Glass. Wir sind private Ermittler, die im Diebstahl eines wertvollen Gegenstands ermitteln. Wir haben einige Fragen über ihren vorigen Arbeitgeber Lord Farnsworth."

James Grundy hörte ausdruckslos zu, bis Matt Farnsworth erwähnte. Dann spuckte er auf den Boden in der Nähe meiner Füße. „Hat er ihn gestohlen?"

„Das wissen wir nicht."

„Ich hoffe, das hat er, und ich hoffe, dafür kommt der an den Strick. Er war ein Mistkerl. Er hat mich ohne Vorwarnung entlassen. Wussten Sie das? Er hat mir nicht mal die Zeit gelassen, alle meine Dinge zusammen zu suchen. Sie kamen heute Vormittag, geliefert von seinem neuen Kutscher. Lord Feuchtfurz hat keine Zeit verschwendet, mich zu ersetzen. Es ist leicht, neue Mitarbeiter zu finden, aber es ist schwer für einen Kerl, Arbeit zu finden. Ich suche immer noch."

„Weshalb hat er Sie entlassen?", fragte Matt.

„Weil ich zu viel weiß, und ich habe gedroht, zur Zeitung zu gehen, wenn er mir nicht etwas gibt, um mich am Schweigen zu halten. Das war mein Fehler. Dass ich gefragt habe. Ich hätte niemals fragen sollen, ich hätte ihm einfach sagen sollen, dass die Information schon bei der Zeitung ist, und ich nur eine Nachricht schicken muss, außer, er zahlt." Er spuckte noch einmal aus.

Ich wollte nicht nach unten sehen, um herauszufinden, ob es auf meinem Schuh gelandet war. „Sie haben ihn erpresst?", fragte ich. „Deshalb hat er Sie entlassen?"

„Wie ich schon sagte, ich wusste zu viel. Das weiß ich noch immer. Ich könnte immer noch zur Zeitung gehen, wenn ich nicht bald eine andere Anstellung finde."

„Aber das haben Sie noch nicht, weil Farnsworth gesagt hat, er würde behaupten, Sie wären wegen Ihrer plötzlichen Entlassung enttäuscht, und das wird Sie diskreditieren", sagte Matt. „Ist das der Grund, weshalb Sie es noch nicht getan haben?"

Mr. Grundy fuhr sich mit der Zunge über die obere Zahnreihe und betrachtete Matt, als würde er versuchen, herauszufinden, ob er Farnsworth zur Seite stand oder nicht. Matt mochte ja wie ein Gentleman gekleidet sein, aber nach unseren Fragen musste Mr. Grundy doch annehmen, dass er hier war, um Beweise gegen Seine Lordschaft zu finden.

„Ich will wieder eine Arbeit als Kutscher", sagte Mr. Grundy. „Es ist gute Arbeit, gut bezahlt. Aber ich habe keine Empfehlungen von meiner letzten Anstellung, wegen diesem Scheißkerl, und keiner von den Snobs wird mich anstellen, wenn sie hören, dass ich Farnsworth erpresst habe. Ich warte noch ein bisschen, bevor ich zu den Zeitungen gehe. Wollen Sie das hören?"

Matt holte etwas Geld aus seiner Tasche und ließ die Münzen in Mr. Grundys Handfläche fallen. „Erzählen Sie uns von der heiklen Information, die Sie über Lord Farnsworth haben."

Mr. Grundy steckte das Geld ein und schaute sich um. Wir waren allein. „Er hat eine Mätresse. Sie hat ihre eigenen Räumlichkeiten in Pimlico, wo er sie aufsucht. Jetzt, da er nach einer Frau sucht, will er nicht, dass jemand von seiner Hure erfährt."

„Sie heißt Angelique L'Amour", sagte Matt.

Mr. Grundy zuckte mit der Schulter. „Also wissen Sie das bereits. Tut mir leid, dass ich nicht weiterhelfen kann." Er wollte schon die Tür schließen, doch Matt hielt sie auf.

„Ich habe für Antworten bezahlt."

Mr. Grundy zögerte, dann verschränkte er die Arme und

lehnte sich an den Türrahmen. „Das haben Sie getan."

„Wo war Lord Farnsworth denn am letzten Montag, spät am Nachmittag?"

Mr. Grundy rieb sich noch einmal mit der Zunge über die vordere Zahnreihe, als er versuchte, sich zu erinnern. „An Montagen war Tattersalls. Er fährt immer nach Tattersalls zu den Auktionen. Ich habe ihn um halb drei hingefahren, und ungefähr um sechs sind wir aufgebrochen. Ich erinnere mich noch, dass die Glocken von Sankt Gabriel geläutet haben, als ich ihn nach Hause gefahren habe."

Also konnte Lord Farnsworth nicht derjenige gewesen sein, der die Nachricht an den Herausgeber geliefert hatte, wenn er erst um sechs Uhr aufgebrochen war. „Sind Sie Miss L'Amour je begegnet?", fragte ich.

Er schüttelte den Kopf. „Hab sie nicht einmal gesehen. Er hat sie nicht ausgeführt. Auf jeden Fall nicht, wenn ich gefahren bin. Er hat sie immer nur in ihren Räumlichkeiten besucht." Er zwinkerte mir zu.

Matt trat zwischen uns, sodass meine Sicht verstellt wurde.

„Manchmal blieb er die ganze Nacht", sagte Mr. Grundy, der erheitert klang. „Tut mir leid, wenn das zu vulgär für Ihre Ohren ist, Mrs. Glass, aber es ist die Wahrheit. Gentleman in der Klasse von Farnsworth halten sich Mätressen. Es ist einfach eine Tatsache."

„Nicht alle Gentlemen haben Mätressen", knurrte Matt.

Mr. Grundy kicherte, aber ich war nicht an ihrem verbalen Schlagabtausch interessiert. Etwas an seinen Worten erinnerte mich an etwas, das Lord Farnsworth gesagt hatte. Tatsächlich hatte er es geäußert, als wir ihn heute Vormittag besucht hatten, aber nun schien es ziemlich relevant.

Ich stieß Matt zur Seite und betrachtete Mr. Grundy. „Was ist mit später an diesem Montagabend?", fragte ich. „Haben Sie Lord Farnsworth irgendwo hingebracht?"

„Nur um etwa zehn nach Pimlico, das war es. Es war eine kalte Nacht. Er hat mir befohlen, auf ihn zu warten, und gesagt, es würde nicht lange dauern. Aber er kam erst um fast drei Uhr früh raus."

Matt richtete sich auf. „Drei? Und er hat die ganze Zeit Miss

L'Amours Haus nicht verlassen?"

Mr. Grundy schüttelte den Kopf.

Mir war klar, weshalb Matt sich bei der Zeit versichern wollte. Der Diener im Haushalt der Coxes hatte ein Geräusch um zehn vor zwei gehört. Wenn Lord Farnsworth bei Angelique zu Hause gewesen war, konnte er das Diadem nicht gestohlen haben. Das hatte er auch heute Vormittag so behauptet, aber ich hatte es als Lüge abgetan. Angelique hatte es nicht erwähnt, als wir sie wegen Montagnachmittag befragt hatten. Natürlich hatten wir sie nicht konkret zur Nacht des Diebstahls befragt, nur zum späten Nachmittag und dem Besuch im Zeitungsbureau. Trotzdem …

„Hat Miss L'Amour die Wohnung verlassen?", fragte ich.

Mr. Grundy schüttelte erneut den Kopf, hörte aber plötzlich auf. Er runzelte die Stirn.

„Sind Sie eingeschlafen?", fragte Matt.

„Nein", spie Mr. Grundy beleidigt aus. „Ich war die ganze Zeit wach, habe beobachtet und gewartet. So schlimm ist es nicht. Mir gefallen der Frieden und die Ruhe mitten in der Nacht. Nein, Sir, ich habe gesehen, wer in diesem Apartment über dem Metzgerladen kam und ging. Farnsworth ist erst um drei gegangen, aber jemand anders ging vorher und kam dann etwa eine dreiviertel Stunde später zurück, noch bevor Farnsworth aufbrach. Ein Mann."

„Sind Sie sicher?", fragte Matt.

„Er war nicht groß, aber er hatte eine fassförmige Brust, also wusste ich, dass es nicht Seine Lordschaft war. Er blieb stehen und sprach mit jemandem im Eingang des Metzgerladens, aber ich konnte nicht sehen, mit wem. Dann ging er."

„Haben Sie einen Blick auf sein Gesicht erhascht?", fragte Matt. „Hatte er einen Bart oder Schnurrbart?"

Mr. Grundy zuckte mit den Schultern. „Es war zu dunkel."

„Der Mond schien in dieser Nacht", sagte ich, weil mir einfiel, was Lord Cox' Diener uns erzählt hatte. „Sie haben keinerlei Züge des Mannes gesehen?"

„Nein."

Matt schnaubte enttäuscht. Wir dankten Mr. Grundy und brachen auf. „Verdammt", murmelte Matt, während wir unter dem Bogeneingang durchgingen. „Glaubst du, es ist eine Lüge, dass er den Mann nicht gesehen hat, der in der Nacht von Angelique aufgebrochen ist? Er könnte vielleicht versuchen, ihn jetzt zu erpressen, da er weiß, dass uns diese Information etwas wert ist."

„Könnte es der Metzgerjunge sein? Aber weshalb sollte er bei Farnsworth und Angelique im Zimmer sein? Oh. Beantworte diese Frage nicht."

„Er hat keine Fassbrust", erklärte Matt.

„Er hätte sich etwas ins Hemd stopfen können."

Matt blieb plötzlich stehen und fuhr zu mir herum. Er grinste.

„Was ist so lustig?", fragte ich.

„Nächstes Mal, wenn du mit mir unterwegs bist, um mitten in der Nacht in jemandes Haus zu schleichen, mit Willies Kleidern am Leib, schau dich mal selbst im Spiegel an, bevor du aufbrichst."

„Willst du mir sagen, dass ich aussehe, als hätte ich mir etwas ins Hemd gestopft, wenn ich mir Männerkleider anziehe?"

„Wie es der Zufall so will, hast du dir was ins Hemd gestopft. Sogar doppelt." Er öffnete mir die Kutschtür und grinste immer noch.

„Es war Angelique! *Sie* ist mitten in der Nacht weggegangen, hat Lord Farnsworth schlafend im Bett zurückgelassen. Darum hat Mr. Grundy ihr Gesicht nicht gesehen; ihre dunklere Haut macht es schwer, ihre Züge nachts zu erkennen. *Sie* hat das Diadem gestohlen. Und Lord Farnsworth weiß nichts davon."

„Ich glaube, er weiß es. Er schützt sie, obwohl sie ihn unter der Hand beschuldigt hat."

Das hatte sie getan. Sie hatte uns nicht erzählt, dass er in jener Nacht bei ihr gewesen war, und sie hatte nahegelegt, dass er nicht so töricht war, wie er wirkte. Er mochte ja ihr Wohltäter sein, aber er war ihr nicht wichtig. Sie war nur zu zufrieden damit, wenn wir ihn beschuldigten.

„Sollen wir ihn oder Angelique zur Rede stellen?", fragte ich.

„Angelique. Aber bevor wir mit ihr reden, möchte ich dem Metzgerjungen ein paar weitere Fragen stellen. Er weiß mehr, als er zugibt."

# KAPITEL 16

*D*er Metzgerjunge weigerte sich, zu uns auf den Bürgersteig zu kommen, und bedeutete uns durch das Fenster, dass er arbeiten musste. Matt betrat den Laden und sprach mit dem Metzger, dann kehrte er mit dem Jungen zurück. Er wirkte verlegen, nach vorn gebeugt, als wisse er, dass ihm eine Befragung bevorstand, und er wünschte, er könne irgendwo anders sein, bloß nicht hier.

„Ist das dein Vater?", fragte Matt und zeigte auf den Metzger, der einen Kunden bediente.

Der Junge nickte.

„Er hat dir aufgetragen, mir wahrheitsgemäß zu antworten. Weiß er, worum es da geht?"

Der Junge nickte abermals. „Er hat mich letztes Mal gefragt, als Sie hier waren. Er wollte mich nicht hinauslassen, bis ich ihm erzählt habe, was Sie wollten. Er sagt, ich könne in eine Menge Schwierigkeiten geraten, wenn ich die Wahrheit nicht erzähle."

„Er hat recht", sagte ich in einem sanfteren Tonfall. „Du könntest ins Gefängnis kommen."

„Gefängnis!"

„Ich werde ein gutes Wort für dich bei der Polizei einlegen", versicherte ihm Matt. „Aber nur, wenn du mit uns zusammenarbeitest."

„Ich will nicht ins Gefängnis."

„Wie heißt du denn?", fragte ich.

„Terrence."

„Mein Mann ist mit dem Polizeicommissioner befreundet, Terrence. Du gehst nicht ins Gefängnis, wenn du uns erzählt, was du über Miss L'Amour weißt."

Er schluckte. „Ich verbreite kein Geschwätz."

„Das ist kein Geschwätz", sagte Matt. „Das ist Selbstschutz. Wo warst du letzte Woche am Montagabend?"

Terrence wirkte erleichtert über die harmlose Frage. „Hier, die ganze Nacht."

„Hast du irgendwann im Eingang zum Laden deines Vaters gestanden?"

Terrence nickte. „Das ist ja kein Verbrechen."

„Hast du mit jemandem gesprochen?"

Terrence zögerte, dann nickte er. „Angelique."

„Zu welcher Zeit war das?"

„Ich weiß nicht. Ein gutes Stück nach Mitternacht."

„Was hat sie getragen?", fragte ich.

„Männerkleider."

„Weißt du, wohin sie ging, während sie Männerkleider trug?"

Er zögerte erneut.

„Ich weiß, dass du sie magst", sagte ich. „Deshalb warst du nachts vor ihrer Wohnung, hast beobachtet, vielleicht gehofft, einen Blick auf sie zu erhaschen, wenn Lord Farnsworth geht. Ich weiß, dass sie sich benimmt, als würde sie dich mögen, aber sie benutzt sich, Terrence. Sie sagt dir, was du hören willst, damit du für sie lügst. Fall nicht auf ihre Tricks herein. Wenn du uns nicht alles sagst, was du weißt, kommst du ins Gefängnis."

Er schluckte schwer und warf durch das Fenster im Laden seines Vaters einen Blick auf Angeliques Tür. Sein Vater funkelte hinter dem Tresen zu uns herüber.

„Ich weiß nicht, wohin sie ging", sagte Terrence. „Sie wollte es mir nicht sagen. Als sie herauskam, war es die Überraschung meines Lebens, sie in Hosen zu sehen. Sie hat mich versprechen lassen, niemandem ein Wort zu sagen, auch nicht dem Lord."

„Hast du sie zurückkehren sehen?", fragte Matt.

Terrence nickte. „Es war ein wenig später, vielleicht eine knappe Stunde. Sie ging direkt an mir vorbei."

„Hatte sie etwas dabei?", fragte ich.

„Sie hatte etwas in Stoff eingewickelt unter ihren Arm gesteckt."

„Was ist mit Lord Farnsworth?", fragte Matt. „Wann ist er gegangen?"

„Etwa dreißig Minuten später. Er hat gegähnt und wirkte betrunken. Mich hat er nicht gesehen."

Matt klopfte ihm auf die Schulter. „Vielen Dank, Terrence. Ich weiß, das war nicht leicht für dich." Wir wollten gehen, doch ich zögerte. Terrence kaute auf der Unterlippe.

„Es gibt noch was, oder?", fragte ich. „Du musst es uns sagen, Terrence."

Er ließ seine Lippe los. „Früher am Tag hat Angelique mich geschickt, um eine Nachricht an einen Zeitungsschreiber zu überbringen, aber ich sollte aufpassen, dass mich niemand sah. Nachdem also der Laden geschlossen hatte, habe ich die Nachricht überbracht und gewartet, dass er das Bureau verlässt. Ich habe so getan, als wäre ich ein Lieferjunge, und sie auf seinem Schreibtisch liegen lassen, wo er sie sehen würde."

So hatte also Angelique die Drohnachricht geschickt, ohne gesehen zu werden. Lord Farnsworth hatte recht; Angelique war zu schön, um nicht aufzufallen. Sogar in Verkleidung würden die Leute den Kopf nach ihr drehen. Aber Terrence war ganz gewöhnlich. Es gab nichts Einzigartiges an ihm. Er wirkte wie so viele andere Jungen in der Stadt, und ich vermutete, dass der *Daily Courier* etliche Lieferjungen beschäftigte, die im Bureau kamen und gingen, von den erfahreneren Angestellten völlig unbemerkt.

„Hast du für sie auch ein Buch im Hydepark abgeholt?", fragte Matt.

„Ich weiß nichts von einem Buch."

Angelique hatte es wohl selbst von der Parkbank geholt. Der Herausgeber hatte gesagt, der Blick wäre ihm verstellt gewesen, da sie ihm den Rücken zugewandt und einen Mantel getragen hatte, und im Trubel des Hydeparks konnte Angelique sich am späten Nachmittag unbemerkt bewegen.

Wir warteten, bis Terrence in den Laden zurückkehrte, dann klopften wir an Angeliques Tür. Sie öffnete mit einem breiten Lächeln, aber als sie uns sah, wollte sie sie schließen.

Matt trat hinein, zwang sie zum Rückzug. Ihre Fußknöchel stießen an die unterste Stufe, und er fing sie am Arm, bevor sie stürzte. Sie schüttelte ihn ab und spie ihm etwas auf Französisch entgegen. Er erwiderte nichts.

„Was ist denn das?", ließ sich die träge Stimme von Lord Farnsworth hinter mir vernehmen.

Ich wirbelte herum und rückte nach drinnen vor, dichter an Matt, aber Lord Farnsworth stand nur da. Ich schaute an ihm vorbei zu seiner Kutsche, wo Cyclops vom Fahrersitz herabgesprungen war. Er beobachtete alles aufmerksam.

„Miss L'Amour hat das Diadem gestohlen", verkündete Matt.

„Lächerlich!", stotterte Lord Farnsworth. „Ungeheuerlich!"

„Genug vorgespielt, Farnsworth. Wir wissen, dass Sie alles wissen. Sie haben uns belogen."

„*Oui!*", brach es aus Miss L'Amour hervor. „Ja, er hat gelogen. Auch mir gegenüber. *Er* ist der Dieb. Sie können ihm nicht glauben, wenn er sagt, ich hätte es getan."

Lord Farnsworths Körper sank mit einem tiefen Seufzen in sich zusammen. „Ich habe *für* dich gelogen, Angel. Ich habe versucht, dich zu retten. Aber anscheinend bist du dir selbst deine schlimmste Feindin. Wenn du mir nur vertraut hättest, hätte ich dir jemand anderen gesucht. Jemand Netten und Freundlichen."

„Jemand Fetten und Hässlichen." Sie schniefte. „Das bist du immerhin nicht."

Lord Farnsworth seufzte wieder. „Sollen wir nach oben gehen und das wie Gentlemen besprechen, Glass?"

Ich war mir nicht sicher, ob das einen Unterschied machen würde, aber Matt stimmte zu.

Mit uns allen vieren fühlte sich der Salon übervoll an. Niemand setzte sich, und so sehr ich auch Tee wollte, damit sich die strapazierten Nerven bei allen beruhigen konnten, schlug ich es nicht vor. Angelique stand mit trotzig funkelndem Blick da, den sie auf uns alle drei richtete.

Matt erklärte ihr, was wir von Terrence erfahren hatten. Als er fertig war, sagte sie wieder etwas auf Französisch, von dem ich allmählich annahm, dass es etwas Obszönes war. „Dieser dumme Junge", sagte sie auf Englisch. „Ich hätte ihm nicht vertrauen sollen."

„Du hättest das Diadem nicht stehlen sollen", sagte Lord Farnsworth. „Dann stündest du nicht mit dem Rücken zur Wand."

„Weshalb haben Sie es gestohlen?", fragte ich. „Sind Sie an magischen Gegenständen interessiert?"

„Magie?", sagte sie. „Ha! Ihr Engländer und eure dummen Fantasien. Ich habe es für ihn genommen."

Matt und ich wandten uns an Lord Farnsworth. Er hob ergeben die Hände, doch er wirkte nicht verunsichert durch diesen Vorwurf. Er hatte ihn erwartet. „Ihr Englisch ist etwas ungeschliffen", sagte er entschuldigend. „Ich habe sie nicht gebeten, dass sie es für mich stiehlt. Ich war hier, als ich in der Zeitung davon las, und sagte ihr, es wäre ein wertvolles Stück, für das ich ein Vermögen zahlen würde, um es meiner Sammlung hinzuzufügen. Sie weiß, dass ich magische Dinge sammle." Er presste die Lippen aufeinander. „Obwohl mir nicht klar war, dass sie Magie nicht für echt hält, bis jetzt. Sie ist eine sehr gute Schauspielerin. Du hast deine Berufung nicht getroffen, meine Liebe."

Angelique verdrehte die Augen.

„Ich wusste nicht, dass sie beschloss, es zu stehlen", fuhr er fort. „Ich habe es erst am folgenden Tag herausgefunden."

„Ihnen ist nicht aufgefallen, dass sie Montagnacht ausgegangen ist?", fragte ich.

„Ich habe geschlafen. Zu viel getrunken, ach, Sie wissen schon."

„Hat sie Ihnen am nächsten Tag gesagt, dass sie es gestohlen hat?", fragte Matt.

„Sie hat angeboten, es mir im Austausch zu geben, sie als meine Mätresse behalten. Ich habe mich geweigert. Es ist zu schwierig, ein Mädchen hier versteckt zu halten, mit einer Frau zu Hause. Zu teuer. Also hat sie mir gesagt, dass sie es mir verkaufen würde, für eine sehr hohe Summe, wie ich hinzufügen möchte."

„Nur genug, um mich für ein paar Jahre in einem schönen Haus durchzubringen", sagte Angelique. „Du hast Geld."

„Ja, aber der Besitz eines eindeutig gestohlenen Gegenstands wie dieses ist für einen Sammler nahezu wertlos. Ich könnte es nicht an andere Sammler weiterverkaufen, und ich könnte es nicht vorführen. Einige von ihnen sind viel zu prüde. Sie würden denken, *ich* hätte es gestohlen. Ich würde hinausgeworfen, verbannt. Es ist am besten, mich davon fernzuhalten. Das habe ich ihr gesagt."

„Und dann?", fragte ich.

„Und dann nichts. Sie hat es nicht wieder erwähnt."

Wir wandten uns alle an Angelique. „Haben Sie es verkauft?", fragte Matt.

Angelique wandte das Kinn sogar noch höher. Mit einem Zungenschnalzen gab sie dann nach. „Es ist da drin." Sie deutete auf den winzigen Raum, den sie als Küche nutzte. „Es gibt ein lockeres Bodenbrett unter dem Tisch."

Matt drückte auf die Bretter, bis er das lockere fand, griff in die Vertiefung und nahm ein Bündel heraus, das in Stoff gewickelt war. Der Stoff wurde zurückgeschlagen, und das goldene Diadem kam zum Vorschein, das wir in Lord Cox' Haus gesehen hatten.

„Ich wollte es mit nach Frankreich nehmen und verkaufen", sagte Angelique. „Ich brauche jetzt das Geld, weil er mich verlässt."

„Wo wir gerade vom Verlassen sprechen." Lord Farnsworth zog eine kleine Papiertüte aus der Innentasche seiner Jacke. „Ich bin hergekommen, um dir das zu geben. Da drin ist etwas Geld und ein einfaches Billett nach Antwerpen auf einem Paket-Dampfschiff."

Angelique schniefte und wollte sich schon abwenden, überlegte es sich aber anders. Sie schnappte sich die Tüte. „Vielen Dank, *Davide*."

Er strich ihr übers Kinn und lächelte freundlich. „Wie oft muss ich dir das noch sagen? Du musst mir nicht danken. Alles, was ich für dich getan habe, habe ich getan, weil du mir wichtig bist. Du bist ein wunderbares Mädchen, wenn du nicht stiehlst oder lügst."

In meine Augen traten Tränen, aber nicht in die von Angelique. Sie küsste Lord Farnsworth leicht auf die Lippen. „Ich packe jetzt besser."

„Das tust du lieber mal", erklärte Lord Farnsworth. „Das Dampfschiff fährt in zwei Stunden ab."

„Einen Augenblick", sagte Matt. „Sie scheinen beide der Annahme zu ein, dass wir sie gehen lassen."

Ich nahm ihn am Arm und hielt ihn fest, damit er nicht versuchte, sie unmittelbar aufzuhalten. „Bei diesem Verbrechen kam niemand zu Schaden, Matt."

„Was ist mit dem Dienstmädchen? Und wie willst du erklären, dass wir plötzlich das hier gefunden haben?" Er hielt das Diadem hoch.

Er hatte recht. Wir konnten nicht einfach mit einem gestohlenen Gegenstand ohne Antworten ankommen. Und wenn wir die Wahrheit sagten, würde die Polizei Angelique jagen, und sie würde das Land nicht verlassen dürfen. Ich wollte nicht, dass sie ins Gefängnis ging.

„Ich werde einen Brief an eure Polizei schreiben", sagte Angelique. „Ich werde alles gestehen, aber bitte, ich flehe Sie an, geben Sie es ihnen nicht, ehe ich in Sicherheit bin."

Ich drückte Matts Arm, um ihn zu überzeugen, dass er zustimmen sollte, aber es war unnötig. Ich konnte erkennen, dass er das auch für eine gute Idee hielt.

„Wir werden Ihr Geständnis morgen dem Inspektor übergeben, der für Ihren Fall zuständig ist", versicherte er ihr. „Ich schlage vor, dass Sie an Bord des Paketschiffs eine Verkleidung tragen, denn sie werden an allen Häfen nachsehen, sobald ihnen klar wird, dass Sie geflohen sind."

„Sie werden annehmen, dass sie nach Frankreich gegangen ist", sagte Lord Farnsworth. „Nach Antwerpen werden sie erst schauen, wenn es zu spät ist." Er nahm Angeliques Hände in seine beiden. „Also gut, mein liebes Mädchen. Es ist Zeit für die Trennung. Ich werde dich vermissen."

„Und ich dich, *Cherie*."

Lord Farnsworth beugte sich vor, um sie zu küssen, doch sie lehnte sich zurück, und er konnte nur die Luft küssen.

Sie zog ihre Hände zurück. „Du bist nicht mehr mein Wohltäter. Meine Küsse sind nicht mehr für dich. Lebwohl, *Davide*. Und danke für das Abenteuer. Es war manchmal ganz witzig."

Lord Farnsworth verbeugte sich tief und wandte sich ab. Anders als seiner ehemaligen Mätresse standen ihm Tränen in den Augen. „Manchmal", murmelte er, während er nach unten ging. „Es war öfter als nur *manchmal*."

Angelique schrieb ihr Geständnis, unterzeichnete es und gab es Matt. Ich wünschte ihr alles Gute, doch sie nickte nur. Von ihr würde ich keine Dankbarkeit erhalten, nachdem ich ihre Lügen aufgedeckt hatte.

Wir folgten Lord Farnsworth nach draußen. Cyclops wirkte erleichtert, uns zu sehen. Obwohl er wusste, dass Lord Farnsworth und Angelique verdächtig waren, konnte er nicht geahnt haben, dass sie harmlos waren. Er stieg wieder auf den Kutschbock, bereit für Befehle von Lord Farnsworth. Der schien überhaupt nicht zu bemerken, dass er von seinem Sitz herabgestiegen war.

„Es ergibt schon einen Sinn, dass sie es war", sagte Farnsworth mit einem gequälten Blick auf Angeliques Tür. „Sie war allen Berichten nach eine exzellente Diebin."

„Wie bitte?", fragte Matt.

„In Paris. Die Bande ihres Bruders hat sich aus jungen Taschendieben entwickelt, die zu Meisterdieben herangewachsen sind. Sie stahlen die Edelsteine um den Hals der Damen und das Silber von ihren Esstischen. Angelique wurde von ihrem Bruder in dieses Leben gezwungen. Er war grausam zu ihr, und er machte sie zu ..." Er wedelte mit der Hand zur Tür. „So sind wir uns begegnet. Als ich auf dem Heimweg von einer Reise war, habe ich in Paris Halt gemacht. Sie hat mich verzaubert und dann versucht, mich zu bestehlen. Ich habe sie überzeugt, dieses Leben aufzugeben und als meine Mätresse mit nach England zu gehen. Ich bin sehr viel gerechter als ein Gefängniswärter." Er lächelte traurig. „Ich dachte, sie hätte dieses Leben hinter sich gelassen, aber es scheint, als läge ihr das Stehlen im Blut."

„Sie hat nur versucht, ihre Zukunft zu retten", sagte ich zu ihm. „Sie wusste, dass Sie sie verlassen."

„Ach, ja, der Plan mit der Frau." Er lachte, aber es klang grimmig.

„Die Ehe ist nicht so schlecht, wenn Sie eine Frau finden, mit der Sie sich vertragen", sagte Matt fröhlich.

„Ich dachte, ich hätte sie gefunden. Sie war nur nicht die *richtige* Frau."

Matt schlug ihm auf die Schulter. „Nächstes Mal, wenn Sie Ihr Herz einer Frau schenken, dann bezahlen Sie sie nicht, um mit Ihnen zusammen zu sein."

„Sehr komisch", sagte Lord Farnsworth. „Das bringt mich auf einen Gedanken. Ist diese Cousine von Ihnen immer noch verfügbar?"

„Ich dachte, sie hätten eine andere im Sinn", sagte ich.

„Sie hat einen reicheren Mann gefunden."

„Ich rate Ihnen, sich außerhalb meiner Familie umzusehen", sagte Matt. „Der einzigartige Charme meiner Cousine ist nichts für Zartbesaitete."

Lord Farnsworth zuckte die Schultern, dann gab er Cyclops Anweisung, ihn zum Club zu bringen. „Ach, und Glass?", sagte er, ehe er die Tür schloss. „Versuchen Sie doch, meinen Namen rauszulassen, wenn Sie mit der Polizei reden."

Ich sah ihm nach und ging dann zu unserer Kutsche, die auf der gegenüberliegenden Straßenseite stand. Matt nahm meine Hand und half mir die Stufen hinauf. Sobald er sich neben mir niedergelassen hatte, verschränkte ich die Arme und funkelte ihn an.

„Was?", fragte er.

„Die Ehe ist nicht so schlecht?", wiederholte ich.

„Ja...a", erwiderte er behutsam. „Weshalb kann ich das nicht sagen?"

„Wenn du die Ehe im Angebot hättest, würde ich sie aufgrund dieser Aussage nicht kaufen."

Seine Lippen wölben sich zu einem schelmischen Lächeln. „Aber du bist nicht Farnsworth. Für ihn heißt nicht schlecht das Großartigste der Welt. Vertraue mir, ich kenne Männer wie ihn."

Ich kniff die Augen zusammen, nicht sicher, ob ich ihm glauben sollte oder nicht.

Wir fuhren um eine Ecke, und ich rutschte an ihn. Er nahm

mich in die Arme. „Mir gefällt es, wenn Woodall die Kurven zu schnell nimmt. Küssen Sie mich, Mrs. Glass."

„Ich schätze, das mache ich", sagte ich mit einem theatralischen Seufzen. „Deine Küsse sind ja nicht so schlecht."

* * *

WIR BESCHLOSSEN, Angelique einen ganzen Tag zu lassen, um so weit wie möglich von England wegzukommen, darum ging Matt noch nicht am Vormittag zur Polizei. Die Polizei kam jedoch zu uns. Nicht der junge Kriminalinspektor Walker, sondern Brockwell. Ich nahm an, dass er nicht nur kam, um uns zu sehen, sondern Willie.

„Ich sollte gehen", sagte sie, als er eintrat. „Ich habe zu tun."

Sowohl Duke als auch Cyclops bewegten sich, um ihr den Ausgang aus der Bibliothek zu verstellen. Cyclops war wieder zu Hause, nachdem er seine Anstellung als Lord Farnsworths Kutscher beendet hatte, und Duke war zurück, nachdem er die Nacht bei Mrs. Rotherhide verbracht hatte. Das war kein Auftrag, und er hatte vor, sie erneut zu besuchen. Wir hatten ihm erzählt, dass der Fall des gestohlenen Diadems damit geendet hatte, dass Angelique es Matt überreicht hatte. Derzeit steckte es zwischen meinen Unaussprechlichen in der Schublade meiner Ankleidekommode.

„Ich werde nicht lange bleiben, Miss Johnson", sagte Brockwell. „Sie müssen nicht meinetwegen gehen."

„Es ist nicht deinetwegen", erwiderte sie hochnäsig. „Ich sagte, ich habe was zu tun."

„Was?", fragte Duke.

Willie schürzte die Lippen und tippte sich mit dem Finger auf die Hüfte, in die sie sich geworfen hatte. „Na, ich muss mich mit jemandem treffen, wegen etwas."

„Was denn?"

„Das ist eine Privatangelegenheit, Duke. Hast du nicht irgendeine fröhliche Witwe, die du belästigen kannst?" Sie schob sich an ihnen vorbei und stürmte hinaus.

Brockwell sah ihr nach. Ich nahm das als Zeichen, dass er enttäuscht war und sie ihm immer noch wichtig war. Ich würde dafür sorgen, Willie später davon zu erzählen, und sie bitten, ihm noch eine Chance zu geben.

Matt zog einen Stuhl heraus und klopfte darauf. „Bristow, bringen Sie Tee und Kekse für den Kriminalinspektor."

„Gibt es noch Kuchen?", fragte Brockwell.

Matt nickte Bristow zu, und der Butler ging, ohne eine Anmerkung zur frühen Stunde oder Matts Begierigkeit zu machen, dem Kriminalinspektor etwas zu essen vorzusetzen. Ich nahm an, Brockwell tat ihm leid.

„Mrs. Potter hat einem Biskuitkuchen nur für mich gebacken", sagte Cyclops, der sich wieder hinsetzte. „Sie weiß, dass ich den am liebsten esse."

Duke verdrehte die Augen. „Es gibt hier immer Kuchen. Das hat nichts damit zu tun, dass sie dich zu Hause willkommen heißt."

„Wo waren Sie, Mr. Cyclops?", fragte Brockwell.

Cyclops schaute zu Matt. Wenn er erklärte, dass er Lord Farnsworth beobachtet hatte und dort nicht mehr gebraucht wurde, mochte Brockwell sich fragen, weshalb, und weitere Fragen stellen. Wir konnten es nicht riskieren, dass er zum Schluss kam, dass wir bereits wussten, wer das Diadem gestohlen hatte. Noch nicht. Angelique brauchte ein wenig mehr Zeit.

„Ein kurzer Besuch auf dem Land", sagte Matt aalglatt. „Wegen der Luft."

„Die Luft in London ist mitunter furchtbar. Wo sind Sie denn genau gewesen?"

Cyclops' Augen wurden groß. „Äh ..."

„Brighton", sagte ich. „Genau dorthin, wo wir auch in den Flitterwochen waren."

„Brighton", wiederholte Cyclops. „Matt und India haben so viel davon geredet, dass ich es mal selbst sehen wollte."

„Ich dachte, Sie sagten, aufs Land, nicht ans Meer."

„Ist doch dasselbe", sagte Duke.

„Nein, ist es nicht. Eines ist auf dem Land, das andere ist am Meer." Brockwell runzelte die Stirn. „Es ist eine seltsame Zeit, um Urlaub zu machen, Mr. Cyclops. Sind Sie nicht mitten in einer Ermittlung, Glass? Brauchen Sie nicht alle Hände an Deck, um das Diadem zu finden?"

„Die Ermittlung kommt zu einem Ende", sagte Matt. „Ich bin sicher, wir haben bald für Ihren Kollegen einen Schuldigen festzunehmen."

Bristow trat ein, er schob einen Teewagen. Brockwells Augen leuchteten beim Anblick des Biskuitkuchens, der den Ehrenplatz auf dem Kuchenständer hatte. Er rieb sich die Hände, als Bristow ihn aufschnitt und Teller verteilte.

Ich schenkte den Tee ein und reichte Brockwell eine Tasse und eine Untertasse. Es war erleichternd, zu sehen, dass die Erfrischungen ihn von den Fragen ablenkten.

„Ich habe mir Walkers Fall mit dem gestohlenen Diadem angesehen", sagte Brockwell, ohne den Blick von dem Kuchen zu nehmen, der auf seinem Knie stand. „Er hat keine Beweise gegen das Dienstmädchen. Er wird sie nicht festnehmen."

„Das ist schön zu hören, Inspektor", sagte ich.

„Nicht für Walker. Seine Vorgesetzten sind nicht erfreut über die fehlende Festnahme. Walker wird den Druck spüren. Wenn er nicht bald Beweise findet, würde ich es ihm durchaus zutrauen, dass er sich welche ausdenkt. Seine Kollegen vermuten, dass er das in der Vergangenheit schon getan hat. Er hat eine verdächtig erfolgreiche Festnahmequote."

„Das würde seinen schnellen Aufstieg erklären", sagte Matt.

Brockwell aß seinen Kuchen schweigend, bis auf das Seufzen, das jeden Bissen begleitete. Als er endlich fertig war, strich er sich die Krümel von den Fingern und nahm seine Teetasse. „Also, wo waren wir? Ach ja, der Grund für meinen Besuch."

„Sie meinen, Sie sind nicht hier, um uns zu besuchen?", fragte Matt mit enttäuschtem Unterton. „Das trifft mich hart."

„Wie es der Zufall so will, bin ich wegen der Überfälle auf Mr. Longmire hier. Ich habe die Verdächtigen aufgesucht, die Mrs. Glass vorgeschlagen hat." Er nickte dankbar in meine Richtung. „Sie passen zu den Beschreibungen, die Sie geliefert haben, und haben kein Alibi für die Zeit der beiden Überfälle."

„Haben Sie Longmire von den Festnahmen berichtet?", fragte Matt.

„Noch nicht. Ich wollte mit Ihnen über etwas sprechen, das die Täter angedeutet haben."

„Fahren Sie fort."

„Beide Männer wurden getrennt befragt. Beide hatten die gleiche Geschichte. Sie behaupteten, ihre Anweisungen in Briefen erhalten zu haben, die von Ihrem Onkel unterzeichnet waren, Lord Rycroft."

„Das ist lächerlich", sagte Matt. „Er kennt diese Männer nicht. Sie sind Magier, die Longmire angegriffen haben, weil er Drohbriefe schrieb, in denen er sie Betrüger nennt. Mein Onkel mag Longmire aus anderen Gründen nicht, aber er hat keine Verbindung zu diesen Schlägertypen. Es wurde ihm angekreidet."

„Das habe ich angenommen. Ein Schuldiger unterschreibt nicht mit seinem Namen einen Brief, was ihm die Tat zur Last legen würde. Danke, dass Sie meinen Verdacht bestätigen. Da bleibt die Frage, wer wollte ihn bezichtigen?"

Ich hatte meine Vermutungen, blieb aber still. Matt ebenfalls, und Brockwell ging eine kurze Weile später ohne einen Namen.

Nachdem er weg war, schauten wir einander an. „Coyle", sagte Matt.

„Sollen wir ihn jetzt zur Rede stellen?", fragte ich.

„Noch nicht. Ich will herausfinden, ob mein Onkel überhaupt involviert ist. Ich nehme an, er ist nicht ganz unschuldig."

* * *

EINE NACHRICHT von Lord Coyle traf ein, als wir gerade gehen wollten. Matt las sie, dann knüllte er sie zusammen und schob sie in seine Tasche. Ich wühlte in seiner Tasche und holte sie wieder hervor.

‚Vierundzwanzig Stunden', stand in der Nachricht.

Ich knüllte sie erneut zusammen und reichte sie Bristow. „Entsorgen Sie das."

Matt und ich brachen auf. Keiner von uns erwähnte die Nachricht oder Hope und Lord Coyles Antrag. Allerdings ging ich sie in Gedanken auf dem ganzen Weg zum Stadthaus der Rycrofts durch. Ich konnte nicht aufhören, daran zu denken.

Als wir an unserem Ziel ankamen, beschloss ich, dass ich mich nicht in ihr Leben einmischen würde. Ich konnte sie nicht überzeugen, ihn zu heiraten. Das war ihre Entscheidung, und zwar nur ihre.

Ich sagte es Matt. Er nahm meine Hand, bevor ich aus der Kutsche stieg. „Du musst tun, was dein Gewissen verlangt."

„Vielen Dank, Matt. Ich freue mich, dass du das verstehst." Wie es sich erwies, war Hope nicht zu Hause. Es war eine Erleichterung, keine höfliche Unterhaltung mit ihr ertragen zu müssen. Ihre Eltern waren da und begrüßten uns höflich, wenn auch etwas schroff. Wir hatten unterwegs darüber gesprochen, ob Matt allein mit Lord Rycroft reden sollte, aber ich schlug vor, dass Lady Rycroft hören sollte, was wir zu sagen hatten. Aus ihrer Reaktion mochten wir womöglich genauso viel ablesen wie aus seiner.

Wir setzten uns mit ihnen in den Salon, lehnten aber ab, uns zu erfrischen. „Wir werden nicht lange bleiben", sagte Matt. „Wir haben gerade mit einem uns bekannten Kriminalinspektor von Scotland Yard gesprochen. Er hat uns darüber in Kenntnis gesetzt, dass er zwei Männer festgenommen hat, die Mr. Longmire angegriffen haben."

Lady Rycroft machte ein empörtes Geräusch durch die Nase. „Und du erwartest, dass wir ihm gegenüber mitfühlend sind? Der Mann verdient, was er bekommen hat. Wie schade, dass sie ihn nicht erledigt haben."

„Das haben sie nicht, oder?", fragte Lord Rycroft.

„Nein", erwiderte Matt.

Sie schienen sich keine zu großen Sorgen um Mr. Longmires Wohlergehen zu machen. Ich konnte es ihnen kaum zum Vorwurf machen. Mr. Longmire veränderte den Kurs des Lebens ihrer Tochter.

„Willst du auf irgendetwas hinaus, dass du uns das sagst?", fragte Lord Rycroft.

„Die beiden Angreifer haben dich beschuldigt, sie bezahlt zu haben, um es zu tun", sagte Matt.

„Was!" Lord Rycroft schoss hoch, sein Gesicht war rot vor Zorn. „Wie können sie es wagen! Das ist lächerlich! Ich werde höchstselbst zu Scotland Yard gehen und es ihnen sagen."

Er ging jedoch nicht, sondern setzte sich einfach wieder hin.

Es war die Reaktion seiner Frau, die mich noch mehr interessierte. Lady Rycroft saß ganz reglos da, bis auf ihre Augen. Sie beobachtete ihren Mann genau unter den Wimpern hervor.

„Ich habe ihnen gesagt, dass es nicht du warst", sagte Matt. „Die Polizei stimmt zu, dass man dich der Tat bezichtigen wollte."

Lord Rycroft lehnte sich in seinem Sessel zurück. Seine Wangen waren auch wieder reglos, fügten sich in das Fett um seinen Hals ein. „Ganz richtig. Wie gut zu sehen, dass es unten am Yard auch jemand Vernünftigen gibt."

„Jemand wollte dir etwas anhängen", fuhr Matt fort. „Hast du eine Ahnung, wer?"

Lord Rycroft schüttelte den Kopf, schaute Matt aber nicht in die Augen.

„Richard", fuhr Lady Rycroft in an. „Er hat deinen Schutz nicht verdient. Wer immer es ist, der uns hier den Geiern zum Fraß vorgeworfen hat, wir sind ihm völlig gleich. Wenn Matt nicht mit diesem Inspektor befreundet gewesen wäre, hätten wir riesige Schwierigkeiten bekommen können."

„Ich bin ein Adliger ..."

„Sei nicht naiv, man kann nicht alles unter den Teppich kehren. Wenn die Zeitungen Blut lecken, werden sie die Hunde loslassen." Sie blinzelte erst ihn an, dann uns, und berührte unschuldig ihren Turban.

Lord Rycroft räusperte sich. „Also gut, ich erzähle es ihnen. Es muss Coyle sein."

„Lord Coyle?" Lady Rycroft starrte ihren Mann an. „Aber ... Weshalb?"

„Ich weiß nicht, weshalb er meinen Namen genutzt hat. Das müsst ihr ihn fragen."

„Hast du ihn wegen Longmire angesprochen?", fragte Matt.

Lord Rycroft zögerte.

„Es hat jetzt keinen Sinn mehr, ihn zu verteidigen", sagte Matt. „Wenn er das erwirkt hat, musst du es mir sagen."

„Die Sache ist die. Es ist nicht nur sein Wirken." Lord Rycroft räusperte sich und wich dem wilden Blick seiner Frau eifrig aus. Das schien für sie etwas Neues zu sein. „Am Morgen nach unserem Abendessen mit Patience und Cox habe ich mich Coyle genähert. Patience hatte uns am Vorabend von Longmires Ansprüchen erzählt. Ich habe Coyle gefragt, ob es etwas gäbe, das er tun könnte, um … das Problem verschwinden zu lassen."

„Genau das waren deine Worte?", fragte Matt.

„Mehr oder weniger."

Dann war es ein Glück, dass Lord Coyle es bei dem Angriff belassen hatte. Andererseits war er ein Manipulator, kein Mörder.

„Ich habe ihm gesagt, ich würde ihm meine Erlaubnis geben, Hope zu heiraten, wenn er Longmire aus unserem Leben vertreiben könnte. Für Patience, natürlich."

„Sie haben eine Tochter verkauft, um die andere zu retten", sagte ich.

Lady Rycroft wandte ihren harten Blick aus glitzernden Augen mir zu. „Das ist eine vereinfachte Sicht der Dinge. *Du* kannst das natürlich nicht verstehen, India."

Ich hielt den Mund. Ich wollte mich nicht in einen verbalen Schlagabtausch mit diesen beiden ziehen lassen. Ich hoffte, das würde Matt auch nicht tun. Nicht, bis wir alle Antworten hatten, derentwegen wir hier waren.

„Hope muss der Verbindung trotzdem noch zustimmen", erklärte mir Lord Rycroft. „Ich werde sie nicht zwingen."

Lady Rycroft schüttelte ganz leicht den Kopf, als ihr Mann das eingestand.

„Ich habe Coyle über Longmires Drohbriefe an die Magier erzählt", fuhr Lord Rycroft fort.

Seine Frau machte ein missbilligendes Geräusch weit hinten in der Kehle, als Magie erwähnt wurde.

„Patience hat uns von den Briefen erzählt. Ich dachte gleich daran, dass sie vielleicht zurückschlagen wollen, wenn sie wüssten, dass Longmire sie geschickt hat."

„Du hast Coyle erzählt, dass es Longmire war", sagte Matt. „Du dachtest, wenn er Hope so dringend heiraten will, würde er Longmire für dich loswerden, und die Empfänger dieser Briefe wären die perfekten Sündenböcke."

Ich keuchte. Jetzt verstand ich es. Lord Rycroft hatte nicht den Mumm, Longmire selbst anzugreifen, aber er wusste, dass

Lord Coyle es tun würde. Oder zumindest, dass er Kontakte zu jener Art Mann hatte, die das Gesetz in die eigenen Hände nahm, sobald sie erfuhren, wer ihnen die Drohbriefe geschickt hatte. Coyle hatte Longmires Namen den beiden Raufbolden unter den Magiern gegeben, weil er wusste, dass sie für Gerechtigkeit sorgen würden.

„Aber was sollte das denn erreichen?", fragte ich mich selbst, genauso wie alle anderen. „Longmire würde doch seinen Anspruch auf den Cox-Titel nicht aufgeben, nur weil ihn einige Magier angreifen. Er würde beides nicht in Verbindung bringen. Hatten Sie vor, ihm zu sagen, dass Sie die Angriffe beenden könnten, wenn er seinen Anspruch auf den Cox-Titel aufgibt?"

Lord Rycroft schaute zur Seite. „Da haben Sie es."

Aber ich glaubte das nicht. Es gab nur eine Erklärung, die überhaupt einen Sinn ergab – diese Männer hätten nicht bei einem Angriff aufhören sollen. Als Lord Rycroft Coyle gebeten hatte, Mr. Longmire loszuwerden, hatte er nicht gemeint, ihn aus der Stadt zu vertreiben, oder ihn dazu bringen, seinen Anspruch auf den Titel aufzugeben. Er hatte gemeint, Coyle sollte Longmires Leben beenden.

*Du lieber Gott.*

Matt war ganz reglos geworden, genauso Lady Rycroft. Sie starrte ihren Mann immer weiter an, ihre Lippen öffneten sich, ihr Gesicht war bleich. Sie war zum selben Schluss gekommen wie ich.

„Aber es war alles umsonst", sagte Matt leise. „Cox wird trotzdem alles an Longmire verlieren. Er hat nicht aufgegeben, und das wird er auch nicht."

Rycroft stieß heftig Luft aus. Ich konnte nicht erkennen, was ihm durch den Kopf ging. Erleichterung, dass die Schläger Mr. Longmire doch nicht getötet hatten? Oder Enttäuschung?

„Ich verstehe nur nicht, weshalb Lord Coyle deinen Namen auf seine Befehle schreiben sollte?", sagte Lady Rycroft zu ihrem Mann. „Weshalb sollte er versuchen, deinen Ruf zu schädigen? Will er Hope nicht heiraten?"

„Vielleicht sollten wir sein Angebot noch einmal überdenken", sagte er.

„Auf gar keinen Fall! Er ist eine hervorragende Wahl. Wir

können darüber hinwegsehen. Müssen darüber hinwegsehen. Wir brauchen ihn und die Qualitäten, die er in die Familie einbringt, jetzt mehr denn je. Wir können Patience nicht retten, aber Hope wird aus der Asche des Sturzes ihrer Schwester aufsteigen."

Ihr Mann nickte nachdenklich. „Man muss auch an Charity denken. Du hast recht, ich werde Coyles Indiskretion übersehen. Nichts mehr soll darüber gesagt werden." Er stemmte beide Hände auf die Armlehnen des Sessels und betrachtete Matt. „Danke, dass du uns darauf hingewiesen hast. Bitte versichere deinem Inspektorenfreund, dass ich diese Schlägertypen nicht bezahlt habe."

Matt näherte sich seinem Onkel. Er ragte über ihm auf, knöpfte ruhig sein Jackett zu. Aber sein Kinn war angespannt, und sein funkelnder Blick war hart. „Lass dich nie wieder auf so etwas ein. Nächstes Mal werde ich dich nicht verteidigen."

Wir verließen den Salon, doch Matt blieb dann stehen und kehrte zurück. „Wann wird Hope wieder da sein?"

„Heute Nachmittag", sagte Lady Rycroft. „Sie sollte um drei Uhr zu Hause sein."

Mir fiel es teuflisch schwer, mit Matts Schritten mitzuhalten, als wir das Haus verließen. Sein Temperament brodelte immer noch, als wir losfuhren, nachdem er Woodall Anweisung gegeben hatte, uns zu Belgrave Square zu fahren.

Doch meine Laune war genauso aufgebracht. Nicht nur um dessentwillen, was ich gerade in Rycrofts Salon gehört hatte, sondern weil ich wusste, weshalb Matt mit Hope reden wollte.

„Wir kamen überein, dass wir nicht versuchen, sie zu überzeugen", sagte ich. „Leugne nicht, dass du deswegen heute Nachmittag mit ihr reden möchtest."

„*Du* hast zugestimmt, nicht mit ihr zu reden. Ich nicht."

„Matt!"

Er zog eine Augenbraue hoch, forderte mich heraus.

Ich würde mich nicht von einer Augenbraue abwimmeln lassen, ganz gleich, wie ernst sie gewölbt war. „Es muss ihre Entscheidung sein", sagte ich. „Verstehst du das? Ich kann nicht mit mir leben, wenn wir sie auf diesen Weg zwingen."

Er wandte sich ab, um aus dem Fenster zu schauen, zeigte

mir sein unnachgiebiges Kinn. „Die Glasses lassen die Johnsons wie Kinder aussehen. Zumindest stellt sich meine amerikanische Familie ihren Feinden. Sie versucht nicht, sie durch eine dritte Partei umbringen zu lassen."

Wir blieben auf der ganzen kurzen Fahrt kühl zueinander, doch Matt schlug vor, dass wir einen Spaziergang auf dem grünen Platz unternahmen, um uns zu beruhigen, bevor wir Coyle zur Rede stellten.

„Ich brauche meinen Verstand, und das kann ich nicht, wenn du wütend auf mich bist, India."

Ich seufzte und stimmte zu. Ein kurzer Spaziergang würde uns beiden guttun.

Matt schickte Woodall mit der Kutsche nach Hause in die Park Street. Es war nicht weit, und wir würden zu Fuß heimgehen, wenn wir bei Coyle fertig waren. Er öffnete das Tor zu dem Hof mit dem Garten, und sofort sahen wir Lord Coyle nicht weit entfernt, wo er schwer auf seinem Gehstock lehnte. Er blieb stehen, um mit jemandem auf dem Weg zu reden, und sie schienen eine ziemlich heftige Unterhaltung zu führen.

„Es ist Whittaker", sagte Matt.

Ich kniff die Augen zusammen, um die Gestalten zu sehen. Er hatte recht. Ich erkannte Sir Charles' schlanke, schneidige Gestalt. „Sollen wir sie grüßen?"

„Ich will hören, was sie zu sagen haben."

„Weshalb?"

„Es könnte wichtig sein."

„Aber …"

„Komm schon, India."

Er schnappte sich meine Hand, und zusammen duckten wir uns hinter einen Baum, dann näherten wir uns rasch, nutzten die dicken Stämme und das Unterholz als Deckung. Wir blieben hinter einer Platane in der Nähe von Lord Coyle und Sir Charles stehen, und Matt nahm mich in die Arme. Er küsste mich. Es war ein abgelenkter Kuss, der dafür sorgen sollte, unsere Gesichter zu verstecken, falls sie zufällig in unsere Richtung schauten. Ich konnte gerade noch verstehen, was die beiden Männer besprachen.

„Sie hat sich nach seinen Vettern erkundigt", sagte Sir Charles.

„Interessant", überlegte Lord Coyle.

„Es gibt keine, aber die Tatsache, dass sie gefragt hat, ist vielsagend. Sie arbeiten wohl an einem Zauber, der Wollmagie verlangt."

Zum Glück schluckte Matt mein Keuchen, das uns ansonsten verraten hätte. Ich wusste genau, über wen sie da redeten – über mich. Ich hatte Mrs. Delancey nach der magischen Familie ihres Mannes gefragt, und dann hatten wir gesehen, wie sie sich mit Sir Charles getroffen hatte. Sie hatte die Information an ihn weitergegeben.

Die Frage war, weshalb war das für diese beiden interessant?

<h1 style="text-align:center">KAPITEL 17</h1>

„Wir werden sie nicht zur Rede stellen", sagte Matt, nachdem sie weg waren. Sein fester Griff hatte mich nicht losgelassen, bis die zwei Männer gegangen waren. Sie hatten uns nicht gesehen. Oder falls sie es getan hatten, hatten sie uns nur für zwei Liebende im Park gehalten.

„Weshalb nicht?", fragte ich erhitzt. „Sir Charles trägt ihm Informationen über mich zu, und Mrs. Delancey reicht sie an Sir Charles weiter! Wie kann sie mir das antun? Sie sagt, sie sieht mich als Freundin, aber nur, um mich zu hintergehen und so etwas zu tun!"

Er rieb mir die Arme bis zu den Schultern und neigte den Kopf, um mir in die Augen zu schauen. „Sie hat dich hintergangen, das stimmt. Aber ich glaube nicht, dass wir Antworten bekommen, wenn wir sie, Whittaker oder Coyle zur Rede stellen."

Ich streckte die Finger aus, entließ einiges von meinem Ärger. Er hatte recht. Wir würden nicht an die Wahrheit kommen, wenn wir sie befragten.

„Außerdem", fuhr er fort, „wenn sie nicht wissen, dass wir es wissen, können wir ihnen falsche Informationen übermitteln, um sie von der Fährte deiner echten Forschung abzubringen."

Ich lächelte, als der letzte Hauch Anspannung aus meinem Körper wich. „Guter Gedanke."

Er küsste mich auf die Stirn und nahm meine Hand. „Besuchen wir Coyle, wie wir es ursprünglich vorhatten. Wir bekommen vielleicht nicht die Wahrheit darüber, weshalb er die Magier auf Longmires Fährte angesetzt und meinen Onkel bezichtigt hat, aber in diesem Fall ist die Wahrheit nicht so wichtig. Ich will einfach nur, dass er sich bewusst wird, was wir es wissen."

Sir Charles war nirgendwo zu sehen, als Lord Coyles Butler uns an der Tür begrüßte. Wir warteten im Salon auf Seine Lordschaft, dessen Ankunft schon im Voraus durch das dumpfe Geräusch seines Gehstock auf dem Boden angekündigt wurde.

„Das ist eine Überraschung", sagte er und ließ sich in dem Sessel am Kamin nieder. „Heißt das, Sie haben gute Neuigkeiten für mich, Mrs. Glass?"

„Hopes Entscheidung …"

„Hier geht es nicht um Hope", sagte Matt, der mir das Wort abschnitt. „Es geht um James Teller und Donald Grellow."

„Wen?", fragte Lord Coyle milde.

„Einer ist ein Ziegelmagier, der andere ein Schreinermagier, wie Sie nur zu gut wissen. Sie haben Mr. Longmire überfallen, auf Ihren Befehl hin."

Lord Coyle rieb mit einer Hand voller Altersflecken über den Knauf seines Gehstocks. Der Gedanke, dass eine junge, schöne Frau wie Hope in Betracht zog, diesen alten, korpulenten Intrigenschmied zu heiraten, war kaum zu glauben. Aber wie ihre Mutter dargelegt hatte, würde ich das nicht verstehen. Ich war nicht in dem Wissen erzogen worden, dass ich an den Bietenden mit der besten Abstammung in die Ehe verkauft werden würde.

„Und Sie wollen wissen, weshalb ich den Angriff befohlen habe?", fragte Lord Coyle.

„Wir wissen, weshalb", fuhr Matt fort. „Mein Onkel hat Sie gebeten."

Mit einem einzelnen Nicken nahm Lord Coyle diese Aussage zur Kenntnis.

„Sie haben Teller und Grellow bezahlt, um Longmire zu verprügeln, und Sie haben die Anweisung mit dem Namen meines Onkels unterschrieben. Weshalb?"

Lord Coyle zeigte keinen Hauch Überraschung, dass wir so

viel wussten. Tatsächlich hatte er wohl angenommen, dass wir es früher oder später herausfinden würden, wenn man unsere Kontakte innerhalb der Polizei bedachte. „Als Versicherung."

„Wie bitte?", fragte ich.

„Als Versicherung, Mrs. Glass. Falls die Polizei die Schlägertypen festnahm – was sie, wie ich annehme, auch getan haben, sonst wären Sie nicht hier –, würden sie von der Bezahlung und dem Brief erfahren, der mit Rycrofts Namen unterschrieben war. Sehr wenige Inspektoren der Stadt würden über die Unterschrift hinausschauen. Sie würden sie nicht hinterfragen. Im Fazit lässt sich sagen, dass ich nicht wollte, dass sie weiter wühlen und meinen Namen damit in Verbindung bringen. Rycroft hat mich gebeten, es auf die Beine zu stellen. Er sollte bezichtigt werden, nicht ich."

„Aber Sie haben bestimmt geahnt, dass der zuständige Inspektor den Commissioner in Kenntnis setzt, sobald er den Namen eines Adligen auf dem Brief sieht, und dass der Commissioner mir Bescheid geben würde, bevor er es unter den Teppich kehrt."

„Das ist der Grund, aus dem ich wusste, dass nichts daraus erwachsen würde."

„Aber für Sie hätte der Commissioner dasselbe getan, mein Lord", erklärte ich. „Sie stehen immerhin höher im Rang als Lord Rycroft."

„Ich bin nicht mit einem der liebsten Privatermittler des Commissioners verwandt, oder wie immer Sie sich derzeit nennen." Er deutete mit seinem Gehstock auf Matt. „Ich wollte auch nicht, dass mein guter Name dadurch beschmutzt wird, wenn auch nur vor den Augen des Commissioners und ein paar Polizisten."

Obwohl seine Worte durchaus wahr klangen, glaubte ich sie nicht ganz. Es schien nicht notwendig, überhaupt namentlich zu unterschreiben.

„Es wurde niemand geschädigt", sagte Lord Coyle. „Nichts wird daraus erwachsen. Die beiden Magier werden vor Gericht kommen, ohne dass der Brief überhaupt erwähnt wird."

„Ich weiß nicht", sagte Matt.

„Das war keine Frage, Glass. Ich kann Ihnen versichern, der Brief und die Befehle darin werden nicht vorgelegt werden."

Es war unheimlich, dass er sich so sicher sein konnte, aber er sprach mit äußerster Überzeugung. Dieser Mann war wahrhaft mächtig, wenn er diese Einzelheiten vor Gericht unterdrücken konnte.

Matt wirkte nicht annähernd so überrascht wie ich. „Zweifellos wird herauskommen, dass sie wütend wegen der Briefe waren, die Longmire geschickt hat. Ich bin mir sicher, es gibt Zeugen, die bestätigen würden, wie wütend."

„Und kein einziger davon wird bezahlt werden müssen, um dort zu sein", sagte Lord Coyle. „Sie werden einfach nur die Wahrheit sagen. Ich glaube, Teller und Grellow wurden sehr laut in ihrem örtlichen Pub, was ihren Hass auf den Verfasser dieser Briefe betraf, und sogar noch lauter, sobald sie aus einer anonymen Quelle seinen Namen erfuhren. Sie haben mit vielen Details erwähnt, dass sie es ihm ‚zeigen' würden, wie sie es formuliert haben."

Matt und ich erhoben uns, um zu gehen, aber Lord Coyle deutete mit dem Gehstock auf das Sofa. „Setzen Sie sich, setzen Sie sich. Erzählen Sie mir, wie Ihre Ermittlungen laufen. Haben Sie das Diadem schon gefunden?"

„Ja", gab Matt zu. Er setzte sich nicht, und ich nahm den Hinweis an und blieb ebenfalls stehen. „Ich bin gerade jetzt auf dem Weg zur Polizei."

„Wer war es?"

„Geht Sie nichts an."

Coyle lachte leise. „Gut, gut. Wie Sie wollen. Ich nehme an, das Diadem ist wieder in Cox' Händen?"

„So gut wie."

„Ich freue mich darauf, es zu sehen. Ich höre, das Gold ist sehr schön."

„Das ist es", sagte ich.

„Sie sollten es direkt Longmire geben. Cox hat erzählt, dass er aufgibt und den Anspruch nicht anficht."

„Sein Anwalt hat ihm gesagt, dass er nicht gewinnen könnte", sagte Matt.

„Er hat beschlossen, es ohnehin nicht zu versuchen, um

seiner Kinder willen", fügte ich an. „Eine langwierige öffentliche Verhandlung würde seiner Familie mehr schaden. Auf jeden Fall scheint er seinen Frieden mit seinen veränderten Umständen geschlossen zu haben, und ich weiß, dass es seiner Frau gleich ist, ob sie den Titel Lady Cox verliert. Sie liebt ihren Mann, und sie will nur, dass er glücklich ist."

„Was für ein hübsches häusliches Bild Sie von ihnen malen, Mrs. Glass." Er hievte sich hoch, nahm seinen Gehstock, um sich nach oben zu schieben. „Wo wir gerade beim häuslichen Glück sind, werde ich mich den Rängen der glücklich verheirateten Paare anschließen können?"

„Diese Entscheidung muss Hope treffen", sagte ich trotzig. „Wir werden sie nicht beeinflussen."

„Sie haben noch knapp vierundzwanzig Stunden."

„Wir werden sie nicht beeinflussen", wiederholte ich lauter.

Er lächelte einfach.

Matt nahm meinen Arm und lotste mich aus dem Salon.

„Ich weiß nicht, weshalb Hope ihn noch nicht abgelehnt hat", sagte ich, während wir nach Hause fuhren. „Sie kann doch nicht ernsthaft in Betracht ziehen, ihn zu heiraten?"

Matt legte mir einen Arm um die Schultern und schmiegte sich an die Haare hinter meinem Ohr. „Nicht alle denken wie du, India. Leute heiraten aus allen möglichen Gründen, nicht nur aus Liebe. Hope folgt nur den Fußstapfen von Jahrhunderten voller Vorfahrinnen, die für Rang oder Reichtum geheiratet haben."

Ich seufzte an ihm, entspannte mich zum ersten Mal, seit wir Coyles Haus betreten hatten. „Was für ein Glück, dass du mit der Tradition gebrochen hast."

„Mein Vater hat es zum ersten Mal gemacht. Man kann ihm vorwerfen, dass er einen Präzedenzfall geschaffen hat."

Ich lächelte an seinem Mund. „Er hat eine neue Tradition losgetreten. Eine, von der ich hoffe, sie wird Generationen bei den Glasses überdauern."

* * *

MATT WAR LANGE WEG. Zu lange für einen Besuch bei der Polizeiwache, um einfach nur Kriminalinspektor Walker das Diadem zu übergeben. Er hatte wohl Hope besucht. Es war äußerst ärgerlich. Er wusste, wie ich zu der Sache stand.

Ich war mir allerdings sehr bewusst, dass er mit mir nicht übereingestimmt hatte.

„Wie geht es Hope?", fragte ich, als er am späten Nachmittag in das Wohnzimmer kam.

„Ich habe nicht Hope besucht", sagte er, passte sich meinem lockeren Tonfall an. „Ich war bei Cox, nachdem ich mit Walker gesprochen habe."

Ich senkte das Buch auf meinen Schoß. „Ach, tut mir leid."

Er bückte sich und gab mir einen zarten Kuss.

Willie gab ein angeekeltes Geräusch von sich. „Müsst ihr das hier drin machen?"

„Hast du nichts Besseres zu tun, als dich die ganze Zeit zu beschweren?", sagte Duke zu ihr.

Willie schoss hoch. „Du hast recht. Ich gehe aus. Wartet nicht auf mich."

„Aber es ist fast Zeit fürs Abendessen", erklärte Cyclops mit gerunzelter Stirn. „Willst du nicht erst essen?"

„Ich esse später. Sag Mrs. Potter, sie soll was für mich stehen lassen."

„Geh nicht zum Hafen", sagte Matt. „Du kannst nicht riskieren, dass dich die Schutzmänner noch einmal erwischen."

„Ich werde mir ein Pokerspiel suchen", sagte sie.

„Du hast kein Geld", rief Duke ihr in Erinnerung.

Sie funkelte ihn an. „Ich wünschte, ich hätte dir das nicht erzählt."

„Weshalb besuchst du stattdessen nicht Brockwell", sagte ich. „Er wird nichts mehr zu tun haben, jetzt, da seine Ermittlung wegen des Angriffs auf Longmire abgeschlossen ist."

Sie lehnte den Gedanken nicht sofort ab, sondern schürzte die Lippen und dachte nach.

Das nahm ich als gutes Zeichen. „Als er heute Morgen zu Besuch war, konnte er gar nicht anders, als dir nachzusehen, als du gegangen bist", sagte ich. „Er hat deine, äh, Wildlederhose bewundert."

Ihr Blick huschte rasch zu meinem.

„Und er hat von dir gesprochen, nachdem du weg warst", fügte ich an.

Sie ging los, um an der Tür innezuhalten. „Was hat er gesagt?"

„Er hat gesagt, er bewundert dich."

Sie wirkte einen ganz kurzen Augenblick lang zufrieden, ehe sie ihre stoische Miene wieder aufsetzte.

„Und er findet, deine Einzigartigkeit hat einen unbestreitbaren Anteil an dem, was dich schön macht", fuhr ich fort.

Sie presste die Lippen aufeinander. „Du hast es zu weit getrieben, India. Schönheit interessiert ihn nicht." Sie verließ den Raum.

„Ich meinte einen schönen Charakter!", rief ich ihr nach. „Nicht, dass er nicht meint, du hättest auch ein hübsches Gesicht, aber es ist ja dein Charakter, der ihm wichtig ist!"

Sie antwortete nicht.

Cyclops, der gleich an der Tür saß, spähte hindurch. „Sie ist weg."

Ich seufzte und sank auf das Sofa. Tante Letitia tätschelte mir das Knie. „Mach dir keine Sorgen, India. Du hast es versucht, und das ist die Hauptsache. Falls es Willemina und dem Inspektor bestimmt ist, zusammen zu sein, wird das Schicksal sich darum kümmern."

„Vielleicht", sagte ich. „Aber manchmal benötigt das Schicksal etwas Hilfe."

„Besonders in Willies Fall", ergänzte Duke. „Sie ist zu stur, um zu merken, wenn das Schicksal sie in die Nase beißt, auf Brockwell zeigt und ihn in ihre Richtung schiebt."

* * *

MATT STAND am folgenden Vormittag ganz neben sich. Er aß beim Frühstück sehr wenig und sprach kaum ein Wort, selbst als Willie mit einem Gähnen verkündete, dass sie niemals wieder einen weiteren Liebhaber oder eine Liebhaberin aushalten würde. Ich machte mir zu viele Sorgen um Matt, um sie zu fragen, weshalb, und Duke und Cyclops nahmen sie nicht weiter zur Kenntnis als mit einem Nicken. Sie zog eine Schnute und starrte weiter in den Kamin.

„Ich gehe spazieren", sagte ich. „Matt, begleitest du mich?"

Er schaute von der Zeitung auf, in der er las. „Hmm?"

„Möchtest du mich gern auf einen Spaziergang begleiten?"

„Ja, natürlich."

Wir bekamen allerdings nicht die Gelegenheit, das Haus zu verlassen. Lord Coyle traf mit Hope am Arm ein.

„Wir sind verlobt", sagte sie einfach, nachdem sie sich im Salon hingesetzt hatte. Sie lächelte. Es überzeugte mich nicht von ihrem Glück.

„Ich gratuliere", sagte Matt, der sich nicht die Mühe machte, die Erleichterung in seiner Stimme zu verbergen. „Wann ist das passiert?"

„Gestern Abend", sagte Lord Coyle. „Sie hat mich mit ihrer Anwesenheit beim Dinner beehrt und mir die guten Nachrichten überbracht." Er hob ihre Hand im Handschuh an den Mund und küsste sie auf die Handknöchel. „Sie ist alles, was ich mir bei meiner Braut nur wünschen könnte."

Hopes Lächeln wurde selig. „Vielen Dank, mein Lord." Zu uns sagte sie: „Ich bin geehrt, dass er immer noch willens war, mich zu heiraten, nachdem die Lage mit dem Mann meiner Schwester ans Licht gekommen ist. Es bürgt für seine tiefen Gefühle für mich. Keine Frau könnte sich für eine Ehe mehr wünschen."

„Da Sie der Erbe der Baronie Rycroft sind, wollte ich Ihnen versichern, wie gut meine Absichten gegenüber Ihrer Cousine sind, Glass. Ich werde mich um sie kümmern. Ihr wird es an nichts fehlen, und mein Name wird sie vor allen Folgen abschirmen, die aus der schlimmen Lage der Coxes erwachsen."

„Das höre ich gerne", sagte Matt nüchtern. „Sind deine Eltern glücklich über die Verbindung, Hope?"

„Unermesslich", sagte sie. „Meine Mutter drängt uns, sobald wie möglich zu heiraten, aber ich beharre darauf, einen Monat zu warten."

„So bald?", fragte ich.

„Ich will keine Winterhochzeit. Wir haben vor, hier in London zu heiraten, nicht auf dem Land."

Ich sah keine Kerbe in ihrer Rüstung. Ihr Lächeln entglitt ihr nicht, und sie wich auch nicht vor der Berührung ihres Verlobten zurück. Sie wirkte zufrieden.

„Hope, würdest du mir vielleicht deine Meinung zu unserer Bibliothekseinrichtung geben?", fragte ich. „Sie ist ziemlich alt, und ich überlege, ob ich sie erneuern soll."

Matt wirkte, als würde er gern protestieren, schluckte es aber, als ihm mein wahres Motiv klar wurde. Er unterhielt sich mit Lord Coyle, als wir hinausgingen.

„Dir geht es nicht um die Möbel, oder?", fragte Hope, während wir die Bibliothek betraten.

Ich fuhr zu ihr herum. „Hat Matt dich gestern aufgesucht?"

„Nein."

„Hat er dich überzeugt, Lord Coyle zu heiraten?"

Sie lachte ein süßes, melodisches Lachen. „Nein. Es war meine eigene Entscheidung. Allerdings ..."

Wollte ich das hören? Wollte ich wissen, dass Matt ihr irgendwie vermittelt hatte, wie wichtig es war, dass sie Coyles Antrag annahm?

„Fahr fort", drängte ich.

„Ich wurde von den jüngsten Ereignissen beeinflusst", fügte sie an. „Meine Eltern haben mir geraten, dass Lord Coyle mich vor dem Skandal mit Patience und jeglichen zukünftigen Skandalen schützen kann, die Charity vielleicht verursacht. Sie haben mir gesagt, dass die kürzlichen Angriffe auf Mr. Longmire angeblich die Schuld meines Vaters sein sollen."

Sie beobachtete mich sorgsam, suchte vielleicht nach einem Anzeichen, ob diese Andeutung der Wahrheit entsprach. Ich hoffte, mein Gesicht würde nichts verraten.

„Ich habe schon immer gewusst, dass er mächtig war, aber jetzt verstehe ich wirklich, was diese Macht bedeutet", sagte sie. „Er hat Kontakte in den Palast und nach Whitehall. Die Leute respektieren ihn. Sie hören auf ihn und tun, was er verlangt. Als seine Frau werde ich daran Anteil haben."

„Du willst seine Macht?", fragte ich.

„Natürlich. Welche Frau will das denn nicht?"

Ich starrte sie lange und fest an, versuchte, es zu verstehen. Sie erwiderte das Lächeln nur, als wüsste sie, was ich dachte, und wüsste, dass es mir unmöglich war, sie zu verstehen. Wir waren zu verschieden.

„Als die Frau deines Cousins fühle ich mich verpflichtet, dir zu sagen, was ich weiß", sagte ich. „Lord Coyle mag mächtig sein, doch er setzt die Macht ein, um zu bekommen, was er will. Er war es, der Mr. Longmire in Kenntnis gesetzt hat, dass er einen Anspruch auf den Titel der Coxes hat."

„Danke, dass du das bestätigt hast. Man hat mir so etwas schon gesagt, aber ich war mir nicht sicher."

„Wer hat das gesagt?"

„Tante Letitia."

Mein Mund öffnete und schloss sich, aber es kam nichts heraus. Ich fand keine Worte, um meine Meinung auszudrücken. Ich war mir nicht mal sicher, wie meine Meinung lautete. Sollte ich zufrieden oder besorgt sein? Wusste Tante Letitia, dass Hopes Einverständnis den Gefallen auslöschen würde, den ich Lord Coyle schuldete? Ich konnte mich nicht ganz erinnern, ob sie davon wusste oder nicht.

Oder hatte sie einfach aus Eigeninteresse wegen des Namens der Glasses gehandelt? Es würde mich nicht überraschen, falls das so war. Sie war schrecklich versnobt.

Hope lachte wieder. „Es ist niedlich, dass du dir Sorgen um mich machst, India, aber ich versichere dir, eine Ehe mit Lord Coyle wird gut zu mir passen."

„Warte", sagte ich, während sie losging. „Bereitet es dir keine Sorge, dass Coyle Longmire von seinem Anspruch auf die Baronie erzählt hat?"

„Überhaupt nicht. Ich bin geschmeichelt. Es zeigt nur, wie sehr er mich zur Frau wollte."

Ich runzelte die Stirn. Ich fühlte mich dumm, weil mir dieser Punkt entgangen war, den sie für offensichtlich zu halten schien.

Sie verdrehte leicht die Augen vor mir, als könnte auch sie nicht ganz glauben, wie dumm ich war. „Siehst du das nicht, India? Er wollte meine Familie in den Schmutz treten und meine Eltern so verzweifelt machen, dass sie ihn in der Familie akzeptieren. Und glaube mir, seit Cox uns informiert hat, haben sie sich heftig für Coyle ausgesprochen. Indem er diesen Skandal verursacht hat, wusste Coyle, dass es mir fast unmöglich sein würde, ihn abzulehnen. Meine Eltern sagten, sie würden mich niemals zwingen, ihn zu heiraten, aber das meinten sie nicht ernst. Obwohl ich ihr Argument verstanden habe, wurde mir erst klar, als ich erfahren habe, wie Coyle den Ball ins Rollen gebracht hat, dass er über eine solche Macht verfügt. Er besaß nicht nur das Wissen über die Unrechtmäßigkeit von Cox, sondern er hat diese Information auch für einen Zeitpunkt aufgespart, an dem er sie brauchte. Mächtig, reich und klug. Das ist eine berauschende Kombination in einem Mann."

Sie lächelte und ging aus der Bibliothek, ihre Schritte leicht, ihre Hüften wiegten sich. Ich stand einen Augenblick lang da, sah ihr nach, fragte mich, ob sie so verrückt war wie Charity oder klüger als alle. Eines war allerdings sicher; sie war gierig. Gierig nach Macht. Sie hatte einen Weg gefunden, diese Macht durch Coyle zu erlangen.

Lord Coyle stand auf, als wir den Salon betraten. Sie verabschiedeten uns und baten uns, Tante Letitia von den guten Nachrichten in Kenntnis zu setzen. Ich setzte mich wieder hin, nachdem sie gegangen waren, und bat Peter, Tee zu bringen.

„Bist du sicher, dass du kein Riechsalz willst?", fragte Matt, der sich neben mir auf dem Sofa niederließ. „Oder starken Schnaps? Du siehst aus, als könntest du gleich umkippen."

Ich blinzelte ihn langsam an. „Ich hatte gerade eine sehr seltsame Unterhaltung mit Hope in der Bibliothek."

„Genau wie ich mit Coyle. Aber du zuerst."

Ich erzählte ihm von Hopes Gier nach Macht und dem Grund hinter ihrer Entscheidung, Coyle anzunehmen. „Es tut mir leid, dass ich jemals an dir gezweifelt habe Matt. Du hast mir erzählt, du hättest nicht versucht, sie zu überzeugen, und ich habe dir nicht ganz geglaubt. Ein Brief von Tante Letitia, der ihr genau erklärt hat, dass Coyle hinter Longmires Anspruch stand, war es, was sie schließlich überzeugt hat."

„Tante Letitia!" Er schüttelte ungläubig den Kopf.

„Erzähl mir von deiner Unterhaltung mit Coyle."

„Als allererstes wollte ich seine Zusicherung, dass du nun vom Haken bist. Er hat sie mir gegeben. Du schuldest ihm keinen Gefallen mehr."

„Obwohl wir Hope nicht beeinflusst haben?"

Er kaute auf seiner Lippe.

„*Mach schon*", sagte ich düster.

„Ich habe ihm gesagt, ich hätte Hope erklärt, dass er ihr helfen könnte, zu erreichen, was immer sie will", sagte er.

„Was, wenn sie ihm sagt, dass du nichts dergleichen zu ihr gesagt hast?"

„Er glaubt, ich hätte Tante Letitia gesagt, was sie in den Brief an Hope schreiben soll. Ich habe vermutet, dass sie ihr geschrieben hat, und du hast es gerade bestätigt. Ich werde mich später mit Tante Letitia unterhalten, um sicherzustellen, dass sie weiß, was sie sagen soll, falls Coyle sie befragt. Aber ich bezweifle, dass er das tut." Er grinste. „Ich fühle mich, als wäre mir eine Last von den Schultern genommen."

„Ich schätze schon, aber ich mache mir Sorgen wegen Hope. Ich fürchte, ich kann mich nicht so fröhlich fühlen wie du."

Er zuckte mit den Schultern. „Ist es so schlimm, wenn ich mich freue, dass meine Frau Coyle keinen Gefallen mehr schuldet? Das ist aber nicht alles, worüber wir gesprochen haben. Er hat mir erzählt, dass er Longmire das Diadem abgekauft hat. Im Voraus natürlich. Longmire hat es noch nicht im Besitz."

„Also wird Coyle seiner Sammlung ein magisches Goldobjekt hinzufügen. Da werden viele andere ihn beneiden."

„Sie werden ihm riesige Summen anbieten, um es ihm abzukaufen, aber ich bezweifle, dass er sich davon trennt."

Das würde er bestimmt nicht tun. Nicht, nachdem er so viel in Bewegung gesetzt hatte, um es zu bekommen. Das Diadem stand nicht nur als Symbol für die Macht, die er über das Leben etlicher Menschen hatte, sondern auch für Hopes Annahme seines Heiratsantrags. Er würde es nicht einmal für noch mehr magisches Gold verkaufen.

* * *

Mr. Longmire war gerade mitten beim Packen seiner Tasche, als wir am frühen Nachmittag in seiner Unterkunft eintrafen. Sein Herrendiener war nirgends zu sehen.

„Er ging gestern", sagte Mr. Longmire. „Gut, dass er weg ist. Er war nur ein Diener, und doch hat *er* auf *mich* herabgeschaut!"

Er stopfte ein zerknittertes Hemd in die Tasche. „Er hat sich immer nur beschwert und mir gesagt, dass ich alles falsch mache. Ein Gentleman sollte dies oder jenes auf eine besondere Art machen, laut ihm. Verdammter Snob."

„Sie verlassen London", sagte Matt.

„Ich hasse diese Stadt, und ich werde hier nicht gebraucht. Mein Anwalt hat meine Anweisungen. Ich gehe nach Hause, um meine Sachen zu packen und in das große Haus zu ziehen." Er schaute von seiner Tasche auf und grinste, nur um zusammenzufahren, als ihm seine aufgeplatzte Lippe wehtat. „Ich schätze, Sie haben es gehört? Cox hat aufgegeben."

„Wir haben es gehört", sagte Matt. „Wir haben auch gehört, dass Sie das Diadem der Familie an Lord Coyle verkauft haben. Ist das klug, wenn man bedenkt, dass es das Symbol der Macht Ihrer Familie ist?"

„Das Symbol eines Teufelswerks, meinen Sie. Ich will dieses Ding nicht in meiner Nähe. Coyle kann es gerne haben."

„Ich hoffe, Sie haben ihm ein Vermögen dafür abgeknöpft", sagte Matt träge.

Mr. Longmire richtete sich auf. „Wie viel hätte ich denn verlangen sollen?"

„Das Doppelte von dem, was er geboten hat."

„Das Dreifache", sagte ich. „Es ist unfassbar selten."

Mr. Longmires Augen glitzerten. Na ja, eines tat es. Das andere sah ich nicht, weil es zugeschwollen war.

„Alles in allem war es ein sehr profitabler Besuch." Er schaffte es, die Reisetasche zu schließen, aber die Nähte waren beinahe bis zum Platzen gedehnt.

„Wo wir gerade bei Geld sind", sagte Matt, „wir sind hergekommen, um ein letztes Mal zu versuchen, Sie zum Umdenken zu bringen, was die Wirkung Ihrer Taten auf die Familie von Lord Cox angeht."

„Er ist kein Lord Cox mehr", sagte Mr. Longmire fröhlich. „Wie heißt er denn?" Er zuckte mit den Schultern, es war ihm gleich.

„Er ist Ihre Familie", erklärte ich.

„Meine Mutter war meine Familie. Als sie starb ..." Er schüttelte den Kopf, als würde er eine Erinnerung an sie abschütteln.

Aber ich hörte die Verletzlichkeit in seiner Stimme, die Traurigkeit. Dieser Mann war mit nur einem Familienmitglied aufgewachsen, und sie war jetzt weg. Trotzdem war es schwer, für ihn Mitgefühl aufzubringen. Er schob die einzige Familie weg, die er noch hatte, und zwar mit beiden Händen.

„Mein Beileid", sagte ich, gewissermaßen mechanisch.

„Es stört mich nicht, allein zu sein", sagte er. „Ich bevorzuge es. Ich brauche niemanden."

„Seien Sie auf Leute gefasst, die auf Ihr Gold aus sind", sagte Matt in einem trockenen Tonfall. „Die kuppelnden Mütter werden schon bald herauskriechen, nun, da ein neuer verfügbarer Junggeselle beim Adel aufgetaucht ist."

Mr. Longmires Gesicht war entsetzt, was durch seine blauen Flecken und Platzwunden noch schrecklicher aussah. „Ich will keine Frau."

„Was ist mit Kindern?", fragte ich.

„Ich kann mir gar nichts Schlimmeres vorstellen."

„Aber Sie sind jetzt ein Baron", sagte ich. „Sie müssen an die Zukunft denken."

„Mir ist gleich, was mit dem Anwesen und dem Titel passiert, nachdem ich sterbe. Sollen Cox und seine Leute es doch vor Gericht ausfechten. Ist nicht mein Problem. Nun, wenn es Ihnen nichts ausmacht, habe ich einen Zug zu erwischen."

Ein Gedanke bildete sich, einer, der anfangs etwas verrückt wirkte, aber rasch Wurzeln schlug. Es war eine ordentliche Lösung für ein heikles Problem, und es könnte durchaus funktionieren.

Ich folgte Mr. Longmire die Stufen hinab. „Darf ich etwas vorschlagen?"

„Nur, wenn Sie schnell sind", sagte er.

Es war unschön, mit seinem Rücken reden zu müssen, aber er ließ mir keine Wahl. „Wenn Sie den Rest Ihres Lebens kinderlos bleiben, machen Sie Lord Cox' ältesten Sohn in Ihrem Testament zu Ihrem Erben?"

„Nur ein *rechtmäßiger* männlicher Nachfahre kann erben", sprach er über die Schulter. „Außer mir gibt es keinen. Nicht einmal, wenn man Generationen zurückgeht. Mein Anwalt hat nachgesehen. Wenn ich sterbe, wird der Titel aussterben."

Ich blieb stehen und starrte ihm nach. All dieser Aufruhr, all diese Sorgen, und wofür? Er tat es nicht einmal für seine zukünftigen Kinder, um ein besseres Leben für die Generationen zu schaffen, die nach ihm kamen. Er machte es nur für sich. Dieser Mann war verabscheuenswert.

Matt lief die Stufen hinunter, wo Mr. Longmire seine Tasche neben eine kleine Truhe stellte. Die Vermieterin beobachte uns schweigend aus dem Wohnzimmer dahinter.

„Im Fall eines erloschenen Titels wird das Anwesen vom Titel getrennt, und die Länder und anderen Besitztümer gehen an denjenigen, der in Ihrem Testament steht", sagte Matt.

„Ich habe Ihnen gesagt, mir ist es gleich, was passiert, nachdem ich sterbe."

„Aber ..."

„Ich bezahle keinen Anwalt, um die Papiere aufzusetzen. Das ist eine verschwendete Ausgabe. Guten Tag."

„Ich lass es von meinem Anwalt aufsetzen", sagte Matt. „Es wird Sie nichts kosten."

Mr. Longmire blieb an der Eingangstür stehen. „Wieso sollte ich für diesen Mann etwas tun? Er wusste von mir und hat nichts getan."

„Deswegen schlage ich vor, es Ihrem Neffen zu überlassen", sagte ich. „Nicht Ihrem Bruder."

„Ich habe keinen ..." Er schluckte seine Widerworte und wandte den Blick ab.

„Sie haben eine Familie", sagte Matt leise. „Sie sind jetzt nicht mehr allein. Denken Sie über den Vorschlag meiner Frau nach."

„Es gibt niemanden sonst, dem Sie das Anwesen überlassen könnten, also weshalb nicht Cox' ältestem Sohn?", fragte ich fröhlich.

Mr. Longmire stieß einen langen Atemzug aus, als würde er damit lebenslangen Frust von sich geben, aber er stimmte meinem Plan nicht zu.

„Wenn Sie das tun", sagte Matt mit düsterer Heftigkeit, „werde ich sicherstellen, dass die beiden Männer, die Sie überfallen haben, nicht leicht davonkommen."

Mr. Longmires Blick huschte zu dem von Matt. „Wie?"

„Das ist die Sache, wenn man zum britischen Adel gehört. Man kann tun, was man will. Das werden Sie bald feststellen."

Ich beäugte ihn von der Seite. Ich glaubte nicht, was er sagte, aber es spielte ja nur eine Rolle, ob Mr. Longmire es tat.

Der Mann aus Yorkshire nahm ein Ende der Truhe und wartete darauf, dass Matt das andere nahm. „Wenn Ihr Anwalt etwas aufsetzt, werde ich es unterschreiben. Ich habe nichts gegen den Jungen, nur gegen seinen Vater."

Sie trugen die Truhe zur wartenden Mietkutsche und hoben sie aufs Dach. Ich beobachtete, wie Matt sie befestigte, während Mr. Longmire seine Tasche holte. Er sprach mit der Vermieterin, dann schloss er die Tür und kam zu uns.

„Nun, da Sie als Verfasser dieser Briefe enthüllt wurden, schreiben Sie keine mehr, oder?", fragte ich.

Er warf seine Tasche in die Kabinen und stieg dahinter ein.

„Oder, Mr. Longmire?", drängte ich.

Er wollte schon die Tür schließen, doch Matt fing sie auf. Mr. Longmire zog fest daran, aber Matt ließ nicht los.

„Meine Frau hat Ihnen eine Frage gestellt", knurrte Matt.

„Also gut", knurrte Mr. Longmire zurück. „Ich werde keine Briefe mehr an Magier schicken. Aber ich werde meinen Kreuzzug gegen sie nicht einstellen. Fahrer! Los!" Die Kutsche fuhr an, und Matt musste loslassen oder mitgezogen werden. Mr. Longmire schloss die Tür, zog das Fenster herab und rief: „Magier mogeln!"

Matts Kinn spannte sich an. Er schaute zu unserer Kutsche, die am Randstein stand.

Ich ließ meine Hand in seine gleiten. „Lass ihn ziehen", sagte ich. „Er ist es nicht wert, noch einen Gedanken an ihn zu verschwenden."

„Einverstanden."

Wir fuhren nach Hause. Keiner von uns erwähnte Mr. Longmire, die Angriffe oder die Briefe noch einmal. Wir hatten ihn wirklich ziehen lassen, in jeglicher Hinsicht. Tatsächlich war die Reise ganz angenehm, da wir von glücklicheren Dingen sprachen.

Zu meiner äußersten Überraschung erreichten wir unser Haus, um festzustellen, dass Tante Letitia im Salon saß und mit

Willie und Lord Farnsworth Poker spielte. Das war ein so seltsamer Anblick, dass sowohl ich als auch Matt im Eingang stehen blieben.

„Das sind Sie ja, Glass", sagte Lord Farnsworth mit einem breiten Lächeln. „Die Damen bringen mir Poker bei."

„Ich sage Ihnen doch immer wieder", erklärte Willie. „Ich bin keine Dame."

„Für mich schon." Er tätschelte ihr die Hand, dann legte er seine Karten ab. „Zwei Paare, Ass hoch. Das ist gut, oder?"

Tante Letitia legte ihre Karten auch auf den Tisch. „Nicht so gut wie meine. Ein Dreier. Kannst du dagegen an, Willemina?"

„Nö. Gehört alles dir, Lettie."

„Ich muss schon sagen, Sie haben eine höchst interessante Art, zu sprechen", sagte Lord Farnsworth. „Tatsächlich ist alles an Ihnen interessant, Willie. Es ist nicht nur der Akzent – der wie ein Hauch Frischluft ist – sondern auch Ihre Wahl der Ausdrücke, Ihre Kleidung, sogar Ihre Haltung. Ich bin noch niemals jemandem wie Ihnen begegnet."

„Na, Dankeschön, Farnsworth."

Ich zuckte zusammen, als sie so vertraut mit seinem Namen umging, wie nur seine männlichen Freunde ihn nennen würden. Sie sollte ihn als *mein Lord* oder *Sir* ansprechen. Ich fand es leicht unbehaglich, Tante Letitia wirkte richtiggehend entsetzt.

„Willemina", tadelte sie. „Lord Farnsworth ist der geehrte Gast deines Cousins! Sei Matthew nicht peinlich."

Willie schaute erst Matt an, dann mich. „Was habe ich denn falsch gemacht?"

Lord Farnsworth legte den Kopf in den Nacken und lachte. „Nichts. Überhaupt nichts. Es ist schon in Ordnung, Miss Glass. Falls Willie ihre Besessenheit mit allen amerikanischen Dingen über den Akzent hinausführen möchte, dann spiele ich da gerne mit. Es ist immerhin ganz harmlos."

„Besessenheit?" Willie legte die Stirn in Falten. „Wovon reden Sie da? Ich bin nicht davon besessen, Amerikanerin zu sein; ich bin Amerikanerin."

Lord Farnsworth lachte, während er die Karten einsammelte. „Natürlich, natürlich." Er zwinkerte Matt und mir zu.

Willies Stirnrunzeln wurde tiefer. „Macht ihr alle einen Witz auf meine Kosten?"

„Ich habe keine Ahnung", sagte Tante Letitia. „Möchte bitte jemand geben? Ich habe eine Gewinnserie, und ich will den Schwung nicht verlieren."

„Natürlich, liebe Miss Glass." Lord Farnsworth mischte das Deck mit raschen, geschickten Fingern.

Willie verschränkte die Arme. „Sie wissen schon, dass ich Amerikanerin bin, oder?", fragte sie. „Ich bin keine falsche Nummer."

Er warf ihr ein gutmütiges Lächeln zu, ohne mit dem Mischen innezuhalten.

Willie wandte sich ganz an Matt. „Sag ihm, dass ich wirklich Amerikanerin bin."

„Ist sie", sagte Matt einfach.

Lord Farnsworth zwinkerte uns wieder zu. „Ich glaube Ihnen."

„Ich glaube nicht, dass Sie das tun", sagte Willie. „Ich wurde dort geboren und aufgezogen. Ich lebe erst seit ein paar Monaten in London. Warum glauben Sie, dass ich unecht bin, und Matt nicht?"

„Sein Akzent ist nicht sonderlich stark. Er klingt weltmännisch und authentischer für mein geschultes englisches Gehör."

Willie verdrehte die Augen. „Mein Akzent ist *authentisch* amerikanisch. Seiner wurde von einer Kindheit verdorben, die er in ganz Europa verbracht hat. Auf jeden Fall, nur weil Sie noch keinen Akzent wie meinen gehört haben, heißt das nicht, dass er nicht echt ist."

„Außerdem", fuhr Lord Farnsworth fort, als hätte sie nichts gesagt, „haben Sie sich als Glass' Cousine vorgestellt, und ich weiß zufällig, dass seine drei Cousinen in Britannien geboren und aufgezogen wurden."

Ich presste die Lippen aufeinander und unterdrückte mein Lächeln, als mir sein Fehler klar wurde.

„Das ist auf der Seite seines Vaters", sagte Willie. „Ich bin seine Cousine mütterlicherseits. Die Johnsons sind Amerikaner."

Lord Farnsworth hielt mit dem Kartengeben inne. „Johnson?", fragte er schwach. „Glass, was ist da los?"

Matt kämpfte gegen sein Lächeln an. „Sie ist eine Johnson aus Kalifornien."

„Also … ist sie nicht die Tochter von Lord Rycroft?"

„Hat Sie sich ihnen nicht als Miss Johnson vorgestellt?"

„Einfach als Willie."

Tante Letitia seufzte, während sie die Karten aufnahm. „Wenn ich nur hier gewesen wäre, als Sie eingetroffen sind. Es tut mir sehr leid, mein Lord. Sie müssen mir verzeihen. Sie ist ziemlich wahnsinnig."

„Bin ich nicht!", rief Willie.

Lord Farnsworth zuckte vor Matt entschuldigend mit der Schulter. „Sie verstehen schon, wie es zu diesem Fehler kam. Sie haben gesagt, im Oberstübchen Ihrer Cousine wäre irgendwas schräg." Er tippte sich an die Stirn.

Willie funkelte Matt an. „Du hast mich verrückt genannt?"

„Ich habe mich auf Charity bezogen", versicherte ihr Matt.

Sie knurrte. „Nur, damit Sie Bescheid wissen, Farnsworth, Charity lässt mich normal wirken."

Tante Letitia senkte plötzlich ihre Karten. „Jetzt verstehe ich, weshalb Sie mit Willemina geflirtet haben. Sie dachten, sie wäre meine Nichte."

„Ein aufrichtiger Fehler", murmelte Lord Farnsworth.

Tante Letitia legte ihm eine Hand auf den Arm. „Charity ist äußerst verfügbar. Sollen wir ein Treffen zwischen Ihnen und ihr anberaumen?"

Lord Farnsworth sah sie mit gerunzelter Stirn an. „Sie ist wahnsinniger als Willie, was? Besser nicht. Wenn nicht die anderen Fohlen plötzlich alle verheiratet sind."

Tante Letitia lehnte sich zurück und betrachtete wieder ihre Karten. „Immerhin habe ich es versucht. Damit ist meine Pflicht getan."

Willie warf ihre Karten ab und schoss hoch. „Ich sitze doch nicht hier und höre mir an, wie mein Charakter in den Schmutz getreten wird. Ich bin vielleicht ein bisschen exzentrisch, aber bei Ihnen ist der Zug ja wohl einen Waggon zu kurz, Farnsworth."

„Willemina!", tadelte Tante Letitia. „Entschuldige dich sofort."

Willie wirbelte auf dem Absatz herum und marschierte hinaus.

Lord Farnsworths Blick folgte ihr. Oder vielmehr folgte er ihrem Hinterteil. Er fiel beinahe vom Stuhl, weil er sie sehen wollte, bis sie außer Sicht war. „Was für eine interessante Garderobe. Ich hoffe, das setzt sich durch."

„Uns tut ihr Benehmen sehr leid", brach es aus Tante Letitia hervor. „Sie wurde von den schrecklichsten Menschen aufgezogen."

Er tätschelte ihr die Hand. „Ist schon gut, Miss Glass. Ich verstehe Exzentriker besser als die meisten. Meine Mutter war süchtig nach Feen." Er hielt plötzlich inne, als Duke und Cyclops eintraten.

Mir fiel der Magen bis zu den Zehen. O nein. Er konnte gar nicht anders, als Cyclops zu erkennen. Er würde wissen, dass wir ihn ausspioniert hatten.

Er betrachtete Cyclops, während er sich mit dem Finger an die Lippen tippte. Er sah aus, als würde er versuchen, ihn einzuordnen.

Cyclops wandte sich ab und ging rasch ohne ein Wort hinaus.

Wir übrigen blieben still. Ich versuchte, mir etwas einfallen zu lassen, um zu erklären, weshalb Lord Farnsworths ehemaliger Kutscher bei uns im Haus herumlief, konnte es aber nicht. Selbst Matt, der immer wusste, was genau man sagen musste, hatte keine Worte.

Lord Farnsworth betrachtete erneut seine Karten. „Dieser Kerl erinnert mich an einen Kutscher, der erst gestern aus seiner Anstellung geschieden ist. Es war nicht schön, ihn zu verlieren. Er war ein guter Mann, kannte sich in der Stadt aus und hat mich immer dorthin gebracht, wo ich hin wollte, und zwar rechtzeitig. Ich habe mich gefragt, weshalb er so urplötzlich aufgebrochen ist. Vielleicht hatte er wie Ihr Freund da einen besseren Ort, an dem er sein musste."

Er konnte unmöglich so dumm sein, zu glauben, dass sein Kutscher einen identischen Zwilling hatte, der auch eine Augenklappe trug. Ich weigerte mich, zu glauben, dass er so dumm sein und trotzdem noch in der Gesellschaft funktionieren konnte.

Ich schaute zu Matt. Matt schaute zu mir. Wir zuckten beide gleichzeitig mit den Schultern und setzten uns an den Kartentisch.

„Geben Sie uns Karten", sagte Matt. „Duke, macht es dir was aus, Getränke einzuschenken?"

„Es ist viel zu früh für Schnaps", protestierte Tante Letitia.

„Vielen Dank", sagte Lord Farnsworth. „Nur zu gerne."

Tante Letitia lächelte schwach. „Vielleicht nur dieses eine Mal."

„Duke, was?", sagte Lord Farnsworth, während er beobachtete, wie Duke Whiskey in Gläser auf dem Buffet goss. „Welcher denn?"

„Was?", fragte Duke.

„Sie sind nicht Cornwall." Er kicherte. „Sie sind zu jung, um Norfolk oder Somerset zu sein …" Er schnippte mit den Fingern. „Ich hab's! Sie sind der Duke von Wellington!"

UM MATTS und Indias Geschichte weiterzulesen, suchen Sie nach:

Der Komplize des Entführers
*Buch 10 der Reihe Glass & Steele von C.J. Archer*

Abonnieren Sie den Newsletter von C.J., um über neue ins Deutsche übersetzte Bücher informiert zu werden. Abonnenten erhalten außerdem einen exklusiven Zugang zu einer **KOSTENLOSEN** GLASS UND STEELE-Kurzgeschichte. Abonnieren: WWW.CJARCHER.COM

# HOLEN SIE SICH EINE KOSTENLOSE KURZGESCHICHTE.

Ich habe eine Kurzgeschichte zur Reihe *Glass & Steele* geschrieben, die vor DIE TOCHTER DES UHRMACHERS SPIELT. Sie heißt DAS SPIEL DES VERRÄTERS und folgt Matt und seinen Freunden ins Wildwest-Städtchen Broken Creek. Sie enthält Spoiler für DIE TOCHTER DES UHRMACHERS, das sollte man also vorher gelesen haben. Das Allerbeste ist aber, dass die Geschichte KOSTENLOS ist, exklusiv für Abonnenten meines Newsletters. Tragen Sie sich jetzt auf meiner Webseite ein, falls Sie das nicht bereits getan haben: WWW.CJAR-CHER.COM

Wenn Sie bereits Abonnent sind, finden Sie die Anleitung in meinem Newsletter.

# EINE NACHRICHT DER AUTORIN

Ich hoffe, Ihnen hat **Das Erbe des Hochstaplers** genauso viel
Spaß gemacht wie mir beim Schreiben. Als Indie-Autorin ist es
für den Erfolg des Buches entscheidend, es bekannt zu machen.
Wenn Ihnen dieses Buch gefallen hat, sagen Sie es doch bitte
weiter und schreiben Sie eine Rezension in dem Shop, in dem Sie
es gekauft haben.

# AUSSERDEM VON C. J. ARCHER

## REIHEN MIT 2 ODER MEHR BÄNDEN

The Glass Library

Cleopatra Fox Mysteries

After The Rift

Glass and Steele

The Ministry of Curiosities Series

The Emily Chambers Spirit Medium Trilogy

The 1st Freak House Trilogy

The 2nd Freak House Trilogy

The 3rd Freak House Trilogy

The Assassins Guild Series

Lord Hawkesbury's Players Series

Witch Born

## EINZELTITEL

Courting His Countess

Surrender

Redemption

The Mercenary's Price

# ÜBER DIE AUTORIN

C.J. Archer begeistert sich für Geschichte und Bücher, seit sie denken kann, und wähnt sich glücklich, dass sie beides vereinen konnte. Sie verbrachte ihre frühe Kindheit in der dramatischen Schönheit des Outbacks von Queensland, Australien, lebt inzwischen aber mit ihrem Mann, zwei Kindern und einer frechen schwarzweißen Katze namens Coco in Melbourne.

Abonnieren Sie C.J.s Newsletter auf ihrer Webseite, um informiert zu werden, wenn sie ein neues Buch herausbringt: http://cjarcher.com/deutsch/

 facebook.com/CJArcherAuthorPage

 twitter.com/cj_archer

 instagram.com/authorcjarcher